# 매화지연
梅花支緣

# 매화지연
梅花支緣

초판 1쇄 찍은 날 | 2016년 6월 14일
초판 1쇄 펴낸 날 | 2016년 6월 21일

지은이 | 이수현
펴낸이 | 예경원

편집 | 유경화 · 안유진

펴낸곳 | 예원북스
등록번호 | 제396-2012-000132호
등록일자 | 2012. 7. 25
YRN | 제1-0148호

주소 | 경기도 고양시 일산동구 호수로 646-24 위너스21-Ⅱ 206A호 (우) 10401
전화 | 031-819-9431 팩스 | 031-817-9432
http://cafe.naver.com/yewonromance
E-mail | yewonbooks@naver.com



ISBN 979-11-5845-169-1 03810


※ 이 도서의 국립중앙도서관 출판시도서목록(CIP)은 서지정보유통지원시스템 홈페이지(http://seoji.nl.go.kr)와 국가자료공동목록시스템(http://www.nl.go.kr/kolisnet)에서 이용하실 수 있습니다.

**이수현** 장편 소설

YEWONBOOKS ROMANCE STORY

# 매화지연

## 梅花支緣

# 目次

# 序. 매화잠(梅花簪, 매화 모양의 비녀)

매화 피던 밤
당신이 꺾어 주신 매화 가지 하나

아릿한 청향은 수줍은 소녀의 마음속에 자리 잡아
매화처럼 곱고 아련한 연심이 되었습니다

매화가 필 때마다
소녀의 마음은 오직 당신만을 향하고 있습니다

꿈 많았던 어린 소녀는
시절의 모진 풍파에 휩쓸려 여인이 되니

남은 것은 가슴에 새겨진 짙푸른 멍과
당신을 향해 품었던 소중한 마음

당신이 혼인의 증표로 보내주신 이 고운 매화잠
눈물을 삼키며 다시 돌려보내니

나를 잊지 마세요, 나를 잊지 마세요
매화가 진다 해도, 세월이 흘러도

그대를 은애하는
나를 잊지 말아요

# 1. 매화 피던 밤

살랑거리는 봄바람에 하얀 매화 꽃잎이 하늘하늘 흩날렸다. 남경(南京)의 밤거리를 가득 메운 화려한 등(燈)들이 바람에 함께 흔들렸다. 까만 밤하늘을 배경으로 아름답게 반짝이는 등불에 비쳐 흩날리는 매화의 하얀 꽃잎이 색색으로 물들고 있었다. 강 이남의 따듯한 기후 덕분에 아직 2월 말임에도 불구하고 바람에는 따듯한 봄기운이 섞여 있었다.

때는 홍무 31년(1398년), 명(明)의 수도 남경(南京)에도 봄은 찾아왔다. 기강이 문란하고 어지러운 원나라에 대항하여 홍무제 주원장이 한족 부흥의 기치를 들고 명을 건국하여 제위에 오른 지 31년이 지나갔다.

홍무제는 오랜 기간 전쟁에 시달린 백성들에게 휴식을 제공하며 생산을 촉진시켰다. 장기간 버려졌던 황무지는 개발되었고, 장강 이남과 이북을 잇는 대운하도 정비되었다. 덕분에 남경의 거리는 명의 수도답게 화려한 색감과 물자들로 흥성거리고 있었다.

아직 이른 저녁, 깔끔하게 정리된 남경의 대로를 두 명의 사내가 말을 타고 움직이고 있었다. 무인의 피를 타고난 듯 말에 탄 이들에게서는 누구도 범접할 수 없는 기운이 흘렀다. 뒤에는 오직 몇몇의 위사(衛士, 호위무사)들만이 조용히 따르고 있어 일행은 단출했다.

말에 탄 사내들의 복장은 단순하였지만 귀한 비단으로 만들어져 그 모습이 우아했다. 앞을 이끄는 사람은 올해 55세가 된 영국공(英國公) 이충문으로 홍무제를 도와 명을 건국하는 데 앞장선 장군이었다. 명 왕조에서는 '주씨 성이 아니면 왕에 봉하지 않는다'는 원칙에 따라 주씨 성을 가진 이가 아니면 왕의 지위에 오를 수가 없었다. 공신은 최대 국공(國公)에 봉해질 수 있었고, 사후에야 왕에 추존될 수 있었다. 이전 왕조에서 황실의 일가가 아니더라도 지역의 제후왕이 존재하였던 것과는 달랐다. 하여 영국공에 봉해진 이충문은 개국공신들 중에서도 지위가 높은 이들 중 하나였다.

그 뒤를 따르는 젊은 사내의 얼굴이 화려한 등불 아래 해사하게 드러났다. 단정한 검은 눈썹, 쭉 뻗은 콧날, 굳게 다문 입술, 영국공의 강한 이목구비를 닮은 사내는 싱그러운 청춘의 빛으로 반짝였다. 무엇보다도 똑바로 앞을 바라보고 있는 그의 눈빛이 강렬했다. 맑고 강한 기운이 느껴지는 눈빛에는 한 치의 두려움도 없었다. 그는 마치 청춘이라는 것이 인간으로 체화된 것 같았다. 그러나 그 얼굴에서 뿜어져 나오는 무(武)의 기운만큼은 결코 백전노장인 부친 영국공에 뒤처지지 않았다.

매송헌(梅松軒)의 고즈넉한 대문 앞에 다다르자 말에서 훌쩍 뛰어내린 그의 신장은 족히 6척(186㎝)이 넘어 보였다. 뒤에서 영국공을 보필하던 무사들도 당당한 체구와 큰 키를 자랑하였으나 그의 존재감은 압도적이었다. 말에서 내린 그는 영국공이 말에서 내리는 것을 조용히 바라보았다.

"아버님!"

사내의 부름에 영국공이 뒤를 돌아보았다.

"들어가자!"

두 부자는 그렇게 고즈넉한 매송헌 안으로 발걸음을 옮겼다. 대문 앞까지 나온 이 집안의 청지기 사복이 포권(抱拳, 두 손을 모아 읍(揖)하는 중국의 인사법)의 예를 갖추며 이들을 공손히 마중하였다. 번잡한 대로와는 달리 매송헌 내부는 마치 신선계로 들어선 것처럼 조용했다. 사복의 뒤를 따라 두 사람은 가주(家主)가 있는 저택 안쪽으로 걸음을 옮기기 시작했다.

안쪽에 들어서니 고아한 풍취를 자랑하는 후원이 있었다. 규모가 크지는 않았으나 아기자기하게 꾸며진 아름다운 정원이었다. 젊은 사내가 달빛을 즐기듯 조용히 서서 물끄러미 후원을 바라보았다. 유독 하얀 매화가 달빛을 받아 하얗게 반짝이며 신의 시선을 잡아채었다. 세나가 매화가 뿜어내는 아릿한 청향이 신을 유혹하고 있었다.

"신(晨), 잠시 후원을 구경하겠느냐?"

영국공의 말에 신이 짧게 고개를 숙였다.

"결례가 되지 않는다면 잠시 그리해도 되겠습니까?"

"그러면 나는 먼저 들어가 류(劉) 학사를 만날 테니 곧 따라 들어오너라!"

"예, 아버님. 곧 안으로 들겠습니다."

영국공은 보무도 당당하게 사복의 뒤를 따라 안으로 걸음을 옮겼다. 혼자 남겨진 신은 조용히 후원을 둘러보았다. 남경 어느 곳보다 하얀 매화가 탐스럽게 피어 있었다. 그의 시선이 후원을 가득 채운 매화를 따라 부드럽게 움직였다.

순간, 신의 눈앞에서 모든 것이 움직임을 멈추었다. 봄바람에 살랑거리며 흩날리던 매화 꽃잎이 하얀 월광을 받아 공중에서 그대로 정지하였다. 어떠한 소음도 들리지 않고 신은 마치 그림 속에 있는 영원의 세계로 빨려 들어간 기분이었다. 적막하고 고요한 찰나가 영원이 되어버린 한순간이었다.

"백화선자(百花仙子, 중국 고대신화에 등장하는 선계에 사는 선녀)!"

무의식중에 그리 중얼거린 신은 그 자리에 그대로 얼어붙은 듯 서 있었다. 이렇게 머릿속이 멍해지고 아무런 생각도 할 수 없는 적은 처음이었다. 그리고 다른 존재에게 이렇게 마음을 빼앗긴 적도 없었다. 신이 정신을 차리려 고개를 흔들었다. 하지만 신기한 것을 본 듯, 혹은 지상의 것이 아닌 것을 본 듯 그의 시선은 계속 한곳에 고정되었다.

하얀 달빛을 받은 매화처럼 아름다운 소녀가 꽃가지를 꺾고 있었다. 하늘하늘한 착수배자(窄袖褙子, 명나라 여인들이 저고리와 치마 위에 겹쳐 있던 맞깃이 달린 소매가 긴 겉옷)의 긴 옷자락이 봄바람에 가볍게 살랑거렸다. 착수배자는 물론 안에 입은 저고리와 치마까지 모두 막 피어나는 매화처럼 하얀색이었다. 그리고 소녀의 까맣고 윤나는 머리에는 달빛이 내려 은색의 동그란 원이 그려졌다.

매화 가지를 조심스레 꺾는 소녀의 손길이 부드러웠다. 소녀의 하얗고 작은 손이 부드럽게 매화 가지를 꺾자, 젊은 사내의 심장이 함께 꺾이는 기분이었다. 소녀는 탐스럽고 아름다운 꽃을 꺾고 싶었는지 애써 까치발을 하고 그 위에 있는 가지를 꺾으려 하고 있었다.

"아가씨, 조심하세요! 애써 무리하지 마시고 그냥 낮은 곳에 있는 가지를 꺾으시면 되시잖아요!"

옆에 있던 여종의 말에 소녀가 고개를 돌렸다.

"괜찮아! 하지만 귀한 손님이 방문하신다니 기왕이면 가장 아름다운 꽃을 보여 드려야지!"

소녀의 목소리는 아직 앳되었다. 청아한 풍경 소리처럼 맑고 깨끗한 음성이었다. 달빛에 그녀의 까맣고 긴 속눈썹이 하얀 얼굴에 수줍은 그림자를 드리웠다. 그래서 소녀는 깊은 산 속에서 이름 없이 수줍게 피어난 꽃처럼 사랑스러웠다.

아직 여인이라 부르기에는 어린 소녀였다. 하지만 소녀는 아침 햇살에 반짝이는 초여름의 이슬처럼 싱그럽고 아름다웠다. 눈 위에 자리 잡은 짙고 까만 눈썹이 누에 모양처럼 예뻤다. 커다랗고 맑은 눈의 눈자위는 눈처럼 하얗게 빛났다. 그 아래 날렵하게 오뚝 솟아난 코는 사랑스럽기만 했다. 그리고 잡티 하나 없이 하얀 피부에 월계화처럼 붉은 입술이 아름답게 자리 잡고 있었다. 아직 다 피지 않은 월계화의 꽃봉오리처럼 미성숙하기에 더욱 사랑스럽고 지켜주고 싶은 그런 느낌이었다.

그리고 소녀는 이 세상의 때가 묻지 않아 천상의 고귀한 존재처럼 보였다. 황제의 명을 받들어 분주하게 거친 전장을 누비던 신에게 소녀는 낯설지만 매혹적인 존재였다.

"호호호, 아가씨도 오늘 방문하시는 분들이 어떤 분들인지 아시는 모양입니다?"

제 주인을 놀리는 짓궂은 여종의 말에 소녀가 살짝 미간을 찡그렸다.

"난향, 그게 대체 무슨 소리야? 또 아버지와 오라버니의 말씀을 엿들은 거야?"

"글쎄요! 그것은 조금 지나면 자연히 아시게 되겠지요. 호호호!"

난향이라 불린 여종은 무엇이 그리 재미있는지 즐겁게 웃었다. 소녀는 매화 가지에 정신을 쏟느라 난향은 제 주인을 놀리느라 두 사람 모두 정원 한구석에 서 있는 신의 존재를 미처 눈치채지 못하고 있었다.

소녀는 그런 난향의 놀림이 익숙한 모양인지 다시 까치발을 하고 높은 가지에 있는 매화를 꺾으려 손을 뻗었다. 아슬아슬하게 손이 닿지 않자 소녀는 잠시 생각에 잠겼다. 그리고는 난향을 돌아보며 일렀다.

"난향, 잠시 내 손을 좀 잡아봐."

난향이 소녀의 손을 잡자, 소녀가 조심스레 연못을 둘러싼 조그만 바위를 밟고 올라섰다.

"에구머니, 아가씨!"

난향이 놀라 소리치자 소녀가 귀엽게 눈을 찡긋했다.

"괜찮아!"

장난꾸러기 같은 소녀의 행동에 신의 얼굴에 저도 모르게 부드러운 호선이 그려졌다. 그리고 흥미롭게 그녀가 하는 양을 가만히 구경하고 있었다. 단아한 첫인상과는 달리 아무래도 소녀는 제법 당찬 기질이 있는 것 같았다.

하지만 소녀의 모습이 위태로워 보여 신의 발걸음이 무의식중에 움직이고 있었다. 갑자기 등장한 사내의 모습에 소녀도 난향도 놀라 멈칫했다. 그리고 까치발을 하고 가지에 손을 뻗고 있던 소녀가 미처 중심을 잡지 못하고 바위에 난 미끄러운 이끼에 휘청거렸다.

난향이 비명을 채 지르기도 전에 연못 안쪽으로 쓰러지는 소녀를 신이 끌어안았다. 순식간에 발생한 상황에 소녀도 난향도 놀라, 멍한 표정으로 비명조차 지르지 못했다. 신은 가뿐하게 소녀를 안아서 바닥에 내려놓았다.

"무례를 용서하시오!"

신의 낮은 목소리가 기분 좋게 울렸다. 그리고는 신은 소녀에게 포권의 예를 취했다.

"그리고 놀라게 해서 미안하오."

"괜찮습니다."

소녀의 목소리가 놀랐는지 약간 떨렸다. 하지만 그녀는 곧 우아하게 예를 취했다. 소녀가 고개를 들어 신을 바라보자 신의 심장이 툭 하고 떨어졌다. 까맣게 빛나는 흑요석 같은 소녀의 눈빛에 포박된 듯 잠시 신은 어떤 말도 할 수 없었다.

잠시 그렇게 두 사람은 서로를 바라보고 있었다. 봄바람에 떨어진 매화 꽃잎 하나가 살며시 그녀의 머리에 수줍게 내려앉았다. 소녀의 머리에 내려앉는 꽃잎을 바라보는 신의 눈빛에 아련한 일렁임이 출렁거렸다.

"구해주셔서 감사합니다. 나리!"

소녀의 인사에 그제야 신이 미몽에서 깨어난 듯 고개를 흔들었다. 신은 가볍게 고개를 끄덕이고는 팔을 뻗어 소녀가 애써 꺾으려 했던 매화 가지를 꺾어 소녀에게 건넸다.

"매화는 이제 충분한 것 같소."

"네."

신의 목소리도 소녀의 목소리도 살짝 떨렸다. 매화 가지를 받아 드는 소녀의 손이 가늘게 떨리고 있었다. 신의 손도 매화 가지에서 아쉬운 듯 떨어졌다.

"그럼……."

신이 가까스로 할 일을 떠올린 듯 인사를 하고 걸음을 옮겼다. 큰 보폭으로 성큼성큼 걷자 어느새 두 사람의 거리는 열 보 이상 벌어졌다.

"나리!"

다급한 목소리에 신이 걸음을 멈추었다.

"무례한 줄은 아오나 이렇게 저를 구해주신 분의 존함이라도 알려주실 수 있으신지요?"

소녀의 물음에 신이 심상히 대답했다.

"아마 곧 알게 될 것이오."

그리고 신은 지체하지 않고 걸음을 옮겼다. 떨어지는 하얀 매화 꽃잎이 신의 푸른색 심의(深衣, 사대부들이 평상시에 입던 상하 연결형 포)를 점점이 물들이고 있었다. 매화의 청향과 아련한 달빛에 어우러진 신의 뒷모습이 소녀의 심장에 그림처럼 새겨졌다. 저도 모르게 소녀가 신이 잡았던 손목을 부드럽게 쓰다듬고 있었던 것을 신은 알지 못했다.

"아가씨!"

난향의 부름에 그제야 모언이 정신을 차렸다. 범상치 않은 사내의 기운에 머리가 어지러운 느낌이었다. 마치 잠시 쉬고 있는 사자를 만난 것처럼 그는 엄청난 기운을 뿜어내고 있었다. 그래서 약간 두렵기도 했지만 이상하게 싫지는 않았다. 두렵지만 아름다운 존재에게 매혹된 기분이었다.

"에구머니, 그새 또 멍이 들었네요."

난향의 목소리에 모언은 자신의 손목에 든 멍을 알아차렸다. 피부가 약한 모언은 아주 약한 자극에도 쉽게 멍이 들곤 했다. 약하게 난 멍 자국을 보자 어쩐지 모언은 그에게 밧줄로 포박당한 기분이었다.

"그러네."

모언은 거칠게 요동치는 자신의 심장이 이상했다. 자신의 거처로 돌아가며 모언은 사내에 대하여 계속 생각하고 있었다. 학자 집안이다 보니 집을 드나드는 손님들의 분위기는 대체적으로 문약(文弱)한 느낌이 강했다. 이 집안을 방문하는 이들 중에서 그렇게 강한 무인의 기운을 뿜어내는 사람이라면 아버지의 친우인 영국공과 그의 가솔들뿐이었다.

"난향, 혹시 오늘 영국공 대인은 혼자 방문하셨어?"

모언의 질문에 난향이 다소 음흉한 미소를 지었다.

"글쎄요? 대인께서 큰 아드님을 데리고 오시려나 아니면 작은 아드님을 데리고 오시려나?"

알쏭달쏭한 난향의 말에 모언이 더 이상의 질문을 포기하고 고개를 저었다. 그리고 그녀의 시선이 다시 사내가 꺾어준 매화 가지에 머물렀다. 후원에 내리던 달빛과 매화의 향기, 그리고 그에게서 뿜어져 나오던 알싸한 무(武)의 향기! 모언은 일각(一刻, 15분)도 안 되는 시간 만났던 그에게 느끼는 이런 감정의 정체를 알 수가 없었다.

"늦겠다. 어서 들어가자!"

설명할 수 없는 감정으로 일렁이는 가슴을 애써 진정시키며 모언은 안으로 걸음을 채었다. 그러면서도 생각은 계속 사내를 향하고 있었다. 어쩌면 사내는 겉으로는 강해 보이지만 그 속에는 매화의 청향 같은 다정함이 숨어 있을 것만 같았다. 매화 가지를 꺾어주는 그의 다정한 행동 때문이었다.

안으로 들어온 모언이 사내가 꺾어준 매화 가지를 골라 슬며시 방 화병에 꽂는 것을 난향은 눈치껏 모른 척했다. 이제 막 여인이 되려는 모언의 마음에 아련한 연심이 수줍게 자리 잡은 것이었다. 발갛게 달아오른 모언의 얼굴이 사랑스럽기만 했다.

소녀를 남겨두고 안으로 들어서는 신의 마음이 미묘하게 술렁이고 있었다. 아버님의 명을 따라 영국공부를 나설 때에만 해도 신은 약간 귀찮기만 했다. 오늘 분명 정혼 이야기가 논의될 것임을 알고 있었기 때문이었다. 하여 류 학사 나리의 초대를 거절할까도 생각했으나 신 역시 류 학사의 장자(長子)인 증수(增壽)와 친우였기에 인사도 할 겸 겸사겸사 방문을 했던 참이었다.

"꼬맹이를 그리 자랑하더니……."

안으로 들어서는 신의 한쪽 입술이 아주 미약하게 호선을 그리고 있었다. 아마 증수가 이를 보았다면 두고두고 십 년은 신을 놀릴 터였다. 작년에 약관을 함께 맞이한 신과 증수는 함께 동문수학하며 자란 사이였다. 누구보다 뛰어난 무인인 영국공과 뛰어난 학문으로 이름이 높은 유학자인 류효윤은 어울리지 않지만 절친한 사이였다. 아무래도 극과 극은 통하는 것인지 홍무제의 치세 연간에 걸쳐 한 사람은 전장에서, 또 한 사람은 조정에서 명의 태평성대를 위해 노력하고 있었던 것이다.

신은 아버지인 영국공을 따라 어릴 적부터 전장을 누볐다. 하여 이미 신은 젊은 청년 장수로 군사들 사이에 명성이 높았다. 반면 증수는 역시 아버지를 닮아 학문에 뛰어난 자질을 보였다.

신은 증수를 형제처럼 아꼈고, 증수 역시 그러했다. 작년에 안사람을 맞이한 증수는 아직 혼인 전인 신을 어린아이라 놀리고 있었던 참이었다. 전장을 누비느라 아직 신이 적절한 혼처를 찾지 못하고 있었기 때문이었다.

"내 특별히 백화선자 같은 내 누이를 너에게 주마. 아직 나이가 어리지만 조금만 기다리면 그 꼬맹이가 너의 배필이 될 것이다. 그러면 그때는 정말로 나를 형님이라 불러야 할 거다. 하, 하, 하!"

혼인을 축하하는 신에게 증수가 그리 놀렸던 것이다. 항상 동생을 꼬맹이라 부르기에 신은 정말로 아직 어린아이인 줄로만 알고 있었다. 류 학사는 아들 증수와 그 아래 모언(莫言)이라는 딸 하나를 두고 있었다. 증수보다 7살이 어리다고 하였으니 올해 열넷이 되었을 것이다. 분명 매화를 꺾던 그 소녀는 모언임에 분명했다.

신은 후원에서 모언을 보는 순간 아련하고 달콤한 봄날의 아지랑이 같은 기운이 자신을 휘감는 것 같았다. 그것은 어렸을 적 병으로 잃었던 여동생을 바라볼 때 생겨나던 포근하고 따듯한 감정과 비슷했다. 여동생을 떠올리면 끝까지 지켜주지 못한 것이 못내 마음 아팠다.

모언의 천진한 모습은 포근한 솜털에 감싸인 것처럼 신의 마음을 따뜻하게 만들었다. 거친 전장을 전전하며 가슴 저 아래로 묻어두었던 신의 말랑하고 부드러운 감성을 그녀가 일깨우고 있었다.

하지만 신은 자신의 가슴에 생긴 일렁임이 그보다는 좀 더 미묘하고 아름다운 감정이라는 것을 미처 알아차리지 못하고 있었다. 하얀 달빛에 반짝거리는 매화 꽃잎이 아름답게 날리던 홍무 31년의 이른 봄밤이었다.

## 2. 달빛이 제 마음을 대신해요

"아가씨, 또 무슨 생각을 하고 계셔요?"

방 안에 장식된 매화 가지를 바라보던 모언이 한숨을 쉬었다. 그리고 무의식중에 자신의 왼쪽 손목을 쓰다듬고 있었다.

"음, 아무것도 아니야."

난향의 말에 모언이 그제야 정신을 차린 듯 다시 바늘을 들었다. 수틀에는 눈 사이로 피어난 매화가 아름답게 수놓여 있었다. 이미 매화는 완성이 되었고 그 옆에 모언이 아버지의 시 한 수를 새겨 넣고 있던 참이었다. 시도 거의 완성되어 이제 마지막 구절만이 남아 있었다.

*淸香傳得天心在(청향전득천심재) : 맑은 향은 하늘의 마음을 전함이런가*

*未詳尋常草木知(미허심상초목지) : 항상 초목의 마음은 알 수 없어라**

모언은 마지막 구절을 나직이 읊조리며 자연스레 신을 떠올리고 있었다. 이 년 전 짧은 봄밤, 바람처럼 나타났다 사라진 신의 모습이 마치 어제인 듯 생생했다. 그리고 그가 영국공의 장자인 신이라는 것을 나중에 알았을 때의 충격도 고스란히 기억났다.

때는 건문 2년(1400년) 2월, 태조 홍무제가 붕어하고 황태손이 건문제로 제위에 오른 지 2년이 지나가고 있었다. 더불어 신이 북방의 전장으로 떠나간 지도 그만큼의 시간이 흐른 것이었다. 그리고 다시 매화가 피는 시기가 되자 모언이 깊은 생각에 빠져드는 빈도가 늘어났다.

"매화의 청향이 참으로 향긋하구나!"

모언이 다시 바늘을 내려두고 방 안에 있는 매화 가지를 바라보며 중얼거렸다. 매화는 그 모습도 아름답지만 그 고아한 품격과 청빈한 절의로 사랑받았다. 하지만 그에 못지않게 사람의 혼을 맑게 하는 청향으로도 이름이 높았다.

서늘하게 비치는 달빛 아래서 고요히 매화 꽃봉오리가 만개하는 모습을 바라보면, 매화의 청향이 부드럽게 온몸을 감싸 몽롱하면서도 가슴이 저릿했다. 매화를 문갑 위에 올려두고 떨어지는 꽃잎의 향기를 맡을 때면 설명할 수 없는 아련함이 모언을 지배하였다. 그리고 매화는 항상 모언에게 신을 떠올리게 했다.

"아가씨, 혹시 마음속에 담아둔 정인 생각이라도 하시는 건가요?"

---

* 매화(梅花), 방효유(方孝孺)

난향의 짓궂은 질문에 모언의 하얀 얼굴이 발갛게 달아올랐다. 마치 속내를 들킨 것 같아 수줍어진 것이었다. 어릴 때부터 함께 자라온 난향이라 말하지 않아도 모언의 마음을 쉽게 알아채는데 그것이 가끔은 부담스럽기도 했다.

"정인이라니 그 무슨 가당치 않은 소리야?"

모언이 난향을 가볍게 타박하자 난향이 매우 중요한 이야기를 전하듯 목소리를 낮추었다.

"아가씨, 제가 아까 증수 서방님 방 앞을 지나다 엿들었는데요. 이제 북방의 정세가 안정되어 영국공 대인께서 6월이면 남경으로 돌아오신대요."

모언의 얼굴이 눈에 띄게 밝아졌다. 신은 영국공과 더불어 연왕의 군대와 연합하여 북원과 대치하고 있었다. 연왕은 10만에 가까운 병력을 보유하고 있었는데, 그중에서도 신의 전공이 탁월하다고 했다. 그가 전장에 나서면 적들은 두려움에 도망을 쳤고 그래서 신에 대한 연왕의 총애가 깊었다.

"그게 정말이야? 다행이다. 무사히 복귀하셔야 할 텐데."

영국공 대인의 복귀는 신도 돌아온다는 뜻이라 모언이 기쁨을 감추지 못했다. 모언은 주변에서 전장에서 가족이 사망하였다는 사람들을 만날 때마다 마치 바늘에 찔린 것 같이 가슴이 콕콕 쑤셨다. 저도 모르게 신의 안위가 걱정되었던 것이다. 하지만 그의 정혼녀도 아닌 자신이 그의 안위를 걱정하는 것이 어쩐지 부끄러웠다. 그래서 누구에게도 이 마음을 밝힐 수가 없었다.

"호호호. 아가씨, 실은 영국공 대인보다 함께 돌아오실 다른 분 때문에 기쁘신 것은 아니세요?"

난향의 말에 모언의 발갛던 얼굴이 이제는 사과처럼 붉어졌다. 그것을 바라보던 난향은 이후 며칠간 모언을 놀려대었다. 하지만 모언은 신이 돌아올 날을 손꼽아 기다리고 있었다. 모언에게 짧은 봄이 그해처럼 길게 느껴진 것은 처음이었다.

❖

"아이고, 아직 6월 말인데 뭔 비가 이리 내린대요?"

난향이 세차게 내리는 비를 보면서 중얼거렸다. 평소보다 일찍 시작된 매우(梅雨, 매실이 열리는 무렵에 오는 비. 중국에서 장마를 이르는 말) 때문에 며칠간 계속 큰 비가 내리고 있었다. 수를 놓고 있던 모언도 난향이 말에 고개를 들어 바깥을 바라보았다.

"그러게 말이다. 장강(長江, 양쯔강)의 수위가 너무 높지 않아야 할 텐데……."

걱정스럽게 모언이 중얼거렸다. 그 목소리에 난향이 고개를 빼꼼하게 내밀어 모언의 수틀을 바라보았다.

"호호호, 아가씨! 평소라면 벌써 새 한 마리는 마무리하셨을 시간인데, 어째 한 시진(時辰, 두 시간)이 지나도 바뀐 것이 없네요."

난향의 놀림에 모언의 얼굴이 홍당무가 되었다. 사실 며칠 내내 모언은 초조하게 방 안을 서성대곤 하였다. 남경으로 돌아오는 신의 길이 매우 때문에 혹시 지체되지 않을까 걱정이 되었던 것이다.

장강을 기준으로 화남(華南) 지방은 강과 하천이 많아 배를 이용해서 움직이는 것이 편했다. 반면 화북(華北) 지역은 산과 사막이 많아서 육로를 이용한 거마(車馬)가 주요한 교통수단이었다. 그래서 남선북마(南船北馬)라 했다. 하여 화남지방에 있는 남경에 들어오려면 배를 이용하는 것이 빠르고 편한 방법이었다.

그런데 매우 때문에 최근 장강의 수위가 높았던 것이다. 걱정스러운 마음에 모언은 하루라도 빨리 비가 그치기를 기원하고 있었다. 모언은 자신의 이런 초조한 마음에 당황하고 있었다. 짧게 스치듯 보았던 신이었다. 그는 아버지 친우의 아들일 뿐 딱히 모언과 관련이 있는 사람도 아니었다.

나중에야 모언은 난향에게서 영국공과 신의 방문 사유를 전해 들었다. 영국공의 제안으로 정혼이 예정되어 있었다고 하는데 이후 아버님은 별말씀이 없었다. 그가 정혼을 거부한 것인지, 모언은 수줍어 차마 그 사실을 누구에게도 물어볼 수가 없었다.

그럼에도 그를 떠올릴 때마다 모언의 심장은 두근거렸다. 수줍지만 그를 생각하면 마음 한구석이 새콤달콤해졌다. 이 증상이 최근 점점 심해지고 있었다.

"아가씨, 안 그래도 내일 제가 과일을 사러 삼산가시(三山街市, 명나라 초기 남경에 있던 계절과일 판매 전문시장)에 다녀올 예정인데요. 가는 길에 영국공 대인께서 언제쯤 돌아오시는지 알아보고 올까요?"

난향이 제 주인의 마음을 알아채고는 그렇게 제안하였다. 모언이 수줍은 마음에 대답을 냉큼 못 하고 있는 것을 알고 난향이 주인을 놀리기 시작했다.

"에고고, 우리 아가씨 별로 알고 싶지 않은 모양이시네."

"아니야!"

너무나 재빠른 자신의 대답에 모언이 사과처럼 얼굴을 붉혔다. 창밖으로 세찬 비가 내려 꽃잎이 우수수 떨어져 내리고 있었다.

이튿날, 오랜만에 남경에 밝은 해가 떴다. 그동안 내린 비 때문에 대기에 습기가 가득한데, 갑자기 뜨거운 햇볕이 내리쬐니 도성 안은 마치 온천에라도 온 것처럼 숨이 턱턱 막혔다. 하지만 모언은 비가 그친 것이 반갑기만 했다.

차갑게 식힌 차를 마시며 모언은 이제나저제나 난향이 돌아오기만을 기다리고 있었다. 벌써 시간이 신시초(申時初, 15시부터 16시까지)였다. 점심을 먹고 집을 나선 난향이 돌아올 시간이 지나고 있었다. 한 다경(茶頃, 5분~20분 사이, 뜨거운 차 한 잔을 마실 시간) 정도가 지나자 난향이 돌아왔다. 안으로 들어오는 난향은 뭐가 그리 뿔이 났는지 얼굴이 부루퉁했다.

"난향, 무슨 일이야?"

모언의 질문에 난향이 털썩 자리에 앉으며 씩씩거리며 대답을 했다.

"아니, 그게 제가 시장에 갔다가 병부상서댁의 춘영이를 만났지 뭐예요. 그런데 고것이 요즘 그 집 공자님께서 자주 바깥출입을 하시는데, 그게 다 모언 아가씨를 만나시려는 거라고 하지 않겠어요? 그래서 제가 그 무슨 망측한 말이냐고 우리 아가씨가 어디 그러실 분이냐고 따졌더니……."

난향이 목이 막혔는지 앞에 있던 물 잔을 들어 벌컥벌컥 들이켰다.

"그랬더니 분명히 맞는다고, 공자님께서 서신을 받고 즐거이

나가시며 하시는 말씀을 들었다며 자꾸 우기잖아요!"

"그래? 이상한 일이네. 무슨 오해가 있었겠지. 혹은 같은 이름을 가진 낭자가 있거나."

모언은 이상한 생각은 들었지만 그보다 신이 언제 돌아오는지 그것이 더욱 궁금했다.

"그래서 그건 그렇고 다른 소식은 없어?"

모언의 질문에 난향이 씩 미소를 지었다.

"그렇겠죠. 이리 조신하게 안에 계신 우리 아가씨가 바깥에서 공자를 만나다니 당치 않은 말이죠. 게다가 이미 영국공 나리의 아드님에게 마음을 빼앗긴 아가씨인데요."

"놀리지 말고……."

모언이 타박하듯 난향을 살짝 흘겨보았지만 그 눈에 박력이라고는 없었다. 전장에 떠나보낸 가군(家君, 남편)의 소식을 애타게 기다리는 듯한 모언의 눈빛에 난향이 속으로 슬그머니 미소를 지었다.

"네, 아마 닷새 정도면 영국공 나리가 남경에 도착하신대요. 때 이른 매우에 발이 묶여 며칠 지체되었다고, 다들 그 배가 오기를 오매불망 기다리고 있답니다."

"그래?"

모언의 얼굴이 눈에 띄게 밝아졌다. 모언의 처소 밑에 심겨 있는 야래향(夜來香, 달맞이꽃)이 저녁이 되자 수줍게 모습을 드러내고 있었다.

닷새 후, 영국공 일행이 예정대로 무사히 남경에 도착하였다는 소식에 모언은 안심했다. 그리고 모언이 멍들었던 왼쪽 손목을 쓰다듬는 빈도가 점점 많아지고 있었다. 그리고 다시 며칠 후, 시장에서 돌아온 난향이 전해준 소식에 모언은 깜짝 놀라고 말았다.

"아가씨, 아가씨! 저기 영국공부가 요즘 아드님의 정혼 준비로 정신이 하나도 없대요! 어찌나 까다롭게 물건을 고르는지 도성에 소문이 파다하게 퍼졌어요."

"그래?"

애써 심상하게 대꾸를 하였으나 모언의 심장은 미친 듯이 뛰고 있었다. 알 수 없는 설렘에 모언은 며칠간 밤잠을 설치고야 말았다. 그리고 마침내 더위가 한창 기승을 부리는 날, 류효윤이 모언을 운조루(雲鳥樓)로 불렀다. 모언은 무엇인가 매우 중요한 말씀이 있을 것이라는 예감에 긴장하고 말았다.

운조루에는 밝은 달빛이 가득했다. 아버지는 무슨 깊은 생각에 잠기신 것인지, 모언이 가까이 온 것을 알아차리지 못하고 있었다. 갑자기 아버지의 어깨가 시려 보였다. 어머니가 모언을 낳고 쇠약해진 나머지 병치레를 하시다가 세상을 떠나신 지 벌써 10년이 넘었다. 하지만 아버지는 부인을 들이라는 주변의 제안을 마다하고 있었다. 어쩌면 아버지를 위해서라면 오라버니나 모언이 미리 챙겼어야 할 일이지 싶었다.

"아버님, 소녀 모언이옵니다."

모언의 말에 류효윤이 생각에서 깨어난 듯 고개를 돌렸다. 안으로 들어서는 모언을 바라보는 류효윤의 눈빛이 자상했다. 항상 아픈 손가락 같은 모언이었다. 병약한 안사람 때문에 제대로 된 어리광조차 부리지 못하고 자란 딸이었다. 하지만 어미의 보살핌 없이도 이렇게 어여쁘게 자라난 딸이 기특하기만 했다.

"앉거라."

아버지의 부드러운 말에 모언이 조심히 자리에 앉았다. 말리화차(末利華茶, 재스민) 향이 은은했다. 달빛을 받으며 조용히 앉아 있는 모언이 이화(梨花)처럼 아름다웠다.

"3일 후, 신이 방문할 예정이란다."

아버지의 말에 모언의 심장이 심하게 두근거리기 시작했다. 긴장한 나머지 모언이 침을 꿀꺽 삼켰다.

"영국공부에서 오늘 아침에 납채(納采, 구혼 절차를 의미)를 보내왔단다."

예상했던 말이었지만 모언의 심장박동이 빨라졌다.

"이제 곧 너도 누군가의 지어미가 되는구나."

류효윤의 목소리가 물기를 머금은 듯 촉촉했다. 어린 줄로만 알았던 모언이 벌써 열여섯이 되어 정혼을 하게 되니 감개가 무량했던 것이다.

"아버님."

모언의 목소리도 촉촉하게 젖어들었다. 무뚝뚝한 분이시지만 또 자상하신 분이셨다. 손수 모언에게 글을 가르쳐 주셨던 아버지였다. 어렸을 적 어려운 글지를 제대로 못 쓰고 있으면 모언을 무릎에 앉히고 함께 손을 잡고 모두 익힐 때까지 함께 써주신 그런 다정한 아버지였다.

"신이 납징(納徵, 신랑, 신부가 서로에게 보내는 선물)을 가지고 방문할 예정이니 그리 알고 준비하거라."

"네, 알겠습니다."

조용히 물러나는 모언의 뒷모습을 애틋하게 류효윤이 바라보았다. 다행히 모언도 신과의 정혼을 반기는 것 같았다. 하지만 아직 어린 모언을 떠나보내려고 하니 마음 한구석이 짠해졌다. 하지만 류효윤은 신이라면 어떤 일이 있어도 모언을 아낄 것이라 확신하고 있었다. 두 사람의 밝은 미래를 기원하며 류효윤은 조용히 말리화차를 마셨다.

3일 후, 모언의 집안은 방문객을 맞이할 준비에 분주하였다.

"아가씨, 나리께서 도착하시어 지금 아버님과 증수 서방님과 말씀 중이시랍니다."

난향이 소식을 전해주었다. 모언은 얼떨떨하기만 했다. 그동안 형태를 갖추지 못하고 그리워만 했던 신과 정혼이 이루어지니 마음이 싱숭생숭하기만 했다. 혼인은 두 사람의 일이라기보다는 집안과 집안과의 결합이었다. 그래서 부모님이 정해주신 혼사를 받아들여야 함이 마땅했다.

하지만 모언은 신의 마음을 알고 싶었다. 매화 가지를 꺾어 내밀었던 그의 다정한 눈빛을 기억했다. 떨어져 있던 동안 그도 자신을 조금은 생각해 주었기를 바라고 있었다. 이런저런 생각으로 초조한 모언에게 새언니의 목소리가 들렸다.

"아가씨, 안에 계세요?"

"네, 저 안에 있습니다."

모언의 대답에 새언니가 기쁜 얼굴로 안으로 들어왔다. 두 손에 들고 있는 것은 분명 신이 가져온 납징이 분명해 보였다. 납징은 신랑의 재력을 가늠할 수 있는 중요한 척도였다. 하여 이름 있는 집안은 모두가 화려하고 비싼 재화로 그 재력을 과시하고자 하였다. 하지만 유학자인 류효윤은 그런 허례허식을 경멸하였다. 납징은 마음만 전하면 충분하다는 것이 그의 지론이었다. 그래서인지 새언니가 들고 온 납징은 그리 커 보이지 않았다.

"아가씨, 영국공부에서 보내온 납징입니다."

탁자에 올려진 흑색 상자는 고급스러웠다. 그 안에 무엇이 들어 있을지 가늠할 수 없었다.

"어서 열어보세요, 아가씨!"

난향의 채근에 모언이 조심스레 상자를 열었다.

"헉!"

저도 모르게 모언이 숨을 들이켰다. 상자 안에 들은 것은 비녀였다.

"어머, 매화잠(梅花簪, 매화 모양의 비녀)이군요!"

새언니가 중얼거렸다. 유난히 반짝거리는 비녀에는 아름다운 매화 모양이 장식되어 있었다. 모언은 주변의 소리가 아무것도 들리지 않았다. 모언이 매화잠을 들어 조심스레 쓰다듬었다. 다른 장식이 아닌 매화 문양이 그의 마음 같아 심장이 두근거렸다. 역시 신은 다정하고 자상한 사람임에 틀림없었다. 그리고 굳이 매화잠을 보낸 그도 떨어져 있는 동안 자신을 생각한 것은 아닐지, 모언의 얼굴이 수줍게 붉어졌다.

혼인은 아직 모언이 어려 이듬해 가을로 정해졌다. 이후 신은 종종 영국공과 함께 모언의 집을 찾았다. 그러나 항상 아버지나 오라버니와 이야기를 나누는지라 모언은 그를 자주 볼 수는 없었다. 하지만 가끔 스쳐 지나가듯 보는 그는 항상 예의 바르게 가벼운 인사를 했지만 어찌 된 일인지 조금 차가워 보였다.

그가 경박스럽게 다정한 밀어를 속삭일 것이란 기대는 하지 않았다. 하지만 그는 어째 정혼자라기보다는 무인의 느낌이 강했다. 특히 그가 한번 엄한 눈빛으로 쳐다보면 덩치가 큰 위사들까지도 몸이 굳는 것을 똑똑히 보았던 것이다. 그가 보여주었던 그 다정한 미소가 혹시 꿈은 아니었는지 그런 생각이 들 지경이었다.

그러던 어느 날, 모언은 신과 단둘이서 함께 저녁을 먹을 기회가 생겼다. 류효윤이 두 정혼자의 사이가 너무 격조한 것이 아니냐며 자리를 마련한 것이었다. 그 소식을 듣고 증수가 내내 모언을 놀렸다.

“모언, 너 혹시 아느냐? 신이 전장에서 이렇게 큰 호랑이를 맨몸으로 때려잡았다는구나.”

“오라버니, 그게 사실입니까?”

모언이 깜짝 놀라 몸을 움츠렸다.

“특히 막북 너머 추운 지역에 사는 호랑이는 그 몸집이 사람의 두 배 정도는 된다지, 아마? 신이 잡아온 그 호랑이의 가죽이 영국공부에 자랑스레 걸려 있는 것을 내 이 두 눈으로 똑똑히 보았다니까…….”

증수가 신이 나서 이야기를 지속했다. 학문이 뛰어난 증수는 상대적으로 부족한 무(武)에 대한 열망이 강했다. 그래서인지 신의 전공을 마치 자신의 이야기처럼 남에게 전하는 것을 좋아했다. 그런데 모언은 어째 오라버니의 말을 듣고 있으면 신이 점점 무섭게 느껴졌다. 자신의 마음속에 있는 그의 인상과 다른 곳에서 들려오는 인상이 너무나 달랐던 것이다.

"오라버니, 저를 겁먹게 하려는 것입니까?"

모언이 떨리는 목소리로 오라버니를 원망스러운 눈초리로 바라보았다.

"걱정하지 마라. 신은 백화선자에게 푹 빠져 그런 무서운 모습은 절대 보여주지 않을 테니까!"

오라버니는 눈을 찡긋하더니 모언에게 파문만 일으키고는 사라졌다. 운조루에 마련된 저녁 자리를 잘 보낼 수 있을지 살짝 근심스러워진 모언이었다.

한 식경(食頃, 약 30분, 밥 한 끼를 먹을 정도의 시간) 후, 모언은 운조루에서 신을 마주했다. 간단히 인사를 하고 난 후, 신은 별말 없이 식사를 했다. 모언도 섣불리 말을 꺼내지 못했다. 매운 음식을 좋아한다는 신을 위해서인지 상 위에는 매운 음식이 많았다. 하지만 시간이 지날수록 매운 음식을 잘 먹지 못하는 모언의 얼굴이 점점 달아오르고 있었다.

신은 자신의 앞에 있는 모언의 점점 붉어지는 얼굴을 바라보았다. 수줍게 젓가락을 놀리던 그녀가 매운 닭 요리를 집어 올렸다. 걱정이 된 신이 조용히 주의를 주었다.

"낭자, 그것은 아주 매우니 조심하시오."

갑작스런 신의 말에 깜짝 놀랐던지 모언이 그것을 급하게 꿀꺽 삼켰다. 그리고 음식을 먹고 나자, 모언의 얼굴이 이제는 숫제 붉은 사과처럼 달아올랐다.

"그것이 아주 맵다 하지 않았소?"

신이 냉정하게 사실을 지적하였다. 그녀의 얼굴이 점점 붉어지다 못해 이마에서 작은 땀방울이 솟아났다. 그리고 작고 오뚝한 콧등 위로도 송골송골 땀방울이 배어 나왔다. 모언이 매우 난감한 듯 주변을 둘러보았다. 그리고는 신이 미처 말릴 사이도 없이 얼굴이 붉어질 대로 붉어진 그녀가 옆에 있던 잔을 들어 급하게 마셨다. 아무래도 그것이 물이라고 착각한 듯했다.

꿀꺽꿀꺽, 그녀의 목을 타고 술이 넘어가는 소리가 크게 들렸다. 급했던지 그녀는 그것이 미처 술이라 인지하지 못한 듯했다. 사실 분주(汾酒)는 부드럽고 시원하며 단맛이 나서 술을 잘 못 마시는 이들이라 하여도 쉽게 마실 수 있었다.

다소 진정이 되었는지 그녀가 잔을 내려놓았다. 그러나 잠시 진정되었던 그녀의 얼굴이 다른 사유로 붉어지기 시작하였다. 과하게 얼굴이 붉어지고 크게 가슴을 들썩거리는 것으로 보아 그녀는 술에 매우 취약한 체질인 듯싶었다.

"모언 낭자, 괜찮으시오?"

신이 걱정스런 얼굴로 묻자 모언이 고개를 들어 신을 똑바로 바라보았다. 그녀의 눈빛이 열기를 머금고 반짝거렸다. 살짝 벌어진 입술과 붉게 달아오른 얼굴이 잘 익은 복숭아 과육처럼 달콤해 보였다.

"혹시 제가 마신 것이……."

그녀가 헐떡이듯 말하는 목소리가 달콤했다.

"그건 술이었소."

신의 담담한 말에 모언의 얼굴이 더욱 붉어졌다.

"본래 술이란 것이 하악…… 이렇게 사람의……. 몸을 뜨……

겁게 만드는, 것입…… 니까?"

그녀는 그저 사실을 묻고 있는 것이지만 가빠진 호흡으로 들썩거리는 가슴과 쉰 목소리가 마치 달콤한 속삭임처럼 들렸다. 일부 사람들 중에 미량의 술에도 과민하게 반응하는 이들이 있다. 아무래도 모언은 그런 체질인 듯싶었다.

신은 난감했다. 술에 취한 그녀를 이대로 둘 수는 없었다. 신속하게 그녀의 처소로 데려다주어야 했다. 신이 급하게 그녀를 일으켰다. 그러자 그녀가 아무런 저항 없이 자리에서 일어났다. 일어서던 그녀가 신의 눈을 똑바로 바라보며 마치 몰랐던 것을 발견한 어린아이처럼 천진하게 중얼거렸다.

"나리의 눈이 참으로 아름답습니다."

모언의 말에 신의 심장이 술렁거렸다. 술에 취한 그녀의 태도는 평소의 조신한 행동과는 달리 경쾌했다. 매번 수줍어하면서 차마 신과 눈을 마주치지 못하던 그녀였다. 그러나 약주 한 잔이 모언을 이렇게 바꾸다니 신기하면서도 재미있었다.

항상 조용하고 신의 말에 미소만 지어서 신은 모언이 그저 겉모양만 아름답게 자란 것이 아닌가 하고 내심 안타까웠다. 사실 신은 바위를 밟고 올라 매화 가지를 따던 장난꾸러기 같은 모언을 보고 싶었던 것이다. 그러나 2년이란 시간이 그리 길었던 것일까? 성장한 모언은 그저 아무런 생각도 없이 아버지의 뜻을 따라 정혼을 한 것은 아닌지 그런 생각이 들던 참이었다.

그러나 지금 모언의 두 볼은 술기운으로 발그레하고 달빛을 받은 그녀의 두 눈이 보석처럼 반짝거렸다. 처음으로 그녀의 눈 속에서 그녀가 가진 감정과 생각이 보였다. 지금 그녀는 생글생글

웃으며 그의 눈을 바라보면서 속삭이고 있었다. 그래서 신은 부러 그녀의 행동을 막지 않고 그대로 두었다.

“매번 생각했습니다. 나리는 너무 엄격하고 딱딱하신 분이라고요. 딸꾹…….”

그녀가 비틀거렸다. 신은 반사적으로 한 손을 뻗어 그녀를 어깨를 붙잡았다. 그리고 다른 한 손으로는 그녀의 가녀린 손을 쥐었다. 놀랄 만치 부드럽고 작고 하얀 손이 자신의 손안에 갇혀 있었다. 그녀의 까맣고 윤기 나는 머리가 바로 턱밑에 있었다. 저도 모르게 손을 들어 반지르르한 머리를 쓰다듬어 주고 싶었다. 신은 자신의 예상치 못한 충동에 놀랐다.

신의 품 안에서 흔들거리던 그녀가 고개를 들어 신의 눈을 똑바로 응시했다. 반짝거리는 까만 눈동자, 술로 인하여 발갛게 물든 뺨, 가쁜 숨을 내쉬고 있는 그녀의 붉고 촉촉한 입술까지, 너무나 사랑스러웠다.

신의 강한 시선에 민망했던지 모언이 작은 혀를 내밀어 자신의 입술을 쓸었다. 작고 귀여운 혀를 쏙 내밀고 있는 모언이 귀여워서 신의 입술에 저도 모르게 부드러운 호선이 그려졌다. 그것을 눈부신 듯이 바라보던 모언이 놀란 듯 소리쳤다.

“나리께서 웃으시니…… 히끅…… 온 세상이 함께 웃는 것 같습니다!”

모언이 신의 얼굴을 바라보며 함께 미소를 지었다. 그녀의 하얀 치아가 붉은 입술 사이로 반짝거렸다. 청초하게만 보이던 그녀가 오늘은 장난꾸러기 같았다. 너무나 귀여워서 볼을 쓰다듬어 주고 싶을 지경이었다.

"나리, 자주 웃으시어요! 히끅……. 그러니까 오늘은 조금 덜 무섭습니다. 히끅……."

아무래도 그녀는 나이 차이가 많이 나는 정혼자가 무서웠던 모양이었다. 그도 그럴 것이 그가 차가운 눈빛으로 바라보면 웬만큼 담력이 있는 자도 두려움에 떨곤 했다. 신도 그것을 잘 알고 있었고 굳이 바꾸려 하지 않았다. 황제를 보필하는 장군으로서 그에게는 권위가 필요했고 어렸을 때부터 그렇게 커왔다.

"그래서 낭자는 그동안 내가 무서웠던 것이오?"

신이 질문하자 모언이 망설이지 않고 술술 대답하였다.

"네. 너무나 차가워 보이시고, 말씀도 필요한 말씀 이외에는 하시지 않아서…… 히끅…… 혼인을 하게 되면 그 냉기에 얼어 죽지 않을까 하고 고민하고 있었습니다."

깜찍한 모언의 말에 신이 껄껄 웃었다. 정말 얼마 만에 이렇게 큰 소리로 웃어본 것인지, 신은 기억조차 할 수 없었다. 모언은 웬일인지 신의 감추었던 부분을 잘도 이끌어내었다. 그것이 낯설면서도 한편으로는 싫지 않았다.

모언이 작은 손을 들어 그의 뺨을 부드럽게 감쌌다. 그녀의 예상치 못한 손길에 짜릿한 감각이 신의 온몸을 휘감았다. 몽롱한 얼굴로 모언이 속삭였다.

"그런데 다행입니다. 이렇게 아름다운 눈을 가진 나리셔서요. 분명 마음도 따듯하실 거라……."

그리 말하고는 모언은 정신을 잃고 신의 품 안으로 푹 고꾸라졌다. 모언의 작은 머리가 앞으로 떨어지며 신의 가슴에 닿았다. 잠시 그녀의 정수리에 턱을 대고 있자, 그녀의 머릿결에서 향긋한 꽃향기가 풍겼다. 신이 저도 모르게 손을 들어 그녀의 까만 머리채를 부드럽게 쓸어내렸다. 마치 어린 소녀를 안은 것처럼, 그녀는 가볍고 자그마했다. 사실 그녀가 작은 것은 아니었다. 커다란 신 때문에 상대적으로 작고 가냘파 보인 것이다.

그렇게 신의 가슴에 고개를 묻고 있던 모언이 힘이 빠져 점점 아래로 내려갔다. 무릎에 힘이 빠져 쓰러져 내리는 모언을 신은 할 수 없이 바싹 안아 올렸다. 그러자 그녀가 지친 듯이 그녀의 작은 머리를 그의 가슴에 기대어 왔다. 그리고는 천진난만하게도 새근새근 숨소리를 내며 잠이 들었다.

신은 예상치 못한 상황에 당황하였으나 그녀를 부드럽게 자신의 가슴 쪽으로 당겨 안았다. 그녀는 마치 그를 위해 만들어진 것처럼 한 품에 쏙 들어왔다. 거의 그녀의 무게를 느낄 수가 없었다. 분명 모언은 이것을 내일이면 기억하지 못할 것이었다.

'이렇게 무방비하고 귀여운 여인이었다니!'

앞으로 절대 술 근처에는 가지 못하게 해야겠다고 신은 다짐했다. 이런 모습은 오직 그만이 볼 수 있어야 했다. 모언을 안고 그녀의 처소로 걸어가는 신의 뒷모습이 긴 그림자를 드리웠다. 신에게는 그 짧은 시간이 달콤하면서도 아련한 기억으로 자리 잡았다.

이후로 신은 자주 모언의 집을 찾았다. 증수가 매번 신을 놀린 것은 당연했다. 하지만 신은 별다른 대꾸 없이 자주 매송헌을 찾았고, 방문할 때마다 모언과 함께 보내는 시간이 늘어갔다. 가을이 되어 석류가 열매를 맺을 때쯤에는 집안 사람 모두 잦은 신의 방문을 당연시하게 되었다. 봄에는 매화가 만발하던 후원은 가을

이 되니 붉은 석류가 탐스럽게 피어났다. 소슬한 가을바람을 즐기며 후원을 산책하는 모언과 신의 모습이 그림처럼 아름다웠다.

"연못에 비친 달빛이 참 아름답습니다."

후원을 함께 걷던 신이 모언의 말에 잠시 걸음을 멈추었다. 연못의 물굽이에 소월(素月)이 수줍게 잠겨 있었다.

'그대가 더욱 아름답소.'

신이 속으로 중얼거렸다. 달빛이 그녀의 얼굴을 부드럽게 애무하고 있었다. 그녀의 긴 속눈썹이 하얀 얼굴에 은은한 그림자를 드리우고 있었다. 그녀는 만날 때마다 매번 새로웠다. 그리고 조금씩 모언의 아름다움에 차츰차츰 신은 젖어들고 있었다. 여인에게서 이런 미묘하고도 달콤한 감정을 겪어본 적이 없는 신은 낯설었지만 그것이 좋았다.

그녀를 바라보면 따듯하고 포근한 기운이 그를 감쌌다. 그리고 저도 모르게 그녀를 품 안에 끌어안고 싶어졌다. 결국 오늘은 신이 그 충동을 참지 못하고 두 손을 들어 작은 모언의 얼굴을 부드럽게 감쌌다.

"앗!"

깜짝 놀란 모언의 긴 속눈썹이 파르르 떨렸다. 갑자기 사내의 손이 닿아 모언이 당황하고 긴장하는 것이 손에 잡힐 듯이 느껴졌다. 신도 갑작스런 자신의 행동에 놀라고 있었다. 청초하고 아름다운 그녀는 달빛에 은은한 향을 품어내는 매화 같았다. 그리고 어린 소녀였던 모언이 이렇게 신의 마음에 파장을 일으킬 거라 예상하지 못했다.

오늘 후원에 나타난 그녀를 보는 순간, 신은 그만 할 말을 잃고 말았다. 그녀가 작은 얼굴을 들어 수줍게 그의 눈을 보면서 인사하던 순간 신의 심장이 평소와는 다른 감정으로 두근거렸다. 그리고 지금 달빛 아래 선 그녀는 오롯이 그에게 여인이었다. 내년 가을 혼인을 하게 되면 그녀는 자신의 부인이 되는 것이었다. 처음으로 신은 혼인이 기대되기 시작했다. 마음속에 있는 빈 공간을 그녀라면 채워줄 수 있을 것 같았다.

그리고 그녀라서, 그것이 기뻤다. 신이 천천히 고개를 내리자 모언이 극도의 긴장으로 두 눈을 감았다. 신은 깃털처럼 가볍게 모언의 눈꺼풀에 입맞춤했다. 그의 입술이 닿자 그녀의 눈썹이 파르르 떨렸다. 이내 신은 입술을 옮겨 경건하게 모언의 이마에 부드럽게 입맞춤했다. 모언의 피부가 뜨거웠다.

신은 그녀를 자신의 품 안에 부드럽지만 힘 있게 당겨 안았다. 가녀린 그녀의 몸이 자신의 품속에 쏙 들어왔다. 작은 사슴처럼 덜덜 떨고 있는 모언이 너무나 사랑스러웠다. 그녀의 까맣고 윤기나는 머리를 부드럽게 쓰다듬으며 신이 진지하게 속삭였다.

"그대가 내게 오는 날을 손꼽아 기다리고 있겠소!"

나직하지만 확신에 찬 그의 말에 모언의 심장이 미친 듯이 뛰었다. 그의 남자답고 달콤한 목소리에 모언의 마음속에서 피어난 따듯한 감정이 그들을 부드럽게 감싸는 것 같았다. 수줍은 그녀는 차마 소리 내어 대답하지 못했다. 그러나 모언은 힘차게 뛰는 그의 심장 소리를 들으며 다짐했다.

'저 달빛에 맹세합니다. 나리께 오늘 저는 제 마음을 모두 드렸습니다. 이제 제 마음속에는 오직 나리뿐이십니다.'

달빛에 감싸인 두 사람의 모습이 아름다웠다. 그러나 이렇게 수줍은 연심을 키워가는 두 정인에게 불어닥칠 잔인한 운명의 풍파를 그들은 알지 못했다. 석류 하나가 바닥으로 떨어졌다. 쩍 하고 쪼개진 틈 사이로 핏빛처럼 붉은 알갱이들이 차가운 달빛에 불길하게 반짝거렸다.

## 3. 연적찬위(燕賊簒位)

"옷을 든든히 입도록 해라!"

바깥으로 나설 채비를 하며 모언이 난향에게 일렀다. 아직 10월 말이긴 했으나 저녁이 다가오니 늦가을의 날씨가 퍽 싸늘했다. 매송헌 후원에 하나둘, 떨어지는 낙엽들이 차가운 바람에 우수수 날렸다.

"아가씨, 그런데……."

모언을 뒤따라 나오던 난향이 뭔가 할 말이 있는 것처럼 우물거렸다.

"어서 서둘러. 시간이 그리 많지 않아!"

상중하탑방(명나라 시대 남경 청량문 근처에 있던 직물, 차, 소금을 팔던 시장) 시장까지 늦지 않게 가려면 서둘러야 했다. 벌써 시간이 신시정(오후 4~5시 사이)에 가까워 유시초(오후 5~6시)까지 청다관(淸

茶館, 다관은 차를 마시는 곳. 중국인에게는 일종의 사교장으로 서민들은 이곳에서 식사도 하고 정보도 교환하였다)에 도착하려면 시간이 빠듯했다. 매송헌 대문 앞에 대기하고 있던 수레에 두 사람은 빠르게 올라탔다. 초조한 표정의 모언을 보며 난향이 걱정스러운지 한숨을 내쉬었다.

"왜 그래?"

모언의 질문에 난향이 그제야 참았던 말을 쏟아내기 시작했다.

"아가씨, 이제 이렇게 바깥출입을 하시는 것은 그만두세요. 아무리 영양장공주마마(英陽張公主, 황제의 딸인 공주에게는 구분이 있어서 황제의 고모는 대장공주(大長公主), 남매는 장공주(張公主), 자녀는 공주라 부른다)의 부탁이라고는 하지만 이건 너무 위험한 것 같아요."

모언도 난향이 무엇을 염려하고 있는지 잘 알고 있었다. 하지만 장공주의 부탁을 차마 거절할 수가 없었다. 누구보다 은애하는 이들의 마음을 잘 이해하고 있었기 때문이었다.

"하지만 내가 아니면 장공주마마와 그분은 만날 수가 없는걸!"

올봄 등축제 이후 모언이 영양장공주의 부탁으로 자주 외출을 하고 있었다. 건문제가 등극하고 학문으로 이름이 높았던 한중부교수(漢中府教授), 류효윤은 한림원시강*에 봉해졌다. 아버지가 황제의 스승으로 존경을 받다 보니 모언도 영양장공주를 만날 수 있었다. 올해 열여섯이 된 영양장공주는 나이가 같은 모언과 쉽게 친해졌다.

* 한림원(翰林院)은 황제의 칙령을 다듬거나, 역사 편찬, 기밀문서 등 각종 학문에 관련된 임무를 담당한 엘리트 집단. 한림원시강은 종 5품에 해당함

외척의 정치 발호를 꺼려한 명나라 황실은 세력이 강한 문무대신들이 황실과 혼인을 통하여 정치에 관여하는 것을 우려하였다. 따라서 문무대신의 자제는 공주를 안사람으로 취할 수 없었다. 그래서 공주의 배우자는 민간에서 선량한 사람을 고르는 것이 원칙이었다. 하여 동생을 아끼는 건문제는 되도록이면 영양장공주가 민간의 생활방식 등에 익숙해지기를 바랐다.

그래서 영양장공주는 종종 황궁을 나서 모언을 만날 수 있었고 봄 등축제에도 모언과 함께 갔었다. 그 외에도 많은 장소에 모언은 장공주와 동행을 하곤 했다.

하지만 최근 난향이 공주와의 만남을 걱정하는 사유는 달리 있었다. 최근 영양장공주마마는 단지 모언을 만나기 위해서가 아니라 정인을 만나기 위해 황궁 바깥으로 나왔던 것이다. 그때마다 모언을 만난다고 사유를 대고 있었다. 궁에서 수레를 보내면 모언과 난향은 항상 지정한 장소로 움직였다. 그리고 그 장소에서 기다리다가 다시 매송헌으로 돌아오는 것이었다.

"그건 저도 알고 있어요. 하지만 주변의 눈도 있는데 이런 속임수가 언제까지 먹히겠어요?"

난향이 부루퉁하게 대답했다. 이미 정혼자가 정해진 모언이 안 좋은 소문에 휘말리게 될까 걱정이었던 것이다. 얼마 전에도 시장에 갔다가 이름 있는 집안의 공자가 모언에게 서신을 받았다는 이상한 소문을 또 들었던 참이었다. 게다가 장공주마마와 정인의 행각은 점점 대담해져서 처음에는 약 반 시진 정도면 돌아올 수 있던 것이 이제는 심하면 두 시진을 넘기기도 했다.

"하지만 중요한 일이라 하셨어."

모언이 낮게 중얼거렸다. 의논할 말이 있다며 급히 만나달라는 장공주의 부탁을 거절할 수가 없었던 것이다. 곧 수레가 청다관 앞에 멈추었다. 모언과 난향이 조심스레 안쪽으로 들어가자 평복을 한 위사 하나가 재빨리 두 사람을 2층 내실로 데려갔다.

"모언!"

영양장공주가 울먹이며 모언을 반겼다. 옆에 있던 시녀 옥소의 인사를 받으며 모언이 울고 있는 장공주에게 급히 다가갔다.

"마마, 무슨 일이십니까?"

"흑흑, 모언!"

장공주가 흐느끼자 모언이 우선 그녀를 진정시키려고 잠시 끌어안았다. 그리고 난향과 옥소에게 눈짓을 하자 두 사람은 내실 바깥에서 대기하였다.

"어찌 된 일이세요, 마마?"

모언이 장공주를 자리에 앉게 하고 자초지종을 물었다.

"국혼이 결정되었어. 내년 9월이야."

장공주의 말에 모언은 상황을 짐작했다. 국혼이 결정된 공주의 바깥출입은 어려울 것이 분명했다. 그것은 정인과의 밀회가 더 이상은 어렵다는 뜻이었다.

"나 어떡하면 좋아! 공자님을 은애하면서 다른 이와 혼인이라니, 지금처럼 내 신분이 원망스러울 때가 없어."

장공주가 안타까워 모언의 마음도 저릿했다. 지난 4월 봄 등축제에서 오는 길에 공자를 만났다며 들떠 있던 모습이 생생했다. 공자는 길을 잃고 헤매는 장공주 일행을 안내해 주었다고 했었다. 그리고 며칠 후 공자의 정체를 알았다고 수줍게 얼굴을 붉히며 기빼하던 공주였다. 애끓는 정인의 마음을 알고 있는 모언이었기에 차마 위로조차 할 수가 없었다.

"나는 그분과 함께할 수만 있다면 아무것도 바라지 않아!"

은애하는 정인의 곁에만 있어도 설레는 그 마음을 어찌 모르겠는가? 모언도 최근 하루하루 신을 생각하지 않은 날이 없었다. 그러면서 은애하는 이와 정혼을 한 자신이 얼마나 행복한지 가끔은 장공주에게 미안해질 지경이었다.

"그분을 잊고 다른 이의 안사람으로 살아갈 수 있을까? 자신이 없어. 온통 그분 생각뿐인걸. 그분도 나 때문에 살고 있다고 하셨어!"

모언이 안타까운 눈빛으로 장공주를 바라보았다. 폐가 좋지 않아 고생하고 있다던 장공주의 정인이었다. 하지만 그 이후로 상당히 상태가 호전되었다고 들었다. 그도 분명 장공주를 위해 힘을 낸 것이리라.

"모언, 제발 나를 좀 도와줘!"

장공주가 모언의 손을 잡으며 애처롭게 부탁했다. 하지만 자신이 무엇을 어찌해야 할지 모언은 알 수가 없었다.

"저의 도움이라니요?"

"그분의 서신이라도 받지 않으면 살아갈 수 없어. 그러니 당분간 그대가 내 서신을 그분에게 전해줘!"

간절한 공주의 눈빛에 모언이 고개를 끄덕였다.

"제가 어떻게 하면 될까요?"

"내가 그대에게 보내는 것처럼 서신을 보낼게. 그럼 그것을 공자님께 전해줘. 그리고 그분의 답장을 내게 다시 보내주고. 매월 보름에 이 다관에 오면 공자님이 계실 거야."

"알겠습니다."

모언의 대답에 장공주의 얼굴이 한결 밝아졌다. 하지만 모언은 안타깝기만 했다. 신분의 한계를 넘어선 이 애정이 언제까지 유지될 수 있을까? 서로가 서로를 은애하면서도 함께할 수 없는 정인들이 애처로워 모언이 몰래 작게 한숨을 쉬었다.

"아가씨! 영양장공주마마의 서신입니다."

난향이 모언이 머무는 안채로 들어오면서 서신을 전해주었다. 난향이 가져온 서신에서는 초겨울의 알싸한 향기가 배어 나왔다. 11월의 차가운 공기에 닿아 서신은 차가웠다. 자주 받는 서신이 무감각해질 만도 하건만 난향은 영양장공주의 서신을 받을 때마다 항상 못마땅한 표정을 지었다.

"얼굴 좀 풀어! 이미 도와드리기로 한 일이잖아."

모언의 말에도 난향의 표정은 여전히 부루퉁했다. 아무리 말려도 모언의 생각을 바꿀 수 없다는 것을 알지만 걱정이 되는 것은 어쩔 수가 없었던 것이다.

"알아요. 그런데 뭐라고 하시나요, 장공주마마께서?"

"어려운 일을 부탁해서 미안하시다고, 그리고 수고하는 난향 너한테 고맙다고 하시는구나. 그러니 이제 화 풀어!"

서신을 내려놓으며 모언이 대답하자, 난향이 고개를 갸웃거리며 중얼거렸다.

"까만 것은 글씨요, 흰 것은 종이일진대, 어찌 까만 것의 모양이 아가씨가 쓰신 것 같습니다."

글을 모르는 난향의 눈썰미에 감탄하며 모언이 대답하였다.

"장공주마마를 모시는 옥소라는 궁녀가 있지 않으냐? 황실에서 보내는 서신은 모두 똑같이 필사하여 보존해야 하는데, 그 일을 옥소가 전담을 한단다. 필사를 자주해서 그런지 이제는 글씨체까지 흉내를 잘 낸다고 하는구나."

"그런데 어찌 이번에는 아가씨의 글씨체를 따라 했을까요?"

난향이 갸웃거리자 모언이 수줍게 웃으며 대답했다.

"내 글씨체가 아름답다고 영양장공주마마께서 칭찬하셨다지. 그 이후로 이런다는구나."

"에고, 이 무식한 년에게는 참으로 부러운 재주입니다그려. 저는 그저 발을 놀려 서신을 전달하는 재주뿐인데……."

난향의 풀 죽은 목소리로 중얼거렸다. 하지만 그 이후 난향은 군소리 없이 서신을 전달하였다. 혹시라도 영양장공주가 나올까 싶어 애타는 얼굴로 청다관에서 기다리는 사내의 얼굴이 너무 짠하다고 난향이 종종 말을 전해주었다. 모언은 은애하는 두 사람이 함께할 수 있는 방법은 없는 것인지 마음이 심란하기만 했다.

❖

해가 바뀐 건문 3년(1401년) 연꽃이 피어나는 7월, 남경의 정세는 심상치가 않았다. 황제의 즉위 초기부터 시행된 삭번책(削藩策, 친왕 및 군왕의 권리를 줄이는 것)에 대한 친왕 및 군왕들의 반발이 점점 심해지고 있었기 때문이었다.

건문제는 아직 초기인 명의 안정을 위해서 중앙의 권력을 강화

하는 정책을 취하였다. 하여 많은 세력 있는 번왕(藩王)들이 폐서인 및 유배에 칭해졌는데 이 모두는 가장 세력이 강력한 연왕 주체를 노린 것이었다.

이러한 정치적인 불안 속에서도 신과 모언의 혼인 준비는 착착 진행되고 있었다. 비록 적통황제의 스승인 류효윤과 강력한 연왕을 지지하는 영국공의 정치적 견해가 다르지만 두 집안은 사돈의 관계를 맺는 것을 주저하지 않았다. 하지만 그해 가을로 예정되었던 혼인은 예상치 못한 사태로 미루어지고 말았다.

타는 듯이 찌는 8월의 어느 날, 증수가 모언의 거처를 방문하였다. 하지만 평소답지 않게 진지한 오라버니의 모습에 모언이 저도 모르게 침을 꿀꺽 삼키고 말았다.

"신의 동생이 어젯밤에 요절했다는구나!"

병약했던 영국공의 차자(次子, 차남), 이제 겨우 약관인 향(珦)의 사망을 전하는 증수의 목소리가 잠겨 있었다.

"그, 그것이……."

모언이 차마 말을 잇지 못했다.

"향의 상태가 지난해 봄 등축제 즈음을 기점으로 급격하게 변했다는구나. 평소에는 감정 기복이 별로 없던 향이 그 이후 내내 매우 들뜬 것처럼 보였다고 신이 말하던 것을 나도 기억한다."

향을 동생처럼 아꼈던 증수가 종종 향의 상태를 모언에게 전해 주며 안타까워하곤 했다. 그리고 영국공 부부와 신이 근심이 깊다며 걱정스러워하던 증수였다.

"하지만 다행히 올해 초여름에는 훨씬 상태가 좋아져서 좋은 집안의 규수와 정혼도 논의가 되었다면서요?"

"맞아. 그래서 영국공 대인도 신도 근심을 더는 듯했지."

그러나 더위가 기승을 부리는 7월이 되면서 향의 병세가 급격하게 나빠졌다. 자신의 방 안에 틀어박혀 부모와 신과의 만남도 거부하고 오로지 글만 썼다는 것이었다.

그런데 더위가 극심하던 8월, 결국 향이 유명을 달리했던 것이다. 남경의 여름은 건강한 이들에게도 견디기 쉽지 않은 계절이었다. 그러니 병자에게는 더더욱 힘이 들었을 것이다. 예상치 못했던 갑작스런 흉사(凶事)에 모두가 넋이 나가고 말았다. 특히 동생을 매우 아꼈던 신의 슬픔이 지극할 것이 분명했다.

"나리는 어찌하고 계십니까?"

"곧 아버님과 함께 영국공부에 조문을 갈 예정이다. 가서 일단 신을 만나보고 소식을 전해주마."

증수가 그리 말을 하고는 조용히 물러났다. 그러나 최근 신을 만날 수 없었던 모언은 초조했다. 그의 곁에서 그를 위로해 주고 싶었다. 분명 그는 고통을 안으로만 삭이고 있을 것이었다. 애정이 깊었던 만큼 슬픔도 깊을 신이었다.

그를 위로하고 싶어 서신을 보내고도 싶었지만 모언은 꾹 참았다. 경황이 없을 그를 방해하고 싶지 않았던 것이다. 하지만 간단한 안부조차 없는 신이 야속했다. 그래도 모언은 조용히 기다렸다. 야래향 향기가 고즈넉한 후원을 채우던 여름이 천천히 흘러갔다.

그해 국화가 필 무렵, 남경의 정세는 두 가지 세력의 보이지 않는 갈등으로 일촉즉발의 상황에 있었다. 적통황제인 건문제를 지지하는 세력과 드러내지는 못하지만 더욱 강력한 연왕 주체를 추종하는 세력 간의 물밑 다툼이 치열했다. 향의 죽음 이후로 두 집안의 왕래가 격조해진 것도 바로 이즈음이었다.

모언은 거의 두 달을 매일 밤 그리운 그를 생각하며 보낼 수 없는 서신을 쓰고 있었다. 전할 수 없는 마음을 한 글자 한 글자 글로 적어 내려가면 어느 순간 마음이 정화되는 기분이었다. 밤마다 불어오는 소슬한 가을바람 아래 글을 쓰는 모언의 모습을 자주 목격할 수 있었다.

"아가씨, 오늘도 쓰고 계신 것입니까?"

석류를 들고 안으로 들어오던 난향이 그 모습을 보고 기어이 또 한마디를 했다.

"저 문갑을 한 그득 채우시고, 보내지도 않으시면서……."

난향이 말을 잇지 못했다. 모언은 난향의 걱정스런 표정에 결국 서신을 치우고 말았다. 난향이 조용히 석류를 쪼개어 모언에게 내밀었다.

"아가씨, 지금은 그저 아무런 생각 마세요. 나리께서도 여러 가지 일로 분주해서 그러하지 않겠습니까?"

난향의 위로에 모언이 가늘게 한숨을 내쉬었다. 그저 분주한 일이 시간이 지나면 해결될 일이라면 얼마나 좋을까? 모언은 두 집안에 드리운 암운(暗雲)에 가슴이 조미조미했다. 연왕을 지지하는 영국공부와 적통황제를 지지하는 류효윤, 반드시 한쪽은 비극적인 결말을 피할 수 없어 보였던 것이다. 그렇게 가슴 졸이는 하루하루가 지나가고 있었다.

"아가씨, 아가씨! 서신이 왔습니다."

난향의 큰 소리에 내리던 눈을 멍하니 바라보던 모언이 고개를 돌렸다. 최근에는 영양장공주에게서도 서신이 없었기에 난향이 저리 수선을 피우는 것이 신기했다. 누가 그녀에게 편지를 보냈는지 예상할 수 없어 모언은 순간 멍해졌다. 그러나 그 난향이 가져온 그 서신을 받는 것이 두려웠다. 모언은 조마조마한 심정으로 난향을 바라보았다.

"아가씨, 나리께서 보내신 서신입니다."

저도 모르게 모언이 자신의 가슴을 부여잡았다. 서신을 받아 드는 모언의 손이 부들부들 떨렸다. 분명 반가워야 할 텐데, 모언은 두려웠다. 근 석 달 만에 듣는 그의 소식이었다. 그러나 모언은 그 서신이 결코 오지 않기를 바랐다.

"얼른 안 보시고 뭐 하세요?"

난향이 채근했다. 그러나 모언은 서신을 차마 열어보지 못하고 있었다.

—**모언낭자친전**(莫言娘子親展, 모언 낭자에게 보내는 편지).

힘 있고 늠름한 신의 필체였다. 불안한 마음에 모언의 입안이 바싹 말랐다. 모언이 저도 모르게 침을 꿀꺽 삼켰다. 모언이 부들부들 떨리는 손으로 간신히 서신을 펼쳤다. 무겁고 짧은 정적이 방 안을 가득 채웠다.

툭!

모언의 두 손에서 떨어진 서신이 내리는 눈처럼 바닥에 떨어졌다. 하얀 종이 위에 적힌 글자는 단 한 글자였다.

—결(訣, 이별할 결).

모언의 눈에서 소리 없는 눈물이 새어 나왔다. 모언이 읍(泣, 눈물을 흘리되 소리 없이 흐느끼는 울음)하는 것을 보고 난향이 화들짝 놀랐다.

"아가씨, 왜 그러세요?"

난향이 영문을 몰라 모언을 위로했다. 하지만 한 시진을 그렇게 읍하는 모언을 도저히 위로할 수 없어 난향은 안절부절못했다. 그날 밤, 남경에는 대설(大雪)이 내렸다. 남경에 그리 큰 눈이 내린 것은 처음이었다. 모든 것이 얼어붙어 숯을 구하느라 모두가 분주한 그런 날이었다.

❖

건문 3년(1401년) 연말부터 악화된 황제와 연왕 간의 갈등이 폭발하였다. 그리고 건문 4년, 3월 연왕은 마침내 군사를 일으켜 정난군(靖難軍, 황실의 위난을 평정하기 위한 군사행동)이라 칭하고 남경으로 남하하기 시작했다.

황제의 관군과 연왕군 간에 일진일퇴의 전투가 진행되었다. 그러나 결국 6월 조정의 수군이 연왕군에 항복하자 연왕군이 장강을 넘었다.* 남경의 성문이 연왕의 군사에 의해 열린 그날, 건문제

* 장강을 기준으로 강북과 강남이 나누어진다. 중국은 동 · 서 간의 차이보다 장강 남북을 기준으로 기후나 습속이 달라진다

는 황궁에 불을 질렀다. 그렇게 타버린 궁전에서 건문제의 종적은 알 수가 없었다.

연왕 주체는 1402년 7월, 마침내 군신들의 추대를 받아 부득이 즉위한다는 형식으로 제위에 올랐다. 그가 바로 태조 주원장의 아들이자 건문제의 숙부였던 제3대 명의 황제 영락제(永樂帝, 성조. 영락대전 편찬과 정화의 해외원정으로 유명한 명의 성군)였다.

영락제의 등극으로 판세는 결정되었다. 그것이 신과 모언의 운명을 갈랐다. 한 사람은 이 나라의 권문세가의 일원으로서, 또 한 사람에게는 가혹한 운명이 기다리고 있었던 것이다.

다행히 영락제는 류효윤의 학문을 높이 평가하여 그를 중용하고 싶어했다. 영락제가 입궐을 명하자 류효윤은 소복을 차려입고 영락제 앞에서 비명에 간 건문제의 죽음을 비통해하였다. 그러나 그 행동은 영락제를 부정하는 행동이었다. 결국 대노한 영락제는 류효윤과 그의 아들 증수를 하옥시켜 버렸다.

그러나 영락제가 즉위식에서 내릴 즉위조서의 작업의 적임자를 고민하고 있을 때, 영국공이 재차 류효윤을 추천하였다. 다시 류효윤을 부르자 그는 이번에는 삼베로 만든 상복을 입고 편전에 들어 대성통곡하였다. 적통황제를 위한 류효윤의 절개에 감동한 영락제가 그를 회유하기 시작했다. 그러나 류효윤은 끝끝내 조서 작성을 거부하였다. 결국 화가 난 영락제가 명령을 내렸다.

"어서 황명에 따라 즉위조서를 작성하라!"

황제의 지엄한 명령에 환관이 지필묵을 대령하였다. 침묵을 지키며 꼼짝하지 않던 류효윤이 붓을 들었다. 그것을 바라보던 주위의 모든 사람들이 숨을 죽였다. 그렇게 한사코 조서 작성을 거부하던 그가 과연 무엇을 쓸지 예상조차 할 수 없었던 것이다. 초연한 자세로 글을 쓴 류효윤이 붓을 땅바닥에 내던졌다.

"연적찬위(燕賊簒位, 연나라 도적이 황위를 찬탈하다)!"

종이 위에는 단 넉 자가 일필휘지로 쓰여 있었다. 그것을 바라보던 영국공은 숨을 들이켰다. 아무리 황제에게 류효윤을 살려두라 간언을 하였으나 지금 상황은 영국공으로서도 어찌할 도리가 없었다.

"감히, 네가…… 너는 네 목숨이 아깝지도 않으냐?"

극도로 분노한 영락제가 류효윤을 바라보면서 소리쳤다. 그러나 류효윤은 눈 하나 깜짝하지 않고 꼿꼿한 표정으로 영락제에게 대답했다.

"비록 이 자리에서 내 목이 잘릴지라도 결단코 도적을 위하여 조서만은 쓰지 않겠소!"

"오호라. 네놈이 정녕 죽는 것이 두렵지 않다는 뜻이렷다. 허면 네 죄가 구족*에 미쳐도 좋다는 뜻인가?"

영락제의 음성은 잔인할 정도로 날카로웠다.

"구족(九族)이 아니라 십족(十族)에까지 미친다 하더라도 할 수 없는 일이오!"

의연한 류효윤의 대답에 극도로 화가 난 영락제는 즉시 사람을 시켜 그의 입을 귀밑까지 찢게 했다. 피를 흘리며 머리를 산발하고 그 형형한 눈으로 준엄하게 황제를 비난하는 류효윤의 모습이

* 九族, 고조로부터 증조 · 할아버지 · 아버지 · 본인 · 아들 · 손자 · 증손 · 현손까지의 직계친을 중심으로 하여 방계친으로 고조의 4대손 되는 형제 · 종형제 · 재종형제 · 삼종형제를 포함하는 동종(同宗)의 친족을 가리킨다. 이 설을 고문가설(古文家說)이라고 하며, 이에 따른 구족을 구속(九屬)이라고도 한다

처참하기만 하였다.

"오냐. 네놈이 진정 십족을 멸해도 하지 않겠다 하였겠다? 당장 이자의 아들을 대령하라!"

영락제의 명령에 옥에 있던 증수가 끌려 나왔다. 모진 감옥 생활에 증수의 얼굴은 까칠하기가 이를 데 없었으나 그의 눈빛 역시 형형했다. 류효윤도 아들의 예정된 죽음 앞에서는 저도 모르게 눈물을 흘렸다.

"아버님, 어찌 눈물을 보이십니까? 정의를 위해서 목숨을 바치는데 그 무엇이 슬프다는 것입니까?"

그리 외친 증수는 편전에 있는 대신들을 돌아보며 일갈했다.

"오늘 이 자리에서 죽어가는 우리를 반드시 기억하시오!"

"그 입 다물라! 어서 저자의 목을 베어라!"

영락제의 명에 증수의 목이 한칼에 베어졌다. 베어진 목에서 솟아난 더운 피가 편전 바닥을 붉게 물들였다. 싸늘하게 식은 아들의 시신을 바라보며 류효윤은 마지막으로 읊조렸다.

"내 여기서 나의 군주를 위해 목숨을 바치니 더 이상 무엇을 바라겠는가?"

그렇게 모언의 아버지와 오라버니는 같은 날 주검이 되었다. 영락제는 구족에 더하여 류효윤의 제자, 친구까지 능지처참을 명하니, 이것이 역사상 전무후무한 십족을 멸한 족형이었다. 무릇 선비는 자신을 알아주는 이를 위하여 목숨을 버린다 하였으니 류효윤의 지조에 많은 이들이 감동하였다.

가문의 두 남자를 잃은 모언은 거센 풍파에 고스란히 노출되었다. 여름이 한창인데 달도 뜨지 않아 칠흑같이 어둡고 더운 밤이었다.

쿵, 쿵, 쿵!

매송헌의 대문을 두드리는 소리가 마치 운명의 북소리와 같았다.

"아가씨, 어서 피하세요!"

겁에 질린 난향이 모언을 채근하였다. 모언의 처소에 난향, 유모인 추국, 그리고 청지기 사복이 모여 모언을 설득하고 있었다. 족형을 받은 류효윤의 가솔들에게는 가혹한 운명만이 남아 있었다. 남자는 모두 죽임을 당하고 집안의 여인들은 관의 재산으로 간주되어 노비가 된다. 모언은 이미 이러한 운명을 피할 수 없음을 알았다. 지금 도망친다 하더라도 과연 어디로 숨을 수 있을까? 쫓기는 삶과 노비의 삶이 무엇이 다를까?

하지만 모언은 최대한 자신이 할 수 있는 일을 하기로 결심했다. 일단 오라버니의 하나뿐인 아들 곤일을 지키는 것이 시급했다. 새언니는 시아버지와 남편의 소식을 듣고 자결하고 말았다. 이제 겨우 태어난 지 채 한 달이 안 된 곤일만이 이 집안의 마지막 희망이었다. 모언은 최대한 지니기 쉬운 패물들을 싸서 추국에게 건넸다.

"추국, 어렵겠지만 부탁해요."

자신보다는 유모인 추국이 곤일을 맡는 것이 금의위(錦衣衛, 홍무제가 창설한 일종 황제 직속 무사집단으로 시위(侍衛), 십포(緝捕), 형옥(刑獄)의 일을 관장)의 눈을 피하기 쉬웠다. 게다가 젖먹이에게는 모언보다는 유모가 더욱 필요한 존재였다.

"아가씨, 흑흑…… 이 무슨 망극한 일입니까?"

추국이 흐느꼈다. 하지만 모언은 이를 악물었다. 지금 넋 놓고 있을 여유가 없었다.

"곤일을 부탁드립니다. 이 집안의 유일한 희망입니다."

모언이 무릎을 꿇었다.

"아가씨, 어찌 제 앞에서 무릎을 꿇으십니까?"

추국이 당황하여 소리쳤다.

"아니에요. 어려운 일을 유모에게 부탁드려 죄송해요."

모언의 간곡한 부탁에 추국이 고개를 끄덕였다. 이 불행한 사태를 모르는 곤일은 추국의 품 안에서 곤히 잠들어 있었다. 마지막으로 모언이 곤일의 뺨을 살짝 쓰다듬었다. 과연 이 아이를 다시 볼 수 있을까?

"어서 떠나세요. 이곳은 제가 최대한 마무리해 보겠습니다."

"사복, 부탁드려요."

사복과 추국이 떨어지지 않는 걸음으로 어둠을 가르고 집을 나섰다. 그 모습을 바라보던 모언이 고개를 돌렸다.

"난향, 너도 어서 피하거라!"

"아가씨, 그게 무슨 말씀이세요?"

난향이 울먹거렸다.

"여기 있으면 너도 죽어! 너까지 죽을 필요는 없어. 부디, 행복하기를 바란다."

모언이 몇 개 남지 않은 패물을 난향에게 쥐어주었다. 그러나 난향은 눈물을 줄줄 흘리며 고개를 흔들었다.

"안 돼요, 아가씨! 아가씨 혼자서 어쩌시려구요?"

"괜찮아. 나는 류씨 집안의 자손이야. 죽는 것은 두렵지 않아."

결연한 표정의 모언이었다. 둘이 실랑이를 하는 사이에 비명 소리가 들려왔다. 노도와 같이 안으로 들어온 사람들의 발자국 소리가 천둥처럼 들렸다.

"어서 서둘러! 시간이 없어!!"

모언의 채근에 난향이 겨우겨우 발걸음을 돌렸다.

"꼬옥 살아 계셔야 해요. 아가씨!"

어둠 속으로 사라지는 난향의 뒷모습을 물끄러미 바라보던 모언은 방문을 열었다. 홀로 운명을 맞이하기 위해서 앞으로 걸어가는 모언의 걸음이 두려움으로 떨렸다.

"악, 살려줘!!"

"까악!"

가솔들의 비명 소리와 군사들의 검 소리, 발자국 소리가 한데 뒤섞여 어지럽게 들려왔다.

"아가씨, 살려주세요!"

부엌에서 허드렛일을 하는 혜옥이 모언을 보고 애원했다. 모언이 그녀에게 손을 내밀려던 찰나였다.

스사삭!

바람을 가르는 검 소리와 더불어 혜옥이 앞으로 쓰러졌다. 뒤에서 있는 남자의 모습이 마치 야차와도 같았다. 모언과 시선이 마주치자 남자가 피로 범벅된 얼굴을 쓰윽 닦으며 미소를 지었다. 그 미소가 끔찍한 나머지 모인은 저도 모르게 움찔하고야 말았다.

남자는 음욕에 가득 찬 표정으로 모언에게 다가섰다. 그리고 모언을 우악스럽게 번쩍 들어 올려 어깨에 둘러메었다. 머리에 피가 몰리고 온 세상이 거꾸로 뒤집혔다. 하루아침에 뒤집힌 모언의 세상처럼 그렇게 시야가 불안하게 흔들렸다.

몇 걸음 걷던 그가 모언의 방문을 열었다. 그리고 남자는 모언을 침상에 던지듯이 내려놓았다. 그리고 커다란 손을 뻗어 모언의 두 발목을 잡고 자신 쪽으로 쭉 끌어당겼다.

"하지 마!"

그악스러운 남자의 손 때문에 발목이 아팠다. 그러나 아픔보다 더욱 두려운 것은 점점 드러나는 그녀의 뽀얀 다리를 게걸스럽게 바라보는 남자의 눈빛이었다.

남자는 손쉽게 모언의 두 팔을 한 번에 그러잡아 머리 위에 고정했다. 그리고 다른 한 손으로 이미 무릎까지 올라간 치마를 걷어 올리고 다리를 쓸었다. 그리고 이내 뱀의 머리처럼 징그러운 남자의 손이 모언의 가슴 쪽으로 다가왔다.

부아악!

옷감이 찢어지는 날카로운 소리가 방 안을 채웠다. 남자가 거친 손길로 모언의 저고리를 찢어버렸던 것이다. 모언이 몸을 최대한 움츠렸다. 그러나 두 손목이 머리 위에 고정되어 있는 모언은 드러난 가슴을 가릴 수도 없었다. 그저 고스란히 남자의 지저분한 시선을 받아낼 수밖에 없었다.

수치심에 모언의 눈가가 축축하게 젖어들었다. 하지만 모언은 입술을 악물었다. 이런 짐승 같은 자 앞에서 눈물을 보여주고 싶지 않았다. 무방비하게 드러난 모언의 풍만한 가슴을 보고 눈이 풀어진 남자는 거친 손을 들어 모언의 가슴을 쥐어짤 듯이 움켜쥐었다.

"헉, 아파!"

모언의 입에서 비명이 새어 나왔다. 남자는 마음이 급했는지 모언의 비부를 가리고 있는 속옷을 마치 찢어발기듯이 벗겨냈다. 그리고는 모언의 두 다리를 잡아 넓게 벌렸다.

"안 돼!"

자신에게 곧 닥칠 위험에 저도 모르게 모언이 비명을 질렀다. 차마 남자를 바라볼 수 없어 모언이 두 눈을 감았다.

'제발, 누가 좀 도와줘!'

소리 없는 모언의 처절한 외침이었다.

퍽!

둔탁하게 사람이 맞는 소리가 들려왔다. 그리고 갑자기 모언을 결박하던 남자의 손이 풀리고 자신을 내리찍듯이 누르던 감각도 사라졌다. 그리고 설명할 수 없는 무시무시한 정적이 방 안을 채웠다.

예상치 못한 신의 등장에 방 안의 공기가 순식간에 얼어붙었다. 그의 커다란 주먹이 한 치의 오차도 없이 모언을 탐하는 남자의 뒤통수를 가격했다. 마치 먹이를 사냥하는 범처럼 그의 행동에는 군더더기 하나 없었다.

그리고 충격으로 의식을 잃은 남자가 모언의 몸 위로 쓰러지는 것이 몹시 불쾌한 것처럼 남자를 들어 한쪽 구석으로 치워 버렸다. 그의 일련의 움직임은 날렵하면서도 매우 민첩했다. 하지만 냉정하고 절제된 그의 움직임과 달리 사내의 커다란 눈에서는 불꽃이 타올랐다. 그리고 그의 강한 어깨가 격한 감정을 이기지 못했는지 미세하게 떨리고 있었다.

"여기까지다!"

분노를 억누른 차갑고 날카로운 목소리가 그 정적을 깨뜨렸다. 익숙한 그 목소리에 모언이 감았던 눈을 번쩍 떴다. 신의 주먹에 나가떨어진 남자가 방 한구석에 처박혀 있었다. 그 와중에도 모언은 남자가 혹시 죽은 것은 아닌지 우려스러웠다. 그만큼 신의 분노는 강력했다. 그래서 모언은 그 살의(殺意)가 향하는 대상이 자신이 아니라는 것에 안도하고 말았다.

남자에게서 시선을 돌리자 모언은 자신을 차갑게 바라보고 있는 신의 눈동자와 마주쳤다. 아주 짧은 순간 두 사람의 시선이 허공에서 쨍하고 부딪혔다. 순간 그의 눈에서 불꽃이 피어나는 것 같았다.

잠시 동안 모언도 신도 아무런 말이 없었다. 모언은 겁탈당할 뻔한 충격에 아직 제정신이 아니었다. 그리고 신은 격렬한 분노를 간신히 억누르는 듯 호흡을 가다듬고 있을 뿐이었다. 그의 꽉 쥔 주먹만이 그의 분노를 나타내고 있었다.

잠시 멍하니 그의 눈을 바라보던 모언은 그 눈 속에 비친 자신의 모습을 발견하고는 경악했다. 급하게 몸을 돌려 드러난 가슴을 가리며 떨리는 손으로 허리까지 올라간 치마를 끌어 내렸다. 손이 부들부들 떨렸다. 얼른 풀어헤쳐진 저고리를 여미려 했지만 극도의 공포와 신에게 흉한 모습을 보였다는 충격에 손이 제대로 움직여지지 않았다.

하지만 곧 모언은 설명할 수 없는 위화감에 긴장했다. 모언은 그가 곧 돌아서서 나갈 것이라 예상했다. 하지만 신은 그저 한자리에서 서서 모언이 겨우겨우 자신을 수습하는 모습을 지켜보고 있었다. 모언은 자신에게 쏟아지는 그의 시선에 몸 둘 바를 몰랐다. 예의 바른 그가 이렇게 무례할 정도로 뻔뻔스럽게 여자의 흐트러진 모습을 바라볼 것이라고 생각조차 하지 못했던 것이다.

하지만 어서 옷을 입어야 했다. 자신의 흐트러진 매무새를 갈무리하며 그녀는 필사적으로 새어 나오는 흐느낌을 참았다. 울고 싶지 않았다. 다행히 신이 너무 늦지 않게 와준 덕분에 아주 흉한 일을 면한 것만으로 모언은 감사해야만 할 것이었다.

간신히 모언이 할 수 있는 한에서 최대한 매무새를 정리하였다. 하지만 남자의 우악스러운 손길에 찢어진 저고리는 제대로 모언의 몸을 가려주지 못했다. 모언이 억지로 벌어지려는 앞섶을 두 손으로 그러쥐었다. 하얗고 탐스러운 가슴이 모언이 조금만 손을 떼어도 저고리 바깥으로 곧 흘러내릴 것만 같았다.

"쯧!"

그 모습을 보고 있던 신이 가볍게 혀를 차더니 자신의 심의를 벗어 모언의 어깨에 둘러주었다. 매화의 청향 같은 그의 향기가 콧속을 채웠다. 그제야 지금까지 참았던 눈물이 소리 없이 흘러내렸다. 이 흉한 모습을 그에게 몽땅 보인 것이 수치스러웠다.

하지만 동시에 자신을 구하러 와준 신을 보자 안심이 되었다. 아무리 영국공과 그가 신(新)황제를 지지한다 해도 그는 예전 정혼녀였던 자신을 구하러 와준 것이었다. 그것만으로 충분했다. 모언이 울컥 나오려는 흐느낌을 간신히 억누르고 신에게 감사 인사를 전했다.

"구해…… 주셔서, 감사합니다."

모언의 목소리가 마치 곧 끊어질 것처럼 가련했다.

"나는 너를 구하려는 것이 아니다!"

냉정한 신의 말에 모언이 고개를 번쩍 들었다. 다정한 눈빛을 기대하지는 않았다. 그리고 위로를 기대한 것도 아니었다. 하지만 의미를 알 수 없는 신의 말에 모언의 온몸이 사시나무처럼 떨렸다. 차가운 그의 말이 모언을 서럽게 했다.

그녀는 신의 깊은 눈을 응시하였다. 그 눈동자에는 뜨거우면서도 차가운, 설명할 수 없는 찐득한 감정이 녹아 있었다. 가늠할 수 없는 미래가 불안하게 모언을 압박하고 있었다.

# 4. 풍파(風波)

다각, 다각, 다각.

어둠을 가르는 말발굽 소리만이 대기를 가득 채웠다. 후덥지근한 더위에 숨이 턱턱 막혔다. 밤이 되었음에도 불구하고 공기는 뜨겁기만 했다. 하지만 말을 탄 남자에게서 뿜어져 나오는 열기는 그보다 더욱 뜨겁고 찐득했다.

말을 타고 있는 신은 자신을 휘감는 이 열기가 더위 때문인지 아니면 극심한 분노 때문인지 구분할 수 없었다. 앞에 앉아 있던 모언이 말의 빠른 속도 때문에 자신 쪽으로 휘청거리며 안겨왔다. 저도 모르게 신이 그녀의 허리를 감은 왼쪽 팔에 힘을 주었다.

그녀가 말의 속도에 두려웠는지 신의 정자의(程子衣, 사대부들이 평상시에 입던 곧은 깃이 달린 포)를 그러잡는 것이 느껴졌다. 이 상황에서도 모언에게서 풍기는 체 향이 향긋하게 느껴져 신은 자신이 한심했다.

반 시진 전, 장안루에서 호위무사도 대동하지 않고 홀로 술을 마시던 신이었다. 류효윤과 증수의 죽음을 목도한 신은 그저 아무런 말 없이 술을 마셨다. 나라를 위해서 영락제를 지지한 신이었지만 류효윤의 곧은 절개에는 절로 고개가 숙여졌다. 그분이 생각을 바꾸리라고는 처음부터 기대하지 않았다. 하지만 영국공도 신도 어떻게 해서든 그를 구하고 싶었다.

그러나 결국 끔찍한 결과를 피하지 못했다. 류효윤과 증수의 피 묻은 얼굴이 뇌리에서 사라지지 않고 있었다. 그러나 더욱 괴로운 것은 자꾸만 모언에 대하여 생각하고 있는 자신이었다. 이미 파혼을 했다. 그녀는 그와 함께할 수 없는 여인이었다. 그리고 영락제의 분노를 피하기 위해서라도 류효윤 집안과의 인연은 잊어야 했다. 하지만 계속 그녀에게 향하는 생각을 멈출 수가 없었다.

작년 여름, 향의 방에서 발견된 모언의 서신을 보는 순간 신은 아무런 생각도 할 수 없었다. 은애하는 마음을 고스란히 담은 그녀의 서신에 신은 충격으로 휘청거렸다. 동생의 정인이 되어버린 모언을 증오하며 고통에 몸부림쳤던 날들이 다시 떠올랐다. 자신에게 수줍게 미소 짓던 그녀가 자신의 뒤에서 향과 수많은 공자들을 희롱하였다는 사실에 분노를 참을 수가 없었다. 향의 마음에 그렇게 상처를 입히고 죽음에까지 이르게 한 모언은 더 이상 신이 알던 청초하고 고운 여인이 아니었던 것이다.

"이런, 이 늦은 밤에 금의위 군사들이 어딜 저리 급히 가는 겐가?"

옆에서 술을 마시던 남자가 중화대로를 가득 메운 금의위 군사들의 행렬을 보고 중얼거렸다. 그러자 옆에 있던 눈이 작은 남자가 대답하였다.

"쉬, 몰라서 그러는가? 오늘 한림원시강 류효윤 나리가 돌아가시지 않았나?"

"아, 그렇지. 그럼 저 군사들은 지금 그 집으로 가고 있는 것인가?"

처음 말을 꺼냈던 남자가 한숨을 쉬었다.

"쯧, 참으로 안되었구먼."

그러자 눈이 작은 남자가 안타까운 듯 중얼거렸다.

"그런데 아무래도 그 집 아가씨가 안되었어. 이번에 장승장군이 폐하께 특별히 아가씨를 포상으로 달라 했다는군."

"뭣이라? 그 집에 들어갔던 애첩들이 채 1년이 못 되어 줄줄이 죽어 나간다는?"

남자의 목소리가 올라갔다. 눈이 작은 남자가 목소리를 낮추며 속삭였다.

"어찌나 여인들을 못살게 구는지 홍루(紅樓, 기녀들이 있는 술집)에서조차 장승이라 하면 모두 고개를 절레절레 젓지 않는가?"

"이런, 그 댁 아가씨가 꽃처럼 아름답고 단아하다고 소문이 자자하던데…… 쯧……."

남자가 안타까운 듯이 탄식했다.

"그런데 이상한 소문도 있다네. 실은 그 댁 아가씨가……."

눈이 작은 남자가 모언에 대한 이야기를 꺼내려던 순간 신이 두 남자를 강한 눈빛으로 노려보았다. 그 눈빛에 놀란 눈이 작은 남자가 하려던 말을 급히 멈추고 다른 남자에게 눈짓을 하고는 황급히 바깥으로 나갔다. 한 다경 정도 술을 들이켜던 신이 결국에는 자리에서 일어섰다. 그리고 급하게 말을 몰았다.

잠시 후, 모언의 집 앞에 당도한 신은 처참한 광경에 저도 모르게 고개를 저었다. 안에서는 여인들의 비명 소리와 다양한 소음이 섞여 아수라장이 되어 있었다. 신은 곧바로 모언의 처소가 있는 안채로 걸어갔다. 점점 안채로 향하는 신의 걸음이 빨라지고 있었다. 안채 안으로 들어서자 젊은 여인 하나가 피투성이가 되어 바닥에 뒹굴고 있었다.

"안 돼!"

그때, 방 안에서 들려온 모언의 비명에 신이 거의 날아가듯 뛰어 황급히 모언의 방문을 열었다. 방 안의 모습이 한눈에 들어오자 신은 순간 이성을 잃었다. 거의 반라가 된 모언을 남자가 덮치고 있었던 것이다. 버둥거리는 모언의 모습을 보는 순간 신은 두 번 생각할 것도 없이 남자의 뒤통수를 가격하였다.

그나마 검을 휘두르지 않은 것은 조금 남아 있던 신의 이성 때문이었다. 바들바들 떨고 있는 모언을 바라보자 견딜 수 없는 분노가 신을 감쌌다. 모언을 겁간하려던 남자를 죽여 버리고 싶다는 충동을 간신히 억제하고 있었다. 신은 애써 자위했다. 그녀를 벌할 수 있는 것도, 그녀에게 고통을 줄 수 있는 사람은 바로 자신뿐이었다. 다른 인간이 손을 대는 것을 참을 수 없었다. 그리 생각한 신이었지만 사실은 모언이 위험에 처하는 것이 미치도록 걱정되었다는 것을 애써 모른 척하고 있었다.

"나리, 오셨습니까?"

영국공부에 도달하자 문을 지키던 호위무사 금동이 신을 맞이하였다. 고삐를 금동에게 넘기고 신이 모언을 감싸 안고 말에서 내렸다. 심의 안에 감싸여 있는 여인을 보고 금동이 헉 하고 숨을 들이켰다. 머리는 산발에 심의 사이로 얼핏 보인 저고리는 찢어져 있었다. 혼절한 것은 아니었으나 극심한 공포에 질린 듯 눈에는 아무런 빛도 없었다. 겁간이라도 당한 듯한 여인의 모습에 금동이 신을 바라보았다. 신은 차가운 눈빛으로 금동을 쏘아보았다. 그리고 마치 금동의 시야에서 여인을 가리듯 안고 급히 안으로 들어갔다.

"팽 유모, 팽 유모 있는가?"

안으로 들어서며 신이 팽 유모를 불렀다. 그러자 나이가 지긋한 여인이 신 앞으로 다가왔다.

"예, 나리!"

"여인의 옷을 가져오너라!"

서릿발처럼 차가운 신의 말투와는 달리 그의 행동은 매우 조심스러웠다. 그것이 신이 매우 소중한 존재처럼 여인을 끌어안고 있었기 때문이었다. 행여나 깨질세라 행여나 부러질까 걱정하는 마음이 행동에서 고스란히 느껴졌다. 혹시 누가 뺏어가기라도 할까봐 근심하는 것이 역력했다. 그 미묘한 어긋남이 도리어 신의 속마음을 나타내고 있었다.

"알겠습니다."

이미 이 집안에 30년이 넘게 있어 눈치가 빠른 팽 유모는 신의 명령에 토를 달지 않고 조용히 물러났다.

신은 자신의 침상에 모언을 내려놓았다. 모언의 몸이 얼음장처럼 차가웠다. 혹시 기절하는 것은 아닐까 걱정했으나 다행히 모언은 정신을 놓지 않고 있었다. 하지만 아까부터 하염없이 눈물만 흘리고 있는 것이 걱정스러웠다. 하지만 신은 그런 자신의 생각을 떨쳐 버리려는 듯 고개를 흔들었다. 침상에 내려두자 모언이 두려운 듯 침상 구석으로 물러났다. 그것이 마음에 들지 않아 순간 신은 얼굴을 찌푸렸다.

"나리, 안으로 들어가겠습니다."

팽 유모가 안으로 들어왔다.

"옷을 갈아입히고 쉬게 해주어라!"

그리 말한 신이 휙 바깥으로 사라졌다. 그제야 팽 유모는 침상으로 시선을 돌렸다. 아름다운 여인이 겁에 질린 듯 침상 구석에 몸을 웅크리고 신의 심의를 꼬옥 끌어안고 있었다.

"아가씨, 새 옷을 가져왔습니다."

팽 유모가 여인의 몸에서 심의를 벗겨내자 무참하게 찢어진 저고리가 나타났다. 넋이 나간 여인이 순간 몸을 움츠렸다. 팽 유모가 걱정스러운 마음에 아무런 말도 없이 그녀를 살며시 안아주었다. 공포에 질린 여인의 등을 부드럽게 쓰다듬어 주자 그제야 여인이 흐느껴 울기 시작했다.

"흐…… 흑…… 흑."

지금껏 울음을 꾹꾹 눌러 참았던 듯 여인의 설움이 폭발했다. 어린아이처럼 품에 안겨 우는 여인이 안쓰러워 팽 유모는 그저 다정하게 그녀의 등을 계속 쓰다듬었다.

“자, 이제 괜찮아요! 여기 팽 유모가 있어요.”

마치 엄마처럼 자상한 팽 유모의 음성에 여인의 흐느낌이 잦아들었다. 그리고 이내 여인은 기절 같은 깊은 잠에 빠져들었다. 여인이 잠들자 팽 유모는 젖은 수건으로 그녀의 몸 구석구석을 닦아 주었다. 식은땀을 지나치게 흘려서 혹시 몸이 상하지 않을까 걱정이 될 정도였다. 무슨 일이 있었는지 여인은 찢어진 저고리에 아래에는 치마 한 장만을 간신히 걸치고 있었다. 다행히 흉한 일은 당하지 않은 것 같아 팽 유모는 낮은 한숨을 쉬었다. 옷을 갈아입히고 나서도 한동안 팽 유모는 여인의 곁을 떠나지 않았다.

악몽에 시달리던 모언이 간신히 정신을 차린 것은 바깥에 짙은 어둠이 내린 시간이었다. 낯선 환경에 당황한 모언이 몸을 움츠렸다. 가만히 무릎을 끌어당겨 안고 고개를 묻었다. 그제야 신의 품에 안겨 지옥 같은 매송헌에서 빠져나왔던 것이 생각났다. 그렇다면 여기는 영국공부임에 틀림없었다.

고개를 들고 주변을 둘러보았다. 화려하지는 않지만 우아하고 고급스럽게 장식된 방이었다. 처참하게 찢겼던 옷도 깔끔한 옷으로 바뀌어 있었다.

“깨어나셨어요?”

여인이 안으로 들어오며 반색을 했다.

“네, 저를 보살펴 주셔서 고맙습니다.”

모언이 일단 인사부터 했다.

“다들 저를 팽 유모라 부른답니다. 이미 제 젖을 먹을 아기씨는 없지만…… 호호호.”

팽 유모가 분위기를 가볍게 하려는지 농을 했다. 따듯한 팽 유모의 말에 모언의 얼어붙었던 마음이 살짝 누그러졌다.

"시간이 얼마나 지났나요?"

모언이 멍한 얼굴로 물었다.

"만 하루를 꼬박 식은땀을 흘리며 잠에 빠져 있었어요. 나리께서 아까 점심나절부터 반 시진마다 깨어나셨는지 계속 상태를 묻고 계셨습니다."

"아…… 네."

모언이 어색하게 대답했다.

"시장하시지요? 제가 간단한 음식을 가져올 테니 일단 요기부터 하세요."

그리 말하고 팽 유모가 나가 버리자 모언은 자신을 감싼 정적에 당황하고 있었다. 하지만 추국과 사복이 곤일을 데리고 잘 피신은 했는지, 난향도 잘 도망을 갔는지, 그리고 가솔들은 어떠한지 수많은 근심으로 머리가 소란스러웠다. 그리고 무엇보다 아버지와 오라버니의 시신을 누가 거두기는 했는지, 그들의 임종조차 제대로 지키지 못한 자신이 한탄스러웠다.

자신 역시 지금은 영국공부에 있지만 앞날이 어떻게 될지 알 수가 없었다. 이곳에 계속 있어도 되는 것인지, 아니면 관노로 다른 곳에 보내지는 것인지 알 수 없는 미래가 검은 주둥아리를 벌리고 자신을 집어삼키는 것 같았다.

모언은 그동안 아버지와 오라버니의 보호 아래 행복하게 살았다. 하지만 순식간에 손바닥 뒤집히듯 변해 버린 세상이었다. 분명 어제와 같은 하늘인데, 전혀 다른 세상이 펼쳐졌다. 이제 의지할 사람이라고는 아무도 없었다. 그리고 무엇보다 자신을 냉정하게 바라보던 신의 눈빛이 생각나 저도 모르게 몸을 움츠렸다.

"아가씨!"

조용히 자신을 부르는 소리에 모언이 생각에서 빠져나왔다. 팽 유모가 소화하기 쉬운 음식들을 탁자에 차리고 먹기를 권했다. 모언은 음식이 모래같이 느껴졌지만 꾹꾹 씹어 먹었다. 이런 상황에서 몸까지 아프면 아니 되었기에 억지로 모언은 자신을 다잡았다. 죽지 않고 살아야 한다면, 정신을 바짝 차리고 있어야 했다.

밤이 깊어 바깥은 그 끝을 알 수 없는 짙은 어둠에 싸여 있었다. 늦은 시간이라 사위는 소음 하나 없이 조용했다. 팽 유모가 가져다준 음식을 먹고 나니 딱히 할 일이 없었다. 그렇다고 바깥에 나갈 수도 없어서 모언은 방 안을 지켰다. 아무래도 이곳은 가주나 혹은 그에 준하는 이가 머물 만한 곳이었다. 그래서 자신이 계속 여기에 있어도 되는지 불안하기만 했다. 옆에 있던 팽 유모도 사라지자 홀로 남겨진 모언은 무력감에 답답하기만 했다.

덜컹!

방문이 열리는 소리에 모언이 화들짝 놀라 앉아 있던 의자에서 벌떡 일어났다.

"드디어 일어났군!"

냉정한 신의 목소리에 모언이 움찔했다. 그 말투가 아직까지 여기서 무엇을 하느냐고 타박하는 것만 같았다. 모언이 뭐라 대답도 하기 전에 신이 큰 보폭으로 휘적휘적 걸어와 모언이 앉아 있던 반대편 의자에 앉았다.

모언은 그 자리에 못 박힌 듯 서 있었다. 그전까지는 자신의 정혼자였던 신이었다. 하지만 이제 두 사람의 처지는 너무나 달랐다. 그 달라진 관계성에 그를 어떻게 대해야 할지 가늠이 되지 않았다.

"쯧, 팽 유모가 괜한 짓을 했군."

탐탁지 않은 그의 말에 모언이 고개를 번쩍 들었다. 그가 모언의 옷을 바라보고 있었다. 저도 모르게 모언이 치맛자락을 움켜쥐었다. 사실 팽 유모가 가져다준 옷은 평소 모언이 입던 옷보다 더욱 고급스러웠다. 아무리 봐도 귀한 사대부의 여인이 입을 만한 옷이었던 것이다. 그것이 잘못이라는 뜻일까? 하지만 모언에게는 선택권이 없었다.

"송구합니다. 가져다주신 옷을 입었는데 적절치 않으면 다른 옷으로 갈아입도록 하겠습니다."

모언의 답변이 마음에 들지 않았는지 신이 미간을 살짝 찌푸렸다.

"거동할 수 있거든 이제 나가보아라."

냉정한 신의 말에 모언은 당황했다. 이전까지는 공손한 말투로 모언을 대하던 그였다. 그러나 지금 그의 하대가 낯설었다. 그리고 그냥 바깥으로 나가서 무엇을 어떻게 하라는 것인지 알 수가 없었다. 이곳에서 계속 일을 하라는 것인지, 어쩔 수 없이 모언이 다시 질문을 했다.

"이곳에서 일을 하라는 말씀이십니까?"

"그럼 하릴없이 밥만 축낼 생각이었느냐? 너는 대명률(大明律, 태조 주원장이 만든 명의 법률. 명의 법은 어느 시기보다 가혹했다)에 따라 영국공부에 하사되었다. 명심해라, 이제 너는 더 이상 한림원시강의 외동딸이 아닌 영국공부에 속한 노비라는 것을!"

예상했던 답변임에도 불구하고 모언의 심장이 툭 하고 떨어졌다.

"그, 그럼 저는 이제부터…… 어떤…… 일을 하면 될까요?"

모언이 떨리는 음성으로 물었다.

"내가 하찮은 노비의 일까지 일일이 지정해 주어야 하는 것이냐?"

냉혹한 신의 말에 모언이 움찔했다. 틀린 말은 아니었다. 이제 모언은 신의 정혼녀가 아닌 대역죄인의 딸, 관에 속한 노비였다. 하지만 그의 입에서 나온 말은 채찍처럼 모언의 가슴을 할퀴었다. 순간 당황하며 머뭇거리는 모언을 보던 신이 혀를 찼다.

"쯧, 팽 유모? 팽 유모 바깥에 있는가?"

신의 부름에 바깥에서 팽 유모의 목소리가 들려왔다.

"네, 나리. 찾아 계십니까?"

"여기 이 아이를 데려다 일을 시키도록 하라."

순간 방 바깥이 정적에 휩싸였다. 그러나 이내 팽 유모가 공손하게 대답하였다.

"일겠습니다."

신이 모언을 바라보며 말했다.

"어서 나가지 않고 뭐 하느냐?"

그 말에 모언이 마치 화살이라도 맞은 것처럼 화급하게 움직였다. 바깥으로 걸어나가는 그녀의 가녀린 뒷모습을 신이 물끄러미 바라보았다. 속을 알 수 없는 그의 눈빛이 살짝 흐려졌다.

모언은 팽 유모를 따라 하인들이 머무는 처소로 갔다. 좁은 방에 여러 명의 하녀들이 잠을 자고 있었다. 모언은 아무 말 없이 조용히 몸을 침상에 뉘었다. 하지만 밤새 잠은 오지 않았다. 어떤 삶이 펼쳐질지 가늠할 수 없는 미래가 모언을 옥죄고 있었다. 견딜 수 없는 시간이 너무나 더디 흘러갔다.

그러나 그 밤 밤새 뒤척인 것은 신도 마찬가지였다. 손을 써서 모언을 류효윤의 여식이 아닌 시녀로 위장해서 데려왔다. 현재로서는 그것이 그녀의 목숨을 살릴 수 있는 유일한 방법이었다. 그래서 부러 그녀에게 모진 말로 그녀의 신분이 노비임을 강조하고 주의를 주었다. 하지만 그녀의 슬픈 까만 눈동자가 계속 신의 머릿속을 떠나지 않았다.

모언에게 주어진 첫 번째 일은 세탁이었다. 영국공부에는 엄청난 양의 세탁물이 하루하루 쌓였다. 양도 양이었지만 더욱 힘든 것은 세탁물을 옮기는 일이었다. 며칠 지나지 않아 모언의 곱던 손이 거칠게 변했다. 그리고 어깨며 다리며 마치 몹시 맞은 것처럼 삐걱거렸다.

하지만 모언은 꿋꿋하게 견뎌냈다. 아침부터 저녁까지 고된 노동에 집중하다 보면 한가하게 자신의 처지를 한탄할 여유가 없었다. 몸이 힘들어 밤에 아무런 생각도 하지 못하고 잠에 빠져들었다. 그래서 슬픈 생각을 하지 않을 수 있었다. 밤에는 그저 고단한 몸을 누이고 안전하게 잠들 수 있다는 것에 감사했다.

처음으로 모언은 노동의 가치에 대하여 깨달았다. 그래서 거친 찬과 밥도 고마웠다. 배를 곯지 않고 밤이슬을 피하는 것의 고마움에 대하여 처음으로 제대로 알게 되었다.

그래서 정치란 가장 낮은 이를 향해야 한다는 아버지의 신념이 얼마나 고귀한 것인지도 다시 한 번 깨달았다. 아버지에게 부끄럽지 않게 열심히 살아야겠다고 모언은 다짐했다. 일은 고되었지만 그렇게 마음먹자 모언은 씩씩해졌다. 그렇게 고된 하루하루가 지나가고 있었다.

"에구, 아가씨, 그 무거운 것을 혼자서…… 제가 들어드리겠습니다."

무거운 세탁물을 들고 움직이는 모언을 본 금동이 급하게 달려왔다. 처음 영국공부에 온 날 맞이한 인연 때문인지 금동은 모언을 친절하게 대해주었다. 금동은 어찌 사대부 집안의 규수 같은 모언이 이런 심한 허드렛일을 하게 되었는지 그 사연이 궁금했다. 그러나 최근 남경의 정세가 하 수상하다 보니 그저 그런 풍파에 휘말렸을 것이라 짐작하고 말았다.

모언이 영국공부에 머문 지 어느새 이십여 일이 지나고 있었다. 신분이 낮은 하녀임에도 불구하고 이상하게 모든 사람들이 모언을 아가씨라 불렀다. 그리하지 말라고 모언이 사정을 하였으나, 모두들 당연하게 그렇게 부르고 있었다.

제대로 음식을 먹나 싶을 정도로 모언의 체구는 가냘팠다. 게다가 피부는 또 어찌나 하얀 것인지 지상의 존재가 아닌 백화선자를 보는 것 같았다. 그래서 저도 모르게 모언의 옆을 스쳐 가면 시선이 그녀를 따라갔다. 그것은 아름다운 존재에 대한 일종의 경외심 같은 것이었다. 오늘도 저 무거운 세탁물을 들고 힘들게 걸어가고 있는 것을 보니 금동의 마음이 짠했던 것이다.

"아닙니다. 제 일인걸요."

모언이 공손하게 도움을 사양했다. 목소리는 또 어찌나 고운지 금동은 그녀 목소리를 계속 듣고 싶어졌다. 금동이 거의 빼앗다시피 모언의 짐을 받아 들었다.

"어차피 가는 길인걸요. 아가씨에게 짐을 맡기고 이 덩치로 혼자 가면 사람들이 저를 흉보지 않겠습니까?"

금동의 넉살에 모언이 수줍은 미소를 지었다. 자신을 도와주려는 그의 호의를 한사코 거절하는 것도 실례라 모언이 작게 고개를 끄덕였다. 그러자 금동이 모언의 미소에 눈이 부신 듯 당황하였다. 그리고 금동의 얼굴이 살짝 붉어졌다.

"금동, 왜 이런 곳에서 서성거리고 있는 것이냐?"

갑자기 들려온 날카로운 음성에 모언의 얼굴이 순식간에 굳어졌다. 어디서 갑자기 나타났는지 신이 마음에 안 든다는 기색으로 그녀를 노려보고 있었다.

"나리!"

놀란 금동이 급히 고개를 숙였다.

"너의 할 일은 분명 따로 있을 텐데?"

신의 날카로운 추궁에 금동이 땀을 뻘뻘 흘리기 시작했다. 금동은 신의 눈빛이 저를 곧 베어버릴 것만 같았다. 저렇게 무서운 얼굴의 나리를 처음 보았다. 제가 무에 그리 큰 잘못을 했는지 알 수는 없었지만 모골을 송연하게 만드는 그의 시선에 금동이 급히 세탁물을 내려두고 사라졌다.

모언은 금동이 사라지고 둘만 남겨지자 당황하기 시작했다. 여기는 주로 하인들이 움직이는 공간이었다. 해서 이곳에서 신을 만날 것이라고는 예상하지 못했다. 그가 날카로운 눈빛으로 자신을 쏘아보고 있었다.

"그럼 저도 물러가겠습니다."

모언이 최대한 공손하게 인사를 물러서려 했다.

"아직도 네가 아가씨인 줄로 아는 게냐?"

신의 냉혹한 말에 모언이 몸을 움츠렸다. 아픈 상처를 들춰내는 그의 말에 심장이 검에 베인 듯 따끔했다. 말하지 않아도 모언은 자신의 처지를 잘 알고 있었다. 하지만 굳이 저렇게 냉정하게 자신의 처지를 떠올리게 하는 신이 야속했다.

"아닙니다. 그저 도와주려는 이의 성의를 무시할 수 없었을 뿐입니다."

모언이 최대한 아픈 마음을 숨기려 고저 없는 목소리로 대답했다.

"그 버릇은 버릴 수 없는 것이냐? 이 상황에서도 남자에게 꼬리를 치다니……."

신이 알 수 없는 말을 하고는 휭 하니 사라졌다. 휘적휘적 걸어가는 그의 뒷모습을 멍하니 바라보았다. 이해할 수 없는 신의 규탄에 모언은 그저 할 말을 잃었다. 남자에게 꼬리를 치다니, 억울했다. 그저 도움을 거절할 수 없었을 뿐이다. 그런데 '버릇'이라니, 그건 도대체 무슨 의미인 걸까? 사유도 제대로 모르고 듣는 신의 폭언이 모언의 마음을 할퀴었다. 한여름의 열기에도 불구하고 모언은 추운 듯 몸을 떨었다.

자신의 거처로 돌아온 신은 설명할 수 없는 감정에 씩씩거렸다. 모언이 금동에게 미소를 짓는 순간 견딜 수 없는 분노가 솟구쳤다. 그리고 그 미소에 넋을 잃은 멍한 금동의 표정도 마음에 들지 않았다. 그리고 그것에 흔들리는 자신의 감정에 더욱 부아가 치밀었다.

공무를 마치고 영국공부에 들어선 신의 눈에 무거운 세탁물을 들고 가는 모언이 보였다. 그녀의 몸에 비해 지나치게 큰 짐이었다. 그래서 곧 팽 유모를 불러 일의 강도를 조정하라 이를 참이었다. 그런데 어디선가 나타난 금동이 모언을 도와주겠다고 하는 것을 보니 순간 눈에서 불길이 치솟았다.

비단 금동뿐만이 아니라 집안의 모든 남정네들이 하나같이 틈만 나면 모언을 도와주려 안달하고 있는 것을 자주 목도했다. 게다가 무뚝뚝하고 여인에게는 별 관심이 없던 금동까지 모언의 미소에 정신을 차리지 못하고 있자 순간 부아가 치밀었다.

사실 그렇게까지 모언을 비난할 필요는 없었다. 신은 그 상황을 처음부터 그대로 지켜보았던 것이다. 하지만 저도 모르게 날카로운 말이 먼저 나가고 말았다. 그리고 금동에게는 그리 아름다운 미소를 보여주던 그녀가 자신에게는 굳은 얼굴로 대답하는 것도 마음에 들지 않았다.

아무래도 모언을 남자들의 시선에서 떼어두어야 했다. 모언 때문에 영국공부가 시끄러워지는 것은 피하고 싶었다. 그리 결심한 신이 팽 유모를 불렀다. 급작스러운 신의 호출에 팽 유모가 허둥지둥 안으로 들어왔다.

"찾아 계시옵니까, 나리."

아직 제대로 관복도 갈아입지 않고 자신을 부른 것이 이상했는지 팽 유모가 고개를 갸웃했다.

"오늘부터 팽 유모가 모언을 데리고 일을 시키도록 해라!"

팽 유모는 신을 가만히 바라보았다. 지금 저리 퉁명스럽게 말을 하고는 있지만 그것이 지극한 걱정 때문인 것을 알았다.

"어떤 일을 시키면 될까요?"

"뭐, 자수든, 옷을 짓게 하든 여인들이 할 일은 많이 있지 않으냐?"

신의 목소리가 다소 날카로웠다. 분명 신은 지금 민망한 것이다. 그래서 저리 부루퉁하게 말하는 것이리라. 다정한 신이지만 어렸을 때부터 신은 누군가 그것을 인지하면 매우 퉁명스레 행동하곤 했다.

"그러시면, 안 그래도 자수를 놓을 사람이 필요했으니 나리의 옷을 짓게 하면 되겠군요."

팽 유모의 제안이 썩 마음에 든 듯 신이 고개를 끄덕였다.

"그리고 내 처소를 청소하는 사람도 바꾸도록 해라. 물건이 제자리에 있지 않은 경우가 많구나."

바깥으로 나오던 팽 유모는 신과 모언을 생각하며 한숨을 쉬었다. 그리고 신의 마음이 읽혀 마음이 싼했다. 자주 신이 모언의 뒷모습을 좇는 것을 보았던 탓이다. 하긴 남자들이 득실대는 영국공부였다. 1품 군후로서 남경의 치안을 책임지다 보니 영국공부에 있는 사병의 규모만 해도 800명에 달했다. 여기에 각종 허드렛일과 집안일을 책임지는 하인들의 수까지 더하면 실로 어마어마한 숫자의 남정네들이 있었던 것이다.

이런 곳에 꽃처럼 아름다운 모언 아가씨가 있으니 그 속이 바짝바짝 타들어갔음이 분명했다. 팽 유모 곁에 있으면 모언을 바깥으로 내돌릴 일은 없었다. 그리고 신은 누구보다 팽 유모가 모언을 든든하게 지킬 것을 잘 알고 있었으리라. 어린아이 같은 신의 행동이 귀여우면서도 제 것에 대한 애정이 물씬 풍겨서 팽 유모가 살짝 미소를 지었다.

9월이 되니 소슬한 가을바람이 불어왔다. 아직도 남경의 낮은 뜨거웠지만 아침저녁으로는 운하에서 불어오는 바람이 매우 쾌적하였다. 여름내 뜨거운 태양 아래에서 무르익은 각종 과일들이 속속 저자에 나와 거리가 온통 색채로 풍부했다. 하지만 신의 마음에는 잿빛의 짙은 우수가 드리워져 있었다. 신은 지금 자신의 방에서 서신을 읽고 있었다.

—당신의 가벼운 입맞춤이 제 마음을 움직였고 계속 당신을 그리워하게 만들었습니다.

당신을 향한 제 마음은 결코 흔들리지도 변하지도 않아요.

저 달빛이 제 마음을 당신에게 대신 전해주기를 기원합니다.

당신도 한 번쯤은 저를 떠올려 주세요.

모언.

서신을 바라보던 신이 자리에서 벌떡 일어났다. 그것은 조금 전 금동이 가져온 서신이었다. 견딜 수 없는 엄청난 분노가 신을 휘감았다. 이 분노를 어떻게든 풀지 않으면 큰일이 날 것만 같았다.

그래서 신은 검을 들고 후원으로 나섰다. 그리고 떨어지는 달빛과 대결하듯이 그렇게 검을 휘둘렀다.

휘익!

허공을 가르는 검성이 날카롭게 진동하였다. 이글거리는 신의 눈동자가 마치 모든 것을 태워 버릴 것만 같았다. 그 안에 있는 모든 감정을 베어내듯, 무엇인가를 난도질하듯 그런 처절한 검성이 한동안 영국공부의 후원을 가득 채웠다.

신은 매물로 나온 매송헌을 얼마 전 은밀하게 매입하였다. 류 학사의 비극적인 최후 이후로 그 집은 석 달째 그대로 방치되어 있었다. 관의 재산으로 압류되었으나 관리도 쉽지 않고, 무엇보다 불길하다며 남경 윤(尹, 부를 책임지는 지방장관)은 그 집을 처분하고자 하였다. 하지만 아무도 그 집을 구매하려 않았다. 그래서 신이 매송헌을 구입한 것이었다.

신은 류 학사와 증수를 위해서 집이나마 보존하고 싶었다. 태풍이 쓸고 간 듯 집 안은 엉망진창인 채 그대로 방치되어 있었다 한다. 하지만 그 혼란 속에서도 어찌 살아남은 것인지 모언의 방에서 한 뭉치의 서신이 발견되었다. 집 안을 정리하라 보냈던 금동이 차마 그 서신을 버리지 못해 신에게 가져왔던 것이다.

문갑을 가득 채운 서신은 모언이 쓴 것이었다. 그 수많은 서신들은 대체 누구를 향한 것인지, 서신에는 상대방을 향한 마음이 오롯이 담겨 있었다. 그런 서신을 받으면 아무리 무뚝뚝한 사내라 할지라도 마음이 흔들릴 것만 같았다. 모든 것을 부숴 버리고 싶은 광포한 광기가 신을 휘감았다. 아무것도 눈에 들어오지 않았다.

"까아악!"

여인의 비명 소리에 신이 들었던 검을 내렸다. 정신을 차리자 모언이 경악한 표정으로 신의 눈앞에 서 있었다. 하마터면 신의 검에 베일 뻔한 것이다. 모언이 품 안에 옷가지를 끌어안고 놀란 사슴처럼 눈을 크게 뜨고 있었다.

"내 눈앞에서 썩 꺼져라!"

신이 이 사이로 마치 뱉어내듯 소리쳤다.

'네가 너를 베어버리기 전에, 그 가느다란 목을 부러뜨리기 전에 제발 내 눈앞에서 사라져라!'

그러나 모언은 자리에 못 박힌 듯 서서 움직이지 않았다. 달빛에 비친 모언의 얼굴이 창백했다. 그러나 붉은 앵두 같은 도톰한 입술과 놀라서 들썩거리는 가슴, 공포에 질린 사슴 같이 크고 까만 눈! 신은 이 와중에도 색향을 풍기는 그녀를 증오했다.

아니, 오히려 아무것도 모르는 것처럼 청초하고 순결해 보이는 그 모습에 더욱 화가 치밀었다. 그리고 지금 분노와는 다른 감정이 솟구치자 더욱 참을 수가 없었다. 그녀를 바로 여기서 넘어뜨리고 그녀를 범하고 싶었다. 그러면 이 미칠 듯한 분노가 사라지지 않을까? 그녀를 상처 입히고 싶었다. 부숴 버리고 싶었다. 신의 심장에서 부글거리는 거대하고 강렬한 감정이 그의 이성을 삼키고 있었다.

"제가 나리께 잘못한 일이 있습니까?"

너무나 답답한 마음에 모언이 저도 모르게 묻고 말았다. 무뚝뚝하지만 다정했던 신의 변화를 도저히 받아들이기가 어려웠다. 자신에게만 쏟아지는 모욕과 무례를 참아내기가 힘이 들었다. 아버지가 십족을 멸하는 전무후무한 벌을 받기는 했지만 그는 흉악한 범죄자가 아니었다. 모언 역시 누군가를 해하거나 상처를 주지 않았다. 그런데 왜 이렇게 모진 말을 들어야 하는지 모언은 이해할 수 없었다.

“잘못한 일이라 하였더냐?”

신의 음성이 날카로웠다. 그의 강한 눈빛을 받아내는 것이 무서웠지만 모언은 고개를 돌리지 않았다. 아무리 노비라 해도 이런 취급까지 받을 사유는 없었다. 그리고 신은 영국공부의 누구도 이렇게 모질게 대하지는 않았다.

순간 신의 입술이 냉소로 비틀렸다. 마치 한겨울에 얼음을 끌어안고 있는 것처럼 모언의 온몸이 와들와들 떨려왔다. 신이 한 걸음 모언에게 다가왔다. 그리고 부러질 것같이 가느다란 모언의 뒷덜미를 큰 손으로 그러쥐었다. 그리고 그녀를 자신에게 바싹 끌어당겼다.

“네가 살아 있다는 것 자체가 잘못이지.”

잔인한 신의 말에 모언이 경악하여 두 눈을 크게 떴다. 살면서 이런 지독한 증오를 받아보지 못한 모언이었다. 왜 이런 증오를 자신이 받아야 하는지 도저히 이해할 수가 없었다. 그래서 어찌 된 사유인지 설명이라도 해날라는 듯 모언이 그를 멍하니 바라보았다. 하지만 신은 그녀의 얼굴조차 보고 싶지 않다는 듯 그리 증오에 찬 말만 남기고 사라져 버렸다.

홀로 후원에 남은 모언의 두 다리에서 힘이 풀렸다.

풀썩!

모언이 그 자리에 주저앉고 말았다. 신에게서 느껴지는 살기어린 분노가 마치 실제로 모연을 때린 것만 같았다. 은애하는 이의 감당할 수 없는 증오에 모연은 그저 오돌오돌 몸을 떨고 있었다. 출구가 없는 차가운 우물에 빠진 것처럼 아득했다. 후원에 내린 달빛이 차갑게 느껴진 그런 날이었다.

## 5. 밀야(密夜)

10월이라 국화가 아름답게 피어나 아침부터 영국공부의 하녀들이 집 안 곳곳을 노란 국화로 장식하였다. 전체적으로 흥겨운 분위기였다. 하지만 그런 영국공부의 분위기와는 달리 모언의 마음은 무겁기만 했다.

"휴!"

긴 한숨과 더불어 자수를 놓던 모언의 손이 느려졌다. 내일은 신의 생일이라 영국공부에서 조촐한 연회가 열리게 되었다. 그래서 며칠간 모언은 신이 생일에 입을 연회복에 수를 놓고 있던 참이었다.

그날 후원에서 무서웠던 신을 조우한 이후 근 보름이 지나갔다. 생각하지 않으려 해도 자꾸만 자신을 무섭게 바라보던 신의 얼굴과 목소리가 기억나 모언의 마음이 하염없이 바닥으로 가라앉고 있었다. 어느 순간, 이렇게 넋을 놓고 신이 왜 그렇게 자신을 증오하는지 알 수 없는 그 사유를 생각하고 있었다. 그러나 도저히 답을 알 수 없어 생각하면 할수록 머리가 쪼개질 것만 같았다.

최근 모언은 아침에는 간단히 신의 처소를 청소하고 그의 옷을 만드는 것이 주 임무였다. 세탁된 옷을 정리하는 김에 청소까지 하게 된 것이었다. 초반에는 가끔 청소할 때 스치듯 그의 얼굴을 볼 수 있었다. 하지만 후원에서 극도로 분노한 날 이후 모언은 그를 볼 수가 없었다. 그래서 답답했다. 도대체 사유가 무엇인지 그것이라도 알고 싶은 마음이 굴뚝같았던 것이다.

복잡한 머릿속 근심을 떨쳐 버리려 다시 모언이 자수에 집중하였다. 내일 입을 옷이니 빨리 오늘 중으로 마무리를 지어야 했다. 부모님이 부재하다 보니 신은 크게 연회를 여는 것을 마다했다. 하지만 올해 25세가 된 신의 생일을 그대로 보낼 수가 없어 간단히 연회를 열게 된 것이다.

영국공 부부는 영락제 즉위 이후 바로 별장이 있는 양주에 내려가 있었다. 아마 그들은 모언이 이렇게 노비의 신분으로 영국공부에 머물고 있는 것을 모르고 있을 터였다. 아버지처럼 자신을 아껴주었던 영국공이 곁에 있었다면 신도 다르게 행동하지는 않을까, 부질없는 생각에 모언은 고개를 흔들었다.

이미 영국공은 몇 년 전부터 실질적인 영국공부의 정무를 신에게 맡겨왔다. 영국공은 전장에서 검을 휘두르던 무인이라 정무는 맞지 않는다며 장자인 신을 의지하고 있었다. 무(武)뿐만 아니라 문(文)도 빼어난 신은 약관의 나이부터 이 큰 영국공부를 잘 이끌어왔던 것이다. 그런 신의 연회이니 한 치도 소홀히 할 수 없었다.

수를 놓는 모언의 손길이 다시 빨라졌다.

모언의 깊은 한숨에 옆에 있던 팽 유모가 모언을 바라보았다. 무슨 근심에 빠졌는지 그녀의 얼굴이 어두웠다. 하지만 그녀의 손끝에서는 아름다운 문양이 만들어지고 있었다. 솜씨가 좋은 모언이었다.

관리의 상복(常服)의 가슴과 등에 다는 보자(補子, 수를 놓아 품계를 나타내는 네모난 장식)에는 길짐승을 수놓아 장식했다. 이중 3품 무관의 보자에는 호랑이를 수놓았다. 모언이 수를 놓은 호랑이의 모습이 어찌나 멋이 있었는지 성국공(成國公) 주윤이 자신의 보자도 만들어달라고 요청해 만들어준 적도 있었다.

형부상서(2품)인 성국공은 황제의 오른팔로서 병부시랑(侍郎, 상서를 보좌하는 6부의 부수장, 정 3품)인 신에게는 스승 같은 존재였다. 귀한 이에게 선물을 할 만큼 신도 모언의 솜씨를 인정하고 있었다.

"매화 문양이 아주 아름답네요."

팽 유모가 모언의 자수를 보고 감탄했다. 내일 신이 연회에 입을 심의의 소맷자락에 모언이 길상(吉祥, 동식물이나 문자 등에 상징적인 의미를 부여하여 아름답게 꾸미는 무늬) 무늬로 매화를 수놓았던 것이다. 선비의 절개와 지조를 상징하는 무늬로는 소나무, 대나무, 매화 등이 많이 활용되었는데 모언은 유독 매화를 고른 것이었다.

"네, 매화의 청향이 나리와 잘 어울리시기에 골라보았습니다."

모언의 목소리는 침착했으나 팽 유모는 그 목소리에 섞인 애틋함을 눈치챘다. 신을 상징하는 청색 심의에 수놓아진 흰색 매화가 아름다웠다. 실제로 꽃을 피울 것만 같았다. 신은 과한 장식이 있는 옷을 즐기지 않았으나 이번에는 특별한 연회다 보니 모언이 정성스레 수를 놓았던 것이다.

그것을 바라보던 팽 유모는 그 매화가 매우 낯이 익다는 것을 깨달았다. 가만 기억을 더듬어보던 팽 유모는 놀라고 말았다. 재작년 류효윤 나리의 집에서 납징으로 보내온 물품 중에 저렇게 매화를 아름답게 수놓았던 작은 손수건이 있었던 것이다. 분명 정혼녀인 그 댁 아가씨의 솜씨라 했었다. 마님께서 그것을 보고 손이 야무지다며 칭찬을 했던 것이 생생히 기억났다.

'설마?'

그럼 모언 아가씨가 바로 그 류효윤 나리의 따님이었단 말인가? 그제야 팽 유모는 신이 모언을 왜 이렇게 대하고 있는지 이해가 되었다. 정혼녀였다 이제는 노비가 되어버린 모언을 대하는 것이 얼마나 복잡한 마음이었을지, 팽 유모는 작게 한숨을 쉬었다.

이튿날, 이른 아침부터 영국공부는 저녁에 있을 연회 음식을 준비하랴, 손님 맞을 준비를 하랴 정신이 없었다. 팽 유모도 이른 아침부터 음식 준비며 여러 가지 일을 챙기느라 분주했다. 그래서 모언도 수놓던 일을 잠시 내려두고 연회 준비를 도왔다.

술시 초(오후 7시에서 8시)에 시작된 연회가 벌써 두 시진이 훌쩍 지나 시간은 벌써 자시에 가까워지고 있었다. 성운당(星雲堂)을 가득 채운 손님들도 몇 순배 돌았던 술로 모두들 불콰하게 취해 있었다.

"생신을 축하드립니다. 자, 제 술 한잔도 받으십시오."

장승이 비릿한 미소를 지으며 신에게 술을 권했다. 신은 그를 초대하고픈 생각은 전혀 없었으나 성국공을 따라 방문한 그를 차마 내칠 수도 없었다. 그는 별로 가까이 사귀고 싶은 사람은 아니었으나 무예가 뛰어나다 보니 성국공이 그를 곁에 두고 있었다.

"감사합니다."

신이 최대한 예의 바르게 술잔을 받았다. 이미 신도 상당히 많은 술을 마셨다. 생일이라 손님들이 한 잔씩 따라주는 잔을 거부하지 못하다 보니 평소보다 다소 과하게 마신 신이었다. 하지만 곁에서 보기에는 조금도 흐트러져 보이지 않았다.

"이런, 술이 떨어졌군. 여봐라, 술을 좀 더 가져오너라!"

장승이 술을 내오라 하자 하녀들이 분주하게 움직였다.

그렇게 술을 마시던 신은 순간 움찔하고야 말았다. 어디선가 익숙하고도 향긋한 꽃향기가 콧속을 간질였다. 고개를 드니 모언이 술을 들고 연회장에 들어서고 있었다. 하녀들이 입는 간단한 치마저고리를 입었고 머리에는 어떤 장식조차 없었다. 하지만 그녀는 그럼에도 불구하고 한껏 차려입은 여인네들보다 훨씬 아름다웠다. 오히려 아무런 장식이 없는 그녀의 차림새가 그녀가 가진 본연의 아름다움을 더욱 강조하고 있었다.

그런데 그녀가 이 성운당에 무슨 일인가? 신이 동요하고 있을 때 모언은 조심스레 걸어와 술을 내려놓고 물러서려 하였다.

"오호라, 술이군!"

술을 보고 반색하던 장승이 술을 내려두는 모언에게 시선을 두었다. 술에 취해 멍하던 그의 눈빛이 맛있는 먹이라도 발견한 것처럼 번뜩였다.

"어라, 영국공부의 하녀는 백화선자만큼 아름답구나!"

음흉한 눈빛으로 장승이 모언의 손목을 그러쥘 참이었다.

"지금 여기가 어디라고 너 따위가 이 연회장에 나온 것이냐?"

신의 나직하지만 힘이 실린 목소리가 공기를 갈랐다. 순간 각자의 여흥에 빠져 있던 사람들의 시선이 모언에게 집중되었다. 장승도 사람들의 시선이 쏠리자 모언을 잡으려 뻗치던 손을 슬그머니 내려놓았다.

모든 사람의 시선이 쏠리자 모언의 얼굴이 하얗게 변했다. 이렇게 공개적인 모욕에 당황하고 놀란 그녀의 심정이 고스란히 느껴졌다. 연회장에 있던 사람들도 그것을 눈치챘는지 순간 아주 짧은 정적이 흘렀다.

"허허, 이 좋은 날 왜 그러시오? 술이 떨어지니 내온 것이 아니겠소?"

성국공이 점잖게 상황을 정리하였다.

"그럼 이만 물러가겠습니다."

모언이 급히 인사를 하고는 성운당에서 물러났다. 그 뒷모습을 장승의 음흉한 눈길이 따르고 있었다.

"목소리를 높여 송구하옵니다."

신이 그리 말하자 다시 연회는 평소의 상태로 돌아갔다. 신은 아까부터 연회 자리가 불편하기만 했다. 하지만 연회의 주인공인 자신이 자리를 비울 수도 없어 견디고 있었다. 그 와중에 연회장에 나타난 모언을 희롱하는 장승을 보자 설명할 수 없는 분노가 솟구쳤다. 모진 말을 모언에게 퍼부었지만 실제 분노는 그녀를 희롱한 남자를 향한 것이었다.

지루하게 연회장을 지키고 있던 신은 곧 설명할 수 없는 초조함에 자리에서 일어났다. 시끄럽게 떠들던 장승의 모습이 보이지 않았던 것이다. 신의 발걸음이 저절로 후원을 향하고 있었다.

"나리, 지금은 연회 중입니다."

후원에서 들려온 모언의 목소리에 신은 정신이 번쩍 들었다.

"부끄러워하는 모습도 어여쁘구나. 자, 자 내 곁으로 와라! 영국공부에서 하녀로 사는 것보다 내 애첩이 되는 것이 어떠하냐?"

장승의 목소리는 음욕으로 가득 차 찐득했다.

"나리, 지금 여기서 이러지 마시고, 다른 자리를 마련하시는 것이 어떻겠습니까?"

모언의 목소리는 나직했지만 그 목소리에는 교태가 어려 있는 것 같았다. 순간 모언을 겁탈하려던 남자를 보았을 때처럼 통제할 수 없는 분노가 신을 휘감았다.

"지금 여기서 뭐 하고 있는 것이오?"

신의 날카로운 음성에 모언과 장승이 동시에 돌아보았다. 장승이 모언을 자신 품에 끌어안기 직전인 듯 그녀의 팔을 잡고 있었다. 그 모습을 보는 순간 신의 눈에서 불꽃이 타올랐다.

"아니, 그것이 이 하녀가 나를 보며 꼬리를 치기에, 사내가 어찌 그것을 거부하겠습니까?"

장승이 뻔뻔하게 중얼거렸다. 그리고 남자라면 이해할 수 있지 않으냐는 듯 비굴한 웃음을 지었다. 장승의 저 번들거리는 얼굴을 한 대 때려주고 싶었다. 하지만 간신히 그 감정을 억누른 신이 나직하게 경고했다.

"더 이상 문제를 일으키지 말고 어서 돌아가시는 것이 좋겠소."

나직하지만 거역할 수 없는 신의 음성에 장승이 모언의 팔을 놓고는 어둠 속으로 사라졌다. 모언이 안도한 표정을 짓더니 신에게 고개를 숙이고 뒤로 물러나려 했다.

"한시라도 사내 없이는 살 수 없는 것이냐?"

날카로운 신의 음성에 물러서던 모언이 고개를 번쩍 들었다.

"그것이 무슨 말씀이십니까?

모언의 흑요석같이 까만 눈동자가 달빛을 받아 반짝였다. 달빛에 비친 눈동자가 검다 못해 이제 짙푸르게 보였다. 심해처럼 깊은 모언의 눈동자가 신을 포박하였다. 아무것도 모르는 듯, 청초하고 순진무구한 그 눈빛에 부아가 치밀었다. 그리고 견딜 수 없는 분노와 열기가 신의 안에서 화염처럼 타올랐다.

"그렇게 사내들을 유혹하는 것이 재미있더냐? 향이 죽은 이 집에서 감히?"

신이 이 사이로 씹어서 뱉어내듯이 소리쳤다. 그의 눈빛이 마치 모언을 베어버릴 것처럼 날카로웠다.

"자리를 모면하기 위해서였습니다. 나리가 오해하신 것입니다."

냉정하게 대꾸하는 모언의 목소리가 다소 날카로웠다. 항상 타인에게 친절한 그녀는 자신에게만 냉정했다. 그것이 신의 신경을 자극했다.

"하, 오해? 오해라고? 그렇게 사내가 필요하면 내가 상대해 주지."

이 사이로 내뱉듯이 그리 중얼거린 신이 모언의 팔을 잡았다.

"나리!"

모언이 저항하였으나 힘에서 상대가 되지 않았다. 그리고 신은 모언의 저항 따위는 신경조차 쓰지 않았다. 신은 손쉽게 그녀를 포박하고 자신의 거처로 데리고 들어가 그녀를 침상에 내팽개치듯 밀어붙였다.

아직 촛불도 켜지 않은 방은 어둠에 싸여 있었다. 단지 창문을 통해 스며드는 어스름한 달빛만이 방 안을 채우고 있었다. 신에게서 뿜어져 나오는 강한 분노에 모언은 두려워 몸을 움츠렸다. 아까 자신을 희롱하던 장승보다 지금은 눈앞에 있는 신이 더욱 두려웠다.

지금 왜 신이 이렇게 화를 내며 자신을 여기로 끌고 왔는지 모언은 알 수 없었다. 사내가 필요하냐는 그의 말이 채찍처럼 모언을 할퀴었다. 결국 그동안 참아왔던 모언의 감정이 폭발했다.

"나리, 대체 제게 왜 이러시는 것입니까?"

모언의 음성이 가늘게 떨렸다. 용기를 내고 싶었지만 앞에 무시무시한 분노를 뿜어내는 신의 앞에서 저도 모르게 긴장한 것이었다. 그러나 겁에 질려 떨리는 그녀의 목소리가 더욱 신을 자극하였다.

"왜 그러느냐고?"

신의 음성이 냉혹하게 들렸다. 어둠 때문에 그의 표정이 잘 보이지 않았다. 그래서 지금 그가 어떤 표정을 짓고 있는지 알 수가 없었다. 대화를 해야 했다. 무엇인가 자신에 대한 오해가 있다면 풀어야 했다.

"대체 사유가 무엇입니까?"

모언의 질문에 얼음처럼 차가운 신의 목소리가 들렸다.

"사유? 그 사유를 정녕 모른다 말이냐?"

"네, 저는 모르겠습니다. 나리가 저를 어찌하실 작정이신지 정말 모르겠습니다!"

모언의 절망적인 말이었다. 그러나 신의 답변은 검처럼 그녀의 심장을 베었다.

"나는…… 너를 망가뜨릴 것이다. 내 곁에 두고 고통에 몸부림칠 때까지 괴롭힐 것이다. 처절한 아픔에 살아 있는 것이 죽는 것보다 더 고통스러워 죽여달라고 애원할 때까지…… 지금 내가 겪는 이 고통을 몇백 배 더 겪어서 피눈물을 쏟을 때까지, 나는 너를 부숴 버릴 거야!"

너무나 놀라 모언의 두 눈이 화등잔만 하게 커졌다. 그리고 모언은 더 이상 말을 이을 수 없었다. 신의 입술이 모언의 입을 막은 것이었다. 그리고 순간 자신의 입안으로 밀려들어 온 신의 혀에 움찔하고야 말았다.

그의 혀가 고함을 지르듯, 자신에게 화를 내듯 그렇게 모언의 입안을 유린했다. 고개를 돌리고자 하였으나 그의 커다란 한 손이 모언의 뒷머리를 부여잡고 있어서 그럴 수조차 없었다. 이렇게 거친 입맞춤은 생전 처음이었다. 모언이 알고 있는 입맞춤은 달빛 아래에서 자신의 이마에 조심스레 입을 맞추던 신의 부드러운 입맞춤뿐이었다.

하지만 지금 자신의 입술에 닿은 신의 입술은 뜨거웠다. 그리고 그의 온몸에서 흘러나오는 열기에 온몸이 타버릴 것만 같았다. 그가 강하게 혀를 빨아들이자 마치 혀가 뽑혀 나갈 것만 같았다. 그의 혀는 모언의 입속이 마치 제 것인 양 샅샅이 훑었다. 숨을 쉴 틈도 몰아붙이는 그의 혀에 미처 삼키지 못한 모언의 타액이 바깥으로 흘러내렸다.

이것은 입맞춤이 아니었다. 모언은 마치 그에게 삼켜지는 것만 같았다. 모언이 그를 밀어내려 그의 가슴에 두 손을 가져갔다. 미친 듯이 뛰고 있는 그의 힘찬 심장 박동이 고스란히 두 손에 느껴졌다. 순간 그가 자신의 혀를 격렬하게 비벼대자 무의식중에 모언이 그의 심의를 움켜쥐고야 말았다.

"헉!"

그가 입술을 떼자 모언이 급하게 숨을 몰아쉬었다. 그러나 다음 순간 신의 손이 자신의 가슴께로 다가오자 모언이 몸을 비틀었다. 지금 그는 자신의 옷을 벗기려는 것이었다. 믿을 수 없는 현실에 모언의 머리가 멍해졌다.

"하지 마세요!"

가련한 모언의 애원은 무참히 무시되었다. 그의 커다란 손이 너무나 손쉽게 그녀의 앞섶을 풀어헤쳤다. 치마 위로 모언의 소담하고 아름다운 가슴이 봉긋하게 드러났다. 달빛을 받아 하얀 피부가 마치 눈처럼 반짝였다. 그것을 바라보던 신의 눈빛이 순간 불길하게 번쩍거렸다. 그리고 그는 가슴의 둔덕을 가린 치마의 윗부분을 거칠게 아래로 끌어 내렸다.

"헉!"

신의 눈앞에 무방비하게 자신의 가슴이 드러나자 모언이 숨을 삼켰다. 차가운 밤공기가 가슴에 닿았다. 하지만 순식간에 그 냉기는 사라졌다. 신이 자신의 커다란 손으로 그녀의 가슴을 제 것인 양 마구 치대기 시작했던 것이다.

마치 살갗을 파고들 것 같은 강한 손놀림이었다. 한 손에 다 담기지 않을 풍만한 유방을 그는 마치 반죽하듯이 이리저리 만졌다. 자신의 손길에 자유자재로 모양이 바뀌는 것이 퍽이나 신의 마음에 든 듯했다.

"아파요, 그만!"

거친 그의 손길에 모언이 비명을 질렀다. 차가운 밤공기에 닿은 유실이 뾰족하게 솟아올라 존재를 드러내었다. 그리고 그것이 그의 손바닥에 비벼질 때마다 설명할 수 없는 감각이 모언을 채우고 있었다. 그것이 두려웠다. 남자를 모르는 순진한 모언의 몸은 신의 거친 손길이 아프고 두려웠다.

"아프다고? 하아, 아직도 내 앞에서 앙큼을 떨고 싶은 것이냐?"

신이 그리 일갈하더니 다시 그녀의 가슴을 희롱하기 시작했다. 하지만 조금 전보다는 약간 부드러워졌다. 그리고 그가 엄지와 검지로 그녀의 양쪽 유실을 잡고 빠르게 비벼대기 시작했다.

"싫어요! 만지지 마세요!"

애처로운 모언의 애원에도 상관없이 신의 손길은 집요했다. 모언은 당황하고 있었다. 아프기만 하던 가슴이 그가 능숙한 손놀림으로 희롱하자 아픔과는 다른 묘한 감각이 모언을 채우고 있었던 것이다. 이해할 수 없는 자신의 반응에 모언은 놀라고 있었다.

"히익!"

그러나 다음 순간 신이 입술을 내려 그의 손에 잔뜩 성이 난 듯 부풀어 오른 유실을 한입에 삼켰다. 뜨겁고 축축한 그의 입술이 자신의 가슴에 닿자 모언은 충격으로 몸을 휘었다. 그리고 그의 축축한 혀가 그녀의 유실을 살살 핥다가 강하게 빨아 당기자 모언이 몸을 움찔했다.

"하아, 입으로는 싫다고 하면서도 몸은 정직하구나."

비웃는 신의 날카로운 말에 모언의 몸에 소름이 돋았다. 너무나 낯선 그의 모습에 모언의 심장이 두려움으로 터질 것만 같았다. 지금 그가 자신에게 하고 있는 행동이 하나도 이해가 되지 않았다. 그래서 그의 손아귀에서 벗어나려 몸을 뒤틀었지만 올무에 잡혀 버린 작은 사슴처럼 모언은 아무것도 할 수 없었다.

그렇게 한동안 그녀의 가슴을 희롱하던 그가 손을 아래로 가져갔다. 치마를 거칠게 쓸어 올리는 그의 손길에 놀란 모언이 몸을 작게 웅크리려 했다. 그러나 신은 너무나 손쉽게 그녀를 내리눌렀다. 마치 그녀의 저항을 예상한 듯 어린아이의 손목을 비틀 듯 손쉽게 모언을 통제하였다.

모언은 최대한 발버둥 쳤다. 두려웠다. 아무리 신을 은애하는 모언이었지만 지금 오직 수컷의 욕망을 드러내고 있는 신은 무서웠다.

"제발……."

하지만 모언의 저항 때문에 치마는 이미 허리까지 올라가 있었다. 앞섶이 완전하게 벌어진 저고리, 허리까지 올라간 치맛자락, 오히려 나체인 상태보다 흐트러진 여인의 모습이 수컷의 욕망을 한껏 자극하고 있었다.

신이 모언의 두 손을 한꺼번에 그러잡아 머리 위에 올렸다. 완벽한 복종을 요구하는 자세에 모언의 가슴과 하체가 무방비로 드러났다. 신은 간단하게 모언을 포박하고는 다른 한 손으로 모언의 다리를 쓸어 올렸다. 그 손길이 생각보다 부드럽다고 느낀 것은 모언의 착각이었을까? 신은 너무도 당연하게 모언의 두 다리를 벌리고 있었다.

"안 돼요! 제발 나리, 싫어요!"

모언이 거칠게 도리질을 쳤다. 그러나 그의 입술은 여전히 그녀의 가슴을 제 마음대로 유린하고 있었고, 그의 다른 손은 거칠게 그녀의 몸에서 속곳을 벗겨냈다. 이제 모언의 비부는 아무런 장애도 없이 신의 앞에 고스란히 드러났다.

견딜 수 없는 수치심에 눈물이 솟아났다. 그러나 이내 자신의 비부에 닿은 그의 손에 모언은 움찔하고 말았다. 깜짝 놀란 모언이 두 다리를 허공으로 찼다. 아무도 닿지 않았던 처녀지에 닿은 그의 손이 거칠게 그녀의 비부를 희롱했다.

"제발, 신!"

모언이 그의 휘(이름)를 불렀다. 제발 여기서 멈춰 주기를 더 이상 제 마음을 다치게 하지 않기를 바라는 애처로운 외침이었다. 순간 멈칫하던 신이 손길이 다시 거칠어졌다. 그리고 마치 벌하듯이 그가 모언의 유실을 가볍게 깨물었다.

"아직 젖지 않았군."

이해할 수 없는 신의 말에 모언은 멍해졌다. 대체 그는 무엇을 말하고 있는 것일까? 남녀 간의 일을 제대로 알 리 없는 모언이었다. 그저 자신을 거칠게 대하는 그가 두려웠다.

"나를 거부하는 것인가?"

기분이 나빠진 듯 신이 날카로운 말을 내뱉었다.

"아읏…… 학!"

갑자기 자신의 몸 안에 느껴진 이물감에 모언이 비명을 질렀다. 그리고 상상할 수조차 없었던 아픔에 몸이 굳어버렸다. 자신의 비부를 헤집는 그의 손이 검처럼 날카로웠다. 마른 내벽에 닿은 그의 손가락이 흉기처럼 아렸다.

"언제까지 그렇게 반항할 것이냐?"

그리 말하던 신이 갑자기 손가락을 그녀의 입안으로 밀어 넣었다. 갑작스런 그의 행동에 모언의 눈이 휘둥그레졌다.

"핥아!"

냉정한 그의 명령에 당황한 모언이 움찔했다. 그러자 그가 마치 벌하듯이 그의 중지를 목구멍 끝에 닿을 것처럼 밀어 넣었다. 그리고 마구 입안을 휘젓기 시작했다.

"헉……."

모언이 신음했다. 그러자 모언의 입안에서 새어 나온 타액이 그의 손가락을 적셨다. 그가 그 순간 교묘하게 입술을 내려 유실을 부드럽게 핥자 모언이 저도 모르게 그의 손가락을 핥기 시작했다. 커다란 그의 손가락이 이내 그녀의 입안을 마음껏 들락날락했다. 그러자 모언의 입에서 흘러나온 타액으로 그의 손가락이 흥건하게 젖어들었다.

신이 다시 그 손가락을 아래로 내려 다시 그녀의 몸속으로 밀어 넣었다. 타액으로 젖은 덕분에 아까보다는 고통이 덜했다. 하지만 여전히 좁은 동굴을 헤집는 손가락 때문에 모언은 괴로웠다.

"견딜 수 있을 때까지 견뎌보라고! 네 입에서 안아달라고 교성이 흐를 때까지 만져 주지."

냉정한 그의 말에 모언이 입술을 깨물었다. 신음 따위 흘리지 않을 것이다. 이렇게 자신을 하찮게 대하는 그에게 어떤 소리도 들려주지 않을 것이었다. 입술을 꽉 깨문 모언을 보더니 신의 손가락이 더욱 강하고 교묘하게 움직였다. 마치 소리를 내라는 듯 그렇게 그의 손가락은 집요했다. 그리고 그가 그녀의 꽃잎 사이에 숨어 있는 진주를 찾아 자극하기 시작했다.

"아읏……!"

생전 경험하지 못했던 감각에 모언이 몸을 떨었다. 도대체 이것은 무엇인지, 생경한 감각에 모언이 몸을 긴장했다. 겁에 질리고 쾌락에 익숙하지 않은 모언에게는 그것은 고통과도 같았다. 하지만 그것은 아까와는 조금 다른 감각이었다. 아프기만 하던 것과는 다른 미묘한 감각. 모언이 신음을 참으려 입술을 깨물었다.

찰박찰박.

이내 그녀의 비부에서 질척한 물소리가 새어 나왔다. 마음은 거부하지만 몸은 자신을 보호하기 위해서 애액을 뿜어내고 있었던 것이다. 자신의 몸의 변화가 너무나 수치스러워 모언의 눈에서 눈물이 흘러내렸다. 지금 이것이 꿈이기를 기도하고 있었다.

모언이 정신을 차리지 못하고 있을 때 갑자기 무엇인가 몽둥이 같은 것이 모언의 비부에 닿았다. 모언은 자신에게 닥칠 상황에 잔뜩 긴장하고 말았다. 신이 자신의 고를 내리고 자신의 두 다리를 잡아 벌리고 있었던 것이다.

공포심에 모언이 격렬하게 저항했다. 마치 몽둥이 같은 그의 분신의 끄트머리가 그녀의 동굴 입구를 마찰하고 있었다. 지금 그는 저것으로 자신을 꿰뚫으려는 것이다. 모언이 신의 눈을 바라보며 고개를 흔들었다. 설마, 아닐 것이다. 다정한 신이 지금 이렇게 옷도 제대로 벗지 않고 자신을 범하다니 있을 수 없는 일이었다. 그만둬 주기를 바라며 모언이 애처롭게 그를 바라보았다.

'아악!'

모언의 비명은 소리가 되지 않았다. 너무나 극심한 충격에 모언의 몸이 돌처럼 굳었다. 얼굴이 하얗게 질리고 아무런 생각도 할 수 없었다. 그의 분신이 사정없이 그녀의 몸 안으로 파고들었던 것이다. 거칠지는 않았지만 처음인 모언을 전혀 배려하지 않은 그런 움직이었다.

"몸에서…… 힘을 빼!"

신이 헐떡거리며 명령했다. 하지만 모언은 할 수 없었다. 자신의 몸 안에 침입한 그를 밀어내듯이 모언의 몸이 극도로 굳어졌다.

"언제까지 반항할 셈이야?"

신은 모언의 행동을 거부로 오해한 듯 냉정하고도 잔혹하게 그녀의 몸 안으로 직진했다. 어느 순간 무엇에 걸린 듯 그가 움찔했지만 그는 말도 안 된다는 표정으로 고개를 흔들었다. 그리고 끝까지 그의 분신을 밀어 넣었다.

작살에 꿰인 물고기처럼 모언이 파닥거렸다. 너무나 극심한 통증에 숨을 쉴 수도 없었다. 자신을 가득 채운 그의 분신 때문에 그리고 자신을 내리누르는 그의 무게 때문에 아무런 생각도 할 수 없었던 것이다. 단지 입에서 새어 나오는 신음을 참기 위해 안간힘을 썼다.

"젠장, 숨을 쉬어!"

입술을 강하게 깨물고 온몸을 긴장한 모언을 보고 신이 말했다.

달빛에 그녀의 두 눈에서 흘러내린 눈물이 진주처럼 반짝였다. 티끌을 품어 고귀한 보석으로 피워내는 진주처럼 그 눈물이 처연해 보였다.

신이 무슨 생각을 했는지 모언의 두 눈에서 흘러내린 눈물을 부드럽게 닦아주었다. 그리고 너무 꽉 깨물어 피가 나는 입술도 부드럽게 쓰다듬었다. 그리고 고통을 참기 위해서 이불자락을 부여잡고 있는 모언의 손을 풀어 자신의 어깨에 감았다. 무자비하게 모언의 꽃잎 안으로 진입하던 행동과는 달리 세심한 손길이었다.

"내 어깨를 잡아."

그의 말투가 웬일인지 부드러웠다. 모언은 극심한 고통을 견딜 수 없어 자신에게 고통을 주는 그의 어깨라도 부여잡을 수밖에 없었다. 잠시 멈춰 있던 그가 움직이기 시작했다. 모언이 그녀의 손톱을 신의 어깨에 박았다. 제발 그만둬 주기를, 말로 할 수 없는 마음을 담아 그의 어깨에 매달렸다.

모언은 생각을 그만두었다. 단지 그녀의 심장만이 피를 흘리고 있었다. 이렇게 죽을 수도 있을까? 심장이 너무 아파서, 그렇게 죽을 수도 있을까? 모언의 의식이 극심한 고통을 참을 수 없어 점차 먼 곳으로 흘러갔다.

그의 움직임이 더욱 거세어졌다. 자신의 몸속에서 더욱더 부피를 늘리는 그의 분신 때문에 모언이 그의 어깨를 강하게 끌어안았다. 그가 몸을 한껏 굳히는가 싶더니 그녀의 몸 안으로 따듯한 물보라를 뿜어내었다. 곧 그가 지친 듯이 털썩 모언의 몸 위로 쓰러져 내렸다. 그리고 모언은 자신을 빨아들이는 어둠 속으로 기꺼이 빨려 들어갔다.

휘영청 밝은 달만이 두 사람을 목격하고 있었다. 충격으로 혼절한 모언과 또 그 옆에서 과도한 흥분과 그녀를 안은 나른함으로 잠이 든 신을 소리 없이 바라보고 있었다. 핏빛 같은 석류가 나무에서 떨어져 쩍 하고 쪼개졌다. 홍옥석 같은 석류의 알갱이가 산산이 바닥에 흩어졌다.

## 6. 모, 멸(茅, 蔑)

“아파…….”

모언은 저도 모르게 중얼거렸다. 창밖에서 들어온 희끄무레한 새벽빛에 방 안은 희붐했다. 희붐한 방 안처럼 모언의 머릿속도 뿌옇기만 했다. 그리고 몸 마디마디가 몹시 맞은 것처럼 삐걱거렸다. 특히 지난밤 그를 받아들였던 곳이 여전히 이물감을 호소하고 있었다.

어떻게 방으로 돌아왔는지 기억조차 나지 않았다. 모든 것이 귀찮고 멍하기만 했다. 모언이 동그랗게 몸을 말았다. 그러나 축 늘어졌던 몸을 움직이자 두 다리 사이에서 무엇인가 질척한 것이 흘러내렸다.

“흑…….”

참았던 흐느낌이 다시 새어 나왔다. 그것은 분명 그녀의 몸 안에 남아 있던 그의 욕망의 잔해였다. 모언은 그렇게 잠시 무릎을 끌어안고 겨우겨우 호흡을 가다듬었다.

아무런 걱정 없이 평온하던 시절, 모언은 꿈꾸고 있었다. 은애하는 이에게 수줍지만 자신의 모든 것을 내어주는 그날이 오기를, 그리고 그 상대방이 신이기를 오롯이 바라고 있었다. 하지만 아버지가 돌아가시고 나서는 그 꿈을 접었다. 닿을 수 없는 신이기에 그저 그의 곁에 머물 수 있다는 것으로 만족하고자 했었다.

모언은 한 여인이 한 사내의 여자가 된다는 것이 어떤 의미인지 알지 못했다. 그것은 예상을 뛰어넘는 강렬함이었다. 마치 온몸에 그가 새겨진 듯, 이전과는 전혀 다른 자신이 있었다. 수줍게 마음속에 담았던 연심이 산산이 부서졌다. 그러나 무엇보다 신에게서 느껴진 자신에 대한 강렬한 증오를 견딜 수가 없었다. 자신을 그렇게 다정한 눈빛으로 바라보던 신에게서 받는 증오는 매서웠다. 자신을 욕망의 대상으로만 바라보던 그의 광기 어린 눈빛이 검이 되어 모언의 심장을 베었다.

"모언 아가씨!"

방 바깥에서 들려온 팽 유모의 목소리에 모언이 정신을 차렸다. 얼른 대납하려 하였으나 말라 버린 입술 때문에 바로 대답이 나오지 않았다. 누군가에게 지금 자신의 모습을 보여주고 싶지 않았다. 그것이 아무리 어머니처럼 다정한 팽 유모라 할지라도 구겨진 빨래처럼 초라하고 흐트러진 모습을 차마 내보이고 싶지 않았던 것이다. 겨우 목을 가다듬고 대답했다.

"네…… 유모님."

갈라지고 가느다란 모언의 음성에 바깥에서 팽 유모가 무거운 한숨을 쉬었다.

"잠깐 문 좀 열어보세요."

팽 유모의 음성이 겁에 질려 숨은 들짐승을 달래듯 온화했다.

"죄송합니다. 아직 의관을 정제하지 못했습니다."

부끄러워 누구에게도 알리고 싶지 않았다.

"따듯한 물을 가지고 왔어요!"

마치 간밤에 무슨 일이 일어났는지 알고 있는 듯한 그 다정한 목소리에 그만 모언이 흐느꼈다. 숨기고 싶어도 이미 신과 자신에게 있었던 일을 팽 유모는 알고 있었던 것이다. 낱낱이 공개돼 버린 그 사실이 수치스러웠다. 하녀의 신분으로 전락한 모언에게는 비밀을 지킬 수 있는 그 작은 여유조차 허락되지 않았던 것이다.

"저 잠깐 안으로 들어가겠어요."

그 말과 동시에 팽 유모가 안으로 들어왔다. 이렇게 이른 아침부터 어디서 따뜻한 물을 구했는지 대야에 담긴 물에서 김이 모락모락 솟아났다. 팽 유모는 자연스럽게 대야를 방 한구석에 내려놓았다. 그리고 그 옆에는 눈처럼 새하얀 목면이 함께 놓였다.

방 안에 들어서는 팽 유모의 눈에 방 한구석에 버려진 짐승처럼 몸을 잔뜩 웅크리고 있는 모언의 모습이 잡혔다. 평소에 단정하던 머리는 사정없이 흐트러져 처참한 지경이었다. 그리고 급하게 옷을 입었는지 옷고름도 제대로 묶지 못하고 있었다.

모언의 까만 눈동자가 물기에 젖어 촉촉했다. 두려움에 떨고 있는 작은 새 같은 그녀를 팽 유모가 조심스레 안아주었다. 흠칫하는 기척이 느껴졌으나 모언은 거부하지 않고 팽 유모의 따듯한 가슴에 얼굴을 묻었다.

"흑, 유모님!"

"알아요, 다 알아요, 아가씨. 그저 지금은 제가 엄마라 생각하고 우셔도 돼요. 아무도 들을 사람은 없어요."

팽 유모는 부드럽게 모언의 머리를 쓸어주며 위로했다. 지금 모언의 심정이 어떠할지 짐작한 팽 유모의 심장이 아릿했다. 밤새 숨죽여 우는 모언의 흐느낌을 들었다. 어찌해야 할지 몰라 당황한 여린 모언이 애처로워 팽 유모도 함께 뜬눈으로 지새웠다.

은애하는 이와 함께 초야를 보내도 힘든 것이 여인이었다. 그래서 모언이 더욱 안쓰러웠다. 귀하게 자란 규수가 하녀가 된 삶이 고달프기도 하련만 꿋꿋하게 견뎌낸 모언이었다. 오히려 상냥하고 친절한 모언은 곧 식솔들에게 사랑을 받았다.

요즘 나리가 왜 모언을 그렇게 대하는지 모르는 바는 아니지만 오늘 이렇게 상처 입은 모언을 보니, 처음으로 팽 유모는 나리가 원망스러웠다. 그렇게 의연했던 모언이 이리 무너져 내린 모습을 보인 것은 처음이었다.

"흑흑……."

모언의 흐느낌이 잦아들자 팽 유모는 다정하게 속삭였다.

"바깥에 나서기 힘드시면 오늘 나리의 처소 청소는 제가 대신 할까요?"

잠시 모언은 아무런 말이 없었다. 모언이 지금 움직이기 힘들어 하는 것이 역력하게 느껴졌다. 세상이 이리 변하지 않았다면 안방마님으로서 귀한 대접을 받았을 여인이었다. 하지만 현실은 냉혹하였다. 지금은 맘 편하게 자리에 누워 있을 수 있는 처지가 아니었던 것이다. 그래서 팽 유모는 조금이나마 모언을 쉬게 해주고 싶었다.

"아니에요, 유모님. 제 할 일은 제가 하겠어요."

고개를 들어 팽 유모의 얼굴을 바라보는 모언의 얼굴은 결연했다. 아무리 바람에 휩쓸려도 자신의 본분을 지키고자 하는 의연함이 여린 외양 속에 숨어 있었다.

"괜찮으시겠어요?"

팽 유모가 걱정스런 표정에 모언이 민망한 듯 수줍게 억지로 미소를 지었다. 이렇게 사랑스러운 여인을 왜 이리 모질게 대하는 것인지, 얽히고 꼬인 운명에 팽 유모는 한숨을 쉬었다.

"괜찮아요. 잠시 자리를 비켜주시면 얼른 정리하고 나가겠습니다."

모언의 말에 팽 유모는 떨어지지 않는 발걸음을 돌려 억지로 방을 나섰다.

모언은 팽 유모가 가져온 물로 우선 얼굴을 씻었다. 그리고 눈처럼 하얀 목면을 물에 적셔 가볍게 온몸을 닦아내었다. 이렇게 아침부터 따듯한 물을 가져다준 팽 유모의 친절함에 감사하고 있었다. 저도 모르게 팔목에 시선이 갔다. 어젯밤 그가 움켜쥐었던 손목에 예전과 같은 푸른 멍이 들어 있었다.

"헉!"

찬찬이 자신의 몸을 살펴보던 모언이 저도 모르게 숨을 들이켜고 말았다. 팔목뿐만 아니라 다리와 팔에 숱한 멍 자국이 보였던 것이다. 발칙하게도 가슴에도 배 주변에도 그의 손자국이 낙인처럼 찍혀 있었다. 게다가 그의 입술이 집중적으로 닿았던 하얀 가슴에는 피처럼 붉은 꽃이 점점이 피어나 있었다. 그리고 밤새 희롱당한 유실이 발갛게 부어올라 민망할 지경이었다.

방 안에 아무도 없었지만 모언은 얼굴을 붉혔다. 자신의 것이라는 것을 표시라도 한 듯 온몸에 남아 있는 그의 소유인을 지워 버리고 싶어 모언이 세게 목면을 문질렀다. 그리고 마지막으로 질척거리는 다리 사이를 닦기 위해서 시선을 내린 순간, 저도 모르게 비명 같은 외침이 흘러나왔다.

"아앗…… 읏……."

모언은 자신의 허벅지에 남아 있는 파과(破瓜)의 흔적에 그만 목 놓아 울고 싶었다. 이제는 결코 아무것도 몰랐던 시절로는 되돌아갈 수 없다는 증거처럼 붉은 혈흔이 모언의 눈에 박혔다.

깨어진 도자기, 모(茅), 금이 간 도자기, 멸(蔑)!

지금 모언의 심장이 마치 금이 생기고 깨져 버린 도자기 같았다. 몸보다 상처 입은 가슴이 더욱 쓰라렸다. 부서진 자신의 마음이 가련했다. 다리에 묻어 있는 붉은 피는 은애하는 이에게서 당한 유린에 모언의 심장이 흘린 피였다.

하지만 이내 모언은 울음을 삼켰다. 이미 발생한 일을 되돌릴 수는 없었다. 심장은 깨어질 대로 깨어졌고 이제 더 이상 상처 입을 마음조차 모언에게는 남아 있지 않았다. 그저 견디는 것이, 꿋꿋하게 이겨내는 것만이 모언이 할 수 있는 전부였다.

아무리 신이 자신의 몸을 가지고 그녀를 모욕한다 해도 결코 그 앞에서 무너져 내리는 모습을 보이고 싶지 않았다. 그가 자신을 그저 천한 하녀로 여긴다 해도 모언의 마음속에 남아 있는 긍지마저 없앨 수는 없었다. 제 마음의 주인은 자신이었다.

그렇게 결심한 모언이 결연하게 입술을 다물었다. 그러나 결연하게 다문 입술과 반짝거리는 눈동자로 인해 소녀에서 여인이 된 아름다움이 뿜어져 나오고 있다는 것을 모언 스스로는 알아차리지 못하고 있었다.

❖

신은 잠결에 손을 내밀어 옆자리를 더듬었다. 차가운 이불의 감촉만이 느껴지자 신은 눈을 번쩍 떴다. 어젯밤 자신의 품 안에 있었던 작고 부드러운 모언은 없었다. 오직 희끄무레한 새벽빛만이 방 안을 채우고 있었고 그는 덩그러니 혼자였다.

"쓸쓸하구나!"

저도 모르게 신이 중얼거렸다. 그리고 뜬금없이 자신 입에서 나온 말에 신은 놀라고 말았다. 그녀를 자신의 품 안에 안았던 일이 짧은 봄밤의 환상인 듯 정적만이 방을 가득 채우고 있었다.

벌떡 침상에서 몸을 일으켰다. 그녀에게 손을 대는 순간 신은 아무런 생각도 할 수 없었던 것이다. 달콤하고 부드러운 모언은 마치 그를 위해 빚어진 존재 같았다. 그 부드러움에 계속 온몸을 묻고 싶을 만큼, 계속 자신의 것으로 하고 싶을 만큼 탐나는 존재였다. 그 순간 모언은 그저 아름다운 여인이었다.

그러면서도 한편으로는 견딜 수 없이 화가 났다. 이처럼 아름다운 그녀가 자신만의 것이 아니었음을, 무방비한 그 얼굴을 다른 남자도 보았을 거라 생각하니 신의 심장이 터질 것만 같았다. 그리고 가슴 한 켠이 욱신했다.

그러나 한편으로는 사라져 버린 모언이 걱정되었다. 어젯밤 자신의 거친 움직임에 고통을 참아내려 입술을 깨물던 모언의 얼굴이 칼날처럼 신의 심장을 베었다. 무엇인가 이상했다. 하지만 신은 그것을 선뜻 받아들이기가 어려웠다. 머리로는 아닐 거라 생각하면서도 분명 무엇인가 계속 마음에 걸렸다.

그녀는 서툴렀다. 처음에는 과도한 흥분과 술로 그녀가 자신을 거부한다고만, 혹은 그것이 그녀가 남자를 애태우는 방법이라고만 생각했다. 그러나 자신이 그녀의 부드러운 꽃잎 속으로 파고들 때 그녀가 보여주었던 반응은 분명 고통이었다. 지나치게 긴장한 그녀 때문에, 그녀 안으로 파고들던 신조차 고통을 느낄 지경이었다.

그리고 거친 그의 손길에 반응하던 그녀의 몸짓은 분명 서툴렀다. 서툴고 두려워하는 반응이었다. 아무것도 몰라서 놀라고 당황한 여인의 모습이었다. 분명 도중에 신도 무엇인가 위화감을 느꼈으나 그것을 철저히 무시했다. 아니, 무시해야만 했다. 그래야 그가 모언을 안는 것이 용서가 되었다. 그녀는 철저히 요부여야만 했다. 그녀는 여러 공자들을 농락하고 동생을 죽음에 이르게 만들었던 그런 악녀여야만 했다.

하지만 그녀는 꽃처럼 아름다웠다. 마치 처음인 것처럼 그렇게 서툴고 고왔다. 그저 가슴에 꼬옥 끌어안고 다정한 밀어를 속삭이고 싶을 만큼 그녀는 가녀렸고 청초했다. 아무리 능숙한 기녀라도 그런 서툴고 순진한 반응까지 연기할 수는 없었다. 그리고 그럴 필요도 없었다.

신은 자신의 머리를 움켜쥐었다. 머릿속이 온통 뒤죽박죽이었다. 마른세수를 하던 신은 결심한 듯 몸을 일으켰다. 일단 모언의 얼굴을 봐야만 했다. 이렇게 덩그러니 자신만 혼란 속에 남겨두고 사라져 버린 그녀를 봐야 했다. 무엇을 확인하고 싶은 것인지 신은 알 수 없었다.

몸을 일으키던 신은 그만 온몸이 굳어버렸다. 이불자락에 남아 있던 붉은 혈흔이 신의 시선에 화살처럼 박혔다. 신은 다시 털썩 침상에 주저앉았다. 믿고 싶지 않았다. 아니, 그럴 리가 없다.

모언이 처음이었다니…….

그럼 어제 자신의 거친 움직임에 경련하던 그것이 정말로 파과의 고통이었단 말인가? 신은 조금도 그녀를 배려하지 않았다. 자신의 마음을 어지럽히는 그녀를 그저 탐하고 싶었다. 자신의 심장을 움켜진 듯 불편하게 만드는 그녀를 그저 유린하고 싶었다. 그리고 벌하고 싶었다. 모든 이에게 친절하면서 자신에게만 냉정하게 구는 그녀가 미치도록 미웠다.

아니, 모두 변명이었다. 신은 그저 아름다운 그녀를 가지고 싶었다. 그녀의 마음속에 무엇이 들었든 그녀의 몸만이라도 제 것으로 하고 싶었다. 모든 기억을 지우고 오직 자신만을 그녀에게 새겨 넣고 싶었다.

신은 알 수 없었다. 한 번도 처음인 여인을 안은 적은 없었다. 그래서 여인의 첫 경험의 고통이 어떠한지 알 수 없었다. 도대체 그녀는 어떤 여인인 것인가? 왜 그녀의 모든 것이 이렇게 그를 어지럽히는지, 화가 났다.

하지만 신은 마음 한구석에 웬일인지 모를 기쁨이 섞이고 있는 것을 알았다. 그녀의 마음이 어찌 되었든 그녀를 가진 것은 자신뿐이라는 것에 뿌듯해졌다. 그녀의 아름다운 모습을 아는 것이 자신만이라는 것이 너무나 기뻤다. 이 무슨 못난 소유욕인지!

그녀였다.

방 안을 감싸는 부드러운 향기에 신은 뒤돌아보지 않아도 모언의 존재를 알아차릴 수 있었다. 신이 입맛이 없어 뜨는 둥 마는 둥 하던 아침을 막 물린 참이었다. 평소라면 이미 신이 출타하였을 시간이었다. 하지만 오늘은 신도 하루 휴식을 취하려 예정했기에 방 안에 있었던 것이다.

방 안에 있는 신을 발견하고는 모언이 움찔하는 기색이 느껴졌으나 이내 무표정으로 돌아갔다. 그리고 당연한 듯 청소를 시작했다. 감정을 지운 인형 같은 모언의 표정이 마음에 들지 않았다. 하지만 모언은 평소처럼 묵묵히 제 할 직분을 하고 있었다.

신의 시선은 서책을 향하고 있었으나 그의 모든 신경은 모언의 움직임을 주목하고 있었다. 평소와 달라진 점은 없어 보였다. 청소를 할 때조차 모언의 움직임은 단아했다. 신은 자신이 자주 그녀의 움직임을 이렇게 좇고 있었던 것을 알지 못했다. 그러나 오늘 그녀의 움직임은 어찌 된 일인지 느릿느릿했다. 마치 급하게 움직이면 큰일이라도 나듯이 한 걸음 한 걸음 매우 조심스럽게 움직이고 있었다.

냉정하리만치 자신의 시선을 무시하고 있는 그녀에게 점점 화가 나기 시작했다. 혼돈을 겪고 있는 것은 자신뿐인 듯 모언의 얼굴은 침착했다. 그것이 또 화가 났다. 애쓰는 그녀가 안쓰러워 위로해 주고 싶다가도 자신을 무시하는 그녀를 보고 있으면 부아가 치밀었다. 감히 자신보다 모언의 시선을 독차지하고 있는 저 탁자를 부숴 버리고 싶은 심정이었다.

"여기!"

낮은 신의 음성에 모언이 움찔하며 시선을 들었다. 형형한 그의 눈빛에 당황한 듯 모언이 바로 시선을 내렸다. 그녀가 청소를 하는 동안 한 번도 그가 모언을 불렀던 적은 없었다. 예상치 못한 자신의 행동에 신도 놀랐다.

"이쪽 탁자도 닦아야겠군."

신이 자신의 앞에 있는 탁자를 눈짓으로 가리키자 모언이 주저하며 다가왔다. 그리고는 빠르게 탁자를 걸레로 훔쳐내었다. 마치 잠시라도 그의 곁에 있기 싫은 듯 신속하게 물러나려 했다. 신이 순간 그녀의 손목을 부여잡았다.

"앗!"

생각보다 힘이 들어갔는지 모언이 작은 비명을 질렀다. 그리고는 그녀는 다시 굳게 입을 다물었다. 자신의 손안에 잡힌 모언의 손목이 부러질 듯 가늘었다. 그러나 모언은 이내 손목을 빼내려는 듯이 손을 비틀었다. 신은 도망가려는 그녀의 손목을 더욱 강하게 그러쥐었다. 그리고는 그녀를 자신의 앞으로 끌어당겼다. 모언의 가녀린 몸이 휘청거리며 신의 앞에 서 있었다.

그녀의 두 눈은 바닥에 고정되어 움직이지 않았다. 모언이 자신을 외면하는 것 같아서 신은 부아가 치밀었다. 움켜진 손목이 아플 것임에도 그녀는 신음조차 내지 않았다. 어젯밤에도 그녀는 내내 신음을 억지로 참았다. 그것이 거부인 것만 같아서 신의 눈에 불꽃이 피어났다. 신이 거칠게 그녀의 턱밑에 손을 대고 그녀의 얼굴을 들어 올렸다. 강제로라도 그녀의 눈을 보고 싶었다.

모언의 얼굴이 백지장처럼 창백했다. 그녀의 눈자위가 밤새 울었던 것처럼 붉었다. 그리고 부푼 입술이 어젯밤을 말해주고 있었다. 그러나 그 입술은 어제 신음을 참느라 앙다물어서 그런지 찢겨져 있었다. 그것이 마치 자신의 상처인 것 같아 신의 가슴이 저릿했다. 저고리 옷깃 사이로 그가 남긴 붉은 순흔 자국이 얼핏 보였다. 신의 시선을 눈치채고는 모언이 다른 한 손을 들어 옷깃을 여몄다. 그제야 표정 없던 그녀의 얼굴이 도홧빛으로 물들었다.

"놓아주십시오."

모언이 감정 없는 목소리로 속삭였다. 하지만 그녀의 목소리는 쉬어 있었다.

"지금 뭘 하고 있는 거지?"

신의 음성이 지독히도 낮았다. 아무렇지도 않게 다시 자신의 처소를 청소하고 있는 그녀에게 미치도록 화가 났다.

"제 소임을 하고 있을 뿐입니다."

모언이 어떤 감정도 없는 앵무새처럼 억양 없이 대꾸하자 신의 혈압이 더욱 올라갔다. 모언은 철저하게 자신을 무시하고 있었다. 그리고 어젯밤에 아무런 일도 없었던 것처럼 굴고 있었다.

"으읍……."

갑작스레 신이 모언의 입술을 덮치자 깜짝 놀란 모언이 신음을 내뱉었다. 괘씸했다. 마치 아무렇지도 않은 듯 구는 그녀가 미워 신이 그녀를 벌하듯이 철저하게 그녀의 입술을 희롱했다. 미칠 것 같이 화가 나면서도 입술에 닿은 그녀의 붉은 입술이 월계화 꽃잎처럼 부드럽고 향긋해 기분이 좋아졌다.

뒤로 물러서려는 그녀의 뒷머리를 붙잡고 그녀의 손목을 자신 쪽으로 확 끌어당기자 모언이 종이인형처럼 풀썩 자신의 품 안에 들어왔다. 신의 완력에 꼼짝하지 못하고 잡혀 버린 모언이 소심하게 바르작거렸다. 그러나 신은 그녀가 도망가지 못하도록 다른 한 손으로 그녀의 허리를 강하게 움켜쥐었다. 한 줌에 잡히는 가느다란 허리였다. 그리고 강인한 두 다리 사이에 그녀를 포박하였다.

"하아…… 하……!"

모언이 숨이 막혀 헐떡거렸다. 신의 혀가 꽉 다문 모언의 윗입술을 부드럽게 핥았다. 그래도 모언은 입술을 굳게 다물고 열려 하지 않았다. 신이 그녀의 아랫입술을 살짝 깨물자 깜짝 놀란 모언의 입술이 살며시 벌어졌다. 신은 그 틈을 놓치지 않고 자신의 혀를 그녀의 입술 사이로 밀어 넣었다. 도망가려는 그녀의 혀를 낚아채고 맹렬하게 공격했다. 볼 안쪽의 부드러운 점막을 쓸고 그녀의 매끄럽고 곧은 치열까지 훑었다. 그리고 그녀의 말캉한 혀를 빨아들일 듯이 공략했다.

"음…… 하아!"

달콤한 그녀의 신음 소리에 신은 순간 그녀를 혼내주려던 생각은 까맣게 잊어버렸다. 그녀의 가녀린 숨결이, 그녀의 타액이 감로주처럼 달콤했다. 그저 취하고 싶은 기분이었다. 신이 두 손을 들어 모언의 작은 얼굴을 감싸 쥐고 더욱 강하게 모언의 입안을 탐했다.

입맞춤만으로도 신의 온몸이 팽팽하게 긴장하였다. 그녀는 분명 요부였다. 한 번도 이렇게 정신을 잃을 정도로 여인을 탐한 적이 없었다. 하지만 지금 신은 어떤 생각도 할 수 없었다. 그저 모언을 탐하고 싶었다. 모언의 작은 손이 신의 가슴을 가볍게 두드렸다. 저항을 무시하고 계속 입맞춤하던 신은 모언이 강하게 다시 가슴을 두드리자 겨우 입술을 떼었다.

"흐흡……."

신이 입술을 떼자 모언이 급하게 숨을 들이켰다. 모언은 얼굴이 새빨개진 채 원망하듯이 신을 바라보았다. 그녀는 호흡을 제대로 할 줄 모르는 것이 분명했다. 신은 마치 머리를 얻어맞은 기분이었다. 잠시 신이 멍한 틈을 타서 모언이 재빨리 신의 품속에서 빠져나왔다.

"하악……. 이만 물러나겠습니다."

거친 숨을 내뱉으며 모언이 물러났다. 그러나 급히 몸을 돌려 나가려던 모언이 갑자기 무릎을 푹 꺾으며 주저앉았다. 마치 허리에서 힘이 빠져나간 듯 격심한 둔통에 아파하고 있는 것이 분명했다.

"어디가 아픈가?"

신이 저도 모르게 그녀 옆에 무릎을 꿇고 그녀와 눈높이를 맞추었다. 그가 가까이 다가오자 모언이 반사적으로 몸을 움츠렸다. 그 반응에 손을 내밀던 신이 움찔 손을 멈추었다. 그것은 분명 공포였다. 자신이 다가서려 하자 모언이 보인 반응은 순수하게 공포였다. 그녀는 자신을 두려워하고 있었다. 그것이 검처럼 신의 심장에 박혔다.

도대체 모언은 어떤 여인인 것인가? 이 반응은 절대 꾸민 것이 아니었다. 지금 떨고 있는 그녀의 반응은 분명 자신에게 다가오는 남자에게 보여주는 순진한 여인의 것이었다. 이것까지 꾸밀 수는 없었다.

"솔직히 고해라. 어젯밤이, 너에게 처음…… 이었느냐?"

신의 나직하지만 날카로운 음성이 모언을 채근하였다. 어깨를 움찔하던 모언이 고개를 들어 신의 눈을 똑바로 바라보았다. 까맣고 진한 모언의 눈동자에 처음으로 신을 원망하는 빛이 어렸다.

"이제 그것이 무슨 의미가 있습니까?"

갈라진 모언의 음성이 처연했다. 상처 입은 사슴 같은 그녀의 말간 눈동자에 신의 마음이 쓰라렸다. 손을 들어 그녀의 머리를 쓰다듬어 주고 싶었다. 그리고 그녀를 자신의 품 안에 보듬어 안고 싶었다.

그러나 신은 냉정하게 자신의 욕망을 억눌렀다. 그녀가 처음이든 아니든 달라진 것은 없었다. 그녀는 수많은 이를 농락하였다. 어쩌면 이것이 그녀의 방식일지도 몰랐다. 애를 태우면서 희롱하면서 그렇게 남자들의 마음을 쥐락펴락했을 것이다. 그동안은 가문 덕분에 보호를 받았지만 이제 노비가 된 그녀를 지켜줄 것은 아무것도 없었던 것이다. 그래서 결국 그녀를 신이 차지할 수 있었던 것이리라.

참을 수 없는 분노가 다시 솟구쳤다. 가질 수 없는 것을 더욱 탐하고 싶은 것은 인간의 본성이었다. 남자를 애태우게 만드는 모언을 바라보며 모두 참을 수 없는 욕망에 허우적거렸을 것이다. 그것이 남자의 심장을 태우고 그 벌레 같은 욕망은 남자의 머릿속을 태웠을 것이었다. 화마(火魔)처럼 자신을 감싸는 강한 열망을 신도 똑똑히 경험했다. 무슨 짓을 해서라도 그녀를 가지고 싶었다. 아플 만큼 강한 그 욕망이 지금 이 순간에도 신을 태우고 있었다.

"이것이 너의 방식이었느냐? 이렇게 여러 공자들을 농락하였던 것이냐?"

신의 냉정하고 날카로운 질문을 모언은 이해할 수 없었는지 말간 눈으로 그를 응시하였다. 그에게서 느껴지는 강한 감정에 움츠려 들면서도 모언은 눈을 돌리지 않았다.

"그게 무슨 말씀이십니까?"

그녀가 그의 눈을 똑바로 바라보며 물었다. 맑은 그녀의 눈빛에는 한 치의 거짓도 없어 보였다. 점점 그 눈빛에 신은 포박되는 기분이었다. 자신에게 그렇게 유린을 당하고도 오늘 또 이렇게 자신의 심한 말로 공격해도 모언은 울지 않았다. 그저 슬픈 눈빛으로 신을 바라볼 뿐이었다.

"정말 모르는 것이냐? 너 때문에 얼마나 많은 공자들이 피눈물을 흘렸는지 정녕 모른다 말이냐?"

신의 목소리가 처절했다. 그녀에게 감춰진 진실을 구하듯, 제발 사실을 말해달라는 것처럼 그의 목소리는 절박하기만 했다.

"저는 모르는 일입니다. 그리고 공자들을 농락한 적도 없습니다."

모언의 목소리는 가늘게 떨렸지만 그녀의 음성은 단호했다. 신은 시선도 돌리지 않고 단호하게 대답하는 그녀를 믿고만 싶었다. 그리고 그녀를 품에 끌어안고 어젯밤은 미안했다고 위로를 하고 싶었다. 그저 그녀를 탐하고 싶었다. 신은 자신의 열망이 두려웠다.

"나가라!"

지독하게 낮은 신의 음성이었다. 모언이 조심스레 몸을 일으켜 걸어나갔다. 그 모습을 바라보던 신은 참을 수 없는 분노에 탁자 위에 놓여 있던 것들을 쓸어버렸다.

와장창!

깨진 다관(茶罐, 차를 담는 그릇들)의 파편들이 바닥에 처참하게 나뒹굴었다. 깨어진 도자기들의 파편이 사방으로 산산이 흩어졌다. 그 소란에도 모언을 결코 뒤돌아보지 않았다. 꼿꼿하게 어깨를 펴고 우아한 걸음걸이로 걸어나갔다. 그것이 그녀의 조용한 항의 같아서 신은 아무것도 할 수 없었다.

# 7. 폭발

"오늘은 날이 아주 청명하고 좋네요."

신의 옷을 손질하던 팽 유모가 창밖을 바라보며 즐거워했다. 11월이 되었지만 남경은 아직 포근했다. 불그스름한 낙엽이 점점 거리에 쌓여갔다. 수를 놓던 모언도 잠시 손을 멈추었다. 파란 하늘과 따뜻한 햇살, 잠시 소슬하게 불어오는 늦가을의 정취를 즐기고 싶었다.

"참, 안 그래도 급하게 구해야 할 비단이 있었는데 잠시 상중하탑방 시장에 함께 가지 않으시겠어요?"

팽 유모가 얼굴에 그늘이 진 모언을 보며 제안하였다. 신의 생일날 이후 두문불출하고 있는 모언이 안쓰러웠던 팽 유모는 모언에게 잠시 바람이라도 쐬게 해주고 싶었던 것이다.

"그래도 될까요?"

모언이 조심스레 대답하였다. 벌써 보름이 넘게 안에만 있자니 답답했던 참이었다. 팽 유모는 그날 이후 말은 없었지만 매우 세심하게 모언을 챙기고 있었다. 그것이 고마우면서도 동시에 부끄럽기만 했다. 폭풍 같았던 밀야 이후, 모언은 한동안 신을 볼 수 없었다. 팽 유모의 말에 의하면 황제의 은밀한 명을 받고 타지방으로 출행을 나갔다고 했다.

두 가지 마음이 모언의 내부에서 갈등하고 있었다. 그의 거친 행동에 상처 입은 마음은 그를 미워하고 싶었다. 하지만 매화 가지를 꺾어주던 그 밤부터 미묘하게 시작되어 뿌리내린 그에 대한 마음을 한꺼번에 버릴 수도 없었다. 하루는 그를 미친 듯이 증오하다가 또 하루는 그가 보고 싶기도 한 모언은 종잡을 수 없는 자신의 마음 때문에 혼란스럽기만 했다. 잠깐 운하도 보고 바람도 쐬면 가슴에서 타오르는 이 열기를 잠시는 식힐 수 있을 것 같았다.

"나가서 옷감도 구하고 맛난 것도 사먹고 저녁 전에 돌아오지요."

팽 유모의 말에 모언이 오랜만에 밝은 얼굴로 고개를 끄덕였다.

수레를 탈 수 없어 영국공부에서 한참을 걸어가야 했으나, 모언은 그것이 하나도 수고스럽지 않았다. 바깥의 공기를 쐬니 답답했던 마음이 다소 풀렸다. 시장은 흥성스러웠다. 그리고 대로를 가득 메운 사람들이 열심히 살고 있는 모습을 보니 어쩐지 기운이 나는 것 같았다. 오히려 예전에 규방에서 화초처럼 살았던 그 삶이 이제는 전생의 꿈이었던 것만 같았다.

시장에 도착하여 팽 유모가 거래하는 직물점에 들어가 필요한 비단을 샀다. 모언은 한 번도 제 스스로 무엇인가를 매매한 적이 없었다. 그래서 가격을 흥정하는 팽 유모와 주인을 신기하게 바라보았다.

"아이고, 팽 유모님, 오늘 왜 이리 저를 곤란하게 하십니까?"

팽 유모에게 주인 남자가 투덜거렸다.

"아니, 어디 영국공부에서 비단을 한두 번 사는 것도 아니고 이리 야박하게 굴 참이오?"

유들유들한 팽 유모의 말에 주인 남자가 고개를 흔들었다.

"제가 팽 유모님을 어찌 당하겠습니까?"

주인 남자가 선심을 쓰듯 가격을 깎아주었다. 만족한 미소를 띠며 팽 유모가 구석에 있는 하얀 비단을 가리켰다.

"혹시 저 하얀 비단은 가격이 얼마나 되는가?"

"아니, 갑자기 저 하얀 비단은 왜요? 나리께서 저 하얀 비단으로 옷을 지어 입으실 리도 없고 여인에게 어울리는 색인데?"

주인장이 고개를 갸웃거렸다.

"아, 그것은 여기 있는 아가씨에게 입힐 거라오. 어떻게 좀 싸게 주면 안 되겠소?"

팽 유모가 갑자기 모언을 가리키자 주인장과 점포 안에서 일하는 사람들의 시선이 모언에게 집중되었다. 모언이 순간 당황하여 얼굴이 살짝 붉어졌다.

"팽 유모님, 그게 무슨 말씀이세요?"

모언이 유모를 말렸다. 모언의 말이 떨어지자 주인장의 눈이 화등잔만 하게 커졌다. 아까부터 계속 눈이 가던 여인이었다. 입성을 보아하니 사대부의 규수는 아니었다. 옷도 평범하고 머리 장식도 하나 없이 소박하기만 했다. 하지만 행동거지며 용모가 어찌나 아름다운지 범상치가 않았던 것이다. 거기다 입을 여니 목소리도 나긋나긋하며 품위가 있었다.

이곳은 상중하탑방시장에서 가장 규모가 큰 직물점이라 사대부가의 규수들도 혼수를 마련하려 찾아오곤 했다. 하지만 그 수많은 여인들 중에 이렇게 음전(말과 행동이 얌전하고 점잖음)하고 아름다운 여인은 처음이었다.

"아이고, 이 아가씨라면 여기 하얀색이 참 잘 어울리시죠. 매화처럼 고운 자태라 옷을 입으시면 백화선자 같아 보이시겠습니다."

주인장의 농담에 모언이 수줍은 듯 고개를 숙였다.

"그렇죠? 우리 아가씨에게 옷 한 벌 지어주려고 하니, 좋은 가격에 주시오."

"네, 그리합죠. 저기 아가씨를 위해서 특별히 싸게 드리는 것입니다."

주인장이 흔쾌히 고개를 끄덕였다.

"팽 유모님, 어찌 그 비단을 사신 것입니까?"

가게를 나오자 모언이 걱정스레 팽 유모에게 물었다. 모언의 생각에는 꽤 가격이 있어 보이는 물건이었다. 그런데도 주인장이 거의 거저 주다시피 값을 조금밖에 받지 않았다. 그리고 신을 위한 비단을 사는데 자신을 위한 옷감이라니 가당치 않아 보였던 것이다.

"괜찮아요. 아까 비단 사면서 깎은 돈으로 산 거니까요. 그저 제가 옷 한 벌 만들어 드리고 싶어서 그래요."

팽 유모가 시원스레 대답하였다.

"하지만 그런 좋은 옷을 입고 갈 곳도 없는걸요."

모언의 말이 시무룩했다. 예전이라면 이보다 훨씬 좋은 비단으로 만든 옷을 입었을 모언이었다. 팽 유모는 그것이 안타까워 살짝 한숨을 쉬었다. 몇 걸음 걷던 팽 유모가 갑자기 발을 멈추었다.

"에구머니, 내 정신 좀 보게나. 정작 중요한 것을 사지 않았네. 아가씨, 여기서 잠시만 기다리세요. 제가 금방 다녀올 테니."

그리 말하고 팽 유모가 급히 직물점으로 뛰어갔다. 홀로 남게 되어 당황스러웠지만 거리가 몇 걸음 되지 않았고, 마침 장신구를 판매하는 상점 앞이라 모언이 잠시 기다리기로 했다. 화려한 장신구들이 시선을 잡아챘다. 그래서 모언은 자신을 음흉하게 바라보는 남자의 시선을 미처 눈치채지 못하고 있었다. 그리고 그 남자는 음흉한 미소를 띠며 차츰차츰 모언에게로 다가오고 있었다.

화려한 머리꽂이며 비녀며 가락지에 눈이 어지러울 지경이었다. 그중에 매화 문양의 머리꽂이에 모언의 시선이 머물렀다. 그것을 물끄러미 바라보고 있자니 주인 여자가 살갑게 말을 걸었다.

"아이고, 아가씨, 안목이 있으시네요. 요 매화 문양의 머리꽂이가 아주 잘 만들어졌죠? 아가씨 탐스러운 머리에 하시면 아주 잘 어울릴 것 같네요."

주인 여자가 모언의 손을 잡아끌며 해보라고 권유했다. 그러자 모언이 난감한 표정을 지었다.

"아니에요. 그저 아름다워서 잠시 보았습니다."

모언이 주인의 권유를 애써 사양하였다. 곧 모언은 갑자기 느껴지는 섬뜩한 한기에 몸을 떨었다.

“아니, 이게 누구야?”

갑작스레 들려온 남자의 목소리에 순간 모언이 몸을 움츠렸다. 자신을 희롱하던 장승이 뱀 같은 눈으로 자신을 바라보고 있었다. 저도 모르게 모언이 뒤로 한 발짝 물러났다. 그리고 살짝 목례를 하고 바로 직물점을 향해 가려던 찰나였다.

“그래 이 장신구가 탐이 났던 것이냐? 그러게 내 애첩이 되면 이까짓 장신구쯤이야 얼마든지 사주겠다 하지 않았느냐?”

장승이 그리 모언을 모욕하며 손목을 낚아챘었다. 주인 여자가 그 모습을 보면서도 검을 든 장승과 그 뒤에 서 있는 무리를 보고 뭐라 말도 못하고 모언을 도와주지도 못하고 있었다.

“이 손 놓으십시오.”

당황한 모언이 손목을 잡아 빼려 했다. 하지만 장승은 더욱 그녀를 자신의 품으로 끌어당겼다. 깜짝 놀라 모언이 소리치고야 말았다.

“이 무슨 무례이십니까?”

모언의 말에 장승은 희죽 웃었다.

“하하, 어디 네가 사대부가의 여식이라도 된다더냐? 천한 계집종이 어디서 그런 발칙한 말을 뇌까린단 말이냐?”

장승은 그리 말하더니 이제는 아예 그녀를 끌어당겨 한 품에 안을 기세였다. 결국 참지 못한 모언의 손이 허공을 갈랐다. 순식간에 뺨을 맞은 장승의 얼굴이 붉으락푸르락하게 변했다. 사람들 앞에서 제대로 무시를 당하니 장승은 독이 오를 대로 올랐다.

“감히 천한 종년이 사대부의 얼굴에 손을 대?”

짝!

너무나 강한 충격에 모언의 눈앞에서 별이 보였다. 그리고 모언은 바닥으로 풀썩 쓰러졌다. 그러나 물리적인 아픔보다 이렇게 하찮게 희롱당하는 자신의 처지가 모언을 더욱 고통스럽게 했다.

"에구머니, 아가씨!"

팽 유모가 이 모습을 보고 급하게 뛰어왔다. 하지만 장승의 무리를 당해낼 수는 없었다.

"네 이년! 내 오늘 그 버르장머리를 고쳐 주마!"

독이 오를 대로 오른 장승이 길에 쓰러진 모언의 머리채를 휘어잡았다. 견딜 수 없는 모욕에 모언의 온몸이 떨려왔다.

"누가 좀 도와주세요!"

팽 유모가 애타게 주변에 도움을 요청했다. 그러나 누구도 선뜻 나서지 못하고 있었다. 바닥에 쓰러진 모언이 걱정되어 팽 유모가 발을 동동 굴렀다.

히이잉!

그때 가까운 소로에서 말울음 소리가 들렸다. 그리고 곧 모언 쪽으로 말을 탄 두 사내가 빠르게 다가왔다. 앞쪽에는 청색 심의를 입은 사내가 타고 있었다. 그 뒤를 따르는 남자는 머리부터 발끝까지 흑의(黑衣)를 입은 것이 아무래도 위사인 듯싶었다.

청색 심의 차림인 사내의 당당한 모습이 사람들의 시선을 끌었다. 사내의 시선이 바닥에 쓰러진 모언에게 닿았다. 그리고 곧 사내의 검은 눈동자가 장승을 바라보며 불길하게 번쩍거렸다.

"그만하시오!"

나직하고도 힘 있는 남자의 목소리가 허공을 갈랐다. 매우 낮은 목소리였고 음성을 높이지 않았으나 그 목소리는 충분히 위협적이었다. 장승이 고개를 들어 소리가 나는 방향을 쳐다보았다. 그리고 그가 마주친 것은 냉혹하게 반짝이는 신의 두 눈이었다.

"지금 그만두면 내 계집종의 무례는 대신 사과하리다. 영국공부에 속한 가솔의 일은 내가 처리하는 것이 옳지 않겠소?"

논리적인 신의 말에 장승이 뭐라 대꾸를 하지 못했다. 1품 군후의 자식인데다 3품 병부시랑인 신을 함부로 대할 수는 없었다. 게다가 신이 직접 사과까지 하는 마당이라 계속 일을 벌이면 자신의 모습만 꼴사나워질 판이었다.

주변 모든 사람들의 시선도 신의 말이 지당하다는 듯 냉소적으로 장승을 바라보고 있었다. 이쯤에서 물러서는 것이 좋았다. 그래서 장승이 모언의 머리채를 그러쥐었던 손을 슬그머니 풀었다.

"하하, 나리께서 그렇게까지 말씀하시니 제가 물러나야죠. 그럼 이만……."

장승은 그리 말하고는 부리나케 사라졌다. 이내 시장은 언제 그랬냐는 듯이 평소의 소란한 분위기로 돌아갔다. 그러나 모언과 신의 주변에는 설명할 수 없는 무거운 침묵이 으스스하게 감돌고 있었다.

"아가씨!"

바닥에 쓰러진 모언을 팽 유모가 일으키려 했다. 그러나 먼저 움직인 것은 신이었다. 말에서 훌쩍 뛰어내린 신이 쓰러진 모언에게로 다가갔다. 그리고 매우 조심스럽게 바닥에 쓰러진 모언을 안아 올렸다. 마치 어린아이를 안아 올린 것처럼 모언은 가벼웠다. 그녀가 이렇게 가벼웠던가? 신이 저도 모르게 한숨을 쉬었다. 장승의 무지막지한 폭력에 기운을 잃은 듯 모언은 신이 자신을 안아 올려도 거부하지 않았다.

"금동, 너는 팽 유모를 모시고 오너라!"

신이 그리 말하고는 조심히 모언을 품에 안고 말을 탔다. 커다란 체구의 신의 품에 안긴 모언이 더욱 가냘파 보였다. 품 안에 안긴 모언은 죽은 것처럼 미동도 없었다. 날개를 찢긴 나비처럼 모언이 가련하고 애처롭기만 했다. 차라리 울기라도 하면 좋으련만 꼿꼿하게 울음을 참는 그녀의 모습이 더욱 마음에 들지 않았다.

"쯧!"

저도 모르게 신이 혀를 차고 말았다. 근 보름 만에 보는 그녀였다. 사실 이번 공무는 굳이 그가 맡지 않아도 되는 일이었다. 하지만 신은 잠시 영국공부를 떠나 있고 싶어 자원했다. 차마 모언의 그 커다란 눈을 마주할 자신이 없었던 것이다.

아무리 화가 났어도, 혹은 그가 평소와는 달리 과음 때문에 흥분했다 하더라도 모언을 그리 대한 것은 변명의 여지가 없었다. 신을 지극히 아끼는 팽 유모가 밀야(密夜) 다음 날 그를 비난하는 표정으로 바라보자 신은 쥐구멍에라도 숨고 싶었다.

살면서 이렇게 수치스러운 일이 없었다. 신은 평소에 냉정하다고 생각했던 자신이 그렇게 격정에 휩쓸릴 것이라고는 상상조차 하지 못했다. 그동안 마음속에 응어리졌던 갈 곳 없는 분노를 모언에게 쏟아낸 것이었다.

"그게 지금 무슨 의미가 있습니까?"

떠나 있는 동안에도 상처 입은 눈으로 자신을 바라던 모언의 큰 눈과 처연하던 그녀의 목소리가 계속 떠올랐다. 잠자리에 들어도 공무 중 잠시 짬이 날 때에도 어디서나 출몰하는 그녀의 맑고 커다란 눈이 신을 괴롭혔다.

점점 자신이 너무나 끔찍한 일을 저지른 파렴치한으로 생각되었다. 그리고 그의 평생 처음으로 자신의 잘못을 바로 인정하지 못하고 이렇게 도망치듯 영국공부를 떠나온 것이 한심하기만 했다. 그리고 신은 대체 앞으로 모언을 어떻게 대해야 할지 알 수 없었다.

그러나 남경 땅에 도착하자마자 한시바삐 모언의 얼굴을 보고 싶었다. 그래서 영국공부로 가는 지름길을 택하느라 청량문 근처에 있는 상중하탑방 시장으로 들어왔던 것이었다. 물건을 나르는 큰 수레가 대로를 막아 할 수 없이 신과 금동은 소로로 잠시 우회하였다. 다시 대로로 나오려던 찰나 매화 문양 장신구를 바라보고 있는 모언이 모습이 신의 시야에 잡혔다.

그러나 갑자기 소로 입구로 들어온 짐수레에 막혀 잠시 시간이 지체되고 말았다. 그사이 나타난 장승 때문에 초조한 신의 시선은 계속 모언을 향하고 있었다.

신은 장승이 모언에게 부리는 행패를 보자 눈에서 불꽃이 튀었다. 마음 같아서는 한 대 쳐 주고 싶었지만 일이 커지는 것을 바라지 않았다. 무엇보다 바닥에 쓰러진 모언을 빨리 쉬게 해주는 것이 급해 보였던 것이다. 그래서 얼른 장승을 쫓아버리기 위해서 마음에도 없는 사과를 하고 상황을 정리하였다.

"이랴!"

신이 말의 고삐를 죄었다. 그리고 품 안의 그녀를 한껏 당겨 안았다. 그리고 그녀의 정수리에 턱을 기대었다. 향긋한 그녀의 체향이 신의 콧속을 간지럽혔다. 조금 전까지 느꼈던 분노는 사라지고 어쩐지 달콤하고도 아련한 기운이 신을 휘감았다.

영국공부로 돌아온 신은 서둘러 그녀를 자신의 방 침상에 눕혔다. 그녀의 처소로 데려가 쉬게 하는 것이 적절했지만 신은 모언의 상태를 자신이 지켜보고 싶었다. 말에서 내릴 때에도 안고 방으로 옮길 때에도 미동조차 하지 않았던 모언이 침상에 내려두자 갑자기 몸을 움츠렸다. 그리고 그제야 신이 자신을 만지고 있다는 것을 깨달은 것처럼 황급히 몸을 떼고 침상 구석으로 도망쳤다.

찌릿!

순간 신의 심장이 송곳에 찔린 것처럼 따끔거렸다. 그녀가 아파하기를 괴로워하기를 바랐다. 하지만 이런 식으로 다른 사람 때문에 상처받는 것을 보고 싶지는 않았다. 그녀를 괴롭힐 수 있는 것은 자신뿐이었다. 저렇게 상처받은 들짐승 같은 표정으로 자신과 얼굴조차 마주치지 않고 웅크려 있는 것은 보고 싶지 않았다.

"일단 쉬도록 해."

신이 모언이 영국공부에 온 후 처음으로 화를 내지 않고 평범하게 말을 건넸다. 자신이 옆에 있으면 모언이 불편할까 싶어 신은 떨어지지 않는 발걸음을 억지로 옮겼다.

그녀에게 계속 상처를 주면서도 또 아파하는 그녀 때문에 신의 마음 한구석이 저릿했다. 마치 무엇인가 심장을 옥죄는 것처럼 견딜 수가 없었다. 그녀를 보고 있으면 미치도록 화가 났다. 자신이 아닌 다른 이들에게 달콤한 말을 속삭였을 저 입술에 부아가 치밀었다.

하지만 눈앞에서 그녀가 보이지 않으면 짜증이 났다. 안절부절못하면서 저도 모르게 그녀의 행방을 찾았다. 그러면서도 슬퍼하는 그녀의 모습을 보면 안타까웠다. 끌어안고 위로해 주고 싶은 다정한 마음이 몽글몽글 솟아났다.

'이 복잡하고 미묘한 감정은 도대체 무엇일까?'

신이 탄식했다. 그의 마음속에서 멈추지 않는 이 극심하고도 섬세한 일렁거림은 도대체 어떻게 받아들여야 하는 것인지 알 수가 없었다. 신은 생전 처음 자신의 마음을 통제할 수 없어 두려웠다. 모언을 볼 때마다 그 감정은 점점 강해지고 있었다. 하지만 무엇보다 그녀를 놓을 수 없는 자신의 집착이 더욱 무서웠다.

바깥으로 나온 신이 발걸음을 돌려 후원으로 향했다. 작은 연못에 소월(素月)이 수줍게 잠겨 있었다. 그 모습을 물끄러미 바라보며 신은 깊은 생각에 잠겼다. 그렇게 한참을 생각에 잠겨 있던 신이 무엇인가를 결심한 듯 금동을 불렀다.

"금동, 있느냐?"

금동이 마치 기다리고 있었다는 듯 곧 나타났다.

"찾아 계십니까?"

신이 잠시 자신의 방문을 슬쩍 바라보았다. 방문을 바라보는 그의 표정이 여러 가지 감정으로 복잡했다.

"급히 네가 좀 알아봐 주었으면 하는 일이 있다."

"네, 말씀하시옵소서."

나직이 명령하는 신의 말을 듣던 금동의 눈이 휘둥그레졌다.

"당시 서신을 받았다던 공자들의 주변부터 조사를 시작하거라. 단, 최대한 은밀하게 조사를 진행하라."

"존명(尊命)!"

금동이 바람처럼 사라졌다. 방으로 들어가려 문고리를 잡던 신이 순간 멈칫했다. 지금 들어가면 모언이 불편하게 느낄 것이 분명했다. 그녀에게 조금 더 시간을 주고 싶었다. 잠시나마 지친 몸을 쉴 수 있도록, 신은 그 후로 거의 반 시진을 후원에서 서성거렸다. 그러나 중간중간 자꾸 방으로 향하는 시선을 어쩌지 못했다.

이튿날, 모언은 멍한 표정으로 잠에서 깨어났다. 뺨에 감각이 없었다. 그리고 머리가 지독하게 아팠다. 몸이 천근만근 물 밑으로 가라앉는 기분이었다. 다시 눈을 감았다. 잠시 잠에 빠져들고 싶었다.

삐걱!

문이 열리는 소리에 모언은 번쩍 침대에서 눈을 떴다. 그제야 여기가 자신의 방이 아닌 것을 알았다. 벌떡 침대에서 일어났다.

"좀 더 자지 않고, 아직 새벽이다."

조용한 신의 음성이었다. 너무나 당연한 듯 신이 침상 옆에 있는 의자에 앉았다. 그리고는 자연스럽게 손을 뻗어 부은 모언의 뺨을 쓰다듬었다. 그 눈빛이 웬일인지 다정해 보인다고 느낀 것은 모언의 착각이었으리라.

움찔!

신의 손이 얼굴에 닿은 순간, 저도 모르게 모언이 몸을 움찔했다. 갑작스런 그의 행동에 놀라기도 했고, 부은 뺨이 아프기도 해서 저절로 움직인 것이다. 하지만 신이 마치 상처 입은 것처럼 화급히 손을 떼었다.

"내가 널 어찌하기라도 할까 봐 그러느냐?"

신의 음성이 날카로워졌다. 순식간에 바뀐 그의 분위기에 모언이 잠시 할 말을 잃었다.

"오늘 바로 거처를 여기로 옮기도록 해라."

갑작스런 신의 말에 모언이 고개를 번쩍 들었다.

"그게 무슨 말씀이십니까?"

거처를 이곳으로 옮기라니 이 방에 머물라는 말인가? 모언이 대답을 구하듯 깊이를 알 수 없는 신의 눈을 바라보았다.

"두 번 말해야 알아듣겠느냐?"

신의 말투가 냉정했다.

"오늘부터 너는 이곳에서 먹고 내 옆에서 자야 한다. 알겠느냐?"

하지만 모언의 심장은 툭 떨어졌다. 설마?

"제가 무엇을 하길 바라시는 겁니까? 설마 여기서 나리의 시침이라도 들라는 말씀이십니까?"

모언의 목소리가 떨렸다. 어제 장승에게 받은 모욕보다 더욱 마음이 아팠다. 자신을 하찮게 대하는 그가 미웠다. 이렇게 자신의 마음을 계속 할퀴는 그가 원망스러웠다.

"잘 알아들었으면 되었다."

신이 그리 싸늘하게 말하고는 바깥으로 나갔다. 마치 모욕을 당한 것은 자신이라는 듯, 오히려 화를 내는 그를 이해할 수 없었다.

어디까지가 끝인 걸까? 얼마만큼 견디면 이 고통이 끝이 날 수 있을까? 심장에 얼음 알갱이가 박힌 것처럼 모언의 심장이 서걱거렸다. 그렇게 모언은 끝없는 침묵으로 빠져들었다.

"일어나라!"

신이 냉정하게 이불을 걷었다. 하지만 할 테면 해보라는 듯 모언은 꼼짝도 하지 않았다. 벽을 바라보고 누워서 움직이지 않았다. 아무것도 먹고 싶지 않았다. 그리고 아무것도 하고 싶지 않았다. 손가락 하나 까딱하고 싶지 않았다. 그것만이 모언이 할 수 있는 유일한 저항이었다.

"아가씨, 제발 한술이라도 뜨세요. 벌써 닷새째 물 한 모금 안 드시면 어떡해요?"

팽 유모가 안타까운 목소리로 말했다. 하지만 모언은 꼼짝도 하지 않았다. 매번 음식을 가져왔다 그냥 들고 나가는 팽 유모에게는 미안했지만 어쩔 수가 없었다. 안 먹는 것이 아니라 먹을 수가 없었다. 음식 냄새만 맡아도 구역질이 났다. 어제저녁 애써 가져온 팽 유모의 성의를 봐서 한 수저 미음을 뜨던 순간 모든 것을 게워내고야 말았다. 모언의 위가 음식을 거부하고 있었다.

계속 그 실랑이를 바라보던 신이 모언의 어깨를 잡았다. 그리고 강한 힘으로 모언을 자리에서 일으켰다. 저항할 힘도 없는 모언을 한 팔로 강하게 끌어안고 신이 국물을 떴다.

"입 벌려!"

제발 이대로 자신을 놔두었으면 좋겠다. 모든 것이 귀찮았다.

"네가 스스로 먹지 않으면…… 강제로 먹이겠다."

냉정한 신의 말에 모언이 고개를 저었다. 그리고 제발 자신을 그대로 두라는 애원하는 눈빛으로 신을 바라보았다.

"헉!"

신이 강제로 입을 벌리고 국물을 입안에 흘려 넣었다. 거부하려 했지만 신의 힘을 당해낼 수가 없었다. 뜨거운 국물이 목구멍을 타고 내려갔다. 쓰라렸다. 왜 그는 자신을 이렇게 괴롭히는 것인지 억울한 마음에 눈물이 솟아났다.

하지만 다시 신이 입을 벌리고 국물을 강제로 먹였다. 모언이 온 힘을 써서 도리질을 쳤다. 하지만 자신의 머리를 고정시킨 그의 손은 바위처럼 움직이지 않았다. 다시 국물이 입으로 쏟아져 들어왔다.

"콜록, 콜록!"

모언이 심하게 기침을 했다.

"나리!"

팽 유모가 고통에 몸부림치는 모언을 보고 신을 말리려고 했다. 하지만 신은 단호했다.

"억울한가? 나에게 이런 취급을 받는 것이, 그렇게 억울해 죽고 싶은 건가?"

신의 말이 채찍처럼 모언의 심장을 할퀴었다. 억울했다. 아무런 잘못도 없는 아버지와 오라버니가 죽은 것도, 온 집안의 가솔들이 뿔뿔이 흩어진 것도, 여기서 이렇게 그에게 증오를 받는 것도 모두 억울했다. 왜 저를 가만두지 않는 것인지 화가 났다. 그래서 모두를 원망하고 싶었다.

"제발……."

모언이 젖 먹던 힘을 다해서 소리쳤다. 신이 미웠다. 자신을 이렇게 비참하게 만드는 그가 미웠다. 그럼에도 그를 완벽하게 미워할 수 없는 제 자신이 더욱 한심했다. 그래서 모언은 소리쳤다.

"절 그냥 내버려 두세요!"

모언이 마구 팔을 휘둘렀다. 그에게서 벗어나고 싶었다. 이 모든 것에서…….

"그래, 차라리 소리를 질러. 마구 화를 내고, 나를 미워하라고! 이렇게 자신을 고문하지 말고……."

신이 모언을 강하게 끌어안으며 외쳤다. 그러나 모언은 계속 몸부림쳤다. 자신을 밧줄처럼 옭아매는 그의 품에서 벗어나고 싶었다. 하지만 그의 팔은 바위처럼 꿈쩍도 하지 않았다. 움직이지도 못하게 만드는 그에게 미치도록 화가 났다. 자신을 놓아주지 않는 그가 너무 미웠다. 극도로 흥분한 모언이 그의 팔뚝을 물었다.

"에구머니, 나리!"

팽 유모가 기겁을 했다. 모언이 얼마나 세게 물었는지 소매 위로 붉은 핏자국이 솟아났던 것이다. 하지만 신은 꼼짝도 하지 않았다. 마치 화가 난 들짐승을 달래듯 그렇게 모언을 끌어안고 있었다. 그리고 진정하라는 듯 부드럽게 그녀의 등을 쓸어주었다. 차츰차츰 모언의 몸에서 힘이 빠졌다. 그리고 이내 모언의 몸이 축 늘어졌다. 과도한 흥분과 감정의 폭발로 기력이 빠져 탈진한 것이었다. 시체처럼 축 늘어지는 모언을 그렇게 계속 신이 안고 있었다.

'아프지 마라. 차라리 나를 미워해라. 그 증오가 살아갈 힘이 된다면 얼마든지 나를 미워해도 좋으니, 제발!'

그렇게 신은 한동안 모언을 끌어안고 있었다. 그 모습을 바라보던 팽 유모가 조용히 방문을 닫고 나갔다. 무시무시한 정적이 방 안을 휘감았다. 그동안의 설움과 고통이 한꺼번에 터진 듯 그렇게 감정을 쏟아낸 모언은 꼬박 하루를 죽은 듯이 잠에 빠졌다. 그러나 중간중간 식은땀을 흘리며 고통스러워했다. 신이 한시도 그녀의 곁을 떠나지 않고 간호했다. 하지만 잠들어 있던 모언은 그것을 알지 못했다.

## 8. 오해

그렇게 감정의 폭발을 겪고 난 모언은 침착해졌다. 이미 지나간 시간은 되돌릴 수 없었다. 자신이 자꾸 상처받는 것은 과거를 잊지 못해서 그런 것이었다. 자신은 신의 정혼자도 아니고 한림원시강의 여식도 아닌 처음부터 이곳에서 일하던 노비라고 생각하면 된다. 신도 그녀가 은애하는 정인이 아닌 자신의 주인인 것이다. 주인인 그는 모언을 그의 생각대로 대하면 되는 것이다. 그렇게 모언은 자신의 마음을 사갑게 얼려 버렸나.

하지만 그 이후 신은 모언을 매우 조심스럽게 대하고 있었다. 그녀는 그의 처소를 차지하고 있다는 것을 알았지만 신경 쓰지 않았다. 그녀가 원한 것은 아니었고 그가 머물라 했기에 머물렀다. 자신은 노비이니 주인의 명령을 그냥 따르면 된다고 냉소적으로 생각했다.

신의 명이 떨어지자마자 이미 팽 유모는 모언의 짐을 정리하여 신의 거처로 옮겨놓았다. 그러나 사실을 말하면 모언에게는 소지품이라고 할 만한 것도 없었기 때문에 아주 간단한 일이었다.

팽 유모는 모언이 깨어나자 신의 거처를 모언이 편안하게 머물 수 있도록 정리해 주었다. 연회 때 다리를 다쳐 모언이 도와주었던 약요도 신나하면서 팽 유모를 도왔다. 두 사람은 마치 모언이 신의 안사람이라도 된 것처럼 즐거워했다. 타인의 삶을 구경하듯이 모언은 그렇게 멍하니 그들이 움직이는 것을 보고 있었다. 그리고 팽 유모가 챙겨주는 음식도 이제는 거부하지 않았다. 왜 신이 보이지 않는지 궁금하기는 했지만 모언은 그것도 더 이상 생각하지 않기로 했다.

모언이 깨어나고 난 후 며칠간 다른 곳에 있던 신이 그날 밤 다시 처소에 들겠다는 명을 내렸다. 저녁이 되자 팽 유모와 약요가 부득불 조욕을 해야 한다면서 모언을 채근하였다. 하루 종일 그들의 등쌀에 진이 빠진 모언은 그들의 손길에 이끌려 조욕까지 마치게 되었다. 따듯한 물에 몸을 담그니 굳었던 몸이 풀리는 기분이었다. 약요가 모언의 머리를 감겨주며 신나게 조잘거렸다.

"어머나, 아가씨. 이렇게 빗질을 하니 머릿결이 아주 좋아요!"

약요의 재잘거림이 싫지 않았다. 저렇게 즐겁게 웃어본 일이 언제인지 기억조차 나지 않았다. 난향이었다면 아마 하루 종일 모언을 놀리느라 정신이 없었을 것이다. 약요 덕분에 마치 그때로 돌아간 것처럼 잠시 모언은 미소를 지을 수 있었다.

조욕을 마치고 나자 모언은 난감해졌다. 입고 있던 옷은 어디로 갔는지 보이지 않고 팽 유모가 가져온 옷은 얇은 자리옷이었다. 오히려 안 입느니만 못한 옷을 보니 모언은 난감했다. 그리고 그제야 신의 처소에 함께 머문다는 의미가 어떤 의미인지 피부에 와 닿았다.

"팽 유모님, 저기 이것 말고 제가 입던 옷을 주세요."

"아이고, 그 옷을 뭐에 쓰시게요? 아직 아가씨가 입을 옷이 준비가 되지 않았어요. 그러니 일단 이걸 입고 계세요. 내일은 제가 마님께서 예전에 입으셨던 옷들 중에 적당한 것으로 찾아올게요. 그리고 오늘 사온 비단으로 얼른 옷을 지어야겠습니다. 그리고 추가로 옷을 만들려면 제가 퍽이나 바쁘겠어요."

팽 유모는 마치 딸을 시집보내는 것처럼 즐거워했다. 그래서 결국 모언은 자리옷을 입고 말았다. 가벼운 옷감이 온몸에 착 달라붙어 피부 같아 보였다.

"하이고, 우리 나리께서 이 모습을 보시면 홀랑 반하시겠네!!"

팽 유모가 그리 말하자 모언의 얼굴이 사과처럼 빨개졌다. 그리고 팽 유모와 약요는 모언을 신의 방에 남겨두고는 사라져 버렸다. 뭘 어찌해야 하는지 몰라 모언은 심장이 두근거렸다. 이 모습 그대로 기다릴 수가 없어 모언은 침상으로 올라가 이불로 몸을 칭칭 눌렀다. 그리고 조조함에 어찌할 바를 볼랐다.

잠시 후 방 안에 들어온 신은 이불을 칭칭 감고 있는 모언의 눈과 마주쳤다. 긴장했는지 그녀의 시선이 허공을 맴돌고 있었다. 그제야 신은 모언을 이곳에 머물게 하라는 자신의 명을 사람들이 어떻게 받아들였는지를 깨닫고 혀를 찼다. 그동안은 모언에게 혼자만의 시간을 주었던 것이었다. 그리고 모언의 상태가 개선되어 이제 본인의 처소에 돌아오겠다는 의미였다.

아마도 팽 유모는 초야를 준비하듯이 모언을 단장시켰음에 틀림없었다. 방 안에 들어서자마자 야릇한 향이 이미 신을 자극하고 있었다. 그리고 저리 목까지 이불을 감은 모언은 자신의 모습을 숨기려 한 것이 분명했다. 신은 자신의 의도가 그게 아니었음을 말할 기회가 없어져 버렸다. 단순하게 그녀가 걱정되어 그녀 곁에 있고 싶었을 뿐이었다. 하지만 어차피 벌어진 일이었다.

신은 할 수 없이 침상으로 다가갔다. 일단 오늘은 어쩔 수 없이 한 침상에서 잠을 잘 수밖에 없었다. 침상으로 가까이 다가서자 모언이 놀란 토끼눈으로 자신을 바라보았다. 그리고 그가 이불을 들추려 하자 긴장했는지 침을 꿀꺽 삼켰다. 일어나 도망칠 수도 그렇다고 그대로 있을 수도 없어 난감해하는 그녀의 기분이 손에 잡힐 듯 느껴졌다. 순간 놀란 토끼 같은 그녀가 매우 귀여워 보였다.

"너 혼자 이불을 모두 독차지할 셈이냐?"

신의 퉁명스러운 말에 모언이 어찌할 바를 몰라 몸을 바르작거렸다. 놀라서 말문이 막힌 그녀가 너무나 사랑스러웠다. 그저 한 품에 끌어당겨 안아주고 싶었다.

"그것이……."

모언이 뭐라 말을 하려는 듯 입술을 달싹거렸다. 순간 신은 그녀의 도톰한 입술을 덮쳐 버리고 싶었다. 그러나 자신이 저지른 밀야를 생각하니 차마 그럴 수가 없었다.

"나는 지금 매우 피곤하다. 누구 때문에 며칠간 다른 방에서 잠을 설쳤거든!"

신의 말에 모언의 얼굴이 붉어졌다. 자꾸 말을 하면 모언의 얼굴이 터질 것만 같아 일부러 심상하게 신은 침대 가장자리에 털썩 몸을 뉘였다. 그리고 정말 피곤한 듯 눈을 감고 잠을 청하는 시늉을 했다. 그녀가 곁에 있으니 잠이 들 리 만무했지만 자신이 깨어 있으면 모언은 저 자세 그대로 아침까지 있을 기세였기 때문이었다.

눈을 감자 후각과 청각이 예민해졌다. 그녀의 달콤한 체 향과 불안한 듯 바르작거리는 그녀의 움직임이 생생하게 느껴졌다. 그래도 신은 최대한 인내심을 발휘하여 고른 숨소리를 내려고 노력했다. 그렇게 얼마쯤 시간이 흐르자 놀란 토끼처럼 숨어 있던 모언이 조심히 움직였다. 살며시 자신의 몸에 둘렀던 이불을 풀고는 신에게 덮어주었다. 그리고는 최대한 신에게 멀리 떨어져서 침상 끄트머리로 갔다.

일각 후, 고른 숨소리를 내면서 잠이 든 모언을 보며 신은 허탈하게 웃었다. 자신을 옆에 두고 저리 무방비하게 잠이 든 그녀였다. 잠든 그녀의 얼굴이 순진무구했다. 처음 본 그날처럼 지상의 존재 같지 않은 순수함이 그대로 남아 있었다.

도대체 알 수가 없었다. 신이 알고 있는 그녀와 소문 속의 그녀! 무엇이 그녀의 본모습일까? 마음속에 들끓고 있는 폭풍과는 상관없이 새근새근 잠든 그녀를 신은 그저 잠이 들 때까지 바라보았다.

이튿날, 모언이 깨어났을 때 신은 없었다. 그러나 흐트러진 옆

자리가 신이 밤새 있었음을 말해주고 있었다. 순간 모언이 가늘게 한숨을 내쉬었다. 그의 곁에서 도저히 잠을 잘 수 없을 것 같았는데 이렇게 아침까지 편안히 잠이 든 것이다. 밀야 이후 계속 잠을 설쳤던 모언이었다.

하지만 이상하게도 그의 편안한 숨소리가 마음을 진정시켰다. 그리고 든든한 그가 자신에게 다가올 모든 위험을 막아줄 것만 같았다. 생각해 보면 위험할 때마다 자신을 구해준 신이었다. 연못에 빠질 뻔했을 때, 겁탈을 당할 뻔했을 때, 그리고 장승의 지독한 폭력에서도 매번 그가 그녀를 구해주었다.

그래서 더욱더 그를 이해할 수 없었다. 자신에게 쏟아지는 그의 증오를 도저히 설명할 수 없었다. 가만히 생각해 보면 그는 마치 그녀가 수많은 공자들을 유혹한 것처럼 비난했다. 그리고 그녀의 순결을 유린한 그 밤에도 그는 남자가 필요하면 자신이 상대해 주겠다고 했다. 아무래도 무엇인가 큰 오해가 두 사람 사이에 걸려 있었다.

그렇게 생각을 정리하니 갑자기 모언의 마음이 급해졌다. 어서 그 사유를 알아내야만 했다. 하지만 신에게 묻는 것은 두렵기만 했다. 그래도 이렇게 넋을 놓고 있을 수는 없다는 생각에 모언이 급히 침상에서 내려오려고 발을 내딛던 찰나였다.

삐끄덕!

문소리와 더불어 신이 안으로 들어왔다. 그는 아침에 검술 훈련이라도 한 듯 땀에 젖어 있었다. 바닥에 발을 딛으려던 모언이 순간 굳어버렸다. 그의 침소이니 그가 있는 것이 당연했고 아직 이른 새벽이니 집에 있는 것도 당연했다. 하지만 예상치 못한 그의 등장에 모언은 어찌해야 할지 몰랐다.

그의 시선이 그녀에게 꽂혔다. 순간 두 사람의 시선이 허공에서 쨍하고 부딪혔다. 바닥을 알 수 없이 깊은 그의 눈이었다. 그 눈동자에 어떤 생각을 담겨 있는지 저를 미워하는 사유가 무엇인지 모언이 말 없는 질문을 쏟아내었다.

그가 천천히 그녀 쪽으로 다가왔다. 발자국 소리도 없이 가벼운 움직이었다. 커다란 체구의 그가 소리 없이 움직이는 모습이 마치 맹수가 숨을 죽이고 다가오는 것 같았다.

꿀꺽!

긴장한 모언이 침을 삼켰다. 하지만 그 소리가 너무 크게 들려 당황하고야 말았다. 그가 살며시 다가와 침상에 앉았다. 그리고는 그가 손을 뻗어 그녀의 뺨을 쓰다듬었다. 그저 모언은 까만 눈을 크게 뜨고 그를 바라보았다. 긴장으로 심장이 터질 것만 같았다.

그의 얼굴이 천천히 모언에게도 다가왔다. 피해야 한다고 생각하면서도 모언은 꼼짝할 수가 없었다. 그가 마치 주술을 건 것처럼 그의 눈빛에 포박된 듯 손가락 하나도 까딱할 수 없었다. 예전 달빛 아래에서 그녀의 이마에 입맞춤하던 그때로 되돌아간 것 같았다. 그의 입술이 곧 그녀의 입술에 닿을 참이었다. 모언의 눈이 자연스레 감겼다.

"나리, 준비가 끝났습니다!"

갑작스레 바깥에서 들려온 남자의 목소리에 신이 움직임을 멈추었다.

"알았다. 곧 나가마!"

신의 목소리가 살짝 쉬어 있었다. 모언은 순간 수치심에 몸이 굳었다. 그가 자신을 만지는 순간 아무것도 할 수가 없었다. 그가 아쉬운 듯 몸을 일으키자 모언이 급히 이불 안으로 숨어버렸다. 하지만 모언은 나가는 신의 뒷모습에서 시선을 뗄 수 없었다.

"아가씨, 기침하셨나요?"

팽 유모의 목소리였다. 그저 멍하니 누워 있던 모언이 급히 몸을 일으켰다.

"네, 잠시만요!"

모언이 최대한 침착한 소리를 내려 했지만 그 목소리가 가늘게 떨렸다. 급히 헝클어진 모양새를 정리하려고 했지만 어느새 팽 유모는 안에 들어와 있었다.

"부끄러워하시기는…… 호호호."

팽 유모가 모언의 모양새를 보고는 짓궂게 웃었다. 누가 봐도 발갛게 달아오른 모언의 얼굴이 남자에게 잔뜩 사랑받은 모양이었다. 그것이 부끄러워 모언의 얼굴이 도홧빛으로 물들었다. 결국 팽 유모의 도움을 받아 몸을 단장하게 되었다. 마치 평화롭던 예전으로 돌아간 것 같았다. 팽 유모가 모언의 머리를 매만져 주었다.

"아이고, 머릿결이 곱기도 하지. 여기에 매화잠을 꽂으면 아주 어여쁘시겠어요!"

팽 유모의 말에 모언이 화들짝 놀랐다. 설마 팽 유모는 자신의 정체를 알고 있는 것일까?

"유모님, 혹시?"

거울 속에 비친 팽 유모의 얼굴이 다 안다는 듯 자애로운 표정이었다.

"나리께서 손수 고르신 매화잠이었습니다. 반드시 매화 문양이 있는 것을 구하라 하셔서 며칠을 수소문해서 가져온 것이랍니다."

작은 불꽃 하나가 모언의 얼었던 심장에서 피어올랐다. 너무나 미약하고 작았지만 그것은 모언이 억지로 마음속에 잠재웠던 애정을 다시 타오르게 만들기에는 충분했다.

"하지만 먼저 파혼을 하신 것은 나리셨는걸요."

모언의 목소리가 가늘게 떨렸다. 그는 결국 정혼자보다는 정치적인 상황을 먼저 고려한 것이 분명했다. 냉정하게는 그것이 맞는 선택임을 알면서도 서운한 감정은 피할 수 없었다.

"아가씨, 혹시 나리가 정치적인 풍파 때문에 파혼을 했다고 생각하고 계신 건가요?"

팽 유모의 목소리가 높아졌다.

"그게 사유가 아닌가요? 아무리 정혼을 했다 하나 전임 황제를 지지하신 저의 아버님과 현 황제를 지지하신 영국공부는 함께할 수 없었으니까요."

모언의 목소리가 시무룩하기만 했다.

"아니에요. 끝까지 나리는 혼인을 원했습니다. 그리고 영국공 나리도 신 나리도 세속 폐하께 류 학사 나리를 중용하시라 간청을 하셨어요!"

팽 유모가 모언의 오해를 풀어주려는 듯 열성적으로 설명했다.

"그렇다면 지금 나리는 왜 저를 그렇게 미워하시는 걸까요?"

모언이 답답한 마음에 하소연을 했다.

"그것이……."

팽 유모가 망설였다.

"무슨 일인데요? 아시는 것이 있으시면 말씀해 주세요."

모언이 간곡하게 애원했다. 한 조각이라도 그에 대하여 알고 싶었다.

"아마 그게 둘째 향 도련님께서 돌아가신 직후였을 거예요. 나리께서 몸소 향 도련님의 처소를 정리하셨지요. 그 이후 나리께서 조금 이상하셨어요. 며칠 후, 나리께서 완전히 술에 취해서 돌아오셨어요. 그런 나리의 흐트러진 모습은 저도 처음 보았습니다. 그러더니 그다음 날, 영국공 나리께 파혼을 하시겠다 말씀드리셨습니다."

팽 유모 역시 사유를 알 수 없어 답답해하는 것 같았다.

"그렇군요."

다정했던 그가 변해 버린 데에는 뭔가 다른 사유가 있는 것 같았다. 도대체 그 사유가 뭘까? 답답한 마음에 모언이 한숨을 쉬었다.

"아가씨!"

팽 유모가 진지하게 부르자 모언이 자세를 고쳐 앉았다.

"네, 유모님."

"힘드셔도 나리 곁에 있어주세요. 분명 나리는 아가씨를 아끼시는 것이 분명해요. 무엇인가 말할 수 없는 사유가 있다면 그저 나리께서 말씀해 주실 때까지 기다려 주세요. 시간이 지나야 풀리는 오해도 있는 법이니까요."

마치 자신의 자식을 부탁하는 듯 간곡한 팽 유모였다. 하지만 모언은 선뜻 그러마 하고 대답할 수 없었다.

"아가씨 마음에 조금이라도 나리를 아끼시는 마음이 있다면 믿고 기다려 보세요."

팽 유모의 간곡한 말과 모언의 마음속에 자리 잡은 그에 대한 감정이 결국 모언을 움직였다.

"알겠어요."

모언의 말에 팽 유모가 한시름 놓은 표정으로 나갔다. 홀로 남은 모언의 머릿속이 복잡했다. 하지만 어떤 일이 있어도 쉽게 이 마음을 접을 수 없다는 것은 확실해 보였다.

공무를 마치고 복귀한 신은 자신의 방문을 열려다가 순간 멈칫했다. 모언이 안에 있을 거라 생각하니, 신의 심장이 설명할 수 없는 감정으로 술렁거렸다. 두근거리는 마음으로 문을 열었다.

"오셨습니까?"

자신을 맞이하는 모언이었다. 그동안 입고 있었던 하녀의 옷 대신 비단옷을 걸친 그녀는 아름다웠다. 어머니가 입던 옷이라 그런지 약간 크기도 크고, 무엇보다 색깔이 어울리지 않았다. 어서 팽 유모에게 모언을 위한 옷을 지으라 명해야겠다 생각하는 신이었다.

탁자 쪽으로 다가서는 그의 발걸음이 가벼웠다. 그녀가 자신을 맞이해 주니 그것이 당연한 듯 정말 집으로 돌아온 것처럼 따듯한 기운이 신을 감쌌다. 별말 없이 신은 자리에 앉았다. 모언은 탁자 옆에 서서 아무런 말도 하지 않았다. 잠시 그렇게 두 사람은 그 상태를 유지했다.

"목이 마르구나!"

신의 말에 모언이 조심스럽게 차를 따라주었다. 신은 그 모습을 물끄러미 바라보았다. 우아한 그녀의 움직임과 차분한 표정이 신의 눈에 콕 박혔다. 차를 마시며 계속 그녀를 관찰했다. 하지만 계속 침착한 그녀의 얼굴을 보니 갑자기 그 균형을 깨트리고 싶은 생각이 들었다.

"벗겨라!"

신의 말에 모언이 깜짝 놀라 신을 바라보았다. 지금 자신이 제대로 들은 것인지 당황한 그녀의 얼굴을 보면서 신이 짓궂은 미소를 지었다.

"무슨 생각을 하는 게야? 이 무거운 공복을 벗는 것을 도우라는 뜻이다."

신의 말에 모언의 얼굴이 다시 붉어졌다. 하지만 얼른 움직이지 않고 망설이는 그녀였다.

"뭘 하고 있는 것이냐? 이리 늦은 시간에 다른 사람을 귀찮게 하기도 그렇고 이제부터 네가 갱의(更衣, 옷을 갈아입는 일)를 돕도록 해라."

그제야 모언이 쭈뼛거리며 신에게 다가섰다. 단령의(團領衣, 명대 관리들이 입던 상복)는 둥근 깃의 포를 입고 허리에 혁대를 두른다. 그리고 옆에 품계에 적합하게 패옥을 드리우는 것이 관례였다. 일단 옷을 벗으려면 패옥을 떼어내고 혁대를 풀어야 한다.

신의 앞에 선 모언이 작고 하얀 손으로 조심스레 패옥을 우선 떼어냈다. 그리고 혁대를 풀어야 하는데 그가 자리에 앉아 있으니 불편할 게 분명했다. 그래도 이리저리 애를 쓰던 그녀가 결국에는 작은 목소리를 신에게 부탁했다.

"잠시만 자리에서 일어나 주십시오."

신이 자리에서 일어나서 두 팔을 벌렸다. 모언의 정수리가 신의 턱 바로 아래 있었다. 그리고 애써 혁대를 풀려다 보니 그녀가 마치 그를 끌어안을 듯한 자세가 되었다. 순간 장난기가 발동한 신이 한 걸음 뒤로 물러서자 균형을 잃은 모언이 포옥 신의 품속으로 들어왔다.

"앗!"

예상치 않은 전개에 당황한 모언이 얼른 일어서려고 버둥거렸다. 하지만 오히려 그녀가 서두를수록 그녀의 얼굴이 넓은 신의 가슴에 밀착되었다. 향긋한 그녀의 향기가 신의 콧속을 가득 채웠다. 새벽에 느꼈던 그녀의 부드러운 살의 감촉이 생생했다. 그냥 이대로 그녀를 탐하고 싶은 욕망이 솟아올랐다. 신은 자신 안에서 타오르는 이 열망이 낯설었다.

버둥거리는 그녀를 신이 가볍게 안았다. 모언의 집 후원 달빛 아래에서 그녀를 안았던 것 같았다. 수줍게 혼인을 기대하며 안겼던 그녀가 떠올랐다. 그때처럼 그녀의 온몸이 떨리고 있었다. 작고 가녀린 그녀가 사랑스러웠다. 그저 신은 아무런 말 없이 잠시 그대로 그녀를 끌어안고 있었다.

그의 품에 안긴 모언이 심장이 미친 듯이 뛰고 있었다. 혹시나 자신의 심장 소리가 그에게 들리지는 않을까 모언은 걱정이 되었다. 하지만 포근했다. 그의 다정한 행동에 모언의 얼었던 심장 한쪽에 다시 작은 틈이 생겼다. 신의 따뜻한 체온에 그 얼음이 조금씩 녹고 있었다. 설레면서도 안온한 기운이 두 사람을 감싸고 있었다.

12월이 되니 남경에도 눈이 내렸다. 하지만 바닥에 쌓이지는 않았다. 폭풍 속의 고요 같은 나날들이 흘러가고 있었다. 모언이 신의 거처에 머문 지도 벌써 근 한 달이 되어갔다. 두 사람의 관계는 뭐라 규정하기 어려운 상당히 애매한 관계가 되었다.

일단 매일 같은 침상에서 잠을 청했다. 매번 모언은 침상 한쪽 끄트머리를 차지했고 신도 여전히 같은 자리를 지켰다. 그리고 매일 아침 자연스럽게 함께 조반을 마치면 모언은 그의 갱의를 도왔다. 그리고 그가 영국공부로 복귀하면 자연스럽게 갱의를 돕고 석식을 함께했다.

모언은 그가 예전처럼 마음을 아프게 하는 말을 하지 않는 것이 좋았다. 마치 정혼 시절의 그로 돌아간 것 같았다. 그래서 두 사람의 관계는 어찌 보면 오누이 같기도 하였다. 하지만 매일 밤, 방 안을 채우는 긴장감은 높아만 갔다.

모언은 처음 며칠간은 숙면을 취할 수 있었다. 하지만 시간이 지날수록, 그가 옆에 누울 때마다 설명할 수 없는 긴장감에 몸을 떨었다. 모언은 그의 향기, 그의 체온 그 모든 것을 점점 더 생생하게 느끼고 있었고, 초조함에 미칠 것만 같았다.

하지만 그의 곁을 떠나고 싶지도 않았다. 그가 자신을 증오하는 말을 쏟아내지 않게 되자 예전만큼 그가 무섭지도 두렵지도 않았던 것이다. 하지만 이러한 고요는 폭풍 전의 고요처럼 작은 불안함을 내포하고 있었다.

그러던 어느 날 밤, 모언이 악몽을 꾸는지 심하게 뒤척였다.

"가지 말아요. 저만 두고 가지 말아요!"

모언이 애처롭게 외쳤다. 하지만 그녀를 안타까운 시선으로 바라보던 아버지와 오라버니는 슬픈 얼굴로 고개를 돌렸다. 그리고는 밝은 빛을 향하여 걸어갔다. 따라가고 싶었다. 혼자 남은 모언은 외로웠다. 그래서 사랑하는 가족들과 함께 가고 싶었다.

'가지 말아요, 제발! 혼자 남겨두지 말아요!'

안타까운 모언의 애원은 소리가 되지 않았다. 잠에서 깨어난 모언은 자신이 꿈속에서 울고 있었다는 것을 알았다. 계속 참았던 그동안의 설움이 눈물이 되어 계속 흘러내렸다. 하지만 옆에서 자고 있는 신을 깨울까 싶어 모언은 억지로 그 울음을 꾹꾹 눌러 담았다.

'혼자는 싫어!'

너무나 외로웠다. 옆에 신이 있지만 이 세상에 혼자 남은 것처럼 외로웠다. 따듯한 온기가 그리웠다. 이 시린 어깨를 누군가 감싸주었으면 좋겠다. '그동안 힘들었지' 하면서 머리를 부드럽게 쓰다듬어 주었으면 싶었다. 모언이 그렇게 자신의 여린 어깨를 끌어안고 흐느낌이 잦아들기를 기다렸다.

털썩!

묵직한 무엇인가가 모언의 허리에 걸쳐졌다. 순간 흠칫하던 모언은 그것이 신의 팔임을 알았다. 아무래도 잠이 들어 뒤척이던 그가 잠결에 그녀 쪽으로 팔을 뻗친 것 같았다. 그의 고른 숨소리가 등 뒤에서 들려왔다.

살며시 그의 팔을 제자리로 돌려놓으려던 모언이 몸을 돌렸다. 신이 모언을 바라보며 잠이 들어 있었다. 모언이 살짝 자신의 아랫입술을 깨물었다. 그리고 그의 가슴에 살며시 이마를 대었다.

쿵, 쿵, 쿵!

그의 힘찬 심장 소리가 모언의 마음을 안정시켰다. 그도 무슨 꿈을 꾸는 것인지 그녀를 내치지 않고 사랑스러운 존재를 대하듯 모언을 부드럽게 끌어안았다.

지금뿐이었다. 그가 깨어나기 전까지만, 그의 따뜻한 체온에 기대고 싶었다. 혹시 그가 잠에서 깨어나더라도 잠결에 그런 것으로 오해하기를 바랐다. 꿈속에서라면 괜찮을 것이다. 그는 모언의 마음속에 자리 잡은 은애하는 마음을 모를 것이다. 결코 전할 수 없는 그 마음을 드러낼 수 있는 날은 없을 것이었다.

아주 잠깐, 온기를 바라는 작은 고양이처럼 그렇게 모언이 그의 가슴에 자신의 볼을 문질렀다. 그렇게 신의 힘찬 심장 소리를 자장가처럼 들으며 모언은 어느새 편안한 잠에 빠져들었다.

쌕쌕!

불규칙하던 모언의 숨소리가 고르게 변하자 그녀를 끌어안은 신의 팔에 힘이 들어갔다. 그리고 고양이처럼 작게 등을 말고 있는 그녀를 조금 더 끌어당겼다. 신이 살며시 손을 들어 그녀의 머리를 부드럽게 쓰다듬었다. 그리고 그녀의 정수리에 사랑스러운 듯 살며시 입술을 찍었다. 작은 아이를 재우듯 한참 동안 신은 그녀의 등을 부드럽게 쓰다듬었다.

이튿날 아침, 잠에서 깨어난 모언은 자신을 둘러싼 따뜻한 온기에 미소를 지었다. 너무나 달콤한 꿈이었다. 꿈속에서 신이 부드럽게 자신의 머리를 쓰다듬어 주었던 것이다. 하얀 치아를 노출하며 환하게 웃는 신의 얼굴이 눈부셨다. 매화 가지를 건네주던 그 때처럼 자신을 바라보는 그의 눈빛이 다정하게 일렁거렸다. 마치 봄날의 햇살에 반짝거리는 호수의 은빛 물비늘처럼, 너무나 눈이 부셔서 그만 눈을 감고 말았다.

뜨고 싶지 않은 눈을 억지로 떴다. 무엇인가 평소와는 다른 느낌에 모언이 잠시 멍해졌다. 그녀의 시야를 가득 메운 것은 신의 강건한 가슴이었다. 너무 놀라 움찔했다. 아무래도 어젯밤 신의 심장박동을 들으며 그대로 아침까지 잠이 들었던 모양이다. 모언의 얼굴이 발갛게 달아올랐다.

다행히 항상 새벽같이 일어나는 신이 잠들어 있었다. 모언은 행여나 그가 눈을 뜰까 봐 조심조심 몸을 일으켰다. 평소에는 그가 방을 나간 후 혼자 조용히 일어나 의관을 정제하곤 하였다. 그러나 오늘은 비록 잠들어 있기는 했지만 그가 옆에 있으니 어딘지 모르게 수줍어졌다.

겨우 옷을 차려입고 모언이 나가려던 발걸음을 돌려 조심스레 침상 끄트머리에 앉았다. 그리고 가만히 잠이 든 그의 얼굴을 바라보았다. 자신을 날카롭게 바라보는 눈빛이 사라지자 그의 얼굴은 매우 다정해 보였다. 잘생긴 콧날과 그의 두툼한 입술이 시야에 잡혔다. 진정에서 그을린 구릿빛의 건강한 피부가 그의 미모를 돋보이게 만들고 있었다. 이렇게 그의 얼굴을 자세히 관찰하는 것은 처음인 것 같았다.

예전에는 수줍어서 차마 그의 얼굴을 똑바로 바라볼 수 없었다. 지금은 자신의 마음을 다잡으려 부러 그의 얼굴을 바라보지 않았다. 그의 얼굴을 바라보면 자신의 속마음을 저도 모르게 고백하고야 말 것 같아 두려웠던 것이다.

하지만 오늘 이렇게 무방비하게 잠든 그의 얼굴을 보는 것은 천재일우의 기회였다. 모언은 조용히 그가 잠이 든 것이 확실한지 숨을 죽이고 관찰했다. 그의 고른 숨소리를 확인한 모언이 살며시 잠이 든 그의 눈초리에 입술을 대었다. 혹시나 그가 깰세라 깃털처럼 가벼운 접촉이었다.

곧 제가 저지른 일에 오히려 더욱 놀란 어린아이처럼 모언은 황급히 침상에서 내려왔다. 그리고 부리나케 바깥으로 나가는 그녀의 얼굴이 사과보다 더욱 붉었다. 급히 도망치듯 방을 나선 모언은 신의 입술이 웃음을 참듯 미묘하게 움직인 것을 알지 못했다.

❖

"에구구, 내 정신을 좀 보게. 내 어찌 이리 까맣게 잊고 있었을꼬?"

팽 유모의 말에 모언이 고개를 갸웃했다. 아침에 출타하는 신의 얼굴이 평소보다 어두운 것이 계속 신경이 쓰여 팽 유모와 이야기를 나누던 참이었다.

오늘은 신이 갱의를 돕던 모언의 손길을 마다했던 것이다. 그리고 다녀오라는 인사에도 신은 아무런 대답이 없었다. 다정하지는 않았지만 그래도 모언의 인사에는 무뚝뚝하지만 항상 대답을 해주었던 신이었다. 그렇게 영국공부를 나선 신의 뒷모습이 이상하게 계속 눈에 밟혔다. 그래서 하루 종일 모언은 불안한 마음을 어찌할 수가 없었던 것이다.

"무슨 일이신데요, 유모님?"

갑작스런 팽 유모의 탄식에 모언의 눈꼬리가 살짝 위로 올라갔다.

"아가씨, 오늘이 돌아가신 향 도련님의 생신이에요. 매년 향 도련님 생신을 꼭 나리께서 잊지 않고 챙기셨는데……."

팽 유모의 말에 모언이 무겁게 고개를 끄덕였다. 모언은 지난해 향이 여름 혹서를 피해 별장으로 떠날 때의 일이 떠올랐다. 마침 난향과 외출을 했던 모언이 그 모습을 먼발치에서 목격하였다. 말을 타지 못하고 마차에 탄 향이었다. 향이 탄 마차가 취보문(聚寶門, 현재의 중화문)을 거쳐 성벽 밖으로 사라질 때까지 그 자리에 못 박힌 듯 시선을 떼지 못했던 신이었다. 병약한 동생을 걱정하는 그 애틋하고 아련한 눈빛에 모언의 눈가가 시큰해졌다. 그 이후 모언에게 그는 항상 애틋한 눈빛으로 기억되었던 것이다.

그런 그가 죽은 동생의 생일에 얼마나 마음이 심란했을지 짐작한 모언의 마음 한구석이 애잔해졌다. 어떻게 하면 그를 위로할 수 있을지 모언은 안타깝기만 했다. 착잡한 마음을 어찌하지 못하며 모언은 평소처럼 신이 쓰던 책상을 소제하고 있었다.

쨍그랑!

연적이 떨어져 깨지는 소리가 불길하게 방 안을 울렸다. 책상 끝 쪽에 있던 연적이 모언의 팔에 스쳐 바닥에 떨어진 것이었다. 당황한 모언이 그것을 치우려 몸을 구부리기도 전에 안으로 들어서던 신이 먼저 그 연적의 조각을 들어 올리고 있었다. 깨진 조각을 주워 올리는 신의 눈빛이 애틋했다.

"죄송합니다."

모언이 깨진 연적을 바라보며 긴장했다. 신이 그것을 매우 애지중지하였던 것을 알기에 모언은 그만 굳어버렸다.

"향의 것이다!"

신의 목소리가 깊게 가라앉아 있었다. 항상 든든하게만 보였던 그의 어깨가 매우 시려 보였다. 모언은 그의 시린 어깨를 안아주고 싶었다.

"도련님의 것인 줄 알았다면 좀 더 조심했어야 했는데 죄송합니다!"

모언의 말에 순간 신의 얼굴이 차갑게 변했다.

"하, 기억조차 못하는 것인가?"

신이 모언의 얼굴을 뚫어지게 바라보았다. 마치 그녀의 얼굴에서 감정을 읽어내려는 것처럼 집요했다.

"네?"

신의 질문을 이해할 수 없는 모언이었다.

"이것은 향의 정인이 그 아이의 생일에 준 선물이었다!"

신이 마치 끊어내듯이 한 음절, 한 음절을 내뱉었다. 그리고 신의 강렬한 눈빛이 모언에게서 대답을 바라듯이 날카롭게 그녀의 얼굴에 닿았다.

"그분도 나리만큼 도련님을 아끼셨나 보군요."

모언의 말에 신의 눈에서 파란 불꽃이 튀었다. 그의 시선이 이제는 차갑게 벼린 검처럼 모언의 얼굴을 사정없이 베었다.

"그래, 향은 내가 아끼는 동생이었다. 그런 내 동생을 빼앗아간 것이 바로 너이고!"

신의 비난에 모언의 얼굴이 멍해졌다. 갑작스런 신의 규탄에 멍해지고 말았다. 그의 동생을 빼앗아가다니…….

"그게 무슨 말씀이십니까?"

도저히 이해할 수 없는 모언이었다.

"아직도 내 앞에서 거짓으로 위장하고 싶은 것이냐?"

신의 목소리가 분노를 억누르는 듯 떨렸다. 하지만 이유를 알 수 없는 모언은 뭐라 대답할 수 없었다.

"증거를 원하나? 증거를 네 눈에 들이밀면 그때는 인정하겠느냐?"

신의 문갑에서 종이 하나를 꺼내어 모언의 앞으로 던졌다.

"향이 너에게 쓴 보내지 못한 서신이다!"

신의 목소리가 분노로 떨렸다. 하지만 여전히 모언은 멍한 표정으로 그를 바라보았다. 향이 자신에게 서신을 보내다니 그게 무슨 말인가? 정갈하게 쓴 글씨체가 한눈에 들어왔다.

—그대를 만날 수 없어, 매일매일이 지옥과 같소. 그대를 생각하면 심장이 아릿하다오. 내가 영국공의 아들로 태어난 것을 이리 원망하게 될 줄은 몰랐소. 그저 내가 평범한 범부였다면 이러한 고통에 시달리지 않았을 텐데. 은애하오, 그대를 죽도록 은애하오.

절절하게 적힌 향의 글씨가 종이 위에서 춤을 추었다. 은애하는 여인을 그리는 향의 마음이 절실하게 느껴져 모언의 심장이 저릿할 지경이었다. 하지만 이것과 자신이 무슨 관련이 있다는 것일까? 왜 향의 죽음 때문에 그가 자신을 이렇게 비난하는 것일까?

"향은 병사한 것이 아니었다. 그 아이는 물에 빠져 죽었다. 그래서 시신조차 찾을 수가 없었지!"

모언은 숨을 들이켰다. 향이 죽고 나서 한동안 시름에 빠졌었던 신이었다. 그저 아끼던 동생이 병으로 죽은 것과는 달리 매우 슬퍼했던 사유가 바로 그것이었던 것이다.

"왜 함께 떠나지 않았더냐? 그 아이를 은애하였다면 약속한 대로 떠나기라도 하지, 왜 그 아이를 극단으로 몰아붙였던 것이냐? 아무것도 없이 사는 것이 두려웠느냐? 대체 왜 나와 그 아이를 모두 이런 지옥으로 몰아넣었던 것이냐?"

신의 분노를 고스란히 받으며 모언은 먹먹한 가슴을 부여잡았다.

"나리? 저는 나리 말씀을 이해하지 못하겠습니다."

하지만 알아야 했다. 왜 그가 자신이 향을 은애하였다고 믿고 있는지 그 사유를 알아야 했다.

펄럭!

그녀 앞에 다시 서신 한 장이 떨어졌다.

—모월 모일에 운하에서 만나요.

모언은 경악했다. 그것은 분명 그녀가 쓴 서신이었다. 그리고 그것은 영양장공주의 정인에게 전달했던 서신이 분명했다.

"이것을 어떻게 나리께서 가지고 계신 것입니까?"

모언의 반응에 신의 눈빛이 흐려졌다. 마치 그녀가 부정해 주기를 바랐던 것처럼. 그러나 그녀가 변명도 하지 않고 자신의 서신이라고 밝히자 심장을 잃어버린 것 같은 표정이 되었다. 그리고 곧 거센 불꽃이 그의 눈에서 피어올랐다.

"어떻게? 향이 죽고 나서 그 아이의 방에서 찾아낸 것이다."

신의 말에 모언이 충격으로 휘청거렸다. 바닥이 얼음처럼 녹아서 시커먼 물속으로 빠지는 기분이었다. 겨우 자신의 눈앞에 있던 탁자를 의지하여 간신히 서 있을 수 있었다. 모언의 얼굴에서 핏기가 가시고 손끝이 차가워졌다. 너무나 엄청난 사실 앞에 모언은 어지러웠다. 그래서 휘청거리는 모언을 신이 진실 앞에 두려움에 떠는 것으로 오해한 것을 미처 알아차리지 못했다.

알 수 없던 진실의 조각 하나가 드디어 맞추어진 것이다. 그동안 신이 했던 모진 말들이 모언의 머릿속에서 회오리쳤다. 그리고 이제야 그 이해할 수 없었던 말이 한번에 이해가 되었다.

영양장공주마마의 정인이 바로 향이었던 것이다! 그리고 신은 모언이 향의 정인이라고 오해하고 있었던 것이다.

모언의 기억이 재작년 여름으로 돌아갔다. 7월 즈음, 급하게 장공주마마가 모언을 황궁으로 불렀다.

"모언, 우린 도망칠 거야!"

느닷없는 장공주의 선언에 모언은 경악하고 말았다.

"마마, 황궁에서만 사시던 마마께서 바깥에서 어찌시려구요?"

모언이 간곡하게 만류했다. 그리고 이 삼엄한 황궁의 경비를 뚫고 어찌 도피를 할 수 있단 말인가?

"그분이 없는 삶은 내겐 죽음과도 같아. 하루를 살아도 그분과 살아가겠어! 이제 국혼이 얼마 남지 않았어. 더 이상은 견딜 수가 없어."

영양장공주의 의지는 결연했다. 절절한 장공주의 마음에 모언의 심장이 저릿했다. 그리고 아무것도 두려워하지 않는 그들의 애정이 부럽기도 했다.

"모언, 그대가 제발 나를 도와줘!"

모언은 어찌할 바를 몰랐다. 이 엄청난 일을 제 혼자 힘으로 어떻게 할 수 있단 말인가? 하지만 자신을 손을 잡고 애원하는 공주를 차마 내칠 수가 없었다. 하루하루 마음을 죽여가며 살아가는 것보다는 어렵더라도 그들만의 삶이 소중할 것이었다.

"마마, 제가 무엇을 하면 될까요?"

"모월 모일에 내가 그대를 만나러 간다고 할게. 가는 길에 역도에게 납치된 것처럼 꾸밀 거야. 그대에게는 피해가 가지 않도록 할게."

장공주는 이미 치밀하게 계획을 세워두고 있었다.

"한 가지, 그분에게 정확한 시간과 장소를 전하는 일만은 그대에게 부탁할게. 이번 일은 옥소에게도 알리지 않을 작정이야. 최근에는 옥소도 바깥출입이 여의치 않거든. 그러니 반드시 그분에게 전달해 줘! 어려운 부탁을 해서 너무나 미안해!"

그래서 모언이 대신 서신을 써주었고 그것을 난향이 영양장공주의 정인에게 전해주었던 것이다. 그렇게 영양장공주는 정인과 함께 남경에서 사라졌다. 얼마 후, 영양장공주에게서 잘 있다는 서신을 받아서 모언은 내심 두 사람의 행복을 기원하고 있었던 것이다.

이 모든 기억이 한꺼번에 소용돌이쳐서 모언의 양손이 바들바들 떨렸다. 그렇다면 신은 지금껏 자신이 정혼자인 신을 배신하고 동생인 향을 죽음에 몰아넣었다고 믿고 있었던 것이다. 모든 것이 이해가 되었다. 왜 그토록 신이 자신을 증오했는지 자신을 볼 때마다 어떤 생각으로 괴로워했는지…… 그 모든 것이 다 이해가 되었다.

말하고 싶었다. 그에게 이 모든 진실을!

하지만…….

이 사실이 알려지면 영양장공주와 향이 위험해졌다. 게다가 신의 집안도 위험했다. 세간에는 영락제가 환관 정화를 시켜 원정을 보낸 것이 황궁에서 사라진 건문제를 찾기 위함이라고 했었다. 영락제는 냉정하고 원한을 잊지 않았다. 영락제는 즉위조서 작성을 거부한 아버지에게 전무후무한 벌을 내렸다. 그런 황제가 자신의 정적인 건문제의 여동생과 신의 집안이 연결된 것을 알면 영국공부 전체에 어떤 무서운 벌을 내릴지도 몰랐다.

그렇다면 이 진실을 묻어두어야 했다. 지금 숨어 살고 있는 영양장공주와 향이 행복하기를, 그래서 신도 다치지 않기를, 비밀을 지키는 것만이 모언이 신에게 해줄 수 있는 것이었다. 비난은 계속 받으면 된다. 그가 다치지 않을 수만 있다면, 그것만이 모언이 바라는 전부였다.

"단 한 번이라도 너를 기다리다 상처 입고 운하에 몸을 던진 그 아이에게 미안하다는 생각이 들지 않더냐? 단 한 번이라도?"

신은 울고 있는 것 같았다. 자신이 가장 아끼던 동생을 빼어간 여인! 정혼자인 신을 배신하고 동생을 농락한 그런 여인! 그것이 바로 자신이었던 것이다. 그럼에도 차마 내치지 못하고 곁에 두고 괴로워한 신이었다. 자신을 곁에 두고 미워하는 마음과 그녀를 원하는 욕망 사이에서 시달렸을 신이었다. 자신에게 쏟아진 그 모든 폭언과 자신을 거칠게 유린하던 그의 행동이 모두 이해가 되었다.

"저는……."

모언이 차마 말을 잇지 못했다. 뭐라고 말을 해야 할지 아무런 생각도 나지 않았다. 그저 이 모든 오해가 가슴이 아팠다. 그래서 아파하는 그가 안타까웠다.

"그래서 나는 너를 보고 있으면 가끔 미치도록 화가 난다. 너를 치워 버리고 싶어도 그럴 수가 없어 짜증이 난다!"

그렇게 모진 말을 내뱉은 신이 바깥으로 나가 버렸다. 진실을 말할 수 없는 모언의 마음을 이해하는 듯 밤새 내린 눈이 남경을 하얗게 뒤덮은 밤이었다. 모언도 신도 각자의 사정으로 몸서리치며 괴로워한 그런 밤이었다. 그렇게 남경의 겨울이 지나가고 있었다.

# 9. 체온

한겨울의 스산한 바람이 불었다. 매서운 바람에 거리를 걷는 사람들도 잔뜩 웅크리고 있었다. 그렇게 모진 말을 내뱉고 나가 버린 신은 벌써 며칠째 돌아오지 않고 있었다. 어디서 무엇을 하는지 모언은 그의 행방을 알 수가 없어 답답하기만 했다.

그리고 며칠을 생각하던 모언은 결정을 내렸다. 이런 상태로 그의 곁에 머물 수는 없었다. 자신을 바라보면서 고통스러워하는 그의 곁에 있을 수 없었던 것이다. 그래서 모언은 떠나기로 결심했다. 어떻게 살아갈지 막막했으나 그에게 고통이 되는 것보다는 떠나는 것이 좋았다.

어쩌면 신과 자신은 얼음과 숯 같은 관계[氷炭間]인 것 같았다. 함께 있음으로 서로에게 상처를 주는 그런 사이였던 것이다.

"아이고, 나리!"

생각에 빠져 있는 모언은 갑자기 들려온 목소리에 고개를 들었다. 오늘도 벌써 삼경(三更, 오후 11시에서 오전 1시 사이)을 넘은 시간이라 신이 돌아오지 않을 거라 생각하던 참이었다. 팽 유모의 목소리가 높았다. 아마도 신이 돌아온 모양이었다. 자리에서 일어나 문 쪽으로 다가서던 모언은 갑자기 불어닥친 찬바람에 몸을 움츠렸다.

신이었다.

그를 부축하려는 듯 금동과 팽 유모가 이러지도 저러지도 못하고 그 곁에서 서성거렸다. 부축을 받을 만큼 비틀거린 것이 분명했다. 그가 부축하려는 두 사람의 손을 뿌리치고 안으로 들어왔다. 팽 유모와 금동이 그것을 안타깝게 바라보다 모언과 눈이 마주쳤다. 그리고는 두 사람은 신을 부탁한다는 눈빛을 모언에게 보내고는 문을 닫고 사라졌다.

신이 비틀거리며 탁자 쪽으로 걸어왔다. 모언이 재빨리 그를 부축하려고 그에게 다가갔다. 하지만 그는 마치 더러운 것을 떼어내듯이 그녀의 손길을 뿌리쳤다. 마음이 먹먹해진 모언이 그 자리에 못 박힌 듯 멈추어 섰다.

그에게서 강한 술 향기가 퍼져 나왔다. 그가 휘적휘적 걸어가 의자에 앉았다. 항상 꼿꼿하고 반듯한 신이었다. 그런 그가 저렇게 비틀거리며 걷는 것을 보니 얼마나 술을 마셨는지 가늠조차 할 수 없었다. 그가 돌아오면 떠나겠다는 말을 하려던 모언이었지만 오늘은 그 말을 할 상황이 아니었다. 탁자에 앉은 그는 두 손에 머리를 박고 있었다. 괴로워하는 것이 분명했다. 그래서 그가 쉴 수 있도록 잠시 자리를 피하고자 했다. 그녀가 몸을 돌려 나가려는 찰나였다.

"어딜 가는 거지?"

신의 목소리가 날카로웠다.

"많이 과음하신 것 같습니다. 조용히 쉬시는 것이 좋을 것 같아……."

그러나 모언은 말을 끝맺지 못했다. 술에 취해 비틀거리던 사람이라고는 믿을 수 없을 만큼 신속하게 신이 움직였다. 그의 커다란 손이 모언의 뒷목덜미를 그러잡았던 것이다. 마치 고양이를 들어 올리는 것 같았다.

"도망치시겠다?"

그의 음성이 비릿했다. 그리고 그가 갑자기 그녀를 확 끌어당기며 그녀의 입술을 한입에 머금었다. 너무나 갑작스런 그의 행동에 이와 이가 부딪혔다. 그리고 그녀는 비릿한 쇠 맛을 느꼈다. 입술이 찢어진 것이 분명했다. 하지만 그는 그것에 아랑곳하지 않고 거칠게 그녀의 입술을 탐했다.

"하아……!"

모언의 입에서 거친 숨소리가 새어 나왔다. 그녀의 입안을 그의 혀가 거칠게 훑었다. 화를 내듯 고함을 지르듯 그렇게 격렬했다. 그리고 숨을 제대로 쉬지 못해 바르작거리는 모언을 아랑곳하지 않았다. 그가 마치 모언의 혀를 뽑아낼 것처럼 강하게 빨아들였다. 그의 혀가 목구멍까지 닿았고 점점 숨이 막혔다. 그래서 어쩔 수 없이 그녀가 그의 가슴을 쳤다. 그제야 그가 입술을 떼었다. 은빛 실 같은 타액이 두 사람 사이에 연결되어 있었다.

"헉!"

급하게 숨을 들이켠 모언이었다. 그러나 이내 다시 신의 입술이 그녀의 입술을 탐했다. 모언은 생각했다. 이것은 입맞춤이 아니었다. 그는 그녀를 벌하고 있는 것만 같았다. 그의 몸속에서 흘러나오는 분노가 화염처럼 모언을 태우고 있었다.

그는 지금 괴로운 것이다. 그래서 이렇게 자신을 벌하고 있는 것이었다. 안타깝고 이런 상황이 슬퍼 모언의 눈에서 눈물이 솟아올랐다. 그의 괴로움의 원인을 알면서도 그를 도와줄 수 없어 심장이 서걱거렸다.

그녀의 눈물을 느꼈는지 그가 갑자기 입술을 떼었다. 그리고 뭐라 설명할 수 없는 복잡한 표정으로 그녀를 바라보았다. 그것을 모언이 물끄러미 바라보았다. 아무것도 해줄 수가 없어서 그의 아픔을 나눌 수가 없어서 그것이 슬펐다.

"도대체 너의 정체는 무엇이냐?"

그의 목소리가 아릿했다. 그녀를 향한 갈피를 잡을 수 없는 감정에 혼란스러워하고 있는 것이 분명했다. 이렇게 고통스러워하는 신을 보는 것이 괴로웠다. 심장에 바늘이 박힌 것처럼 따끔거렸다. 모언은 자신의 존재가 그에게는 고통이라는 것을 견딜 수가 없었다. 참았던 말이 절로 새어 나왔다.

"저는 저입니다. 나리가 보시는 지금 이 모습이 그대로의 저입니다."

모언은 외쳤다. 그녀는 그저 자신일 뿐, 거짓을 위장하거나 그를 괴롭히고 싶지 않았다. 그에 대한 애틋한 감정을 지닌, 다정한 그를 기억하고 싶은 그런 여인이었다.

"하, 지금 이 모습이 너라고? 나는 대체 너를 제대로 알기나 했던 걸까? 그저 너의 순진한 겉모습에 속은 것은 아닐까?"

신은 묻고 있었다. 그녀 속에 감춘 진실을 애타게 갈구하고 있었다.

"제 마음은 변하지 않았어요!"

모언은 외쳤다. 그리고 할 수 없는 말을 속으로 중얼거렸다.

'제 사랑도 절대 움직이지 않아요!'

하지만 모언의 입술은 전혀 다른 말을 하고 있었다.

"떠나겠습니다."

모언의 말에 신이 그녀의 목덜미를 강하게 움켜쥐었다. 그리고 심해처럼 깊은 눈에서 푸른 불꽃이 솟아올랐다. 얼음처럼 차가운 분노였다.

"하, 떠나시겠다? 네가 감히 내 곁에서 떠날 수 있을 것 같으냐?"

신의 목소리가 분노로 떨렸다.

"저를 보고 있으면 화가 난다 하시지 않으셨습니까? 나리의 눈에 띄지 않는 곳에서 조용히 숨어 살겠습니다."

모언의 목소리가 처연했다. 자신의 존재가 그를 분노하게 만든다는 그 사실이 아릿했다. 모언은 이렇게라도 그의 곁에 머물고 싶었다. 하지만 신은 그녀를 볼 때마다 화가 나고 짜증이 난다고 했다. 그렇다면 그의 눈앞에서 사라지는 것이 좋지 않을까?

"아니, 떠날 수 없다. 내 곁에서 죽을 때까지……."

그가 잠시 말을 멈추었다. 모언은 차가운 손이 심장을 움켜쥔 것만 같았다. 두려웠다. 차가운 그의 입술이 무슨 말을 할지 그것이 미치도록 두려웠다.

"벌을 받아!"

신의 말이 마치 천둥처럼 울렸다.

"그게 무슨 말씀이십니까?"

모언의 질문에 신이 비릿한 미소를 띠었다.

"바로 이것이지!"

쫘악!

순간 모언이 자신의 앞섶을 움켜쥐었다. 그가 거칠게 그녀의 저고리를 찢은 것이었다. 그리고 그가 그녀를 벽으로 밀어붙였다. 그리고 거칠게 그녀의 가슴을 만졌다. 아픔밖에 느껴지지 않았다. 그녀가 몸을 뒤틀었다. 그리고 그의 가슴을 마구 두드렸다. 하지만 무쇠 같은 그의 몸은 꼼짝도 하지 않았다. 그가 그녀의 목덜미를 핥다가 갑자기 강하게 물었다.

"아악!"

마치 늑대에게 잡힌 토끼 같았다. 그리고 그의 거친 손은 그녀의 치맛자락을 걷어 올렸다. 그녀가 발버둥 쳤다. 최대한 팔, 다리를 마구 휘두르며 저항했다.

"제발!"

그러나 그녀의 애원에도 그는 거칠게 그녀의 몸에서 속곳을 떼어내었다. 그의 커다란 손이 사정없이 그녀의 허벅지를 벌렸다. 그의 힘에 저항할 수가 없었다. 그의 차가운 손이 그녀의 비부를 갈랐다. 갑작스런 감촉에 모언이 몸을 떨었다.

"이러지 마세요! 이런다고 뭐가 달라지나요?"

모언이 소리쳤다. 심장이 피를 흘리고 있었다. 이렇게 변해 버린 그를 보는 것이 슬펐다. 그래서 애원했다. 자신 때문에 이렇게 망가지는 그를 볼 수가 없었다. 그녀를 상처 입힌 만큼 그도 상처 입을 것이 분명했다.

"뭐가 달라지느냐고?"

신의 목소리가 열기로 가득했다. 그의 얼굴이 우는 것만 같았다.

"너 때문에 나는 미칠 것만 같다. 네가 향의 정인이라는 것을 알면서도 너를 원하는 내가 짐승 같아서! 너를 놓아야 하는데 놓을 수가 없어 화가 난다. 내 안에서 들끓는 이 열기 때문에 타버릴 것만 같다."

신의 처절한 음성이었다. 처절한 그의 음성에 모언이 저항을 멈추었다.

"제발 이런 나를 구해다오. 너 때문에 미쳐 가는 나를……."

신이 벽에 머리를 박으며 절규했다. 신의 고통과 열망이 파도처럼 방 안을 가득 채웠다. 그 파도는 거대한 일렁임을 만들어 모언에게로 출렁거렸다. 그 파도에 휩쓸린 모언이었다. 그와 같이 고통 속에서 함께 출렁거렸다.

"나리!"

모언이 그의 시린 어깨를 가만히 안아주었다. 고통에 몸부림치는 그를 그대로 두고 볼 수가 없었다. 그가 이 미칠 것 같은 고통에서 해방될 수만 있다면, 모언은 아무것도 바라지 않았다. 모언이 그의 강건한 등을 부드럽게 쓸어주었다. 마치 덩치만 커버린 아이를 위로하듯, 그렇게 모언의 자애로운 손길이었다.

잠시 그렇게 조용히 모언의 손길을 받아들이던 신이 조심스레 그녀의 머리를 감싸 쥐었다. 아까와는 달리 부드러운 동작이었다.

그리고 그가 마치 허락을 구하는 듯 그녀의 이마에 입을 맞추었다. 그녀의 눈꺼풀에도 깃털처럼 가벼운 입술이 스쳤다. 그리고 그녀의 눈물을 그의 혀가 부드럽게 핥았다. 마치 위로하듯이, 강아지의 상처를 핥아주는 어미 개처럼 그렇게 다정했다.

그의 입술이 타는 듯이 뜨거웠다. 모언의 입술에 닿는 그의 입술이 그녀의 피부에 인장을 찍는 듯 그렇게 뜨거웠다. 그의 입술을 모언이 부드럽게 받아들였다. 짭조름한 눈물 맛이 났다. 서로의 영혼을 탐하듯 그렇게 애타는 입맞춤이었다.

그의 혀가 묻고 있었다. 무엇이 그녀가 감춘 진실인지. 그녀의 혀가 답했다. 말할 수 없는 마음을 담아. 두 개의 혀가 하나로 연결되어 합일을 바라며 서로의 마음을 탐하듯 그렇게 격렬했다. 하지 못한 말, 전하지 못하는 마음, 그 마음이 혀를 통해 서로에게 닿았다.

그녀가 숨이 막혀 그의 가슴 쪽으로 쓰러졌다. 신이 가볍게 그녀를 안아 올렸다. 모언은 저항하지 않고 그의 강건한 목을 끌어안았다. 그가 침상에 그녀를 조심스레 내려놓았다. 그리고 다시 그의 입술이 모언의 얼굴에 무차별적으로 닿았다. 모언의 뺨에 닿은 그의 얼굴이 뜨거웠다.

그의 혀가 부드럽게 모언의 아래턱을 쓰다듬고 목덜미로 내려갔다. 아까 물었던 상처를 위로하듯 미안하다는 듯이 그의 혀가 부드럽게 핥아주었다. 신이 그의 큰 손으로 조금만 힘을 주면 곧 부러질 것 같은 가느다란 목덜미였다. 지금 오롯이 모언은 그에게 자신의 영혼을 맡겼다.

찢어진 저고리를 바라보던 신의 눈빛이 흐려졌다. 미안한 눈빛의 신이 그녀의 저고리를 조심스레 벗겨냈다. 소담하게 부풀어 오른 그녀의 하얀 가슴이 드러났다. 그의 입술이 드러난 부분을 감질나게 스쳤다. 뜨거운 입술이 닿을 때마다 모언은 살짝 몸을 움찔했다.

생경한 열기가 점점 모언을 달구고 있었다. 그의 손길이 닿는 곳, 그의 입술이 스친 곳, 그의 시선이 머문 곳에서부터 열기가 피어났다. 신의 커다란 손이 조심스레 모언의 가슴을 가볍게 감싸쥐었다. 날카로운 감각이 모언의 몸을 갈랐다. 그의 손길에 그녀의 유실이 팽팽하게 부풀어 올랐다. 그가 그것을 가볍게 쓰다듬자, 작은 돌기에서 시작한 감각이 발끝까지 퍼졌다.

"학!"

낯선 감각이었다. 고통만 느껴졌던 밀야와는 달리 달콤하고도 눅진한 감각이 모언을 채우기 시작했다. 그가 수줍게 부풀어 오른 유실을 옷 위에서 가볍게 물자, 모언이 몸을 뒤틀었다. 낯설고도 선명한 감각! 점점 모언은 아무런 생각도 할 수 없었다.

그가 커다란 한 손으로 모언의 허리를 들어 올렸다. 허리에 닿은 그의 손이 너무나 뜨거웠다. 가느다란 그녀의 허리가 그의 손아귀에 있었다. 그리고 그가 어린아이처럼 그녀의 가슴을 탐했다. 그의 입안에서 굴려지고 희롱당한 유실이 점점 단단해졌다. 모언이 저도 모르게 그의 머리를 끌어안았다. 그의 혀가 그녀의 유실을 가지고 놀았다. 살짝 물었다가 혀로 핥기도 하였다. 모언은 그의 타액 때문에 질척하게 들러붙은 옷감이 불편하기만 했다.

소리 없는 모언의 생각을 읽기라도 한 것처럼 신이 단숨에 남아 있던 옷가지를 벗겨냈다. 그러나 모언은 그것조차 제대로 인지하지 못했다. 제 몸에서 일어난 낯선 감각을 받아들이는 것만으로도 벅찼던 것이다.

그가 몸을 일으켰다. 따듯한 온기가 사라지자 모언이 몸을 떨었다. 그러나 이내 따듯한 신의 몸이 모언을 부드럽게 감쌌다. 맨살에 닿은 그의 피부가 따듯했다. 그래서 눈물이 났다. 오늘 두 사람은 서로의 온기를 애타게 갈구하고 있었다. 몇 마디 말보다 피부에서 느껴지는 상대방의 온기! 그것이 서로에게 더욱 많은 위안을 주고 있었다.

"흐윽!"

모언이 흐느꼈다. 굳게 닫혔던 그녀의 다리 사이를 벌리고 그가 자신의 몸을 그 틈에 끼워 넣었다. 그의 가슴이, 그의 배가, 그의 허리가, 그의 다리가 모든 부분이 모언에게 찰싹 달라붙어 있었다. 모언의 작은 몸이 그의 품에 딱 들어맞았다. 마치 본래 하나였던 것처럼 두 사람은 그렇게 딱 맞는 조각이었다.

모언은 그것만으로 충만한 기분이었다. 그러나 이내 자신의 다리 사이로 파고드는 그의 손길에 순간 모언은 긴장하고 말았다.

"쉬이, 괜찮아!"

놀란 그녀를 달래는 그의 음성이 부드러웠다. 그의 긴 손가락이 정중하게 허락을 구하며 그녀의 고집스레 닫힌 꽃잎을 덧그렸다. 살짝 이슬이 베어 나오기는 했지만 여전히 모언의 꽃잎은 굳게 입을 다물고 있었다.

그가 모언의 입술에 입을 맞추며 부드럽게 꽃잎의 갈라진 틈을 덧그렸다. 그리고 꽃잎 사이를 조심스레 헤치고 숨어 있는 진주를 찾아내었다. 그의 손가락이 가볍게 진주를 자극하자 모언이 몸을 움찔했다. 그의 손가락이 볼록 솟아오른 진주를 이리저리 애무하였다. 살짝 쓰다듬었다가 손끝으로 살짝 누르기도 했다. 그리고 어느 순간 두 손가락 사이에 끼우고 마찰하기도 했다. 그 감각이었다. 생경하고도 낯선 하지만 무엇인가 애타면서도 저릿한 감각!

"하앗, 나, 나리!"

익숙지 않은 감각에 모언은 그것이 고통인지 아니면 쾌락인지 구분할 수 없었다. 작은 진주에서 시작한 열기는 모언의 몸을 격렬하게 휘달렸다. 그사이에 살짝 수줍게 벌어진 꽃잎 사이를 그의 두꺼운 손가락이 부드럽게 쓰다듬었다. 몇 번을 그렇게 왕복하던 그의 손가락이 그녀의 동굴 안쪽으로 들어왔다.

"아앗!"

모언의 몸이 순간 급격하게 긴장하였다. 한번 남자를 받아들였다 하나 아직은 미숙한 그녀의 몸이었다. 제 몸에 침입한 이물질을 밀어내듯 그녀의 몸이 딱딱하게 굳었다. 그리고 모언은 무서웠다. 잊고 있었던 밀야의 고통이 되살아났다.

"긴장을 풀어!"

신의 목소리가 부드러웠다. 하지만 모언이 몸은 더우 굳어버렸다. 아직도 그날의 고통을 잊을 수가 없었던 것이다. 그의 손가락 하나도 버겁기만 했다. 그러나 그가 인내심을 가지고 엄지로 빠르게 다시 모언의 진주를 자극하자 모언의 몸이 순간 이완되었다. 하지만 너무나 격렬하게 자신을 휘감는 감각에 모언은 어찌할 바를 몰랐다. 그래서 모언이 두려운 나머지 그의 팔을 붙잡았다.

"하지…… 앗…… 마세요!"

모언이 헐떡거렸다. 하지만 그의 손길은 집요하면서도 부드러웠다. 새콤하면서도 달콤한 감각이 모언을 감쌌다. 그래서 점점 숨이 막혔다. 그리고 모언의 몸이 마치 더 많은 자극을 원하는 듯 나긋나긋해졌다. 하지만 동시에 이 감각의 끝에 있는 고통에 대한 기억이 모언을 자꾸만 움츠러들게 했다.

"무서운가?"

신이 모언의 두려움을 눈치채고 부드럽게 물었다. 모언이 살짝 고개를 끄덕였다. 분명 지난밤과는 다른 감각이었다. 그의 손길이 부드럽게 하나하나 미숙한 모언의 반응을 놓치지 않았다. 하지만 모언은 여전히 두려웠다. 그의 분신이 자신을 꿰뚫었던 그 격렬한 고통을 다시 겪고 싶지 않았던 것이다.

신이 손가락을 빼내었다. 그리고 그가 몸을 잠시 일으켰다. 그리고 그의 입술이 다시 입술에서 목덜미를 타고 가슴을 지났다가 점점 아래로 내려갔다. 그리고 그의 얼굴이 모언의 계곡으로 잠겨들었다.

"앗, 안 돼요!"

공포보다 강렬한 수치심에 모언이 비명을 질렀다. 부끄러웠다. 상상도 할 수 없었던 곳에 그의 머리가 잠겨드는 것을 속수무책으로 바라보았다.

"거긴…… 하지 마세요!"

모언이 애원했다. 모언이 격렬하게 거부하며 다리를 오므렸다. 하지만 신이 긴장한 그녀를 달래듯이 그녀의 허벅지를 부드럽게 입술로 쓸었다. 마치 진정하라고 괜찮다고 말하는 것 같았다. 그리고 곧 도톰하게 부풀어 올라 파르르 떨고 있는 그녀의 꽃잎을 그의 입술이 삼켜 버렸다.

"헉!"

모언의 허용치를 넘어서는 상황과 감각에 그녀가 격렬하게 몸을 비틀었다. 부끄러웠다. 온몸이 타버릴 것만 같았다. 하지만 곧 그의 혀가 그녀의 꽃잎을 탐욕스럽게 핥았다. 그리고 그의 혀가 그녀의 진주를 콕콕 찔렀다. 그러다가 살짝 핥았다가 입술로 살짝 물기도 하였다. 반항하던 모언의 몸이 격렬하게 경련하기 시작했다.

모언의 눈앞이 아득했다. 마치 물속에 빠져들듯이 그 깊이를 알 수 없는 빈 공간으로 쑥 빨려 들어가는 기분이었다. 허리 쪽에서 시작한 저릿한 쾌락이 강렬하게 모언을 휘감았다. 그렇게 잠시 모언은 어디론가 날아가는 기분이었다. 그리고 눈앞이 하얗게 변해 버렸다.

"하앗!"

거친 숨을 내쉬며 그녀의 몸이 완벽하게 이완되었다. 자신에게 무슨 일이 발생했었는지 이해할 수 없었다. 단지 상상을 뛰어넘는 낯선 감각에 빠져들었던 것만 기억났다. 그녀가 미처 혼란 속에서 빠져나오기도 전이었다. 그가 몸을 일으켜 그녀의 두 다리를 넓게 벌렸다. 신이 자신 쪽으로 그녀를 끌어당기자 그녀가 힘없이 딸려왔다.

"모언!"

그가 자신의 휘를 부르자 그제야 모언이 눈을 번쩍 떴다. 열기로 반짝거리는 신의 눈과 마주하자 모언의 온몸이 붉게 물들었다. 그리고 급하게 그녀가 자신의 허리를 뒤로 빼내려 했다.

"나를 받아줘!"

그의 간절한 음성이었다. 하지만 아직도 두려움이 모언을 망설이게 했다. 그의 성난 분신이 모언의 동굴 입구에 닿았다. 마치 입구를 탐색하는 것처럼 분신의 커다란 끄트머리가 그녀의 동굴 입구를 자극했다. 두려움에 모언이 눈을 크게 떴다. 그러자 신이 그의 커다란 손을 들어 그녀의 뺨을 부드럽게 쓰다듬었다.

"아프게 하지 않을게."

모언의 동의를 구하는 그의 얼굴이 간절했다. 그의 달콤하면서도 욕망에 가득 찬 말에 모언은 눈을 감았다. 그의 애타는 찐득한 눈빛을 차마 그대로 응시할 수가 없었다. 그가 그 지옥 같은 번민에서 벗어날 수 있다면…… 모언은 오직 그 한 가지만을 생각했다. 그녀가 살짝 고개를 끄덕였다.

스윽!

그의 분신이 그녀의 동굴 안으로 진입했다. 뜨거운 불기둥이 여리고 여린 모언의 속살을 갈랐다. 모언이 저도 모르게 그를 강하게 끌어안았다.

"헉!"

묵직한 삽입에 순간 모언은 숨이 턱 막혔다. 그리고 묵직하면서도 저릿한 고통에 저도 모르게 모언이 신음을 내뱉었다. 하지만 생각보다 심하지는 않았다. 여전히 빽빽하고 불편했지만 그래도 처음보다는 견딜 만했다.

"아프면 잠시 이렇게 있자!"

신이 동작을 멈추었다. 그녀가 삽입의 고통에 숨을 들이켜자 잠시 그녀의 몸이 자신에게 익숙해질 수 있도록 기다렸다. 긴장한 그녀의 동굴이 너무나 좁았다. 마치 이물질을 거부하듯 단단하게 뭉쳐 빡빡했다. 그래서 수월하게 진입할 수가 없었다. 신이 그녀의 긴장을 풀어주려 그녀의 진주를 다시 자극했다. 그리고 그녀의 가슴을 부드럽게 쓰다듬어 주고 머리를 사랑스럽게 쓸어주자 그제야 모언의 긴장이 살짝 풀렸다.

그 찰나의 틈을 노려 신이 한번에 쓱 안으로 들어왔다. 거칠게 내벽을 밀어 올리는 생경한 느낌! 젖은 내벽에 닿은 그의 분신이 무섭도록 생생했다. 그리고 그가 허리를 움직이기 시작하자 모언이 그의 어깨를 부둥켜안았다. 아주 조심스러운 신의 움직임, 하지만 모언에게는 너무나 거대한 움직임이었다.

"아, 미칠 것만 같아!"

신의 달뜬 음성이었다. 하지만 모언은 아픈 것인지 저린 것인지 혼란스러웠다. 아직도 고통스러웠다. 하지만 그녀가 내뿜는 애액으로 그가 매끄럽게 움직이기 시작하자 무엇인가 달라졌다. 그녀의 내벽이 마치 살아 있는 듯 꿈틀거리는 것이 느껴졌다.

"앗, 나리!"

설명할 수 없는 불안함과 미지의 감각에 모언이 그에게 매달렸다.

"괜찮아! 그냥…… 나를 느끼면 돼!"

그의 목소리가 다정했다. 그리고 그가 그녀의 윗입술을 부드럽게 물었다. 진정하라고, 무서워하지 말라고 그의 입술이 그렇게 이야기하는 것 같았다. 그의 움직임이 거세어졌다. 두 사람의 하체가 마치 하나처럼 맞닿아 있었다. 누군가와 이렇게 가까이 닿을 수 있을까? 모언은 그와 이렇게 하나가 된 것이 기뻤다. 아직 아프고 불편한 감각이 컸지만 그래도 그녀는 기꺼이 그것을 받아들였다.

"으읏……."

한참을 그렇게 움직이던 그의 분신이 이제 모언의 동굴을 찢어버릴 것처럼 팽창했다. 모언이 그를 더욱 부둥켜안았다. 그리고 그녀의 안쪽이 그를 강하게 조이기 시작했다.

"읏!"

그가 비명처럼 낮은 신음을 내쉬었다. 그리고 이내 모언의 몸안을 가득 채우는 뜨거운 열기! 무엇인가 충만한 느낌! 그 미묘하고도 설명할 수 없는 감동에 모언은 몸을 떨었다. 그가 힘이 빠진 듯 털썩 쓰러져 내렸다. 모언은 그저 아무런 말 없이 그를 부드럽게 끌어안았다. 거친 호흡, 뜨거운 땀방울, 뜨거운 체온! 상처 입은 두 사람이 서로의 온기를 원하듯 그렇게 서로를 보듬어 안은 그런 밤이었다.

한참을 그렇게 서로 끌어안고 있었다. 모언이 그의 가슴에 얼굴을 묻고 힘차게 뛰는 그의 심장박동을 들으며 까무룩 잠에 빠져들려던 순간이었다.

"내게 향은 항상 아픈 손가락이었다."

머리 위에서 신의 낮은 목소리가 들렸다. 모언은 조용히 그의 다음 말을 기다렸다. 그는 그녀가 듣고 있는 것에는 신경도 쓰지 않는 것 같았다. 모언은 그를 방해하지 않으려고 숨을 죽였다.

"어렸을 적부터 그 아이는 허약했지. 하지만 허약하기는 해도 항상 활기가 넘치던 아이였어. 여동생이 죽고 우리 둘만 남았을 때, 나를 위로했던 것이 바로 향이었다. 누구보다 형인 나를 따르던 아이였어. 무술도 글공부도 나를 따라 열심이었지. 나는 그 아이가 건강해질 수만 있다면 어떤 일이든 하고 싶었어. 향은 내게 새 삶을 준 그런 아이였으니까."

과거를 떠올린 신의 목소리가 부드러웠다. 동생을 생각하는 다정하고 애틋한 그 목소리에 모언은 정신없이 빠져들고 있었다.

"아마 그 아이가 열네 살 무렵이었을 거야. 모두 함께 중원절(中元節, 한국의 백중)에 운하에 배를 띄우고 달구경을 했었지. 그해 군대에 들어가 품계가 올라간 나는 조금 들떠 있었던 것 같아. 술에 취해 달을 바라보다 그만 실수로 운하에 빠지고 말았어. 모두 달에 취해 술에 취해 정신이 없을 때였어. 나도 술기운에 얼른 물에서 빠져나올 수가 없었지."

신의 몸이 살짝 떨려왔다. 모언이 그를 다정하게 끌어안았다. 괜찮다고 그의 등을 부드럽게 쓸어주었다.

"그때 향이 나를 구하겠다고 물에 뛰어들었어. 덩치가 두 배는 큰 나를 애를 써서 강기슭까지 끌고 갔어. 평소에도 폐가 별로 좋지 않았던 향이 나를 구하겠다고 그리 무리를 한 거지. 그렇게 나를 구하고 그 아이는 한동안 병석에서 일어나지 못했어. 간신히 정신을 차렸지만 그 이후로 계속 힘들어했지. 하지만 나는 전장을 떠도느라 그 아이를 제대로 챙겨주지도 못했어."

신의 향에 대한 애틋한 마음이 오롯이 느껴졌다.

"그 아이는 청춘을 제대로 즐기지도 못하면서 항상 나를 부러워했지. 아마 그 아이가 내게 바라는 것이 있었다면 난 뭐든지 했을 거야. 그런데 그런 그 아이가 어느 순간 매우 밝아지고 행복해 했어. 마치 건강을 다 회복하기라도 한 것처럼……."

모언이 저도 모르게 침을 꿀꺽 삼켰다.

"그랬던 향이 어느 날 갑자기 사라져 버렸어. 시신조차 찾을 수가 없었지. 나중에야 그 아이 방을 정리하다가 정인이 있었다는 것을 알았다. 그 아이는 이룰 수 없는 사랑에 하루하루 말라가고 있었어. 애써 그 마음을 접으려, 하지만 그러지 못해 고통스러워 했지. 그 아이가 그런 고민을 하고 있는 줄 꿈에도 몰랐어. 그런데도 난 다른 일들 때문에 조금도 신경 쓰지 못했지. 그런데 그 애는 그렇게 홀로 마음의 병을 앓으며 조금씩 죽어갔던 거야!"

신의 목소리가 고통으로 떨렸다.

"그 애를 운하로 밀어 넣은 것은 바로 나야. 나만 아니었다면……."

신이 죄책감과 미안함으로 몸부림쳤다. 그런데 그런 향을 죽게 한 여인이 바로 모언이라고 알고 있는 그였다. 그가 어떤 마음의 고통을 느꼈을지 그 아픔에 모언의 심장이 먹먹해졌다.

"미안해하지 말아요. 나리께서 잘못하신 게 아닙니다."

모언의 작은 속삭임에 신이 몸을 움찔했다. 그가 마치 생명줄을 부여잡듯이, 그녀를 강하게 끌어안았다. 그의 어깨가 살짝 떨렸다. 모언은 소리 없이 마음속으로 우는 그를 조용히 위로했다.

신은 포근함 속에서 잠에서 깨어났다. 이렇게 편안하게 잠을 이룬 것이 얼마 만이었는지 기억조차 나지 않았다. 그래서 눈을 뜨고 싶지 않았다. 마치 강아지를 안은 것처럼 말랑말랑하고 부드러운 것이 제 품속에 있었다. 가슴에서 약하고 부드러운 바람이 살랑거렸다. 깃털처럼 가벼우면서 달콤한 산들바람 같았다.

아직 새벽빛으로 희끄무레한 방 안, 신이 평소대로 일찍 잠에서 깬 것이었다. 오랜 시간 숙면을 취한 것은 아니었지만 온몸이 날아갈 것처럼 가뿐했다. 평소라면 눈을 뜨자마자 자리에서 벌떡 일어났을 신이었지만 오늘은 이불 속의 온기를 조금 더 즐기고 싶었다.

하지만 결국 천천히 눈을 떴다. 역시 이 따듯함의 정체는 모언이었다. 그녀의 작은 몸이었다. 가냘픈 어깨, 가슴을 간질이는 부드러운 촉감은 그녀의 머리채였다. 칠흑처럼 검고 부드러웠다. 신의 강건한 가슴에 밀착된 가슴은 그녀의 아름다운 가슴이었다. 자신의 한 팔에 쏙 들어오는 가는 허리도 그녀의 허리였다. 신의 다리에 닿은 가냘픈 다리도 그녀의 다리였다.

홀로 눈을 뜨던 아침과는 전혀 다른 기분이 신을 감쌌다. 항상 혹시나 자신에게 닿을까 침상 구석에서 몸을 말고 자던 모언이었다. 그래서 같이 있으면서도 쓸쓸했었다. 하지만 오늘은 함께라는 말이 실감이 났다.

"으흠!"

모언이 뒤척거리자 신은 움직임을 멈추었다. 잠들기 직전까지 그녀를 탐했다. 그래서 기절하듯 잠이 든 그녀를 깨우고 싶지는 않았다. 살며시 그녀의 가는 허리를 끌어안았다. 그러자 모언은 기분이 좋은 듯 그의 가슴에 얼굴을 깊게 묻었다. 그녀가 호흡을 하자 살랑거리는 봄바람 같은 기운이 다시 신의 가슴에 닿았다.

그리고 이내 신은 깨달았다. 마치 모언이 자신을 보호라도 하듯이 끌어안고 있었다는 사실을. 커다란 자신을 감싸주려는 듯이 그녀가 자신의 작은 몸으로 신을 안고 있었다. 그녀가 안아주기에는 턱없이 크기만 한 신이었다. 하지만 그래도 모언은 최선을 다해 그를 안아주고 있었다.

순간 울컥하면서도 따뜻한 감정이 신을 감쌌다. 그녀에게 감정을 쏟아내고 나니 가슴에 박혀 있던 얼음이 녹아내렸다. 여전히 향의 죽음을 받아들일 수 없었던 신의 마음이 진정되었다. 이제는 향의 죽음을 불행한 사고로 받아들여야 하는 것이 아닐까 하는 생각도 들었다.

아직 밝혀지지 않은 소문도 있어 그녀를 완벽하게 신뢰할 수는 없었지만 그의 심장은 소문보다는 그녀를 믿고 싶었다. 이렇게 작은 몸으로 자신을 열심히 안아주려 노력하는 다정한 모언의 심성을 더욱 믿고 싶었던 것이다.

어젯밤에도 모언은 신이 괴로워하자 저항을 멈추었다. 그리고 그녀는 오롯이 그에게 자신을 내주었다. 서툴고 무서워했지만 모언이 그를 받아들인 것은 분명 신을 위해서였다는 생각을 지울 수가 없었다.

무엇이 진실일까? 어쩌면 진실 따위 중요치 않을 수도 있었다. 이미 향은 죽었다. 그리고 모언은 자신의 곁에 있었다. 그저 아무런 일도 없었던 것처럼 이렇게 살 수는 없는 걸까? 그녀의 마음속에 다른 이가 있더라도, 모언이 신을 거부하지 않는다면, 그렇게 살고 싶었다. 그녀의 작은 호의, 미소 하나, 그거라면 살 수 있을 것 같았다.

신이 그녀를 더욱 바짝 끌어안으며 그녀의 정수리에 입술을 찍었다. 바깥은 추웠지만 신은 마음속에 화로를 얻은 것처럼 따뜻했다.

## 10. 축제의 밤

피이…… 유후, 휘익, 팡, 팡, 팡!!

늦은 밤, 커다란 폭죽 소리가 춘제의 시작을 알렸다. 해가 바뀌어 영락 1년(1403년), 남경의 춘절(春節, 설)은 여느 때보다 화려했다. 작년에 황제가 제위에 오른 후, 드디어 영락(永樂)이라는 연호를 쓰는 첫해가 된 것이었다*.

이를 축하하기 위해서 명의 수도 남경에는 어느 때보다 화려한 등(燈)축제가 열렸다. 본래도 화려한 춘절의 등축제였지만 올해는 그 규모가 상상을 초월할 지경이었다. 그래서인지 영국공부도 들썩거렸다. 약요를 비롯한 나이 어린 시녀들은 물론이요, 금동이나 팽 유모까지 모두가 들떠 있었다.

* 연중에 황제가 붕어하면 그해 말까지는 기존 연호를 쓰고, 해가 바뀌면 신(新)황제의 새로운 연호를 시작한다

이 와중에 홀로 모언만이 침착했다. 작년 제석(除夕, 그믐날)에는 조촐하지만 집에서 아버지와 오라버니 그리고 새언니, 난향 등과 함께 년고(떡의 일종)와 탕원(湯圓)을 나누어 먹었다. 그러나 올해 홀로 맞이하는 춘절은 외롭고 쓸쓸하기만 했다.

연말임에도 불구하고 공무에 바쁜 신의 얼굴도 며칠째 볼 수가 없었던 것이다. 제석에는 얼굴을 볼 수 있을 줄 알았는데 그러지 못하자 모언의 기분이 쭉 가라앉았다. 저녁을 먹고 신년이 되자 폭죽과 사람들의 흥성거림으로 바깥이 소란스러웠다.

"모언 아가씨, 우리도 등축제 보러 가요!"

모언의 시중을 들고 있는 약요가 모언을 채근하였다. 한시라도 빨리 바깥으로 나가고 싶어 엉덩이를 들썩거리는 약요였다. 이미 다른 시녀들은 일찌감치 저녁을 먹자마자 축제를 즐기러 나갔는데 약요는 모언 때문에 바깥에 나가지 못하고 있었던 것이다.

"저는 괜찮으니 얼른 나가봐요!"

약요의 채근에 모언이 조용히 웃으며 대꾸했다. 괜히 자신 때문에 약요까지 우울하게 만들고 싶지 않았다.

"그래도 춘절인데, 이리 혼자 집에 계시려구요?"

약요가 이미 마음은 콩밭에 가 있으면서도 모언을 그림자처럼 지키라는 신의 지엄한 명 때문인지 얼른 나서지 못하고 망설이고 있었다.

"괜찮아요. 저는 날이 추워 바깥에 나서기가 싫어요. 걱정하지 않아도 돼요. 어서 나가봐요. 친구들이 기다리고 있을 텐데……."

"저, 아가씨. 그럼 제가 금방 돌아올게요."

약요는 그리 말하고 휑하니 사라져 버렸다.

홀로 남은 모언이 창밖을 바라보았다. 하늘은 사람들이 쏘아올린 폭죽으로 화려하게 물들어 있었다. 이렇게 시간은 흐르고 있었다. 화려하게 옷을 차려입고 등축제를 즐기던 것이 마치 아주 오래전 옛날처럼 생각되었다. 그러나 모언이 영국공부에 머문 것은 이제 겨우 반년이 흘렀을 뿐이었다.

하지만 너무 많은 변화가 있었다. 소중한 가족을 잃었고, 집안은 몰락했다. 그것을 제대로 슬퍼할 사이도 없이 노비가 되어 익숙지 않은 노동에도 시달렸다. 그리고 무엇보다 모언은 여자가 되었다.

술에 취해 괴로워하는 신과의 밤 이후, 그와 한 침상에서 너무나 자연스럽게 함께 잠을 잤다. 아침에 눈을 뜨면 그는 항상 먼저 일어나고 없었다. 하지만 자연스럽게 그와 밥을 먹고 그의 갱의도 돕고, 돌아오는 그를 기다리고 평온하다면 매우 평온한 나날들이었다.

신은 그녀를 조심스럽게 대하고 있었다. 신은 그전처럼 그녀에게 폭언을 퍼붓지 않았다. 그녀에게 손을 대지도 않았다. 다정하지는 않았지만 조금은 모언에게 마음을 쓰고 있는 것 같았다.

그리고 하루가 멀다 하고 팽 유모는 모언의 옷을 지어왔다. 어찌나 좋은 비단을 쓰는지 오히려 예전에 입었던 옷보다 훨씬 고급스러웠다. 겉모습만 보면 모언은 어느 사대부의 여식보다 화려해 보였다. 하지만 모언의 마음은 쓸쓸하기만 했다. 부인도 그렇다고 첩도 아닌, 애매한 지위. 무엇보다 신이 자신을 어떻게 생각하고 있는지 도저히 알 수가 없었다.

팽 유모나 약요, 그리고 집안의 모든 가솔들은 모언을 공손하게 대해주었다. 하지만 그들의 태도는 모언의 애매한 지위 때문인지 항상 조심스러웠다. 주변에 여인을 두지 않았던 신이었다. 그리고 신은 다른 공자들처럼 집안의 하녀들을 사사로이 탐하지도 않았다. 그래서 영국공부에서 모언은 낯설면서도 이질적인 존재였다.

"하아!"

모언이 저도 모르게 한숨을 내뱉었다. 어찌 된 일인지 모두가 즐거운 이날, 텅 빈 집안처럼 모언의 마음이 스산했다.

저벅저벅!

그때 바깥에서 들려오는 발자국 소리에 모언이 긴장했다. 신의 발소리였다. 이제는 그의 발소리를 멀리서도 알아들을 수 있었다. 그가 돌아온 것이었다. 모언의 심장이 갑자기 빠르게 요동치기 시작했다.

"집 안이 텅 비어버렸군!"

안으로 들어서는 신이 심상하게 말을 건넸다. 모언이 부리나케 창에서 몸을 돌려 그에게 다가섰다. 그에게서 차가운 바람의 향기와 희미한 화약의 냄새가 났다. 순간 모언은 당황했다. 마치 애타게 그가 돌아오기를 기다린 것처럼 급하게 그에게 다가선 자신이 부끄러워졌던 것이다.

"오셨습니까?"

모언이 작은 목소리로 그에게 인사를 했다. 혹시나 목소리가 떨릴까 봐 모언은 긴장했으나 다행히 평소와 크게 다르지 않은 목소리를 낼 수 있었다.

"그래."

신의 음성이 평온했다. 그리고 그가 모언을 지그시 바라보았다.

그의 흑요석처럼 까만 눈동자가 자신을 바라보자 모언의 목 뒤로 오소소 소름이 돋았다. 그의 시선이 마치 그녀를 쓰다듬는 것만 같았다. 가끔 그의 시선을 느끼면 계속 이런 기분이 들었다. 갱의를 도울 때마다 그의 시선이 자신에게 떨어지면 민망하면서도 그것이 싫지 않았다. 오히려 좀 더 자신을 바라봐 주었으면 했다.

그리고 가끔 몰래 모언도 그를 관찰했다. 우아하게 밥을 먹는 모습이나 혹은 서책을 읽거나 서신을 쓰는 그의 모습을 살며시 바라보았다. 그리고 가끔 그가 팽 유모에게 명을 내리면서 아주 부드러운 표정을 지으면 팽 유모가 부럽기만 했다. 그런 다정한 시선을 자신도 받고 싶었던 것이다.

한동안 두 사람은 말이 없었다. 모언도 신도 섣불리 이 고요한 평온을 깨뜨리기 싫은 듯 잠시 침묵 속에 빠져들었다.

팡, 팡, 팡!

다시 창밖에서 들려온 폭죽 소리에 신이 그제야 생각났다는 듯이 입을 열었다.

"다들 등축제에 나간 것이냐?"

"네, 모두들 제석에 음식을 나누어 먹고 바깥으로 나갔습니다."

모언이 조심스레 대답했다.

"왜 너는 나가지 않았지?"

신의 질문에 모언은 할 말을 잃었다. 그의 기분이 좋은 것인지 나쁜 것인지 알 수가 없었다. 그래서 뭐라 대답해야 할지 망설여졌다. 사실은 그가 영국공부로 돌아 왔을 때 텅 빈 방 안을 보게 하고 싶지 않았다. 그가 돌아오는 것을 마중하고 싶었던 것이 제 마음이었다는 것을 깨닫자 모언은 자신의 감정에 놀라고 있었다.

"그…… 그것이……."

갑작스럽게 깨달은 자신의 감정에 모언이 버벅거렸다. 그 모습을 물끄러미 바라보던 신이 예상치 못한 제안을 했다.

"함께 나가보지 않으련?"

순간 모언이 고개를 들어 그를 바라보았다. 자신이 제대로 들은 것인지 정말 그가 그렇게 말한 것인지 확인하고 싶었다. 그의 얼굴에는 표정이 없었지만 어쩐지 그 눈빛이 평소보다 다정하다는 생각이 들었다.

"싫은 것이냐?"

모언이 얼른 대답을 하지 않자 신이 다시 물었다. 그 목소리에 살짝 실망한 기색이 묻어 있다고 느낀 것은 모언의 착각이었을까?

"아닙니다."

모언이 급히 대답했다. 그가 그 제안을 철회할까 봐 순간 모언의 마음이 급해졌던 것이다. 급하게 나온 제 대답에 모언의 얼굴이 살짝 붉어졌다.

"그럼 든든하게 옷을 입거라. 날이 포근하긴 하다만 운하의 바람은 찰 것이니."

신의 말투는 무뚝뚝했지만 그 내용은 다정했다. 모언은 그가 마음을 비꿀까 싶어 급히 겉옷을 입었다. 바깥에 제대로 나서지 않아서 두꺼운 겉옷이 필요가 없었지만 팽 유모가 눈치 있게 겉옷까지 챙겨두었던 것이다. 모언은 팽 유모의 세심함에 감사하고 있었다. 모언이 외투를 두르자 신이 앞장서 문을 열고 나갔다. 모언이 조심스레 그의 뒤를 따랐다.

일각 후, 운하 쪽으로 향하는 그를 따라 모언이 부지런히 발걸음을 옮겼다. 신의 넓은 보폭을 따라가자니 모언은 거의 뛰다시피 하고 있었다. 게다가 거리를 가득 메운 사람들 때문에 힘이 들었다.

"아얏!"

갑작스레 호동(胡同, 작은 골목)에서 뛰어나온 조그만 남자아이 때문에 모언이 순간 비틀거렸다.

"조심해야지!"

넘어질 뻔한 찰나 신의 커다란 손이 그녀의 어깨를 부축했다. 그리고 부축하느라 살짝 허리에 닿은 그의 손길에 모언의 심장박동이 미친 듯이 빨라졌다.

"죄송합니다. 아가씨!"

조그만 아이는 인사를 하고는 쏜살같이 사라져 버렸다. 마치 이 번잡한 거리에 두 사람만 남은 것 같았다. 모언은 그가 자신의 심장 소리를 들을 것만 같아 걱정스러웠다. 곧 그녀의 어깨와 허리를 부축했던 손이 사라지자 모언은 허전했다. 그리고 그가 다시 바로 혼자서 걸어갈 듯이 몸을 돌리자 서운한 마음에 눈물이 흐를 것만 같았다.

"잡아!"

갑작스런 신의 말에 모언은 깜짝 놀랐다. 앞을 보고 선 신이 모언 쪽으로 손을 내밀었던 것이다. 잠시 망설이던 모언이 조심스레 그 손을 잡았다. 그러나 모언의 손은 수줍게 그의 손 끝부분에 살짝 닿아 있었다. 그러자 신의 커다란 손이 모언의 손을 힘입게 당겨 잡았다. 그녀의 작은 손이 포옥 그의 손안에 갇혔다. 그리고 뒤쪽에 있던 그녀를 신이 자신의 옆으로 바싹 끌어당겼다.

그리고 족히 한 식경을 두 사람은 아무 말 없이 운하를 향해 걸어갔다. 신이 모언의 걸음에 맞추어 천천히 걸었다. 그리고 중간중간 사람들에 부딪힐 것 같을 때마다 자신 쪽으로 당겨 보호해 주었다. 모언은 운하까지 향하는 그 길이 계속되기를 바라고 있었다.

명의 도성들은 여러 대의 마차가 지날 수 있도록 큰 대로를 종횡으로 만들었다. 그래서 대로들은 정(丁) 자나 우물 정(井) 자 형태의 격자망 구조를 이루었다. 대로가 교차하면서 만들어진 사각형의 공간에 방(坊)이라는 행정구역이 만들어진다. 이후 그 방을 나누는 소로가 생기고 집과 집 사이에는 호동이라는 작은 골목이 생겼다.

등축제가 열리면 이 대로와 소로, 호동까지 갖가지 신기한 모양의 등이 걸려서 장관을 이뤘다. 오늘도 반투명 수정으로 만든 등, 구슬을 꿰어 만든 등, 양각(羊角)가루를 입힌 등, 금분으로 그린 그림이 장식 된 등, 술이 달린 등 다양하고 가지각색의 등이 저마다의 아름다움을 뽐내고 있었다.

게다가 오늘은 축제라 사람들이 길 양끝에 대나무 막대로 세우고 이 두 막대를 연결한 등붕(燈棚)에 등을 매달아두었다. 중앙에 큰 등인 설등(雪燈) 하나를 달고 그 주변에서 공 모양의 작은 등을 좌우에 세 개씩 달았다. 그래서 어느 때보다 거리는 빛으로 가득 차 신비롭기만 했다.*

각양각색의 등만으로 충분히 거리는 아름다웠지만 등의 화려한

* 명조 말 장다이가 쓴 소흥등경(紹興燈景)의 일부

불빛이 진회하(秦淮河)에 비쳐 그 경치가 참으로 장관이었다. 남경 도성 안에는 진회하에서 흘러나온 작은 수로가 흘렀고 이 운하 주변이 가장 번화한 거리를 이루었다. 운하에서 몸을 돌려 거리를 바라보니 대로를 따라 겹겹이 겹쳐진 등들이 바람에 같은 방향으로 흔들거리며 장관을 이루었다.

모언의 눈에는 그 모든 장관이 제대로 들어오지 않았다. 오직 자신의 손을 잡고 있는 그의 체온만이 전부였다. 달빛이 내린 후원을 함께 거닐던 그때로 돌아간 것만 같았다. 거리의 소음도 폭죽 터지는 소리도 지금 모언에게는 마치 음악 소리 같았다.

그렇게 모언과 신은 족히 일다경을 말없이 운하를 바라보았다. 모언은 전혀 다른 세상에 와 있는 것만 같았다. 신이 자신의 곁에 이렇게 있는 것이 꿈만 같아 자신의 볼을 꼬집어보고 싶을 지경이었다.

하지만 계속 바깥에 서 있으려니 조금 추웠다. 운하에서 불어오는 바람에 모언이 몸을 떨었다. 그러자 신이 그녀의 손을 놓았다. 그러나 모언이 아쉬운 감정에 미처 빠져들기도 전에 따스한 모피가 모언의 목에 둘러졌다. 신이 자신의 목에 둘렀던 모피를 모언에게 둘러주었던 것이다. 그의 향기가 아찔하게 코를 찔렀다. 그리고 그의 온기가 고스란히 모언에게 전해졌다.

모피를 둘러주고 그녀의 머리를 정리해 주는 그의 손길이 다정하기만 했다. 그의 손길이 아쉬운 듯 그녀의 머리에서 떨어졌다. 그의 손길이 닿았던 머리카락이 따끔거렸다. 마치 머리카락에도 감각이 있는 것처럼 그 부분이 뜨겁게 타오르는 기분이었다.

그리고 그가 부드럽게 모언의 뺨을 쓰다듬었다. 추위에 발갛게 달아오른 것을 녹여주려는 듯 그의 손길이 다정하기만 했다. 저도 모르게 모언이 고개를 기울여 그의 손바닥에 자신의 뺨을 밀착시켰다. 그러자 신의 눈빛이 열기로 순간 반짝거렸다. 그리고 자신을 지그시 바라보는 그의 시선에 모언의 몸이 달아올랐다.

"하아!"

추위 때문인지 열기 때문인지 모를 거친 숨소리가 모언의 입술에서 흘러나왔다. 살짝 벌어진 그녀의 꽃잎 같은 입술을 그의 손가락이 부드럽게 쓸었다. 모언의 커다란 눈이 화등잔만 하게 커졌다. 그녀의 촉촉하게 젖은 눈망울에 폭죽의 불빛이 반사되어 함께 반짝거렸다. 반짝거리는 눈빛, 발갛게 달아오른 뺨, 살짝 벌어져 촉촉한 입술, 이제 막 싱그럽게 피어나는 아름다운 여인이 신의 눈앞에 있었다.

"이제 돌아갈까?"

신의 음성이 약간 쉬어 있었다. 모언이 살짝 고개를 끄덕였다.

영국공부는 여전히 조용했다. 하지만 늦은 시각, 오직 한곳만은 열기 때문에 활활 타오르고 있었다. 모언은 지금 자신에게 닥친 상황에 몸 둘 바를 몰랐다. 그녀는 지금 나체로 신의 품에 안겨 물속에 있었다. 그리고 그녀를 강하게 끌어안고 있는 그 역시 지금은 알몸이었다. 부끄러움과 물에서 올라오는 뜨거운 열기 때문에 모언의 온몸은 발갛게 익어 있었다.

모언과 신은 얼어붙어 영국공부에 도착했다. 근 한 시진을 넘게 바깥바람을 쐬니 두 사람의 몸이 싸늘하게 식었던 것이었다. 어떻게 알았는지 팽 유모가 따뜻한 물을 준비하였다고 신에게 조욕을 권했다. 남경에서는 겨울에도 난방을 하지 않는다. 오직 화로나 두툼한 옷과 이불로 겨울을 견뎌야 하는 것이었다. 하여 얼어붙은 몸을 녹이는 데에는 따뜻한 물만 한 것이 없었다.

조욕을 위해 물이 준비된 방으로 들어서는 신을 모언이 물끄러미 바라보았다. 모언도 추웠지만 이 겨울에 따뜻한 물에 조욕을 할 수 있는 사치를 바랄 수는 없었다. 그러나 두어 걸음 걷던 신이 갑자기 뒤를 돌아보았다.

"조욕을 거들도록 해라!"

신의 말에 모언의 입이 쩍 벌어졌다.

"집에 아무도 없는데 이 늦은 시간에 누구에게 부탁을 한단 말이냐?"

그리 말하고 신이 사라진 뒤 모언은 잠시 망설였다. 결국 한참을 망설이다가 모언이 쭈뼛쭈뼛 물이 준비된 옆방으로 들어갔다. 생각해 보면 모언의 신분은 하녀였다. 그의 명을 거부할 수 없는 처지인 것이다. 하지만 모언은 그것만이 사유의 전부는 아니라는 것을 아프도록 느끼고 있었다.

신이 커다란 통에 몸을 담그고 있었다. 그의 넓은 어깨와 통 가장자리에 나와 있는 강인한 팔이 한눈에 시야에 잡혔다. 족히 자신의 종아리 굵기만 해 보이는 신의 팔뚝이었다. 파란 핏줄이 도드라져 있었다. 오래된 무예로 단련되어 탄탄한 그의 팔은 매끈하면서도 아름다웠다. 그리고 머리를 기대고 싶어지는 강하면서도 넓은 어깨, 끌어안고 싶어지는 강한 목덜미. 사내만이 보여줄 수 있는 강인한 아름다움에 모언이 숨을 죽이고 말았다. 그래서 용기 내어 들어왔지만 얼른 다가서기가 민망했다.

"뭐 하고 있는 거냐?"

신이 모언의 망설임을 읽기라도 한 것처럼 채근했다. 모언이 조심조심 그에게 다가섰다. 옆에 준비된 하얀 천을 들어 그의 등을 조심스레 문질렀다. 천 아래로 그의 힘찬 근육이 고스란히 느껴졌다. 그리고 살짝살짝 스치는 그의 피부가 생각보다 매끈하고 뜨거웠다. 자신과는 전혀 다른 사내의 몸이었다.

그와 두 번의 밤을 보냈지만 제대로 그의 몸을 본 적이 없었다. 그리고 그가 선사하는 엄청난 감각을 받아들이는 데 급급해서 스스로 그의 몸에 손을 대지도 못했었다. 모언의 심장이 긴장과 흥분으로 터질 것 같았다. 하지만 손끝에 닿는 그의 피부 감촉이 싫지 않았다. 오히려 자꾸만 그의 따뜻한 피부를 탐하고 싶었다. 제 속에서 피어오르는 열망에 모언은 스스로 당황하고 있었다.

그리고 그의 근육이 모언의 손길이 스칠 때마다 반응했다. 그의 팔뚝에 솟은 힘줄이 더욱 도드라져 보인다 생각하며 고개를 갸웃거리던 순간이었다.

첨벙!!

갑자기 신이 잡아당겨 모언은 그대로 통 속으로 풍덩 빠지고 말았다.

"까악, 나리!"

모언이 허둥대며 통 바깥으로 나가려 몸부림쳤다. 하지만 물에 젖은 옷이 마치 수초처럼 달라붙었다.

"너도 춥지 않으냐? 물도 아낄 겸, 안에서 돕도록 해라!"

신의 목소리가 음흉했다. 그녀가 통 안을 벗어나려 몸을 간신히 일으켰다. 그러나 곧 모언은 기겁하며 바로 목까지 물속에 담갔다. 얇은 옷이 피부에 착 달라붙어 모언의 몸의 곡선이 그대로 드러났다. 게다가 톡 불거진 유실과 은은하게 비치는 유륜이 오히려 더 자극적이었다. 모언이 나갈 수도 그렇다고 안에 있을 수도 없어 바르작거렸다.

그 모습을 바라보던 신의 눈이 열기로 반짝거렸다. 이내 신이 매우 재빠른 속도로 그녀의 몸에서 옷을 벗겨내었다. 물 때문에 피부에 옷감이 달라붙어 있었지만 그는 매우 솜씨 좋게 그녀를 나신으로 만들었다. 그리고 곧 그녀는 그의 두툼한 가슴에 등을 기대고 안겨 있었다.

"학!"

그의 손이 그녀의 가슴을 스치자 모언이 살짝 신음을 내뱉었다. 따듯한 물에 들어오니 뭉친 근육이 풀리면서 노곤했다. 그리고 아까부터 달아오른 몸은 작은 스침에도 지나치게 민감했다.

"왜 그러지?"

짓궂게 그리 말한 신이었다. 모언의 온몸이 타는 것처럼 뜨거웠다. 부끄러워 모언이 몸을 작게 말았다.

"오늘은 특별히 내가 너를 씻겨주마!"

그의 커다란 손이 뒤에서 그녀의 커다랗게 부풀어 오른 가슴을 감쌌다. 그리고 정말로 씻겨주려는 것처럼 부드럽게 아래에서 위로 쓸어 올렸다. 그의 손길이 놀라우리만치 부드러웠다. 유륜 주변을 희롱하던 그의 손가락이 어느새 볼록 솟아올라 존재감을 자랑하는 그녀의 유실을 잡았다.

"하응!"

모언의 입에서 저절로 콧소리가 흘러나왔다. 모언이 순간 숨을 깊이 들이마셨다. 그의 손가락이 마치 살아 있는 것처럼 그녀의 가슴을 희롱하기 시작했다. 신이 엄지와 검지로 유실을 살짝 집었다가 측면을 살살 문질렀다. 손톱 끝으로 살짝 긁기도 하고 유실이 가슴 안쪽으로 들어갈 정도로 꾹꾹 누르기도 했다. 그리고 손가락 사이에 끼우고 살짝 비틀기도 했다.

"아앗!"

그러다가도 커다란 손바닥이 가슴 전체로 쓰다듬고 마치 밀가루를 반죽하듯 강하게 쥐기도 했다. 뒤쪽에서 정신없이 그녀의 가슴을 탐하는 그의 손길에 모언은 속수무책이었다. 그리고 그의 손길에 그녀의 가슴이 사정없이 부풀어 오르는 기분이었다. 모언이 몸을 휘며 그의 가슴에 자신의 뒷머리를 기대었다. 그러자 그녀의 가슴은 오히려 뒤에 있는 신이 잡기에 더욱 편한 위치로 변했다.

"하하, 유실이 마치 앵두처럼 솟아올랐어!"

그의 말에 모언의 얼굴이 붉어졌다. 그가 말할 때 따듯하면서도 촉촉한 입김이 귓불에 닿았다. 마치 귀에 닿을 것 같은 그의 입술이었다. 그리고 그의 손은 이루 말할 수 없는 감각을 모언에게 불러일으키고 있었다. 작은 돌기에서 시작한 저릿하면서도 찌릿한 감각에 모언은 정신이 몽롱해졌다.

"꽃처럼 아름다워!"

그렇게 속삭인 그가 그녀의 머리를 부드럽게 한쪽 어깨로 치웠다. 그리고 드러난 하얀 뒷목덜미에 입을 맞추자 모언이 크게 움찔했다. 타는 것처럼 뜨거운 그의 입술이있다. 그의 입술에 닿은 곳은 마치 인장이 찍힌 것만 같았다. 목덜미에서 시작한 짜릿한 감각이 척추를 타고 허리까지 흘러갔다. 소름이 돋는 것처럼 온몸의 솜털이 모두 곤두서는 기분이었다.

가슴을 희롱하던 그의 오른손이 모언의 가느다랗고 모양 좋은 옆구리를 부드럽게 쓸어내렸다. 새로운 감각에 모언은 헐떡였다. 굳은살이 박인 그의 손바닥이 주는 감촉이 간지러우면서도 짜릿했다. 그가 모양을 가늠하는 듯 세심하면서도 부드럽게 움직였다.

"가늘군!"

그의 커다란 손이 가느다란 모언의 허리를 한 손에 잡았다. 그의 손이 마치 그녀의 크기를 재듯 매끄럽게 움직였다. 옆구리를 쓰다듬던 그의 커다란 손이 그녀의 납작한 배를 쓰다듬었다. 종횡무진 움직이는 그의 손과, 자신의 목덜미를 희롱하다 이제는 가녀린 어깨를 깨물 듯이 무는 그의 입술에 그녀는 정신을 차릴 수가 없었다.

"하아! 하아!"

모언은 그저 거친 숨을 토해냈다. 등 뒤로 그의 탄탄한 가슴 근육이 고스란히 느껴졌다. 그녀의 어깨를 깨물었던 그가 미안하다는 듯이 혀로 부드럽게 핥아주었다. 짜릿한 감각이 모언의 몸을 휘감았다. 그녀의 허리를 여러 번 부드럽게 쓰다듬던 그의 손이 슬금슬금 더욱 아래로 내려갔다. 물속에서 수초처럼 살랑거리는 그녀의 거웃을 그의 손바닥이 부드럽게 쓰다듬었다.

"앗, 나리!"

깜짝 놀라 모언이 다리를 움츠렸다. 안 그러면 그의 손이 그녀의 비부에 닿을 참이었다. 그러자 그가 벌하듯이 한쪽 유실을 손가락 사이에 끼우고는 비틀었다. 그리고 그녀의 뒷목덜미에 입술을 대고 고양이가 물을 먹듯이 할짝거렸다.

"피부가 비단처럼 부드러워!"

"하앗…… 읏……."

자신의 입술에서 연달아 달콤하면서도 요염한 교성이 흘러나왔다. 그리고 그가 그녀의 허벅지 안쪽을 부드럽게 쓸자 짜릿한 감각이 다시 모언을 채웠다. 다리에서 힘이 빠져 스스로 벌어졌다. 그러자 신의 손이 다시 부드럽지만 정확한 목적을 가지고 그녀의 비부 쪽으로 움직였다.

"제발……."

모언이 신음했다. 부끄러워 그만둬 달라고 말하고 싶었지만 열락에 젖은 그 음성은 오히려 신을 자극하고 있었다.

"여기도 씻어야지. 온몸 구석구석 깨끗하게……."

그의 목소리가 음흉했다. 그리고 이내 그의 손이 그녀의 비부에 닿았다. 그의 손가락이 그녀의 꽃잎을 헤집었다.

"미끌미끌한데?"

신의 음성이 끈적하게 모언의 귀에 들렸다. 그가 동시에 그녀의 귓불을 물었다. 그리고 그의 끈적한 혀가 귓속으로 파고들었다. 음란하게 움직이는 그의 혀 때문에 모언은 몽롱해졌다.

"헉!"

부끄러웠다. 분명 물과는 다른 액체 때문에 모언의 비부가 미끌거렸던 것이다. 그리고 그가 손가락으로 부드럽게 아래에서 위로 꽃잎을 덧그리자 모언은 자신의 몸속에서 따듯한 액체가 울컥 흘러나오는 것을 생생하게 느꼈다.

"아, 아니에요!"

부끄러운 마음에 모언이 도리질을 쳤다. 하지만 그의 손은 가차 없이 그녀의 가슴과 그녀의 비부를 공략하고 있었다. 앞을 보고 앉은 자세로 안긴 상태에서 그가 앞쪽에서 손을 넣었기에 그가 손을 움직일 때마다 도톰하게 부풀어 오른 그녀의 진주가 손바닥에 동시에 자극되었다. 펄쩍 뛰어 오를 것 같은 저릿하고 달콤한 감각이 모언을 휘감았다.

분명 오늘 그녀가 느끼는 것은 희열이었다. 처음에는 공포 때문에, 두 번째에는 낯설고 민망해서 정신이 하나도 없었다. 그러나 오늘 그녀가 느끼는 감각은 오롯이 쾌락이었다. 하지만 진주에 닿을 듯 말 듯한 손길이 어딘가 아쉬웠다. 저도 모르게 모언이 허리를 비틀고 있었다. 그리고 자연스레 그녀가 자신의 다리를 넓게 벌리고 있었다. 하지만 정신이 없는 그녀는 자신이 무엇을 하고 있는지 깨닫지 못했다.

"흐음……."

어딘지 안타깝고 조르는 듯한 그녀의 신음이 새어 나왔다. 그가 그녀의 애타는 마음을 알아차린 듯 그의 굵은 손가락이 그녀의 꽃잎을 갈랐다. 그녀의 꽃잎을 가른 그의 두꺼운 손가락이 아래에서 위로 비부를 쓸어 올렸다. 그리고 이미 도톰하게 부풀어 올라 붉게 충혈된 그녀의 진주를 찾아내었다. 그리고 작정한 듯이 강하게 그것을 마찰했다. 손가락으로 꾹꾹 누르다가 강하게 비비기도 하다가 검지로 살짝 톡 하고 튕기기도 했다. 엄청난 감각에 모언의 몸이 계속 움찔거렸다. 작은 진주에서 이루 형언할 수 없는 달콤하면서도 새콤한 그리고 저릿하면서도 짜릿한 감각이 모언을 휘감았다.

"아항…… 흐응……."

콧소리가 섞인 요염한 신음소리가 모언에게서 흘러나왔다. 그 목소리가 즐거운 듯 신의 손가락이 더욱 발칙하게 움직였다. 이제는 그의 두 손가락이 부풀어 오른 그녀의 진주를 잡아 강하게 꼬집듯이 자극했다. 그리고 이내 다시 부드럽게 쓸었다가 다시 강하게 아래위로 비볐다. 그럴 때마다 그녀의 꽃잎은 울컥울컥 달콤한 액을 토해 내어 신의 손바닥을 적셨다. 곧 그의 손가락이 움찔거리는 그녀의 동굴에 들어왔다.

"헉!!"

모언의 몸이 움찔했다. 그러나 통증은 느껴지지 않았다. 마치 기다렸다는 듯이 그녀의 동굴이 그의 손가락을 맞이하였다. 처음에는 중지 하나조차 버거워하였던 그녀였다. 하지만 지금 그녀의 비부는 마치 빨아들일 것처럼 신의 중지를 휘감았다. 짜릿했다. 그의 굵은 손가락이 그녀의 안쪽을 파고들자 모언의 몸이 흠칫했다. 그의 손가락이 살아 있는 것처럼 모언의 안쪽으로 이리저리 자극했다.

"하나 더 넣을게."

그의 목소리가 꿀처럼 달콤했다. 모언은 그가 무슨 말을 하고 있는지 알아듣지 못했다. 그저 그의 강인한 가슴에 그녀의 뒷머리를 힌껏 기대었다. 그리고 이내 신의 검시마저 안으로 들어왔다. 이리저리 그녀의 안을 탐색하는 듯 그의 손가락이 분주했다. 사정없이 옆으로 벌리기도 하고 각자 다른 방향을 찌르기도 문지르기도 했다. 동시에 그녀의 가슴도 그의 손에 철저하게 농락당하고 있었다. 그리고 그의 손가락이 마치 그녀의 안을 벌리듯이 자유자재로 움직였다. 모언은 그가 불러일으키는 감각에 정신을 차릴 수가 없었다.

그가 약지까지 안쪽으로 밀어 넣자 입구가 빡빡했다. 하지만 이전보다는 한층 수월하게 모언의 몸은 신의 손가락을 받아들이고 있었다. 그의 손가락이 동굴 안쪽을 찌르고 진주가 그의 손바닥에 지속적으로 마찰하자 모언의 몸이 정신없이 떨리기 시작했다.

허리에서 시작한 집요하고도 뭉근하며 끈적끈적한 감각이 머리끝으로 발끝으로 내달렸다. 간지러움과 종이 한 장 차이인 미묘한 감각이 모언을 휘감기 시작했다. 어지러우면서도 달콤한 감각이었다. 점점 그것은 더욱 강한 열기를 머금고 모언의 온몸을 쓰다듬었다. 마치 화마에 삼켜지는 것처럼 눅진눅진하면서도 끈적한 감각이 모언의 세포 하나하나를 자극했다.

그녀의 목에 닿은 그의 입술이 마치 인장을 찍는 것만 같았다. 그리고 그의 손에 그녀의 유실이 무차별적으로 쓸렸다. 무엇인가 거대한 것이 올 것 같은 느낌이었다. 그녀의 몸이 급격히 경련하기 시작했다. 그리고 온몸이 순간 뻣뻣하게 굳었다. 그녀의 눈에서는 계속 눈물이 흘렀다. 지나친 희열에 아직 미숙한 그녀의 몸이 미친 듯이 떨려왔다.

"아앙…… 앗…… 그만!!"

모언이 신음했다. 그러나 조금도 속도를 늦추지 않는 그의 손길에 모언의 몸은 속수무책으로 흔들렸다. 그녀를 채운 떨림은 점점 더 강렬하고도 집요해졌다. 순간 눈앞이 출렁거렸다. 거대한 해일에 휩쓸려 숨이 막히는 것처럼 모언은 빼끔거렸다. 그녀가 입술을 꽉 깨물었다.

"아, 아앗…… 안 돼!"

팍!

무엇인가 팍하고 그녀의 내부에서 흩어졌다. 격렬한 바람에 휩쓸린 것처럼 모언이 정신이 몽롱해졌다. 그리고 강하게 뒤로 휘었던 그녀의 몸이 축 처졌다. 아주 잠깐 그녀는 의식이 없었다.

"이런, 혼자서 가버렸군!"

신의 나직한 목소리에 모언이 눈을 번쩍 떴다. 하지만 온몸에서 힘이 빠져 모언은 손가락 하나 꼼짝할 수가 없었다. 그리고 설명할 수 없는 묘한 느른한 만족감이 그녀를 휘감고 있었다. 마치 잠에 빠져들 것처럼 온몸이 이상할 정도로 나른하게 이완되어 있었다. 신이 모언의 축 처진 몸을 뒤에서 꽉 끌어안았다.

"나도 이제 참을 수가 없어!"

신의 목소리가 욕망으로 끈적거렸다. 그러자 모언은 무엇인가가 자신의 등을 쿡쿡 찌르고 있다는 것을 알았다. 순간 모언의 온몸이 사과처럼 빨갛게 물들었다. 그의 앞에서 혼자 절정을 느낀 것이 부끄러웠다. 그리고 그의 분신이 느껴지자 더욱 몸 둘 바를 몰랐다.

갑자기 그가 그녀의 몸을 확 돌려 안았다. 그리고 그의 입술이 잡아먹을 듯이 그녀의 입술을 베어 물었다. 그리고 곧 그의 혀가 곧장 모언의 입안을 헤집기 시작했다. 그리고 입안의 부드러운 점막을 마구 공략했다. 그가 그녀의 부드러운 입천장을 쓸어주자 그녀가 가르랑거렸다.

"하응……."

그리고 이내 그의 두툼한 혀가 모언의 작은 혀를 찾아내었다. 두 사람의 혀가 강렬하게 얽혔다. 이번에는 모언도 서툴지만 그의 혀를 함께 휘감았다. 그가 마치 혀를 뽑을 것처럼 그녀의 혀를 빨아들였다가 놓아주었다. 모언은 자신의 작은 혀를 강하게 그의 혀에 얽었다. 젖은 혀가 마찰하며 새콤달콤한 희열이 솟아났다. 그리고 자신의 가슴에 마구 마찰되는 그의 가슴 근육이 좋았다. 그래서 모언은 무의식중에 그녀의 가슴을 그의 가슴에 더욱 밀착시켰다. 땀인지 물인지 모를 액체로 두 가슴이 끈적하게 미끄러졌다.

"귀여워!"

입술을 잠시 떼고 꽉 잠긴 음성으로 신이 속삭였다. 입맞춤에 정신을 못 차리던 모언은 이내 그녀의 벌어진 다리 사이로 갈라진 꽃잎에 그의 강건한 분신이 닿은 것을 알았다. 다시 그녀의 꽃잎이 파르르 떨렸다. 마치 무엇인가를 바라는 것처럼 그녀의 동굴이 안타깝게 움직이기 시작했다.

"학!"

당황해서 그녀가 입술을 떼려 하자 신이 그녀의 머리를 한 손으로 고정했다. 그리고 그녀의 허리를 바싹 자신의 몸 쪽으로 끌어당겼다. 모언이 그의 굵은 목을 강하게 끌어안자, 그의 분신이 좀 더 친밀하게 그녀의 꽃잎에 닿았다. 그리고 그가 살짝 허리를 돌리자 그녀의 꽃잎에 그의 분신이 마찰했다. 몽둥이 같은 그의 분신이 그녀의 진주를 희롱했다. 모언이 밀려오는 쾌감에 신음했다.

"하응!!"

기분이 좋은 신음 소리가 새어 나왔다. 그가 그 소리를 더 끌어내려는 듯이 그녀의 엉덩이를 꽉 잡았다. 그리고 그녀의 작은 몸을 그의 분신에 사정없이 마찰시켰다. 처음에는 느릿하던 그의 허리 움직임이 점차 빨라졌다. 그녀의 꽃잎을 가르고 그의 뜨거운 불기둥이 그녀를 자극했다. 그의 가슴에 그녀의 부풀어 오른 가슴이 사정없이 문질러졌다. 그것이 미치도록 좋았다. 그리고 그녀의 꽃잎에서 흘러나온 그녀의 애액이 그의 분신을 끈적하게 적셨다. 미끌미끌 미끄러지는 감각이 황홀해서 모언의 몸이 또다시 확 타올랐다.

"앗!!"

다시 또 해일이었다. 모언이 작은 몸을 부르르 경련하며 다시 한 번 절정에 올랐다.

"학, 학!"

거친 숨을 몰아쉬며 모언이 지친 몸을 그에게 기대었다. 아무런 생각도 할 수 없었다. 술에 취한 듯 정신이 몽롱했다. 지친 그녀가 그녀의 머리를 그의 강인한 어깨에 기대었다.

"이제 너를 가질 거야!"

그렇게 속삭이던 신이 그녀의 축 처진 몸을 끌어 올렸다. 옆구리를 두 손으로 잡고 가부좌를 하고 앉은 그의 몸 위로 그녀를 끌어 올렸다.

"헉!"

모언이 숨을 삼켰다. 그의 상식하게 솟은 분신 위로 그가 그녀를 당겼다. 만약 그가 그녀의 몸을 놓아버리면 저 검처럼 강하게 솟아오른 분신 위로 떨어질 것만 같았다. 생전 처음 겪는 일에 모언이 당황했다. 그래서 저도 모르게 그의 어깨를 꽉 잡으며 소리쳤다.

"신!"

흥분한 그녀가 신의 이름을 불렀다. 그러자 그의 얼굴이 매우 기쁜 듯이 빛났다.

"자, 여기에 앉는 거야!"

사악할 정도로 달콤하게 그가 속삭였다. 마치 아무렇지도 않은 일인 듯, 아주 쉬운 일인 것처럼 그의 음성은 어린아이를 꼬드기는 것 같았다.

"안 돼요! 설마, 설마……."

모언이 놀라 도망가려는 듯이 몸부림쳤다. 그리고 다시 무서워졌다. 그의 분신이 자신의 몸에 들어올 때 느꼈던 그 고통이 생각나 조금 전까지 느꼈던 쾌감이 다 사라질 것만 같았다.

"괜찮아!"

그가 겁에 질린 그녀를 달래며 그녀의 벌어진 꽃잎 사이로 분신 끄트머리를 가져다 대었다. 그리고 그가 한 손을 내려 그의 분신을 조심스레 그녀의 벌어진 꽃잎 사이에 맞추었다. 그녀의 허리가 떨렸다. 허리에서 힘이 빠지면 곧 저 검이 바로 그녀의 몸 안을 가를 것만 같았다. 그래서 최대한 그의 어깨를 붙잡고 다리에 힘을 주었다. 그리고 고개를 흔들었다.

"하지만, 싫어요!"

그 순간 그가 그녀의 유실을 살짝 깨물자 날카로운 감각이 허리를 휘감으며 모언의 몸에서 힘이 빠졌다. 그녀의 몸이 아래로 떨어지자 그의 뜨거운 분신이 모언의 몸 안쪽을 가르기 시작했다. 그것이 동굴 안쪽으로 살짝 진입하자 모언이 허리를 튕겼다. 그러나 이내 신의 강한 두 손이 그녀의 가는 허리를 잡고 그녀를 자신 쪽으로 잡아당겼다.

"헉!"

또다시 묵직한 삽입의 고통이 모언을 휘감았다. 하지만 이번에는 고통보다는 그것을 뛰어넘는 희열이 강했다. 그리고 그의 뜨거운 불기둥이 이내 가련한 모언의 몸 안으로 쑤욱 더욱 깊이 들어왔다.

"아앗……."

"헉!"

두 사람의 입에서 동시에 탄성이 터져 나왔다. 그리고 모언은 강렬한 쾌감에 휩싸였다. 이미 절정에 다다라 민감해진 모언은 그것만으로 아주 약한 절정에 삼켜졌다. 하지만 그녀는 커다란 그의 분신을 몸 안에 받아들이느라 안간힘을 쓰고 있었다. 익숙지 않은 자세와 격렬한 쾌감에 온몸이 떨렸다. 모언이 저도 모르게 그의 어깨에 손톱을 박아 넣었다.

"하아, 나, 나리!"

그러나 그녀가 미처 숨을 가다듬기도 전에 그가 허리를 갑작스레 추어올렸다. 모언은 숨이 턱 막혀 신음조차 나오지 않았다. 그리고 동시에 그가 그녀의 허리를 잡아 올렸다가 그녀를 강하게 자신에게 꽂아 넣듯이 끌어내리며 자신의 허리를 동시에 튕겼다.

"아앗!"

극심한 쾌감에 모언이 신음했다. 그리고 그녀가 작은 몸을 바들바들 떨었다. 마치 오장육부를 헤집는 것처럼 그의 분신은 그녀의 내부를 강하게 헤집었다. 그리고 그것은 불기둥을 품은 것처럼 뜨거웠다. 뱃속이 꽉 찬 기분이었다. 그녀의 내부를 그의 불기둥이 한 치의 틈도 없이 가득 채웠다.

"핫!"

신도 깊은 신음을 흘렸다. 이후 모언의 작은 몸이 사정없이 흔들렸다. 너무나 깊이 그가 안을 찌르자 모언의 의식은 저 멀리로 날아가고 있었다. 아무런 생각도 할 수 없었다. 그저 자신을 탐하는 그 앞에 속수무책이었다. 젖은 내벽을 사정없이 마찰하는 그의 분신 때문에 모언은 숨이 막힌 듯이 뻐끔거렸다. 또다시 해일이었다. 그녀의 눈앞이 깜깜해졌다. 그녀가 격하게 몸을 경련하며 부르르 떨었다. 그 순간 그녀의 동굴이 강하게 그의 분신을 조이자 신의 몸도 흠칫 떨렸다.

"앗!"

아슬아슬하게 파정할 뻔한 위기를 참는 그의 얼굴이 너무나 관능적이었다. 그러나 그는 그 고비를 넘어서 다시 강하게 그녀의 안을 유린하기 시작했다. 그리고 그의 움직임이 이제는 미칠 듯이 격렬해졌다. 연이은 절정에 민감해질 대로 민감해진 모언은 거칠게 호흡했다. 사정없이 그녀의 내부 점막을 마찰하는 분신에 모언은 이제 온몸을 파들파들 떨었다. 그녀의 안에서 흘러내린 애액과 그가 흘린 애액이 하나로 뒤섞여 두 사람의 몸은 매끄럽게 움직였다.

"멈출…… 수가 없어!"

그가 헐떡거렸다. 그리고 조금 더 강하게 그녀를 자신 쪽으로 끌어당겼다. 그리고 그녀의 목덜미에 자신의 타는 입술을 마구마구 찍어댔다.

슥슥, 찌꺽찌꺽, 찰방찰방!!

색정적이면서도 달콤한 소리가 방 안을 가득 채웠다. 뿌연 증기와 그녀와 그의 몸에서 솟아난 하연 김이 하나로 섞여 시야가 흐릿했다. 그리고 자신을 가득 채운 엄청난 쾌감에 정신이 몽롱해져 아무것도 보이지 않았다. 어디론가 날아갈 것만 같아 모언이 그의 강인한 어깨에 힘껏 매달렸다.

가차 없는 그의 분신은 모언의 몸에 마치 그의 흔적을 새기는 것만 같았다. 모언이 신의 것이라는 그런 흔적이었다. 이제 모언은 반쯤 정신을 잃고 있었다. 이내 그의 분신이 최대치로 커졌다. 자신의 안을 가득 채우는 엄청난 압박감에 모언이 거칠게 호흡했다. 동시에 그녀의 내부가 맹렬하게 꿈틀거리기 시작했다.

"아앗, 안 돼!"

"읏!!"

단말마의 신음과 더불어 따듯한 물보라가 모언의 안을 가득 채웠다. 모언은 축 처져 그에게 머리를 기대었다. 그의 강인한 몸이 부르르 떨려왔다. 지쳐 그의 어깨에 머리를 기댄 모언의 몸도 함께 떨렸다. 그의 파정이 끝나지 않을 것만 같았다. 곧 모언은 극심한 체력 저하와 과도한 쾌락으로 죽은 듯이 잠에 빠져들었다. 모언을 안아주는 그의 품이 따듯했다.

바깥에서는 화려한 춘절의 폭죽이 남경의 밤하늘을 환하게 물들었다. 어두운 밤하늘을 환하게 밝히는 폭죽처럼 모언과 신의 밤도 그렇게 화려했다. 하늘에 떠 있던 별빛이 고스란히 신과 모언의 눈앞에서 명멸했다. 오히려 더욱 황홀하고 설레는 빛이었다. 그렇게 영락 1년(1403년) 신년이 시작되고 있었다.

## 11. 서툰 유혹

추웠던 1월이 지나가고 2월이 되었다. 불어오는 바람은 차가웠지만 남쪽이라 그런지 그 끝자락에는 알싸한 봄의 향기가 묻어 있었다. 여전히 신은 아침 일찍 일어나 검으로 수련을 했다. 한 식경 정도 땀을 흘릴 정도로 움직이고 나니 온몸이 개운했다. 얼른 안으로 들어가 땀을 씻고 정무에 나서야 할 것이었다. 하지만 안으로 들어서던 신이 잠시 걸음을 멈추었다.

"올해도 피었구나!"

신의 처소 앞에 있는 매화나무에도 추위를 견뎌내고 하얗고 작은 매화 한 송이가 피어났다. 수줍게 피어 있는 매화 한 송이가 신의 시선을 잡아챈 것이었다. 아직 봄이 오려면 조금 더 있어야 하는데도 작은 꽃망울을 드러낸 매화가 아름다웠다.

그것을 물끄러미 바라보던 신의 기억이 5년 전 그때로 돌아갔다. 아름다운 매화 가지를 따겠다며 바위를 밟고 올라서던 모언의 모습이 어제처럼 생생했다. 그리고 지난 늦가을, 상중하탑방 시장에서 물끄러미 매화 문양의 머리꽂이를 바라보던 모언의 모습도 떠올랐다.

매화를 볼 때마다 이제는 너무나 자연스럽게 신은 모언을 떠올리고 있었다. 생긴 것도 심지 굳은 그녀의 성정도 매화와 참 많이 닮았다는 생각이 들었다. 그렇게 한참을 매화를 바라보던 신이 처소로 발걸음을 옮겼다.

침상으로 다가서는 그의 얼굴이 느슨하게 풀어졌다. 방 안에도 신만의 매화가 피어 있었다. 항상 딱딱한 무표정인 그의 얼굴이 이렇게 부드러워진다는 것을 아무도 몰랐다. 그녀가 조용한 숨소리를 내며 잠들어 있었다. 어젯밤에도 늦게까지 그녀를 탐했던 신이었다. 그래서인지 모언은 아침에는 쉬이 깨어나지 못했다.

그녀가 깰까 싶어 조용히 침상 한쪽 구석에 앉았다. 긴 속눈썹이 그녀의 하얀 얼굴에 그림자를 드리우고 있었다. 그리고 그녀의 붉은 입술이 살짝 부풀어 있었다. 그의 솜씨였다. 등축제 이후 신은 모언을 마음껏 탐하고 있었다. 그리고 하루하루 조금씩 변해가는 그녀를 보는 것은 하나의 즐거움이었다.

아무것도 몰랐던 그녀의 순진한 몸이 하루하루 변해갔다. 처음에는 서툴기 짝이 없던 그녀였지만 요즘에는 제법 그의 손길에 수줍게 반응하고 있었다. 그것이 무척이나 귀여워서 신은 더욱 짓궂게 굴고 있는 것인지도 몰랐다.

하지만 모언은 아직도 교합에는 익숙지가 않은지 삽입보다는 부드러운 애무를 훨씬 좋아했다. 아직 몸이 무르익지 않았던 것이다. 하지만 그가 그녀의 진주나 가슴을 자극하면 이제는 꽤 귀여운 신음 소리를 내었다. 그러나 곧 죽을 만치 수줍어하는 것이 사랑스럽기만 했다.

살며시 그녀의 얼굴을 쓰다듬었다. 그녀가 기분 좋은 꿈이라도 꾸는지 아름다운 미소를 지었다. 갑자기 신은 그녀의 눈동자를 보고 싶었다. 그 마음을 눈치챘는지 그녀가 눈을 떴다. 아직 잠이 덜 깨어 무방비한 그녀의 모습이 입에 넣고 굴리고 싶을 만큼 귀엽기만 했다. 그런 그녀가 자신의 손길에 달아오르는 것을 보고 싶었다. 마치 맘에 드는 장난감을 찾은 것처럼 신의 미소가 음흉했다.

눈을 뜨니 그가 있었다. 그가 부드럽게 자신의 뺨을 쓰다듬고 있었다. 그리고 그와 눈이 마주치자 그의 눈빛이 열기로 갑자기 반짝거리기 시작했다. 그리고 그가 천천히 얼굴을 내렸다. 이내 그의 입술이 모언의 뺨에 닿았다. 놀랄 만치 부드럽고 그리고 뜨거웠다.

곧 그가 두 손을 들어 올려 모언의 작은 머리를 잡았다. 그리고 뺨을 부드럽게 스치던 입술이 모언의 작은 입술에 닿았다. 그의 입술이 너무나 달콤했다. 모언이 살며시 두 눈을 감았다. 그러자 그의 입술이 더욱 생생하게 느껴졌다.

숨을 쉴 수도 없고 입을 뗄 수도 없고 모언은 점점 숨이 막혔다. 그 순간 그의 입술이 그녀의 아랫입술을 부드럽게 깨물었다. 깜짝 놀라 그녀가 입을 벌리는 순간 입안으로 뜨거운 것이 들어왔다. 그의 혀가 입안을 부드럽게 헤집었다. 그녀의 치열을 훑고 그리고 안쪽의 부드러운 점막을 쓸었다. 그리고 놀라서 안쪽으로 숨어 있는 그녀의 혀를 살살 달래듯이 마찰했다.

이내 말캉한 그녀의 혀가 거슬거슬한 그의 혀에 포박되었다. 부드럽지만 자극적인 움직임에 모언은 정신을 차릴 수가 없었다. 그리고 숨이 막혔다. 그러자 그가 입을 살짝 떼고는 부드럽게 중얼거렸다.

“코로 숨을 쉬어야지.”

그가 재미있는 듯이 조그맣게 중얼거렸다. 급하게 숨을 들이켜던 그녀는 민망했다. 계속 숨을 참고 있었던 것이다. 그러나 곧 다시 그가 그녀의 입안을 점령했다. 아직도 입맞춤에 서툰 그녀가 숨이 막혀하자 그가 숨을 불어넣어 주었다. 그녀는 그가 생명줄이라도 되는 것처럼 그의 옷자락을 그러쥐었다. 그에게서는 아침 이슬의 향기와 알싸한 땀 냄새가 났다.

그것에 점점 취하는 기분이었다. 어느새 그가 자신의 머리를 포박하던 손을 내려 그녀의 등을 부드럽게 쓰다듬는 것도 알아차리지 못했다. 얇은 자리옷은 피부에 찰싹 달라붙어서 마치 맨살을 쓰다듬는 것 같았다. 그리고 다른 그의 한 손이 봉긋하게 솟아오른 그녀의 가슴에 닿았다. 이미 아까부터 그녀의 유실은 꼿꼿하게 도드라져 얇은 옷감을 밀어내고 있었다.

그녀가 몸을 움찔하자 그의 혀가 마치 그녀를 달래듯이 움직였다. 그녀가 다시 그의 혀 놀림에 정신이 빼진 순간 신은 교묘하게 그녀의 가슴을 만지작거렸다. 옷감 위로 볼록하게 솟아 오른 유실을 그가 살살 쓰다듬자 뭉클한 희열이 그녀를 휘감았다.

찌릿하면서도 간지러운 느낌! 그리고 이내 그가 큰 손을 활짝 펼쳐 그녀의 가슴을 한가득 쥐고는 부드럽게 희롱하기 시작했다. 마치 깨지는 것을 다루듯이 그렇게 조심스러우면서도 부드러웠다. 그런 그의 움직임에 서서히 모언의 감각이 깨어나고 있었다.

"하아!"

그녀의 입술에서 달콤한 신음이 새어 나왔다. 그가 입술을 천천히 내려 그녀의 턱을 부드럽게 스치고 그리고 그녀의 목덜미에 닿았다. 모언이 저도 모르게 등을 활처럼 굽었다. 마치 그에게 자신을 더 쉽게 만지게 하려는 것 같았다. 그녀의 펄떡거리는 목덜미를 그의 혀가 농밀하게 핥기 시작했다. 그리고 곧 그가 강하게 빨아들이자 모언의 몸이 펄쩍 뛰어올랐다.

그러나 그는 아랑곳하지 않고 더욱 아래로 입술을 가져갔다. 얇게 비치는 하얀 자리옷 사이로 부풀어 오른 유실이 적나라하게 드러났다. 하지만 모언이 그것을 부끄러워 할 사이도 없이 이내 그것은 그의 입술에 삼켜졌다.

"헉!"

그의 타액으로 흥건히 젖어든 옷감이 그녀의 유실에 달라붙어 야릇한 쾌감을 불러일으켰다. 그리고 그가 다른 손으로 다른 쪽 가슴을 치대기 시작했다. 모언의 몸이 나긋나긋해지자 신은 본격적으로 그녀를 탐하기 시작했다.

그녀는 제단 앞에 바쳐진 제물 같았다. 그의 혀가 농밀하게 그녀의 유실을 희롱했다. 온몸에서 솟아난 땀으로 자리옷이 끈적하게 달라붙어 불편했다. 그가 그녀의 유실을 탐하며 다른 한 손은 부드럽게 모언의 옆구리를 쓸었다. 그리고는 그의 다른 한 손이 그녀의 치맛자락을 슬금슬금 걷어 올렸다.

그러나 가슴에 주어지는 쾌감에 정신이 빠진 모언은 그가 무엇을 하고 있는지 몰랐다. 그의 커다란 손이 그녀의 허벅지 안쪽을 쓰다듬자 모언은 자신의 비부에서 또르르 이슬이 흐르는 것을 알아챘다.

순간 견딜 수 없는 수치심에 모언이 다리를 모았다. 그대로 있으면 신이 그것을 알아챌 것이었다. 그녀가 몸을 뒤틀자 아슬아슬하게 걸쳐져 있던 앞섶이 벌어지면서 그녀의 가슴 한쪽이 무방비로 드러났다. 그의 혀가 마치 기다렸다는 듯이 그녀의 유실을 부드럽게 핥았다. 방해물이 사라진 그녀의 유실을 신이 탐욕스럽게 탐했다.

그가 갑자기 그녀의 유실을 거칠게 빨아들이자 모언의 몸이 활처럼 구부러졌다. 그리고 방심한 틈을 타 신의 손이 젖어 있는 그녀의 비부에 닿았다. 그가 그녀의 꽃잎을 부드럽게 쓰다듬었다.

"젖었군."

그가 즐겁다는 듯이 속삭였다. 모언의 붉게 달아올랐던 뺨이 화르륵 타올랐다. 제 몸에서 일어나는 변화를 그가 알아챈 것이 부끄러웠다. 도홧빛으로 달아오른 뺨, 저고리가 거의 벗겨져 한쪽 가슴은 무방비하게 드러나고, 또 그녀의 희고 고운 다리가 드러나 있었다. 순진하면서도 요염한 그녀의 모습이 신을 자극하고 있었다.

그가 다시 그녀의 가슴을 입에 묻고는 그녀의 젖은 비부를 다시 쓰다듬기 시작했다. 어젯밤의 여파로 모언은 얇은 자리옷 하나만 걸쳤을 뿐 그 아래는 아무것도 없었던 것이다. 무방비하게 드러난 그녀의 비부를 그의 손가락이 탐하기 시작했다. 꽃잎의 갈라진 틈을 부드럽게 아래위로 덧그리자 맑은 이슬이 퐁퐁 솟아났다. 그리고 이내 신의 강한 손가락이 꽃잎을 헤치고 그 사이에 숨어 있는 붉은 진주를 찾아내었다. 그리고 강하게 비벼대기 시작했다.

"아읏…… 그만!!"

작은 진주에서 시작한 열기가 그녀를 감싸자 모언이 소리쳤다. 마치 자신을 삼켜 버릴 것만 같은 감각에 덜컥 겁이 났다. 그녀의 반응을 보는 것이 즐겁기라도 한 듯 그는 그녀의 진주를 공략했다. 손가락 사이에 끼우고 강하게 비볐다가 다시 손가락으로 꾹꾹 눌리기도 하고 또 강하게 비비기도 했다. 그때마다 모언의 몸이 반응했다.

아침부터 이렇게 몰아붙이다니, 신은 짓궂기만 했다. 그러나 그가 붙여놓은 열기가 한꺼번에 그녀를 감쌌다. 그리고 그녀가 절정에 달하는 것을 보려는지 신의 손길은 집요했다. 결국 그녀의 눈앞에 다시 별빛이 반짝거렸다.

"아앗……."

온몸을 부르르 떨며 쓰러져 내리는 모언을 신이 즐겁게 바라보았다. 부끄러웠다. 하지만 또 이렇게 아침부터 그의 손길에 속절없이 무너져 내리고 말았다.

"계속하고 싶지만, 아쉽게도 시간이 없는걸. 다음은 다녀와서 계속하지!"

그가 그리 말하고는 바깥으로 사라졌다. 홀로 남은 모언은 어질어질했다. 아직도 비부가 무엇인가가 불만족스러운 듯 욱신거렸다. 그것은 근질근질하면서도 해방을 바라는 그런 열기였다. 제 몸의 변화를 어찌할 수가 없어 모언이 몸을 동글게 말았다. 그러자 과민한 그녀의 유실이 끌어안은 무릎에 스치자 모언이 가볍게 몸을 떨었다. 짜릿한 감각에 정신을 차리지 못한 모언이었다. 아침부터 이렇게 달구어놓고 무책임하게 사라지다니, 모언은 살짝 그를 원망하고야 말았다.

❖

"아가씨, 무슨 일이세요?"

팽 유모가 갑자기 길을 걷던 모언이 발걸음을 멈추자 놀란 목소리로 물었다. 모언의 뒤를 따라 걷던 약요도 걸음을 멈추고 모언을 바라보았다. 코끝에 알싸한 봄기운이 느껴지는 2월 말의 오후, 간만에 세 사람이 시장에 나선 참이었다. 환절기가 되니 다들 입맛이 떨어져 고생하고 있었다. 그것을 본 팽 유모가 맛난 것을 만들어볼 재료를 사자며 모언을 채근하여 청량문 근처 상중하탑방 시장을 찾은 참이었다.

물론 모언은 제대로 음식을 만들 줄 아는 것이 없었다. 그래서 식재료를 고를 줄도 몰랐지만 팽 유모를 따라 바람도 쐴 겸, 겸사겸사 길을 나섰던 참이었다. 그런데 스쳐 지나가는 사람의 뒷모습이 꼭 청지기 사복을 닮아 모언이 걸음을 멈추었던 것이다. 남루한 옷차림의 초라한 행색이었다. 모언은 그동안 자신에게 닥친 여러 가지 일로 조카인 곤일의 안위를 까맣게 잊고 있었던 것을 그제야 떠올렸다.

그러나 곧 남자는 시야에서 사라져 버리고 말았다. 분명 사복과 유모 추국은 멀리 떠나지 못하고 남경 어딘가에 몸을 숨기고 있는 것 같았다. 생각해 보면 오히려 그 당시에는 배를 타고 어디로 떠나거나 혹은 도성 밖으로 나가려는 사람들에 대한 감시가 더욱 심했을 터였다. 차라리 도성 안에 있는 것이 오히려 추격자들을 방심하게 만들 수 있었다. 그들이 바로 눈 밑에 숨어 있으리라고는 쫓는 이들도 예상치 못했을 것이기 때문이었다.

"아니, 아무것도 아닙니다."

모언이 애써 아무렇지 않은 표정을 지었다. 그리고 팽 유모와 약요를 채근해 시장 안으로 들어갔다. 물건을 고르는 둥 마는 둥, 모언의 생각은 계속 사복의 행방을 쫓고 있었다. 그는 분명 시장에서 허드렛일을 하고 있는 것 같았다. 하루 벌어 하루를 사는 일이라면 그의 형편이 어떠할지 충분히 예상이 되었다. 그런 와중에 과연 곤일이 무사한지 모언은 극도로 걱정이 되기 시작했다.

영국공부로 돌아와서도 모언은 초조하기만 했다. 곤일이 무사히 잘 있는 것인지, 그 아이를 찾을 방법은 있는 것인지, 그러나 또 찾는다 해도 어찌할 것인지 모언은 머리가 깨어질 것만 같았다. 하지만 일단은 곤일의 행방을 알아보아야 했다. 최소한 무사한지, 건강한지 그것만이라도 알아야 했다. 분명 상중하탑방시장을 돌아다니다 보면 사복을 찾을 수 있을 것이었다.

"무슨 생각을 그리 골똘히 하고 있는 것이냐?"

모언은 갑자기 들려온 신의 목소리에 흠칫하고 말았다. 생각에 빠져 그가 안으로 들어오는 것도 알아채지 못했다. 급하게 자리에서 일어났다.

"나리, 오셨습니까?"

모언의 인사에 신은 별말 없이 자리에 앉았다. 그러나 그의 시선이 계속 모언의 얼굴에 쏟아지고 있었다. 그 맞은편에 앉은 모언의 얼굴이 점점 달아올랐다. 그의 시선을 받을 때마다 자꾸만 수줍어졌다. 항상 그의 시선은 모언을 쓰다듬고 있는 것만 같았다.

"무슨 걱정이라도 있는 것이냐?"

신이 아무렇지도 않은 듯 심상하게 물었다.

"아무것도 아닙니다."

모언이 최대한 평범하게 대답하려 노력했지만 그녀의 음성에 서린 걱정을 완벽하게 숨길 수가 없었다. 모언의 감정을 파악하는 데 예민한 신이었다. 모언의 음성이 이상한 것을 눈치챘는지 그의 눈초리가 살짝 위로 올라갔다.

신이 자리에서 일어났다. 모언도 갱의를 돕기 위해 자연스레 따라 일어났다. 그리고 그의 앞에 섰다. 그리고 그의 혁대를 풀기 위해서 그의 허리 쪽으로 손을 뻗었다.

덥석!

모언은 순간 그의 넓은 가슴에 안겨 있었다. 신이 그녀의 머리를 부드럽게 쓰다듬었다. 그 손길이 걱정거리가 무엇인지, 있다면 자신에게 말해주기를 바라는 것만 같았다. 모언이 처음으로 먼저 그의 허리를 강하게 끌어안았다. 그리고 그의 넓은 가슴에 뺨을 부볐다. 그에게 마음속에 있는 근심과 심려를 다 털어놓고만 싶었다.

그가 그녀를 훌쩍 안아 올렸다. 그리고는 그녀를 안은 채로 침상에 앉았다. 마치 어린 아기처럼 모언은 그의 품에 얼굴을 묻었다. 힘차게 뛰는 그의 심장 소리가 모언을 안심시켰다.

"내게 말해줄 수는 없는 것이냐?"

그의 음성이 다정했다. 모언이 그의 가슴께 옷자락을 저도 모르게 그러쥐었다. 말하고 싶은 마음과 하면 안 된다는 마음이 갈등하고 있었다. 그러나 신은 채근하지 않고 묵묵히 그녀를 계속 끌어안고 있었다.

"그저 예전 가솔들이 잘 지내고 있는지 궁금했습니다."

모언이 조그맣게 속삭였다. 거짓말은 아니었다. 그리고 정말로 그들이 그리웠다. 난향은 어찌 살고 있는지, 잘 도망은 간 것인지, 그리고 다른 가솔들은 다 어디에서 어떻게 살고 있는지 걱정스럽기만 했다. 하지만 커다란 거짓말을 한 것처럼 신에게 미안하기만 했다.

"저기……."

모언이 말을 꺼내려다 멈추었다. 그러자 신이 어서 말을 하라는 듯 그녀의 등을 부드럽게 쓰다듬었다.

"도망쳤다 잡힌 노비들은 어떻게 됩니까?"

"사형이다."

신의 말에 모언의 심장이 툭 떨어졌다.

"가벼운 사유이고 여자라면 관노로서 살 수도 있지. 하지만 남자라면 거의 대부분은 사형에 처해지거나 혹은 혹독한 곳에서 노역을 행해야 한다. 그것이 태조께서 만드신 대명률이다."

"그…… 그렇군요."

모언이 몸을 떨었다. 그리고는 무서운 듯이 그의 품에 더욱 바싹 안겼다. 그의 강한 팔이 그녀를 힘주어 안아주었다. 창밖에서 매화 꽃잎이 살랑거리며 바닥에 떨어졌다. 하얀 꽃잎은 바닥에 떨어져 곧 까맣게 짓이겨질 것이었다. 떨어진 매화 꽃잎처럼 모언의 마음이 걱정으로 까맣게 물들었다.

겁에 질려 떨고 있는 모언이 안쓰러워 신은 그녀를 강하게 끌어안았다. 하지만 그제야 신은 모언이 이 넓은 영국공부에서 그동안 얼마나 외로웠을지 생각이 미쳤다. 신은 어렵겠지만 모언을 돌봐주었던 예전 시녀라도 찾아보리라 마음을 먹었다. 그래서 모언이 자신에게 아름다운 미소를 지어준다면 신은 그 이상을 바라지 않았다.

그리고 며칠이 지났다. 자신의 처소에서 수를 놓고 있던 모언은 익숙하면서도 그리운 난향의 목소리에 고개를 번쩍 들었다.

"아가씨!"

잘못 들은 것이 아니었다. 정말로 난향이 앞에 있었다. 그동안 얼마나 고초를 겪었는지 난향의 얼굴이 초췌했다. 모언이 한달음에 달려가 그녀를 끌어안았다.

"난향, 정말 너야? 살아 있었구나!"

"아가씨!"

두 사람은 그렇게 한동안 서로를 끌어안고 눈물을 흘렸다. 잃어버렸던 친자매를 찾은 것처럼 감격스러웠다. 모언은 난향이 정말 자신 앞에 있는 것이 맞는지 확인하려고 몇 번이나 계속 끌어안았다. 잠시 후 조금 진정이 되자 모언이 난향에게 그동안의 일을 물었다.

"어떻게 지냈어, 그동안?"

그날 밤 매송헌을 나선 난향은 우선 남경을 벗어나려 했다. 그래서 무작정 운하로 가서 남경을 떠나는 배에 숨어들었다고 한다. 하지만 선주에게 곧 발각되어 잡히고 말았다. 난향은 주인의 학대를 피해서 겨우 도망쳤으니 제발 관군에게는 넘기지 말라 애원을 했다. 그래서 선주의 호의로 선주 안주인의 시중을 들었다. 하지만 폭풍에 배가 침몰하여 재산을 모두 잃은 선주는 결국 집안의 노비들을 모두 팔고 말았다. 이후 여기저기 팔려 다니며 고초를 겪었다는 것이다.

"그런데 어찌 지금 여기에 있는 거야?"

"아가씨, 그게 나리께서 저를 은밀히 수소문해서 찾으셨답니다."

난향의 뜻밖의 말에 모언이 눈을 크게 떴다.

"너를?"

놀란 모언의 얼굴을 보며 난향이 슬며시 웃었다.

"그게 다 아가씨를 위해서 그런 게 아니겠어요? 아가씨가 외로워하시기에 애써 저를 찾으신 거겠죠. 어렸을 때부터 함께했으니 저라도 보시면 마음에 위안이 되실까 싶어서."

"설마, 그럴 리가?"

모언이 난향의 말을 믿을 수가 없어 고개를 저었다. 하지만 모언의 마음속에서 봄날의 아지랑이 같은 따듯한 기운이 솟아났다.

"맞아요. 안 그러면 어찌 그리 세밀하게 저의 나이며 용모며, 저를 찾으려 노력을 했겠습니까? 이 넓은 영국공부에 아가씨 시중들 하녀가 없어서요?"

난향의 말에 모언의 마음이 따뜻해졌다. 안 그런 척했지만 신은 외로워하는 모언에게 신경을 썼던 것이다. 무뚝뚝하면서도 이렇게 다정한 그였다. 그래서 그를 은애하는 마음을 멈출 수가 없었다. 그의 따듯한 마음이 모언을 부드럽게 쓰다듬었다.

난향이 오고 나서 모언은 밝아졌다. 난향은 특유의 친화력을 발휘하여 팽 유모와 약요와도 쉽게 친해졌다. 난향은 약요와 더불어 모언의 시중을 들었다. 난향은 모언이 얼마나 노심초사하며 신을 그리워했는지 아는지라 모언이 신의 사랑을 받는 것처럼 보이자 자기 일처럼 행복해했다.

◈

상중하탑방시장의 시끌벅적한 소음 속으로 두 명의 남자가 나타났다. 3월의 늦은 오후 햇살이 긴 그림자를 만들고 있었다. 한 사람은 키가 훌쩍하니 크고 팔다리가 길쭉한 것이 옥골선풍(玉骨仙風)의 대장부였다. 그리고 주변을 위압하는 기운이 타고난 우두머리의 모양새였다. 그리고 다른 남자는 호위무사인 듯 그의 뒤를 조용히 따르고 있었다.

시장에는 도저히 어울리지 않는 남자들의 모양새였다. 하지만 남자들은 목적한 바가 있었는지 조용하게 발걸음을 옮기고 있었다. 어울리지 않게 남자들은 장신구 가게를 들렀다. 그리고 화급하게 나와서는 도성 안쪽으로 급히 발을 재촉했다.

"저기, 아가씨가 아닌가요?"

금동이 저 멀리 급히 걸어가는 모언의 뒷모습을 바라보며 고개를 갸웃거렸다. 이내 신의 시선이 금동이 가리킨 방향을 향했다. 모언이 난향과 함께 누군가를 급히 쫓아가고 있었다. 하지만 그 앞에는 그저 짐을 들고 가는 남루한 행색의 남자뿐이었다. 그리고 모언도 하녀의 옷을 빌려 입었는지 행색이 초라했다.

최근 하루가 멀다 하고 모언이 바깥출입을 한다던 팽 유모의 말을 떠올린 신의 얼굴이 굳어졌다. 얼마 전, 도망친 노비는 어떻게 처리되냐며 물은 뒤 모언은 매우 불안해했다. 그리고 그 이후 팽 유모나 혹은 약요를 따라 시장에 갈 일이 있으면 바람을 쐬겠다며 자주 동행을 한다고 했다.

"금동, 따라가서 어찌 된 일인지 살피고 오라!"

신이 낮은 목소리로 명령했다. 금동이 빠르게 고개를 숙이고는 모언의 뒤를 따라 사라졌다. 그 자리에 가만히 서 있던 신은 아무래도 모언에게 빨리 위사들을 붙여줘야겠다고 생각했다. 모언을 남자들이 마치 홀린 듯이 바라보고 있었던 것이다. 그런데도 모언은 주변의 시선은 전혀 신경 쓰지 않고 있었다.

조금 있자니 멀리서 모언이 어깨를 축 늘어뜨리고 걸어오고 있었다. 난향이 뭐라 열심히 위로하는 것 같았다. 그래도 난향이 오고 나서 모언의 얼굴이 한층 밝아졌다. 그래서 다행이라고 생각하던 참인데, 뭔가 모언을 괴롭히는 일이 있는 것이 분명했다. 모언은 신의 존재도 알아차리지 못하고 기운 없이 시장을 빠져나갔다.

"나리!"

모언의 뒷모습을 바라보고 있던 신을 금동이 불렀다. 그제야 신이 정신을 차린 듯 고개를 돌렸다.

"일단 남자의 거처를 알아두었습니다. 아무래도 남자는 누군가 쫓아오는 것을 알고는 급히 몸을 숨겼던 모양입니다. 복잡한 호동(골목) 사이로 숨으니 아가씨께서 미처 따라가지 못하고 놓치셨고요."

"그래?"

조용히 금동의 보고를 듣던 신은 아무래도 남자의 뒷모습이 어딘가가 낯이 익다는 생각이 들었다. '설마' 하는 표정을 짓던 신이 다시 금동에게 명을 내렸다.

"금동, 조용히 그 남자에 대해 알아보도록 해라. 최대한 은밀하게 진행하여야 한다."

"존명!"

금동이 고개를 숙였다.

며칠 후, 역시 예상했던 금동의 보고에 신은 고개를 끄덕거렸다. 남자는 매송헌을 지키던 청지기 사복이었다. 돌이 채 안 된 아이를 돌보고 있었다는 금동의 말에 신은 친우의 자손이 살아남아 있다는 것에 감사했다. 다행히 류효윤 집안의 대가 끊이지 않을 수 있었던 것이다.

급히 신은 사복의 처소를 옮기게 하였다. 누구보다 충실히 주인의 부탁을 지킨 사복과 추국을 치하하였고, 곤일을 잘 돌볼 수 있도록 물심양면의 지원을 약속했다. 조금 더 상황을 보아 안전하다고 판단되면 모언에게도 일러줄 작정이었다. 모언을 위해서 한 일만은 아니었다. 하지만 신은 어쩐지 제 입으로 이 사실을 전하려니 쑥스러웠다. 하지만 황제의 시선을 피해 언제까지 곤일을 숨길 수 있을지 걱정스럽기만 했다.

그리고 모언의 안전도 걱정되었다. 무슨 낌새를 눈치챘는지 최근 장승이 모언의 뒤를 캐고 있었기 때문이었다. 팽 유모나 금동이 모언을 애매한 상태로 두는 것을 못마땅해하는 것도 알고 있었다. 하지만 모언에게 향하는 의혹의 눈을 피하기 위해서 어쩔 수 없는 선택이었다.

복잡한 마음에 신은 오랜만에 술을 마셨다. 달은 밝은데 신의 머릿속은 정리가 되지 않고 뒤죽박죽 어둡기만 했다.

"나리, 밤이 늦었습니다."

모언의 목소리였다. 아무런 말 없이 신이 술을 마시는 것을 곁에서 묵묵히 지켜보고 있던 그녀였다. 그저 침묵을 함께 공유하는 것만으로도 신은 충분했다. 모언의 눈빛이 신을 걱정하는 것처럼 따스했기 때문이었다.

"혹시, 마음을 어지럽히는 고민이라도 있으십니까?"

모언이 걱정스런 말투로 묻자 신의 기분이 좋아졌다. 술이라면 기겁을 하는 모언은 신이 얼마나 술에 강한지 모르고 있었다. 지난번 술에 취해 그녀를 거칠게 다룰 뻔한 이후, 술을 마시지 않으려 조심한 신이었다. 하지만 일 때문에 가끔 술자리를 피할 수는 없었는데 그럴 때면 항상 모언은 매우 걱정하곤 했다.

그런 밤이면 모언은 그날처럼 꼬옥 신을 보호하듯이 끌어안고 잤다. 그러나 그녀는 그 사실을 인지하지 못했다. 항상 먼저 잠에서 깨어나는 것은 신이었기 때문이었다. 하지만 신의 마음 한구석이 미묘한 감정으로 저릿했다.

그녀는 항상 그에게 큰 숙제였다. 맘 놓고 사랑할 수도 그렇다고 눈앞에서 놓아줄 수도 없었다. 그녀를 볼 때마다 신의 마음속에서 항상 두 가지 감정이 부딪혔다. 자신을 바라보지 않는 그녀가 괘씸해 쓰러뜨리고 희열의 눈물을 보일 때까지 괴롭히고 싶다가도, 두려움에 파들파들 떠는 그녀를 보면 다정하게 안아주며 달콤한 입맞춤을 해주고 싶었다.

동생이 마음에 품었던 그녀를 멀리해야 한다고 이성적으로는 생각하면서도 그녀가 눈앞에서 보이지 않으면 마음을 놓을 수가 없었다. 그저 그녀의 몸만을 원한다고 생각하면서도 그녀가 가끔은 난향이나 팽 유모에게 보여주는 다정한 미소를 자신에게도 보여주었으면 싶었다.

청초하면서도 아름다운 그녀의 순수한 모습이 사랑스러우면서도, 자신의 입술에 손길에 속수무책으로 흐트러지는 것을 보는 것이 기뻤다. 그래서 항상 극단으로 그녀를 몰아붙이며 그녀가 자신을 원하게 만들었다. 마음은 거부하지만 집요한 신의 애무에 조금씩 달아오르는 그녀가 아름다웠다.

그녀의 입에서 자신을 원한다는 말을 듣고 싶었다. 안아달라고, 모언 스스로 신에게 안겨왔으면 싶었다. 그 달콤한 입술로 먼저 신에게 입맞춤해 주었으면 좋겠다. 정복욕과 보호욕을 동시에 자극하는 그녀 때문에 신은 점점 더 미쳐 가고 있었다. 아끼고 싶은 마음과 꺾어서 부러뜨리고 싶은 마음이 팽팽하게 매일 싸우고 있었던 것이다.

하지만 결국 애타게 다정함을 갈구하는 것은 항상 신이었다. 작은 그녀의 미소에 하루 종일 기분이 붕 떴다가 슬픈 그녀의 얼굴에 가슴이 무너졌다. 그녀의 몸을 집요하게 탐하는 것은 자신이었지만 그럴 때마다 헛헛해지고 외로운 것은 자신이었다.

모언의 몸은 조금씩 신에게 익숙해져 갔다. 아직도 그의 손길을 두려워하는 기색은 있었지만 아주 조금씩 시간이 지날수록 그녀의 몸은 나긋나긋해졌다. 손끝에 착 감기는 그녀의 곱고 하얀 피부에 남겨지는 자신의 순흔 자국이 좋았다. 그래서 행여나 사라질까 싶어 계속 흔적을 남겼다. 그것만이 그녀가 제 것이라는 표시 같았다.

마음을 주지 않는 그녀 때문에 더욱 집요하게 그녀를 탐하는 신이었다. 이제 모언의 몸 어디 한구석 신의 입술이 닿지 않은 곳은 없었다. 모든 부위에 인장을 찍듯 그렇게 매번 모언을 탐했다. 그녀가 힘들어하는 것을 알면서도 자신을 주체할 수가 없었다.

아무것도 몰랐던 순진한 여인의 몸이 하루하루 신의 색으로 물들어갔다. 그녀가 어떻게 하면 기뻐하는지 어떻게 하면 달아오르는지 병법을 연구하는 장군처럼 신은 그렇게 집요했다. 하루하루 사랑스럽게 변해가는 그녀가 아름다웠다. 그녀의 눈에서 신을 원하는 그 열기를 끌어내고 싶었다.

"그리 알고 싶다면……."

한참을 아무 말 없이 모언의 얼굴을 응시하던 신이 잠시 말을 멈추었다. 그리고 가볍게 앞에 있던 술잔을 들어 올렸다. 그리고 모언에게 시선을 고정하고서 천천히 술을 들이켰다. 술이 꿀꺽하고 넘어가는 소리가 크게 들렸다.

긴장한 나머지 모언도 침을 꿀꺽 삼켰다. 탁자 위로 술잔을 내려두는 그의 움직임이 느긋했다. 하지만 그의 다음 말을 기다라는 모언의 심장은 타들어갔다. 마치 좋은 장난감을 앞에 두고 놀리는 것처럼 모언의 운명을 손에 쥔 그는 여유가 있었다.

"나를 유혹해 보거라."

순간 모언은 신의 말을 이해할 수 없어 멍해졌다. 어떻게 반응해야 하는지 알 수가 없어 모언이 굳어버렸다.

"그, 그게 무슨…… 말씀이십니까?"

모언의 목소리가 신의 엄청난 제안에 당혹감으로 떨렸다.

"아주 간단해. 네 스스로 몸을 열고 나를 유혹해 보라는 뜻이다. 마음에 들면 내 고민이 무엇인지 알려주지."

"어떻게 그런……."

모언의 입술이 떨렸다. 지금 자신에게 이런 말도 안 되는 제안을 하는 신이 원망스러웠다.

"물은 것은 너였고 궁금해한 것도 너였다. 나는 하나도 아쉬울 것이 없다."

다시 술잔을 들어 올리는 신이 어떻게 할 것이냐는 듯 모언의 눈을 바라보았다. 그 눈에 떠오른 음흉한 눈빛에 모언의 심장이 졸아들었다. 모언은 갈등했다. 그의 고민의 정체를 알고 싶었다. 하지만 신의 제안을 받아들이기에는 모언의 수치심이 너무 컸다. 어찌해야 할지 몰라 모언이 몸을 바들바들 떨었다. 그러나 모언은 그것이 수치심 때문인지 아니면 그녀 안에서 솟아난 욕망 때문인지 알 수 없었다.

"다, 다른 것을 하면 아니 되겠습니까?"

모언이 꺼질 듯 작은 목소리로 물었다. 그러나 가녀린 그 목소리가 마치 신을 유혹하는 것처럼 들렸다. 신은 모언이 갈등하고 있는 것을 흥미롭게 바라보았다. 모언이 자신의 제안을 수용할 것이라고는 기대하지 않았다. 하지만 자신의 희롱에 당황하고 수줍어하는 모언을 보는 것이 즐거웠다. 이 술잔을 비우고 나면 그만 멈출 예정이었다. 잠시만 모언을 조금 더 놀리고 싶었다. 얼굴이 도홧빛으로 물들었던 그녀가 이제는 점점 목덜미까지 붉게 달아올랐다.

"아니 된다."

단호한 신의 음성에 모언이 주저주저하더니 고개를 들었다. 절실한 그녀의 눈빛이 아름다웠다. 손을 내밀어 그녀의 뺨을 쓰다듬어 주고 싶었다. 이제 모언을 괴롭히는 것은 그만두어야 했다. 신이 입을 막 열던 찰라, 모언의 속삭였다.

"그, 그럼, 어, 어떻게 하면, 되나요?"

모언이 버벅거렸다. 순간 모언의 말의 의미를 깨달은 신의 눈이 커다래졌다. 점점 재미있어 지고 있었다. 그래서 신이 한마디를 더했다.

"그것까지 내가 알려주어야 하느냐? 나를 동하게 만들면 된다."

당황한 모언의 얼굴이 이제는 사과처럼 빨개졌다. 순간 신은 그녀가 자신을 유혹하는 상상에 즐거워졌다. 항상 처음 시작은 신이었다. 수줍게 몸을 여는 모언은 매번 초반에는 매우 긴장을 하곤 했다. 부드럽게 어르듯 만지고 달래면 그제야 사르르 몸의 긴장을 풀었다.

하지만 가끔은 모언 스스로 몸을 열고 자신을 원했으면 하고 바라는 신이었다. 이내 결심한 듯 모언이 자리에서 일어났다. 그리고 모언이 떨리는 손으로 자신의 착수배자를 벗었다. 어찌하려는지 신이 술잔을 내려두고 모언을 바라보았다.

착수배자를 벗어 내리는 손이 미친 듯이 떨렸다. 그리고 간신히 자신의 저고리 고름에 손을 가져갔다. 신을 바라보자 그가 흥미롭다는 듯이 모언의 하는 양을 바라보았다. 모언이 두 눈을 질끈 감고 저고리의 매듭을 풀었다. 가슴에 닿는 서늘한 기운에 모언은 몸을 움찔했다. 그리고 간신히 손을 움직여 저고리를 벗어 바닥에 내려두었다. 안에 입은 얇은 속적삼 사이로 봉긋한 가슴이 아련히 비쳤다.

꿀꺽!

긴장한 나머지 모언이 침을 삼켰다. 하지만 침이 넘어가는 소리가 너무 크게 들렸다. 그래서 급하게 다시 떨리는 손으로 속적삼을 벗었다. 수줍은 마음에 손이 느려지고 있었다. 하지만 그 느릿한 손길이 바라보고 있는 신을 더욱 자극하고 있다는 것을 모언을 꿈에도 생각지 못했다.

가슴 위로 올려 묶은 치마 위로 새하얀 모언의 가슴이 감질나게 드러났다. 순간 신의 숨소리가 거칠어진 것 같았다. 모언이 살짝 곁눈질로 그의 얼굴을 살폈다. 하지만 여전히 신의 얼굴 표정에는 변화가 없었다. 다만 그의 눈빛이 강한 열기로 반짝거렸다. 점점 그의 뜨거운 시선에 모언도 달아오르고 있었다. 그의 시선이 닿은 모든 곳이 따끔따끔했다.

유혹해 보라는 그의 말에 할 줄 아는 것이 없었던 모언이 옷을 벗었다. 하지만 조금도 동요하지 않는 것 같은 신의 표정에 용기가 급격하게 떨어졌다. 모언의 마음 한구석에 침착한 그의 표정을 무너뜨리고 싶은 비묘한 노선 의식이 생겼다. 그래서 모언이 조심스런 손으로 치마를 벗었다. 이제 모언의 몸을 가리고 있는 것은 안에 입은 속곳과 속치마 한 장뿐이었다.

"계속해."

신의 목소리가 목이 쉰 듯 탁했다. 그의 명령에 모언이 속치마를 벗으려다 잠시 망설였다. 그리고는 속곳을 먼저 벗었다. 무방비하게 온몸을 드러내려니 수줍었던 것이다. 그래도 속치마는 가슴부터 발목까지 가려주기에 내린 결정이었다.

"흠!"

신의 목소리가 욕망으로 흐려졌다. 얇은 속치마 한 장 사이로 모언의 소담한 가슴과 거웃이 은은하게 비쳤다. 그것이 나체보다 남자를 더욱 자극하고 있었다. 신의 눈동자가 타올랐다. 그녀는 정말 한순간에 신의 차가운 이성을 날려 버리는 유일한 존재였다. 모언이 이제 어떡할까요, 하는 순진한 표정으로 신을 바라보았다.

남자를 유혹하는 방법 따위 몰랐다. 그저 절실한 마음에 옷을 벗었으나 그다음은 어찌해야 하는지 난감하기만 했다. 어서 그가 움직이기를 모언은 기도하고 있었다. 하지만 그는 조용했다. 모언이 애원하는 표정으로 신을 바라보았다.

"침상 위로 올라가."

달콤한 신의 명령에 모언이 조심조심 속치마 자락이 벌어지지 않게 몸을 사리며 침상 위로 올라갔다. 그리고 다소곳이 앉아 가슴과 비부를 손으로 가렸다. 그의 강렬한 시선을 받을수록 마치 실제로 만져진 것처럼 피부가 따끔따끔했다. 항상 그의 뜨거운 시선이 모언을 달아오르게 하고 있었다.

"치마를 걷어 올려."

그가 낮은 목소리로 명령했다. 모언이 마치 주술에 걸린 듯 그녀의 속치마를 살며시 위로 끌어 올렸다. 그녀의 하얗고 매끈한 다리가 조금씩 신의 눈앞에 드러났다. 허벅지까지 올라간 속치마 사이로 그녀의 비부가 감질나게 보일 듯 말 듯 나타났다.

"이제 다리를 벌려."

"헉!"

너무나 음란한 그의 요구에 모언이 숨을 들이켰다. 하지만 가차 없는 그의 시선에 모언이 망설이며 아주 조금 다리 사이를 벌렸다.

"조금 더."

대체 어디까지 자신을 몰아붙일 것인지 모언은 울고 싶었다. 하지만 동시에 몸속에서 스멀스멀 뜨거운 열기가 솟아나고 있었다. 그의 시선이 그녀의 피부를 핥는 것만 같았다. 그리고 무표정하던 그의 얼굴이 살짝 흐트러지고 있었다.

"두 팔을 뒤로 짚고, 다리를 좀 더 벌려봐."

음란한 내용과는 달리 그의 말투는 마치 맛있는 것을 주겠다, 어린아이를 구슬리는 것처럼 다정했다. 모언이 두 눈을 질끈 감았다. 그리고 그의 명령대로 두 팔을 뒤로 짚고 다리를 좀 더 벌렸다. 이제 모언의 비부가 무방비하게 신의 눈앞에 고스란히 드러났다.

"아름답군!"

신의 목소리가 쉬어 있었다. 그리고 천천히 그가 의자에서 일어나 침상 쪽으로 다가왔다. 그 짧은 순간, 모언의 심장 박동이 너무나 급하게 뛰어 심장이 터질 것만 같았다. 침상 앞에 선 그가 다시 감미롭지만 잔인한 명령을 내렸다.

"네 손으로 꽃잎을 만져 봐!"

"그, 그건 싫어요!"

모언이 헐떡이며 소리쳤다. 씻을 때를 제외하고는 만져 본 일이 없는 곳이다. 그런데 그의 눈앞에서 스스로 만지라니 모언은 고개를 흔들었다. 하지만 그의 시선에 이미 그녀의 꽃잎은 울컥울컥 달콤한 꿀을 토해내고 있었다. 그리고 그녀의 유실도 뾰족하게 솟아올라 얇은 옷감을 밀어내고 있었다. 그것을 신이 시선을 돌리지 않고 뚫어지게 바라보고 있었다.

"그건 내가 만져 주기를 바라는 것인가?"

신의 목소리가 지나치게 색정적이었다. 그리고 자신을 희롱하는 그의 낮은 목소리에 모언은 철저히 농락당하고 있었다. 그가 저 낮은 목소리로 명령하면 거부할 수가 없었다. 하지만 아직도 모언의 안에 자리 잡은 여인의 수줍음 때문에 차마 그의 명령을 수행할 수가 없었다.

"제발!"

모언은 자신이 무엇을 애원하고 있는지 몰랐다. 하지만 이 극심한 긴장을 도저히 견뎌낼 수가 없었다. 그러자 신이 자비로운 미소를 띠고 그녀에게 다가왔다. 그리고 그녀를 안아 올려 그녀의 등을 자신의 가슴에 대고 끌어안았다.

그녀의 등 뒤로 그의 서느런 옷자락이 닿았다. 갑자기 그의 커다란 손이 아무런 예고도 없이 모언의 비부로 들어왔다.

"헉!"

그녀의 달아오른 비부에 닿은 그의 서늘한 손가락이 좋았다. 그의 강인한 손가락이 도톰하게 부풀어 올라 수줍게 벌어진 모언의 꽃잎을 헤집었다. 그리고 느른하게 아래위로 갈라진 틈을 덧그렸다. 그리고 그 위에 수줍게 존재감을 드러내고 있는 붉은 진주를 강하게 자극하기 시작했다.

"아앗!"

참을 수 없는 교성이 새어 나왔다. 그리고 반사적으로 다리를 오므리려 하자, 신이 자신의 발을 앞으로 내밀어 모언의 발목을 고정하였다. 그러자 모언의 다리 사이가 더욱 크게 벌어지고 말았다. 그 순간 신의 다른 한 손이 모언의 가슴을 거칠게 움켜쥐었다.

"아파!"

모언이 신음하자 그의 손길이 깃털처럼 부드러워졌다. 그리고 놀리듯 아래에서 위로 가슴을 쓸어 올렸다. 하지만 유실을 건드리지 않고 주변만을 희롱하였다. 찬 공기에 드러난 그녀의 유실은 이미 꼿꼿이 부풀어 얇은 속치마를 밀어 올리고 있었다.

동시에 신의 다른 손이 진주를 강하게 희롱하기 시작했다. 부드럽게 문지르다가 손가락 끝으로 꾹꾹 눌렀다가 다시 강하게 비볐다. 그리고 다른 한 손은 모언의 가슴을 지분거리고 있었다. 하지만 그의 손가락은 교묘하게 유실을 남겨두고 있었다. 달아오를 대로 달아오른 모언이 저도 모르게 애원했다.

"만…… 져 줘요!"

욕망으로 흐려진 모언의 음성이 색정적이었다. 모언은 자신이 무슨 말을 뱉었는지 인지하지 못했다. 그저 이 몸 안에 고인 열기를 어떻게 해주었으면 싶었다. 신의 부드러운 입술이 모언의 귀에 닿았다. 그리고 그가 두둠한 혀로 모언의 귀를 핥으며 악마처럼 속삭였다.

"어디를 만져 주길 바라는 거지? 제대로 말하지 않으면 알 수 없어!"

그는 짓궂게도 한 손으로는 진주를, 다른 한 손으로는 그녀의 가슴을 그리고 그의 젖은 혀는 그녀의 귓불을 희롱했다.

"유실을……."

모언이 신음처럼 속삭이자 그제야 신의 강건한 손가락이 아플 정도로 부풀어 오른 모언의 유실을 잡았다. 그가 엄지와 검지로 장난하듯 집었다 놓았다를 반복하다 손가락 사이에 끼우고는 강하게 흔들었다.

"하악!"

모언의 몸이 경련하기 시작했다. 그가 단지 가슴과 진주를 자극했음에도 불구하고 민감한 모언의 몸이 절정에 다다르려 하고 있었다.

"아앗…… 그만……."

밀려오는 하얀 파도에 모언이 경련했다. 그가 갑자기 계곡 안으로 그의 길고 두꺼운 중지를 밀어 넣으며 손바닥으로 진주를 자극했다.

"하악!"

모언의 눈앞에서 흰 빛이 명멸했다. 다음 순간 모언은 자신을 휘감는 하얀 물결에 기꺼이 몸을 내맡겼다. 그녀가 절정에 다다라 등을 활처럼 휘었다. 그리고 그의 가슴에 머리를 강하게 문질렀다. 절정에 다다른 모언의 동굴이 신의 손가락을 강하게 조였다. 모언이 힘이 빠져 신의 가슴에 지친 머리를 기대었다.

"혼자서 가버리다니, 음란하군!"

신의 목소리가 지독히도 관능적이었다. 모언이 번뜩 정신을 차렸다. 그리고 모언은 자신의 엉덩이를 자극하고 있는 신의 분신을 느끼고는 몸을 움츠렸다. 분명 신을 유혹하라 했는데 절정에 가버린 것은 자신이었다. 순간 부끄러운 마음에 온몸이 확 붉어졌다.

신이 그녀를 돌려 고쳐 안았다. 그리고 목이 마른 것처럼 옆에 두었던 술잔을 들어 한 모금 머금었다. 그리고 절정으로 벌어진 그녀의 입술을 한입에 머금었다. 알싸한 향이 모언의 입안을 가득 채웠다. 술맛이 느껴지자 모언이 놀라고 말았다. 아주 미량의 술에도 모언은 과민하게 반응했다. 그의 혀가 구석구석 그녀의 입안을 훑자 모언은 점점 몽롱해졌다.

"나, 나리!"

그에게 삼켜진 그녀가 그의 옷자락을 그러쥐었다. 그러더니 곧 모언의 작은 손이 정자의의 틈 사이로 파고들었다. 마치 따뜻한 체온을 탐하듯 그녀의 손길이 수줍게 그의 단단한 가슴을 쓰다듬었다.

신이 음흉하게 미소를 지었다. 그가 입술을 떼자 모언이 몽롱한 눈빛으로 자신을 바라보고 있었다. 열락에 취한 것인지 술에 취한 것인지 불분명했다. 그러나 모언은 신의 입술이 떨어진 것이 아쉬운 듯 그의 목을 끌어안고 자신 쪽으로 잡아당겼다.

그리고 앵두같이 붉은 입술을 그의 입술에 강하게 부딪혀 왔다. 그리고 앙큼하게도 신의 입술을 마구마구 쓰다듬었다. 그가 그녀에게 했던 것을 그녀가 서툴게 흉내 내고 있었다. 그녀의 작은 혀가 그의 입술 윤곽을 더듬듯, 그저 입술만 핥고 있었다. 그런 그녀를 더는 기다릴 수가 없어 신이 살며시 입술을 벌렸다. 그러자 그녀가 기다렸다는 듯이 신의 벌어진 입술 사이로 작은 혀를 밀어 넣었다.

츄릅 츄릅!

여전히 서툴렀지만 꽤나 열심히 모언이 신의 혀를 잡아채고는 맹렬하게 비벼댔다. 귀여웠다. 입안에 넣고 굴리고 싶을 만큼 열심히 자신의 혀를 탐하는 그녀가 미치도록 귀여웠다. 그리고 이내 모언의 작은 손이 그의 가슴께로 내려갔다. 그리고 모언이 작은 손으로 열심히 그의 정자의를 벗기려 노력했다. 서툴기 짝이 없는 손길이 제대로 옷을 벗기지 못했다. 그녀가 칭얼대기 시작했다.

"하앗, 나리의 체온을 느끼고 싶어요!"

그녀의 달콤한 유혹에 신의 체온이 순식간에 올라갔다. 그래서 신이 자신의 몸을 움직여 옷을 벗기려는 모언을 도와주었다. 이내 탄탄한 신의 상체가 드러났다. 무예로 단련된 단단한 근육질의 가슴과 모언을 손쉽게 들어 올릴 만한 강한 팔! 모언의 손이 수줍게 그의 가슴 근육을 더듬었다. 그리고 모언이 혀로 그의 턱을 장난하듯 핥았다. 마치 작은 강아지 같았다.

"하앙, 나리!"

어디서 이런 교태를 배운 것인지 그녀가 하는 양을 막지 않고 가만히 두었다. 그러자 그녀가 고개를 내려 그의 목덜미를 타고 점점 아래로 내려갔다. 수줍지만 음란한 혀가 그의 목덜미를 핥았다. 그리고 그가 모언에게 하듯이 그가 그의 쇄골에 자신의 입술을 계속 찍어댔다. 그리고 작은 강아지처럼 할짝거렸다. 상상치 못했던 짜릿함이 신을 휘감았다. 그녀가 작은 혀로 할짝거리며 자신의 피부를 핥을 때마다 신의 힘찬 근육이 움찔거렸다.

그렇게 깜찍하게 신의 피부를 탐하던 모언이 탄탄한 그의 가슴에 얼굴을 묻었다. 그녀의 얼굴이 타는 듯이 뜨거웠다.

"나리의 몸이 따뜻해요!"

모언이 즐겁게 속삭였다. 그리고는 작은 손을 들어 그의 허리를 꽉 끌어안았다. 작은 그녀의 몸이 그의 품 안에 폭 안겨 있었다. 그리고 그녀가 바르작거리자 그녀의 비부가 그의 분신을 자극하고 있었다. 마치 고를 뚫고 나올 것처럼 흥분한 그의 분신에 모언이 자신의 비부를 밀착시키고 자극했다.

서툴지만 치명적인 요부였다. 그녀의 비부에서 흘러내린 애액이 그의 고(바지)를 적셨다. 하지만 정신이 몽롱한 그녀는 그저 그의 몸에 밀착하고 감질나게 비벼대고 있었다. 결국 참지 못한 신이 그녀를 뒤로 확 밀었다. 확 떠밀려 침상에 누운 그녀가 순간 멍한 표정을 지었다. 하지만 이내 그의 얼굴을 바라보며 뇌쇄적으로 속삭였다.

"안아줘요."

두 팔을 들어 올리며 애원하는 그녀는 미치도록 어여뻤다. 결국 신이 남은 모든 옷을 벗어 던졌다. 이미 흥분할 대로 흥분한 그의 분신이 곧 터져 버릴 것만 같았다. 신이 그녀의 동굴 안을 급히 파고들었다. 이미 한 번 절정에 달했던 그녀가 그를 마치 빨아들일 듯이 받아들였다.

"헉!"

모언이 짧게 신음했다. 신은 모언이 다치지 않도록 조심했다. 항상 처음에 그를 받아들일 때 힘들어하는 모인이있다. 그래서 조심조심 진입하자 그녀가 강하게 그를 끌어안았다. 그의 가슴에 그녀의 유실이 닿았다. 그것이 기분 좋았는지 모언이 자신의 가슴을 그에게 마찰시켰다. 앙큼한 모언이었다.

그녀의 따뜻한 꽃잎 속으로 진입한 신의 분신이 강하게 그녀의 내벽을 자극하기 시작했다. 찌꺽찌꺽, 살과 살이 마찰하는 색정적인 소리가 방 안을 가득 채웠다. 그의 움직임이 너무나 거세었다.

"아아, 너무 세요!"

그녀가 신음했으나 신은 가차 없이 그의 허리를 움직였다. 그녀의 따뜻한 내벽이 그를 부드럽게 감쌌다. 신의 입에서도 저도 모르게 신음이 비어져 나왔다.

"읏……."

그리고 자신을 강하게 압박하는 그녀를 벌하듯 그의 움직임이 더욱 거칠어졌다. 슥, 슥. 점막과 점막이 마찰하며 신과 모언을 모두 극도의 쾌감으로 밀어 넣고 있었다.

"하악, 신!"

그녀가 절정에 다다르는 듯 그의 휘를 불렀다. 그리고 온몸을 활처럼 구부리며 몸을 부르르 떨었다. 그녀의 동굴이 미친 듯이 출렁거렸다. 신은 파정할 뻔한 것을 가까스로 참았다. 이렇게 솔직하게 자신을 원하는 그녀를 바로 놓아줄 수가 없었다. 좀 더 그녀를 느끼고 싶었다. 절정에서 아직 돌아오지 못한 그녀를 다시 몰아붙였다.

"아앗…… 앗……!"

연이은 절정에 모언이 신음했다. 그녀가 그의 품 안에서 아름답게 피어난 것이었다. 그 꽃을 피운 것은 바로 자신이었다. 자신의 손길에 만개한 그녀를 신은 탐하고 또 탐했다. 그의 분신이 모언의 내벽 깊은 안쪽으로 찌르자 모언이 눈을 번쩍 떴다. 너무나 강한 쾌락과 비부 안쪽에서 느껴지는 전혀 다른 차원의 감각에 그녀가 놀란 것이 여실하게 느껴졌다.

"아, 제, 제…… 몸이…… 이상해요!"

그녀의 헐떡거리는 목소리에 신은 모언이 새로운 경지에 도달하고 있는 것을 알아챘다. 그래서 더욱 집요하고 강하게 그녀의 안쪽을 공략했다. 평소보다 더욱 강하게 그녀의 안쪽이 출렁거리기 시작했다. 마치 그의 분신을 삼키는 것만 같았다. 그도 터질 것만 같았다.

"하앗…… 나리…… 무…… 무서워요!"

그녀가 울 것처럼 헐떡거렸다. 신이 그녀를 새로운 경지로 몰아넣기 위해서 더욱 강렬하게 움직였다.

"그…… 느낌에…… 몸을 맡겨!"

열정에 헐떡이는 신의 목소리가 감미롭기만 했다. 그녀가 너무 과한 쾌락이 겁이 났는지 애절하게 그의 등을 끌어안았다. 그리고 자신의 다리로 그의 허리를 강하게 감았다.

"아앗, ……헉…… 신!!"

그녀가 견딜 수 없는 쾌감에 다시 몸을 경련하자 이번에는 신도 견딜 수 없었다. 동시에 절정에 오르며 신이 강하게 그녀의 몸 안에 파정했다. 순간 그의 눈앞에 별빛이 반짝거렸다. 이런 완벽한 충족감은 신도 처음이었다. 온몸을 휘감는 차원이 다른 희열에 신도 놀라고 있었다. 그녀가 그에게 바로 이런 희열을 선사하고 있었다. 그녀의 몸이 미친 듯이 그를 자극했다.

길게 파정을 마친 그가 털썩 그녀의 몸 위로 쓰러졌다. 땀에 젖은 그녀를 부드럽게 끌어안으니 그녀가 답삭 그에게 안겨왔다. 신의 입술에 부드러운 호선이 그려졌다. 분명 내일 깨어나면 모언은 술에 취해 자신이 한 행동을 기억하지 못할 것이었다. 자신만 아는 모언의 음란한 모습이었다.

신이 그녀의 머리를 부드럽게 쓰다듬으며 그녀의 부푼 입술에 입을 맞추었다. 행복한 표정으로 잠에 빠져드는 그녀가 미치도록 아름다웠다. 신이 무차별적으로 그녀의 이마에 눈꺼풀에 코에 입맞춤했다. 사랑스러운 그녀를 꼬옥 끌어안고 신도 달콤한 잠 속으로 빠져들었다. 방 안에 사랑스러운 기운이 둥둥 떠다니고 있었다.

## 12. 척애(隻愛, 짝사랑)

봄이 무르익자 남경의 날씨는 초여름처럼 뜨거웠다. 이제 겨우 4월 말임에도 한낮에는 땀이 줄줄 흐를 지경이었다. 이렇게 뜨거운 날씨에도 불구하고 모언은 곤일에 대한 걱정으로 마음이 시렸다. 어찌 된 일인지 사복의 종적이 감쪽같이 사라진 것이었다. 주변에 있는 상인에게 물으니 근 달포(한 달 조금 넘는 기간) 전부터 모습이 보이지 않는다는 것이었다.

사복이 혹시니 모언을 쫓는 사람으로 오인하여 몸을 숨겼다면 오히려 다행이었다. 하지만 금의위 군사들이 몰아치던 날, 모언이 건네준 패물은 몇 개 되지 않았다. 곤일과 추국까지 함께 살아가기에는 턱없이 부족했을 것이다. 그 생각을 하자 모언의 심장이 걱정으로 돌처럼 굳었다.

유일한 단서를 잃어버리자 모언은 암담했다. 모언 홀로 그들의 행방을 추적하는 것은 불가능했다. 누구에게 도움을 청해야 할지 암담하기만 했다. 이렇게 자신이 무력하게 느껴진 적이 없었다. 처음으로 자신의 처지가 한스러워진 모언이었다.

밤이 깊었다. 벌써 삼경을 훌쩍 넘은 시간인데 신은 돌아오지 않고 있었다. 벌써 한 달 가까이 이리 밤늦게까지 신을 기다리고 있는 모언이었다. 한 달 전 병부상서댁 공자와 만나기로 하였다며 나갔던 신이었다. 그리고 그날 이후 신의 얼굴을 볼 수가 없었다. 기다리다 지쳐 잠이 들면 신은 잠깐 눈만 붙이고 나가는 것인지 이부자리에 흔적만 남아 있었다. 그런데 보름 전부터는 아예 흔적조차 없었다.

모언은 설명할 수 없는 불안감으로 초조했다. 그의 얼굴을 볼 수 없어 답답했다. 모언은 한숨을 쉬며 다시 수를 놓기 시작했다. 최근 모언은 신의 의복과 소지품에 수를 놓고 있었다. 그가 무엇인가 고민에 빠진 것이 분명한데 아무것도 해줄 수 없는 모언이 선택한 일이었다. 한 올 한 올 수에는 그를 향한 모언의 마음이 오롯이 들어 있었다. 그가 어디에 있건 항상 그를 생각하는 자신의 마음이 전해지기를 바라는 그녀의 수줍은 정성이었다.

수를 놓으면서 어느새 모언은 다시 그날을 곱씹고 있었다. 그를 유혹하라는 말에 스스로 몸을 열었던 그날, 모언은 처음으로 제대로 된 여인의 절정을 경험했다. 긴장을 풀고 그에게 자신을 완벽하게 내어주자 전혀 새로운 세계가 눈앞에 펼쳐진 것이었다.

처음으로 그의 마음속에 닿은 느낌이었다. 그의 몸짓이, 그의 손길이 너무나 다정하고 사랑스러운 존재를 대하는 것처럼 따듯했다. 처음 알게 된 느낌에 모언은 심하게 부끄러웠다. 그전에는 자신이 그를 은애하기에 좋은 줄로만 알았다. 하지만 그것은 분명 달랐다. 처음으로 오롯이 여인이 된 것 같았다.

결국 오늘도 기다리다 지친 모언이 수를 놓았던 신의 옷가지를 반닫이(장방형의 단층 옷궤로 문판을 아래위로 열게 되어 있음)에 정리하였다. 정리를 하고 일어서던 모언의 눈에 문갑 문 사이로 삐죽하게 솟아나온 희끄무레한 종이 끄트머리가 보였다. 아무래도 신이 급하게 문서를 꺼내느라 그리된 것 같았다.

신이 없는데 함부로 문갑을 여는 것이 꺼림칙하기는 했다. 그러나 잠깐 정리만 할 생각으로 모언은 문갑을 열었다. 하나 가득 들어 있는 것은 모두 서신 같았다. 모언이 삐죽 튀어나온 서신을 다른 것과 잘 맞추어 정리하다 이상한 느낌이 들어 그것을 꺼내 보았다.

"아니, 이것은……."

그것은 모언의 서체였다. 모언이 급하게 문갑 안에 있는 서신들을 모두 꺼내었다. 모두가 자신이 쓴 것이었다. 신을 볼 수 없어 애타는 마음에 하루하루 그를 그리워하며 적었던 보내지 못한 그 서신들이었다.

이찌 이 시신들이 어기 신의 처소에 있는 것인지 모언은 아득해졌다. 신의 품에 안겨 영국공부로 온 이후 모언은 매송헌이 어떤 상태인지 가늠할 수 없었다. 풍비박산이 난 집에서 어찌 이 서신들이 무탈할 수 있었는지 상상조차 할 수 없었다.

그리운 생각에 눈물이 솟아올랐다. 아버지와 오라버니 모두가 건재하던 그 시절, 이제는 결코 돌아갈 수 없는 시간이었다. 수줍은 마음으로 정인에게 보내지 못할 서신을 쓰던 소녀는 세월의 풍파에 시달려 여인이 되었다. 그 모든 과거가 모언의 눈앞에 주마등처럼 지나갔다.

덜컥!

문이 열리는 소리에 모언이 뒤를 돌아보았다. 신이었다. 커다란 문을 등진 그는 평소보다 더욱 커 보였다. 달빛에 비친 그림자가 길게 방 안으로 늘어졌다.

저벅, 저벅, 저벅!

그녀 쪽으로 다가오는 신의 발소리가 너무나 커다랗게 들렸다. 그리고 모언이 서신을 들고 있는 것을 본 신이 갑자기 그녀의 팔을 움켜쥐고 일으켜 세웠다. 그리고 거칠게 그녀를 벽으로 밀어붙였다.

팔랑!

모언의 손에 있던 서신 하나가 바닥에 떨어졌다. 단 한 줄이었다.

—月亮代表我的心(월량대표아적심. 달빛이 제 마음을 대신합니다.)

신과 모언이 동시에 그것을 바라보았다. 순간 신의 입술이 냉소적으로 비틀렸다. 그리고 모언을 바라보는 그의 표정은 살기로 가득했다. 그가 마치 모언의 팔을 부러뜨리기라도 할 것처럼 잡은 손에 힘을 주었다. 아픔을 참으며 모언이 그를 바라보았다.

"아직도 달빛이 네 마음을 대신하고 있더냐?"

신의 목소리가 검이 되어 모언의 심장을 갈랐다. 신은 이 서신이 그가 아닌 향을 위한 것이라고 오해하고 있는 것이 분명했다. 하지만 서신의 한 글자 한 글자 모두 그를 향한 것이었다. 달빛 아래에서 모언을 아내로 맞이하기를 기다리겠다는 신에게 차마 소리 내어 답하지 못한 그녀의 수줍은 마음이었다.

그날 밤 그의 가벼운 입맞춤은 모언의 마음을 움직였다. 그리고 그렇게 뿌리 내린 그에 대한 마음은 거친 풍파에도 결코 흔들리지 않았다. 지금 모언의 애정이 진실한 것인지 그의 눈이 묻고 있었다. 입이 있어도 말할 수 없는 자신의 처지가 답답했다. 차라리 심장을 열어 제 속을 보여줄 수 있다면, 그를 향한 마음으로 가득 찬 이 마음을 보여줄 수 있다면, 비통한 마음에 모언의 눈에서 맑은 눈물이 솟아났다.

수줍은 열넷 소녀의 마음에 자리 잡았던 아련한 연심은 이제는 여인의 애틋하면서도 강한 사랑이 되었다. 이 세상에서 오직 그만이 모언의 마음을 가져간 유일한 정인이었다. 오해를 할지라도 그 사실만은 그에게 꼭 전달하고 싶었다.

"저 달이 있는 한 제 마음은 변하지 않아요."

모언의 대답에 신의 얼굴이 일그러졌다.

"하! 변하지 않는다고?"

그의 목소리가 마치 우는 것 같았다. 상처 입은 듯한 그의 음성에 모언의 심장이 죄어왔다.

"정인을 생각하는 제 감정은 절대 움직이지 않아요!"

모언의 입술이 떨렸다. 신을 은애하는 모언의 마음은 점점 깊어졌다. 신 때문에 상처받아 마음이 깨진 적도 있었다. 하지만 지금은 이제 그 없이는 살 수 없을 만큼 그에 대한 애정이 깊고 심오해졌다.

그가 여전히 자신을 오해하고 있다는 것을 알지만 그가 보여주는 다정한 말 한마디, 그의 다정한 포옹, 그의 다정한 입맞춤만으로도 행복했다. 신이 자신을 은애하지 않아도 그의 곁에 있는 것이 행복했다.

"네게는 그 정인이 도대체 몇이나 되는 것이냐? 매번 그 달콤한 입술로 애정을 속삭이며 얼마나 많은 사내들을 농락한 것이냐?"

신의 목소리가 분노로 떨렸다. 마치 칼을 가는 것처럼 속에 들끓는 분노를 억누르기 위해서 그는 말 하나하나를 마치 씹듯이 내뱉었다.

"아닙니다. 오해……."

모언이 말을 끝마치기도 전에 신의 커다란 손이 모언의 가느다란 목을 쥐었다. 마치 목을 조르고 싶은 것처럼 그의 손이 떨렸다.

"그 입 다물어!"

모언이 애타는 심정으로 그를 바라보았다. 그녀가 향의 정인이라고 오해하는 그에게 진실을 말하고 싶었다. 모언이 은애하는 사람은, 마음을 오롯이 준 정인은 바로 신뿐이었다. 향에 대한 진실을 밝힐 수는 없지만 이제는 그에 대한 자신의 마음만은 전하고 싶었다. 그가 자신을 은애하지 않아도 상관없었다.

"나 하나로 부족했느냐? 이제는 그렇게 한껏 만개한 그 몸으로 다른 사내를 안고 싶은 것이냐? 대체 너는 왜?"

신의 가차 없고 잔인한 규탄에 모언은 답답했다. 말하고 싶었다. 모언이 마음에 품은 사람은 신이라고, 신이 아니면 누구에도 안기고 싶지 않다고 그에게 똑바로 말해주고 싶었다. 하지만 자신의 목을 결박한 그의 손 때문에 숨이 막혔다. 극도로 화가 난 그는 지금 얼마나 강하게 모언의 목을 압박하고 있는지 모르고 있었다. 모언이 버둥거렸다. 그에게 죽더라도 그를 은애하는 마음만을 꼬옥 전하고 싶었다.

"흐, 큭……."

숨이 막힌 모언이 거칠게 신음했다. 점점 정신이 몽롱해졌다. 그 순간 갑자기 입안으로 공기가 흘러들어 왔다.

"콜록, 콜록!!"

모언이 심한 기침을 하며 바닥으로 쓰러졌다. 마치 미몽에서 막 깨어난 것처럼 신의 얼굴이 창백했다. 그리고 이곳에 머무는 것이 두려운 듯 바로 몸을 돌려 바깥으로 나갔다.

'가지…… 마세요!'

모언이 소리 없는 비명을 질렀다. 하지만 야속하게도 신은 뒷모습만 보이며 멀어져 갔다. 냉정하게 멀어져 가는 그의 발자국 소리가 모언의 심장을 강타했다. 마치 두 번 다시 돌아오지 않을 것처럼 그는 그렇게 멀어져 갔다. 홀로 남은 모언의 심장에는 짙푸른 멍이 새겨졌다.

❖

매우(梅雨)가 거칠게 쏟아졌다. 평소보다 일찍 시작한 매우가 올해는 유난히 심했다. 며칠을 쉬임 없이 내리는 비에 장강의 수위가 너무 높아서 조운(漕運, 각지에서 걷어 들인 조세를 수도로 운반하는 일)이 여의치 않았다.

명 이전 왕조에서는 나라의 수도가 장강 이북인 장안, 낙양, 혹은 북경에 위치한 경우가 많았다. 하여 강남의 풍부한 곡식을 장강 이북으로 실어 나르는 일은 매우 중요했다. 조운이 중단되자 지금 일부 장강 이북의 도성은 심각한 곡물 부족에 시달리고 있었다.

식량이 부족하면 가장 먼저 타격을 입는 것은 빈곤층의 노약자와 어린아이들이었다. 그래서 빨리 매우가 멈추기를 모두가 간절히 기도하고 있었다. 그러나 하루가 멀다 하고 식량이 부족한 성도(成都)에서 발생한 흉흉한 소문이 남경으로 흘러들었다.

그렇게 심하던 매우가 간신히 소강상태에 접어든 7월 중순의 늦은 오후, 영국공부 앞을 서성이는 한 남자가 있었다. 행색이 초라한 그는 차마 안으로 들어오지는 못하고 멀찌감치 서서 대문을 드나드는 사람들을 바라보고 있었다.

그렇게 한참을 서성이던 남자가 대문 안으로 들어가려는 난향을 보더니 다급하게 그녀를 붙잡았다. 갑작스런 상황에 놀란 난향이 소리를 지르기도 전에 남자는 재빠르게 난향의 입을 막고 호동(골목)으로 이끌었다. 말라 보였던 사내였으나 의외로 강단이 있었다.

"손을 뗄 테니 소리를 지르지 말아주시오. 부디 내 사정을 들어주시오."

사내의 말투는 점잖고 품위가 있었다. 말투만 보기에는 사대부가의 자제처럼 훌륭했다. 난향은 어쩐지 낯익은 그 음성에 고개를 끄덕였다. 그가 손을 떼자 난향은 그를 마주했다.

"무례를 용서하시오. 내가 워낙 다급하다 보니 결례를 범했소."

그리 사과를 하는 사내를 난향이 지그시 바라보았다. 행색은 초라했으나 형형한 눈빛과 반듯한 얼굴이 어딘가 낯이 익었다.

"뉘신지요?"

난향의 조심스런 질문에 사내가 목소리를 낮추고 대답하였다.

"나일세. 영양장공주마마의 정인!"

그의 말에 난향이 화들짝 놀라 그를 자세히 살펴보았다. 그제야 영양장공주마마를 대신하여 서신을 전달해주었던 남자와 그의 얼굴이 겹쳐졌다. 초라한 행색 때문에 항상 좋은 의복을 입고 있던 그 공자와 지금 사내가 같은 사람이라고는 도저히 생각지 못했던 것이다.

"아니? 나리께서 어찌 여기에 계신 것입니까?"

난향의 질문에 향이 쓴웃음을 지었다.

"내가 영국공 대인의 차자(次子, 둘째 아들)인 향(珦)일세."

"히익, 뭐라구요? 둘째 도련님은 2년 전에 돌아가셨는데요?"

난향이 영문을 몰라 어리둥절해하였다. 영양장공주마마의 정인이 어느 사대부가의 자손이라는 것은 알고 있었다. 그러나 그가 바로 신의 동생이라니, 난향이 놀라서 입을 다물지 못했다. 분명 당시 장공주마마의 정인은 물에 빠져 자살한 것으로 위장하고 남경을 떠났다.

"바로 나일세."

향의 음성이 담담했다.

"세상에나, 이런 인연이! 그럼 둘째 도련님이셨단 말씀이시죠? 저도 모언 아가씨도 까맣게 몰랐습니다."

난향이 기막힌 상황에 고개를 절레절레 흔들었다.

"그런데 어찌 자네가 영국공부에 있는 것이오?"

"그것이 나리께서 저를 수소문해서 데려오셨습니다. 모언 아가씨의 시중을 들라고요."

난향의 설명에 향이 깜짝 놀랐다.

"아니, 어찌 그런 일이, 그럼 형수님께서 이곳에 있단 말이오? 어쨌거나 다행이오."

"휴, 뭐 복잡한 사정이야 쇤네가 자세히는 모르겠고, 모언 아가씨가 이곳에 있는 것은 확실합니다. 다만 아가씨의 신분이……."

난향이 말끝을 흐렸다. 하지만 향은 충분히 상황을 인지한 듯했다. 죄인의 자손이 영국공부에 있다는 것은 분명 노비의 신분이 되었음에 틀림없었다. 하지만 형수님을 아끼는 형님이 어떤 방법을 써서든 데려온 것이 분명했다.

"음, 말하지 않아도 알겠네."

향의 음성이 안타까웠다.

"그런데 어인 일로 다시 남경 땅을 찾으셨습니까? 장공주마마의 거처가 밝혀지면 큰일을 치를 것이 분명할 텐데요."

난향이 고개를 갸웃거리며 물었다. 정치적인 것은 잘 몰랐으나 난향도 황제가 눈에 불을 켜고 건문제와 그 일족들의 행방을 찾아 혈안이라는 것은 풍문으로 들었던 차였다.

"내 방법이 없어 위험을 무릅쓰고 형님께 도움을 청할 참이었네. 그런데 요행히 여기서 자네를 만난 것이 천운일세. 형수님을 잠시 만나게 해주시겠소?"

"네에? 저희 아가씨를요?"

난향이 눈이 화등잔만 하게 커졌다.

"내 긴히 논의할 것이 있어서 그러니 부탁함세."

향의 음성이 간절했다.

"하지만 요즘 아가씨가 바깥출입이 어려우셔서요."

"제발 꼭 좀 부탁함세. 지금 장공주마마가 회임 중이신데, 지속된 식량 부족으로 고생하시다가 돌림병에 걸리셨네. 한시라도 치료하지 않으면 마마도 복중의 태아도 모두 위험하다네!"

향의 간곡한 말에 난향이 고개를 끄덕였다.

"네, 제가 말씀을 드려보겠습니다."

"그럼 나는 며칠간 남경에 머물 예정이니 상중하탑방시장에 있는 청다관으로 오셨으면 하네. 그곳 장궤(掌櫃, 지배인)를 찾아 류씨를 찾으러 왔다 하시면 될 것일세."

그리 말하고는 향은 누가 볼까 저어하며 소리 없이 사라졌다.

다음날, 모언은 은밀하게 약요의 옷을 빌려 입었다. 그리고 난향과 더불어 청다관을 찾았다. 마침 신이 공무로 이틀간 자리를 비운 참이라 간신히 빠져나올 수 있었다. 청다관에는 각양각색의 사람들로 가득했다.

"형수님, 처음 뵙겠습니다. 형님께서 매화를 닮았다 그리 자랑하시더니 말씀하시던 모습 그대로네요."

향이 모언에게 깍듯이 인사를 했다. 형수님이라는 호칭에 모언이 얼굴을 붉혔다. 그리고 신이 자신을 매화를 닮았다 동생에게 자랑까지 했을 줄은 상상도 하지 못했다. 적절치 않은 상황이지만 모언의 심장이 두근거렸다.

"형수님이라니요, 당치 않습니다."

처음 보았지만 향의 얼굴은 매우 친근해 보였다. 강건한 무인인 신과 유약해 보이는 향은 언뜻 보면 전혀 닮은 것 같지 않았다. 하지만 자세히 보니 결연한 눈빛이 신과 매우 닮아 보였다. 그리고 병약하다는 소문과는 달리 향은 마르긴 했지만 지금은 그리 병약해 보이지는 않았다.

"이야기는 대략 난향에게 전해 들었습니다. 그런데 지금 아무런 힘도 없는 제가 어찌 장공주마마를 도와드릴 수 있겠습니까?"

모언이 근심스러운 목소리로 물었다. 영양장공주와 뱃속의 아기가 걱정되어 모언의 입술이 바싹 말랐다. 오죽이나 화급했으면 향이 이런 위험을 감수하고 남경에까지 왔을지 그 심려가 그대로 느껴졌다. 은애하는 이를 위해서 버리고 떠났던 이곳을 찾았을 향이었다. 그래서 어떻게든 도움이 된다면 모언은 힘닿는 대로 도와주고 싶었다.

"혹시 영양장공주마마와 함께 방문하였던 묘음방(건문제를 지지하던 비밀 결사회가 운영하는 표국. 작가가 만든 가상임)을 기억하십니까? 그곳에 이 옥패를 보여주면 얼마간의 돈을 융통해 줄 것입니다. 그곳은 일면식이 없으면 들어가는 것이 불가능합니다. 형수님과 마마의 옥패라면 그들도 청을 들어줄 것입니다. 도저히 방법을 찾지 못해서 위험을 무릅쓰고 형님께 도움을 청할까도 생각했습니다. 하지만 형님께서 나서시면 너무 위험한지라 이리 형수님께 부탁을 드립니다."

모언은 조용히 고개를 끄덕였다.

"네, 나리를 주목하는 너무 많은 눈들이 있으니…… 제가 어떻게든 해보겠습니다."

모언의 대답에 향이 정중하게 포권의 예를 취했다.

"감사합니다. 형수님. 이 은혜는 결코 잊지 않겠습니다."

은애하는 이를 살리려 부탁을 하는 향의 모습이 절실했다. 정인을 위한 향의 마음이 오롯이 느껴져 모언의 눈가가 시큰해졌다. 그리고 모든 것을 버려서라도 서로를 바라보는 두 사람의 모습이 부럽기만 했다.

"제가 도움이 된다면 다행입니다. 영양장공주마마께 안부 전해주세요. 그리고 아기도 무사히 순산하시기 바랍니다."

"네, 형수님. 이후 연락은 이곳 장궤를 통해서 하시면 됩니다. 그럼……."

향은 모언의 인사에 고개를 끄덕이고는 조심이 사라졌다. 그 모습을 아련한 눈빛으로 바라보던 모언이 돌아가기 위해서 자리에 일어설 참이었다.

"아가씨, 저기 좀 보세요."

난향이 가리키는 곳으로 시선을 돌리자 한 쌍의 남녀가 눈에 들어왔다. 끈적한 남녀의 분위기에 모언은 눈살을 찌푸렸다. 초저녁이 되면 홍등가에 있는 매춘부들 중 일부가 화장을 하고 다관(茶館)이나 주루(酒樓)에 자리를 잡았다. 거기서 손님을 기다리다가 손님과 함께 매춘부의 숙소로 향했다. 그러면 감시인이 '모(某) 언니가 손님을 받았다' 라고 외치고 이후 남녀는 짧은 밀회를 즐겼다.*

"어째 오소를 닮지 않았나요?"

난향의 말에 모언이 다시 시선을 여인에게 두었다. 영양장공주

* 명조 말 실제 양주(揚州)의 풍경

의 궁녀였던 옥소였다. 천지가 개벽하는 정난의 변 와중에 옥소 역시 풍파에 휘말린 것이 분명했다. 어찌 황궁의 궁녀였던 옥소가 이 다관에서 사내들에게 값싼 웃음을 팔게 되었는지, 그 비틀린 운명이 안타까울 뿐이었다.

"그냥 조용히 가자!"

두 사람은 조용히 영국공부로 발을 옮겼다. 그러나 그 뒤를 따르는 한 사내의 눈빛이 날카롭게 반짝거렸다.

조마조마한 심정으로 영국공부로 돌아오니 시간이 상당히 늦어졌다. 거의 술시에 가까운 시간이라 모언이 빨리 처소로 돌아가기 위해 발을 재촉했다. 다행히 난향이 솜씨 좋게 문지기며 사람들을 잘 설득하여 큰 어려움 없이 들어올 수 있었다.

조심히 신의 방문을 열고 안으로 들어서던 모언은 신을 발견하고는 심장이 툭 떨어졌다. 마치 도적질을 하다 걸린 것처럼 모언의 낯빛이 하얗게 질렸다. 의자에 좌정한 신의 얼굴이 싸늘했다. 죄를 지은 것은 아니었지만 자신을 차갑게 노려보는 신의 표정에 모언은 불안하기만 했다. 모언이 조심스레 신에게 다가가 인사를 했다.

"나리, 오셨습니까? 자리를 비워 죄송합니다."

모언이 조심스레 인사를 건넸다. 여전히 아무런 말 없이 자신을 쏘아보는 신의 시선에 모언은 온몸에서 오소소 소름이 돋았다.

"누구를 만나고 온 것이냐?"

신의 음성이 극도로 낮았다. 이미 그는 모언의 행방을 다 알고 있는 것 같았다. 그 싸늘한 말이 차가운 바람이 되어 모언의 온몸을 휘감는 느낌이었다. 지금 그는 극도로 화가 나 있었다. 그는 감정이 격해질수록 목소리를 낮추었다. 그것이 상대방에게 더욱 공포심을 준다는 것을 그는 잘 알고 있었다.

"아무도, 그저 답답하기에 잠시 바람을 쐬고 왔습니다."

모언이 가느다란 목소리로 대답했다. 말할 수 없었다. 모언은 제발 그가 더 이상 자신을 추궁하지 않기를 바라며 애타는 심정으로 그의 눈빛을 바라보았다.

"그런 교태는 대체 어디서 배운 것이냐?"

신이 화를 냈다. 모언은 당황했다. 자신은 아무것도 한 것이 없었다. 그저 말할 수 없는 자신의 마음을 이해하여 주기를 간청하며 그를 바라보았을 뿐이다. 그런데 그것이 마음에 들지 않았나 보다. 모언은 급히 고개를 내렸다. 더 이상 그의 분노를 받아내기가 힘이 들었다. 그의 날카로운 눈빛이 채찍처럼 모언의 심장을 강타하고 있었다.

갑자기 신이 그녀의 팔을 거칠게 낚아챘다. 모언이 앉아 있던 의자가 바닥에 나뒹굴었다. 그것을 아무런 생각 없이 멍하게 바라보았다. 모언은 곧 자신이 탁자에 엎드려 있다는 것을 알았다. 신이 그녀의 상체를 한 손으로 찍어 누르며 다른 한 손으로 그녀의 치맛자락을 거칠게 걷어 올렸다.

"나리, 갑자기 왜?"

갑작스러운 그의 행동에 모언이 저항했다. 그러나 신은 모언의 저항을 가볍게 무시하고 그녀의 속곳을 거칠게 벗겨냈다. 두려운 나머지 모언이 몸을 뒤틀었다. 하지만 애초에 힘으로 그에게 저항하는 것은 불가능했다. 하지만 모언은 최대한 반항했다. 이렇게 짐승처럼 거칠게 다루어질 잘못은 하지 않았다.

"내 말을 듣지 않았으니 벌을 받아야겠지?"

그의 냉정한 목소리에 모언은 움찔했다. 두려웠다. 그래서 더욱 몸을 뒤틀었다. 이런 그를 보는 것은 무섭고 이렇게 자신을 대하는 그가 싫었다. 그러나 그녀가 거칠게 저항할수록 남자의 정복욕이 불타올랐다. 그리고 무방비한 모언의 하체가 신의 눈앞에 드러났다.

수컷의 욕망이 한껏 자극되었다. 큰 손으로 조금만 힘을 주면 이내 꺾어버릴 것 같은 모언의 하얀 목덜미가, 한 줌에 잡힐 것 같은 가느다란 허리가, 그리고 음란하게 신을 유혹하는 모언의 동굴이, 그 모든 것이 신을 자극하고 있었다. 신이 제대로 옷을 벗지도 않고 그저 자신의 고를 끌어 내렸다. 그리고 신의 분신이 급하게 안으로 파고들었다. 그러자 모언이 비명을 질렀다.

"학, 아파요!"

아직 젖지 않은 그녀의 동굴 안으로 무자비하게 침입하는 그의 분신은 마치 흉기와 같았다. 빽빽한 내벽에 침입한 그의 분신이 마치 검처럼 모언의 몸을 유린했다.

"아프지 않으면 벌이 아니잖아?"

잔인한 신의 말에 모언의 몸이 움찔했다. 그리고 그녀의 마음이 조금씩 죽어갔다. 은애하는 이의 유린에 모언이 소중하게 간직해 온 애정이 조금씩 변색되는 기분이었다. 그것이 슬퍼 모언의 몸은 굳어버렸다. 아무런 생각도 할 수 없었다.

차라리 그를 은애하지 않았더라면 이렇게 상처받지 않았을 것이다. 그저 자신의 몸을 탐하는 이가 하녀를 유린하는 나쁜 사람이라면 상대방을 마음껏 증오할 수 있을 것이다. 그러면 몸은 비록 그에게 범해지더라도 마음만은 고스란히 자신의 것으로 지킬 수 있었을 것이다. 하지만 그를 은애할 수도 미워할 수도 없는 상황 때문에 모언의 심장이 갈가리 찢어졌다. 마치 날개를 뜯긴 잠자리처럼 날아가 버릴 수도, 있을 수도 없는 자신의 처지가 끔찍했다.

몸이 굳어버린 모언이 마음에 들지 않았는지 신이 큰 손을 들어 모언의 가슴을 희롱했다. 잔인한 말과는 달리 모언의 몸을 애무하는 그의 손길은 부드러웠다. 신의 커다란 손안에서 모언의 말랑말랑한 가슴이 자유자재로 모양을 바꾸었다. 그리고 부끄러울 정도로 크게 부풀어 올랐다. 도홧빛으로 오뚝 솟아오른 유실을 집게손가락과 엄지손가락으로 집고 희롱하자 저도 모르게 모언의 입에서 신음이 새어 나왔다.

"하앗……!"

하지만 억지로 모언은 신음을 참았다. 이렇게 아무런 마음 없이 몸만을 탐하는 그의 손길에 쾌락을 느끼고 싶지 않았다. 그의 손길에 희열을 느끼는 이 가련한 몸뚱아리가 치욕스러웠다. 그래서 입술을 깨물며 참았다.

그러나 신은 집요했다. 그녀의 입에서 교싱을 끌어내려는 듯이 비어 있는 다른 손으로 그녀의 수풀을 헤치고 숨어 있는 작은 진주를 찾아 희롱하기 시작했다. 어디를 공략해야 그녀를 자극하는지 아는 정확하고도 잔인한 손길이었다.

"그, 그만!"

가슴과 비부에 동시에 가해지는 애무에 모언이 몸부림쳤다. 이를 악물고 견뎌보려 했지만 그에게 익숙해진 몸은 자신의 의지를 철저히 배반했다. 곧 그녀의 계곡 안쪽에서 찰박찰박 물기가 솟아올랐다. 그것을 감지한 듯 신의 손놀림이 더욱 교묘해졌다. 모언의 몸에서 흘러나온 애액을 떠서 젖은 손가락으로 진주를 희롱하자 자극이 한층 거세졌다.

"아앗…… 학……."

결국 모언의 입에서 교성이 새어 나왔다. 그의 움직임이 더욱 거세졌다. 그녀의 안쪽이 따뜻하게 젖어들자 그의 움직임이 한층 부드러워졌다. 어느새 모언은 고통을 느끼지 않고 있었다. 허리에서 시작된 열기가 몸 구석구석을 채우고 있었다.

"아악, 싫어!"

그녀의 저항에도 아랑곳없이 신은 그녀를 몰아붙였다. 그의 분신의 모양을 읽어내듯이 그녀의 안쪽이 주기적으로 수축과 이완을 반복했다. 점막을 자극하는 그의 분신에 모언의 몸이 기쁘게 반응하고 있었다.

"헉!"

그의 입에서도 신음이 터져 나왔다. 그가 그녀의 허리를 거세게 부여잡고 그의 허리 쪽으로 강하게 끌어당겼다. 동시에 그가 허리를 앞으로 내밀자 그녀의 탐스러운 엉덩이가 그의 허리와 부딪혔다. 그의 손가락이 마치 모언의 허리를 파고들 것처럼 격렬했다. 이내 그의 움직임은 미처 모언이 따라갈 수 없을 정도로 격렬해졌다.

"하악!!"

다시 밀려오는 주체할 수 없는 감각의 소용돌이에 모언의 몸이 격렬하게 경련했다. 아무리 참으려 해도 해일처럼 밀려오는 쾌락을 도저히 견딜 수가 없었다. 눈앞에 별이 반짝거렸다. 거침없이 밀려와 자신을 삼켜 버리는 쾌락에 머리가 하얗게 변했다. 부르르 경련하던 그녀의 몸이 잠시 안정을 찾았다. 그리고 상체를 받치고 있던 팔에 힘이 빠져 모언의 몸이 털썩 탁자 위로 떨어졌다. 그러나 신의 분신은 여전히 그녀의 안에 있었다.

"하아, 이 정도로 안 되지! 조금 더 상대해 줘야겠어!"

그리고 그녀가 미처 정신을 차리기도 전에 다시 그녀의 안을 희롱했다. 계속적으로 밀려오는 절정에 모언은 마치 물에 빠지는 것만 같았다. 공기를 마시려 수면 위로 고개를 내밀면 다시 수면 아래로 끌려 들어갔다. 지속적이고 집요한 그의 움직임에 몇 번이고 절정에 내몰렸다. 지극한 희열이 극점을 넘으니 그것은 고통과 맞닿아 있는 듯했다.

격렬하게 움직이던 그가 파정 직전 몸을 빼내었다. 곧 뜨거운 백탁액이 모언의 허벅지를 타고 아래로 흘러내렸다. 모언은 충격을 받았다. 그가 그녀의 몸 안에 파정하지 않은 것은 처음이었던 것이다.

"앞으로 또 이런 일이 있을 시에는 이 정도로 끝나지 않을 거야!"

잠시 숨을 고른 그가 그렇게 냉정하게 말을 하고 방을 나섰다. 이것은 지독한 벌이었다. 몸보다 마음이 찢어질 듯 아팠다. 두 사람은 더할 수 없이 친밀하게 결합되어 있었지만 마음은 닿지 않았던 것이다. 서로의 얼굴도 마주치지 않고 서로의 체온도 느낄 수 없이 그저 쾌락만을 추구하고 있었다. 이것이 그와 자신의 관계성을 적나라하게 드러내고 있었다.

마음은 나누지 않는 철저한 육욕의 대상!

모언은 자신의 마음마저 하찮게 취급되는 것 같아 슬펐다. 전하지 못한 말이 허공으로 흩어졌다.

'당신의 가벼운 입맞춤에 제 마음은 당신의 것이 되었습니다.

그래서 이렇게 저를 아프게 하는 당신 곁을 떠나지 못하고 머물게 되었습니다.

당신이 밉습니다.

저를 사랑하지 않으시면서 이렇게 곁에 묶어두고 계셔서요.

누구도 이 마음에 담을 수 없게 만들어 버리고 제 마음을 가득 채우셔서요.

그런데 저를 사랑해 주시지 않는 당신이 너무 밉습니다.

차라리 이 사랑하는 마음을 끊어낼 수 있도록 미운 모습을 주시지, 가끔 보여주시는 당신의 미소에 마음이 떨립니다.

다정한 당신의 손길에 심장이 아릿합니다.

저를 사랑해 주시지 않는 당신이 정말 밉습니다.'

모든 것을 잊고 싶었다. 그래서 감당할 수 없는 아픔에 모언은 스스로 의식을 놓아버렸다. 잠시 멈추었던 매우(梅雨)가 다시 거세게 쏟아지는 그런 밤이었다.

"아가씨, 또 무슨 경을 치시려고요?"

며칠 후, 다시 바깥으로 나서려는 모언을 보고 난향이 비명처럼 외쳤다. 향 도련님을 만나고 돌아온 날, 어떤 일이 있었는지 난향도 눈치를 채고 있었다. 그리고 나리께서 바깥출입을 하지 말라고 엄명을 내린 마당인데 다시 나서겠다는 모언을 보자 난향은 안타깝기만 했다.

"하지만, 내가 나서지 않으면 장공주마마랑 아기가 위험해."

물론 난향도 알고 있다. 모언이 직접 표국을 방문해야만 그들을 도울 수 있었다. 말리고 싶었지만 절실한 모언의 얼굴과 또 절실한 향 도련님의 표정이 생각나 난향의 마음이 점점 약해지고 있었다.

"제발, 난향! 한 번만 도와줘!"

모언이 난향의 손을 잡고 간절하게 부탁했다. 자신의 위험은 아랑곳하지 않고 다른 이를 도우려는 모언이었다.

"그럼, 정말 표국에만 들렀다가 바로 돌아오시는 거예요!"

난향이 걱정스런 음성으로 다짐을 했다. 모언이 절대 장공주마마와 아이를 이 상태로 두고는 편치 않을 것이라는 것을 알기에 결국 난향이 포기하고 말았다.

일단 결정을 하고 나자 난향은 매우 신속하게 움직였다. 즉시 모언을 시녀처럼 위장해 주었다. 그리고 영국공부에 야채를 배달하는 상인에게 부탁하여 급히 수레노 수배하였다. 소마소마한 마음으로 모언과 난향은 표국으로 향했다.

"여기가 맞죠?"

난향의 말에 모언이 굳은 얼굴로 고개를 끄덕였다. 여기서부터는 모언 혼자 가야 했다. 안으로 들어가는 모언을 난향이 걱정스레 바라보았다. 안으로 들어갔던 모언이 한 식경 정도 시간이 흐른 후 바깥으로 나왔다.

"아가씨, 일은 잘되셨어요?"

난향이 부리나케 모언에게 다가섰다. 다행히 모언의 얼굴이 밝았다.

"빨리 이것을 청다관에 전해야 해! 한시가 급하니, 서둘러야 해!"

"알겠습니다. 이제 청다관에는 저 혼자 다녀올게요. 아가씨는 빨리 영국공부로 돌아가세요!"

그렇게 난향을 청다관으로 보내고 모언은 급히 영국공부로 돌아왔다. 겨우 방으로 돌아와 한숨을 돌리려던 찰나였다.

벌컥!

방문이 열리고 신이 안으로 들어왔다. 그의 얼굴이 가면처럼 무표정했다.

"내 분명 경고했었지. 또다시 내 명을 어기고 바깥출입을 하면 지난번처럼 간단하게 끝나지 않을 거라고?"

아주 친절하게 날씨 이야기라도 하는 것처럼 그의 음성은 평온했다. 하지만 그녀를 바라보는 그의 찐득하고 깊은 눈빛에 포박된 모언은 거미줄에 걸린 나비처럼 꼼짝할 수 없었다. 저도 모르게 모언이 두려움으로 자신의 두 어깨를 감싸 안았다.

그 밤 이후 모언은 바깥출입을 더 이상 할 수 없었다. 신이 출타를 하면 하루 종일 위사들이 방의 입구를 막고 있었다. 오직 난향만이 모언의 시중을 들 수 있었고, 밥도 난향이 방 안으로 가져다주었다. 그렇게 유폐와 같은 생활이 지속되었다.

"싫어요, 제발, 나리!"

모언의 애처로운 비명도 신을 막지는 못했다. 침상 끄트머리에 넓게 다리를 벌리고 앉은 모언이었다. 그리고 바닥에 무릎을 꿇고 앉은 신의 머리가 그녀의 다리 사이에 있었다.

벌써 몇 번인지도 모를 절정에 이미 모언은 지칠 대로 지쳐 있었다. 공무를 마치고 돌아온 신이 격하게 그녀를 안았던 것이었다. 지쳐 축 늘어져 버린 그녀를 침상에 앉히고 다시 그가 그녀를 입으로 탐하고 있었던 것이다.

격렬하게 자신의 비부를 희롱하는 그의 입술과 혀에 모언은 정신을 잃을 것만 같았다. 그리고 심하게 부끄러웠다. 마음은 이렇게 자신을 탐하는 그를 거부하고 있는데 몸은 그에게 반응하고 있었던 것이다. 그의 혀가 꽃잎을 부드럽게 핥고 볼록하게 부풀어 오른 진주를 자극하자 그녀의 비부가 다시 질척하게 젖어들었다.

"시, 싫어, 이런 모습!"

그의 현란한 혀 놀림에 도로록 부풀어 오른 진주를 신이 살짝 이로 깨물자 모언의 몸이 크게 요동쳤다.

"엄청난데? 젖는 것이 범상치가 않아!"

그의 말에 모언이 격하게 몸을 흔들었다.

츄릅, 츄릅, 질척, 질척!

방 안을 가득 채운 음란한 물소리에 모언은 정신을 차릴 수가 없었다.

"아아, 앗……!"

그녀가 격한 쾌감을 견딜 수 없어 자신의 무릎을 잡고 앞으로 허리를 숙였다. 강한 신의 두 손이 그녀의 엉덩이를 잡고 있었다. 가슴에 그의 머리가 부드럽게 스쳤다. 예민해질 대로 예민해진 모언은 그 감촉에도 저릿하기만 했다.

쑤욱!

그가 갑자기 그녀의 동굴 안으로 중지와 약지 두 손가락을 한꺼번에 밀어 넣었다.

"헉! 시, 싫어, 제발 그만!!"

모언이 비명처럼 신음했다. 그가 고개를 들고 그녀를 강하게 끌어안으며 여전히 손가락으로 그녀의 동굴을 자극하고 있었다. 모언이 저도 모르게 그의 어깨에 달아오른 얼굴을 묻었다.

"질척, 질척 소리가 나는데!"

자신을 희롱하는 그의 목소리가 모언을 더욱 자극하고 있었다. 그리고 그가 주는 쾌감을 거부하지 못하고 반응하는 자신을 비웃는 것만 같아서 모언의 심장이 서걱거렸다.

"마, 말…… 하지 마세요, 앗!!"

그녀가 애원했으나 곧 그녀의 목소리는 달뜬 교성으로 변했다. 그리고 신이 그녀의 입술을 강하게 삼켰다. 갈 곳 없는 그녀의 작은 손이 그의 어깨를 부여잡았다. 모언의 작은 손가락이 신의 어깨를 파고들었다. 하지만 신은 아랑곳하지 않았다.

스르륵, 그의 손가락이 빠져나간 자리를 곧 그의 뜨거운 불기둥이 채웠다. 거침없이 진입하는 그의 불기둥에 모언이 경련했다. 농밀한 전희에 흐물흐물 입구가 풀어져 있었지만 아직도 그의 커다란 분신을 받아들이는 것은 힘이 들었다. 그녀의 작은 틈을 확 잡아 벌리며 안쪽 점막을 자극하는 그의 분신이 주는 고통에 모언은 숨을 멈추었다.

"하읏!"

그러나 곧 그 삽입의 고통은 강렬한 쾌감으로 변했다. 그는 강하게 허리를 추어올리며 동시의 그의 혀가 모언의 입안을 철저하게 희롱했다. 그의 거친 입맞춤에 모언의 입에서 타액이 흘러내렸다. 그리고 동시에 그녀의 비부에서도 끊임없이 달콤한 꿀이 흘러내렸다. 그녀의 허벅지를 타고 흘러내린 꿀이 바닥에 짙은 자국을 만들어내고 있었다.

무아지경에 빠져 버린 모언이었다. 그의 커다란 손이 그녀의 가슴을 강하게 움켜쥐었다 그리고 그의 분신이 다시 강하게 모언의 비부 안쪽을 자극했다.

"아앗, 아……!"

그녀가 등을 한껏 뒤로 젖히며 절정에 올랐다. 격렬하게 경련하는 그녀의 동굴이 강하게 그의 분신을 조였다. 하지만 모언이 미처 절정에서 정신을 차리기도 전에 그의 분신은 계속 그녀의 안을 희롱했다.

"아직이야!"

그가 그녀의 귓가에 속삭였다. 그의 음성도 쾌감으로 쉬어 있었다. 거칠게 자신의 안을 꿰뚫는 불기둥에 모언은 몽롱했다. 끊이지 않고 주어진 절정에 모언은 파들거렸다. 그가 그녀의 귀를 살짝 물었다.

다시 질징이있다. 그녀가 한껏 몸을 굳히자 곧 그의 분신도 커다랗게 팽창했다. 곧 뜨거운 백탁액이 모언의 배를 적셨다. 그 뜨거운 느낌에 슬픔을 느끼며 모언은 혼절과도 같은 잠 속으로 빠져

들었다.

유폐 이후 밤이면 밤마다 신은 모언을 거칠게 안았다. 하룻밤에도 수차례 신은 모언을 농락했다. 항상 부드럽게 그녀를 배려하던 신은 없었다. 모언을 탐하는 그는 집요했다. 마치 그녀 안에 그를 새겨 넣듯이 그녀의 몸이 그에게 철저히 길들여지도록 그는 모언을 안았다. 그리고 모언이 무슨 말을 하려고만 하면 거칠게 입을 막았다. 마치 그녀의 입에서 나올 말을 두려워하는 것처럼 그는 오직 그녀의 몸만을 탐했다.

폭력을 가하는 것은 아니었다. 저항하는 그녀를 극단으로 몰아붙여 쾌락에 허우적거리게 만들었다. 그것이 더욱 비참했다. 기쁨을 알아버린 여인의 몸이 모언을 배신하고 있었다. 마음은 얼어붙고 있는데 그에게 길들여진 몸은 쾌락에 신음했다. 그것이 치욕스러웠다. 그리고 하루하루 모언의 심장에 금이 갔다.

신은 더 이상 모언을 바라보지 않았다. 거칠게 그녀를 탐하면서도 모언과 시선을 마주하려 하지 않았던 것이다. 신은 고통스러워하고 있었다. 그녀를 아프게 하는 만큼 더욱더 그가 상처 입고 있음을 모언은 깨달았다. 그래서 어느 순간부터 모언은 저항을 멈추었다.

지쳐서 까무룩 잠이 든 어느 밤, 그는 그녀를 끌어안고 절규했다.

"널 놓을 수가 없어! 절대로 누구에게도 보내지 않아!"

모언의 감은 눈 사이로 눈물이 흘러내렸다. 왜 그와 자신은 이렇게 서로를 상처 주는 관계가 되었을까? 모질게 얽혀 버린 인연에 가슴이 먹먹했다. 모언을 증오하면서도 그녀를 놓지 못하는 신의 집착이 처절했다. 그를 은애하면서도 그에게 상처받는 모언의 연심이 애처로웠다. 서로가 서로를 은애할 수도 놓을 수도 없어 서로에게 끊임없이 상처를 주고 있었다.

## 13. 암운(暗雲)

길고 지루했던 매우가 끝나니 이번에는 뜨거운 더위가 남경을 가득 메웠다. 날이 타는 듯이 찌는 8월이었다. 그 어느 곳보다 뜨거운 남경이 올해는 유독 더웠다. 명의 3대 화로(우한, 충칭, 남경은 중국의 대표적인 혹서지임)라는 별칭에 어울리는 날씨였다.

늦은 밤, 장안루 2층에 마련된 조용한 내실에 신(晨)과 성국공 주윤(朱玧)이 마주하고 있었다. 1층의 소란스러운 객청과는 달리 내실에는 무거운 침묵이 내려앉아 있었다. 성국공은 신의 아버지인 영국공 이충문과 더불어 정난의 변(연왕 주체가 건문제를 몰아내고 제위에 오른 사건) 거병 당시, 황제를 지근거리에서 보필했던 장군이었다.

"영국공은 아직도 양주에 머물고 있는 것인가?"

술잔을 기울이던 성국공이 안부를 물었다.

"네, 어머님이 아직 미령하시어 체류가 길어지고 있습니다."

향의 흉사에 놀란 어머니는 바로 별장이 있는 양주로 내려가시고 말았다. 영국공도 영락제의 즉위 이후, 잠시 말미를 얻어 양주로 내려가 어머니를 돌보고 있었다. 그것이 벌써 일 년이 지나고 있었다. 그러다 보니 영국공부의 임무를 실질적으로 수행하고 있는 것은 신이었다. 부모님에게 누가 되지 않도록 그리고 쓸데없는 걱정을 하게 만들고 싶지 않아서 신은 노력하고 있었다.

"그래, 자네가 고생이 많구먼."

"아닙니다. 자식 된 당연한 도리입니다."

신의 말투가 담담했다. 성국공은 현재 폐하의 가장 큰 오른팔이라 할 수 있었다. 형부상서(刑部尙書, 정2품)로서 황제를 지근거리에서 보좌하고 있었던 것이다. 명나라 관제에 따르면 군대를 관장하는 지방의 도독들이 정1품으로 2품인 상서들보다 품계가 높았다. 하지만 중앙에서 행정을 관장하는 상서(6부를 관장하는 장관격)는 승상(丞相, 수상 및 국무총리)이 없는 명에서는 매우 큰 권력을 가지고 있었다.

"그런데 말일세, 얼마 전 내가 불온한 소문을 들었다네."

성국공이 마치 지나가는 소리처럼 말을 꺼냈다. 그러나 신은 이 늦은 시각, 성국공이 굳이 자신을 바깥으로 불러낸 사유에 신경이 쓰이고 있었다. 말씀하시라는 뜻으로 신은 조용히 침묵을 지켰다.

"폐하께서 족형(族刑, 죄인 당사자뿐만 아니라 친족까지 주살되는 형)을 내린 대역죄인의 여식이 버젓이 살아 남경에 머물고 있다는 것이지."

순간 신의 목덜미에 소름이 돋았다. 성국공은 이미 알고 있었던 것이다. 형률을 담당하는 6부의 수장인 그가 부러 이렇게 신에게 따로 이야기하는 것은 이미 큰 호의라 할 만했다. 태조 주원장이 대명률을 반포한 이후 명의 관리에 대한 처벌은 어느 왕조보다 지엄했다. 특히 태조는 자신의 친척도 법을 어기는 경우에는 예외를 두지 않았다.

"자네도 잘 알다시피 그런 위험한 이를 곁에 두다가는 그 사람도 크게 위험해질 수 있네. 아무리 폐하께서 공신들을 아끼신다 하더라도 쉽게 해결될 문제는 아닐세!"

성국공의 목소리는 높지 않았으나 그 의미는 지엄했다.

"대인!"

신이 차마 말을 잇지 못했다. 관노의 신분인 모언을 군관들에게 하사받은 형태로 영국공부의 노비로 받아들였다. 단순한 관노라면 크게 문제 될 것이 없었으나 류효윤의 여식이라면 그리 간단한 문제가 아니었다. 워낙 중차대한 일이라 이번에는 여자인 모언이라도 만약 황제의 심기를 거슬리는 경우에는 사형에 처해질 수도 있는 일이었다.

"속히 그 아이를 다른 곳으로 보내도록 하게. 그 이상은 나도 어찌할 수가 없네. 사냥개 같은 장승이 냄새를 맡았네. 조심하게."

성국공이 그리 말하고는 술을 들이켰다. 신은 이 상황을 어찌해야 할지 눈앞이 아득했다. 바깥의 더욱 날씨만큼 신의 심사가 열기로 부글부글 끓고 있었다.

중화대로는 화려한 불빛으로 불야성을 이루고 있었다. 더위를 피해 운하에 밤바람을 쐬러 나온 사람들로 가득했다. 화려하게 치장한 부유한 사람들은 운하에 배를 띄우고 강바람을 쐬면서 유희를 즐겼다. 배를 탈 여유가 없는 난봉꾼들은 운하 곁에서 술을 마시고 시끄럽게 굴고 있었다. 그리고 오직 누군가를 유혹할 생각으로 운하에 나온 여인들도 있었다. 그녀들은 배 안에 있는 지체 높은 남자들에게서 시선을 받기 위해서 한껏 치장을 했는데, 값싼 향 때문에 머리가 어지러울 지경이었다.

신이 영국공부로 돌아가려던 발을 멈추고 운하를 바라보았다. 어두운 운하에 달빛이 가득했다. 신의 기억이 모언과 함께 춘절의 등축제를 구경하던 때로 돌아갔다. 신이 내민 손을 수줍게 잡으며 목덜미까지 발갛게 얼굴을 붉히던 모언이었다. 순수하면서도 수줍어하는 그녀의 모습이 아직도 생생했다.

그 모습을 떠올리며 신은 그녀에게 차마 선물하지 못한 매화 문양의 머리꽂이를 저도 모르게 쓰다듬고 있었다. 그렇게 생각에 잠겨 있는 신에게 한 여인이 다가왔다. 단순한 심의 차림의 그였지만 남자다운 생김새와 주변을 압도하는 그의 분위기가 그 자체로서 충분히 매력적이었던 것이다.

"나리!"

간드러진 여자의 음성에 신이 얼굴을 찌푸렸다. 그녀에게서 풍기는 너무 강한 향이 역겨웠다. 아무래도 여자는 오늘 밤을 위해 자신을 유혹하려는 것 같았다. 신은 그것에 어울리고 싶은 생각은 추호도 없었다.

"물러나라."

낮은 목소리에 단 한 마디였으나 여인은 물러섰다. 여인이 물러나자 멀리 떨어져 있던 일행인 여자가 가까이 다가오며 이름을 불렸다.

"모언!"

신이 그 이름에 놀라 중화대로의 화려한 등불 속으로 사라지는 여인의 뒷모습을 바라보았다. 붉은 옷을 차려입은 여인의 모습이 등불에 어지럽게 움직였다. 그 모습을 뒤에서 물끄러미 바라보던 금동이 쓰게 웃으며 한마디를 했다.

"척홍은 척홍이되 모조품이로구나!"

척홍(剔紅, 명나라 초기 윈난의 대리(大理)부에서 만들어진 정교한 붉은 칠기)은 당시 남경에서 가장 인기 있는 사치 품목 중 하나로 부유한 이들이 앞을 다투어 수집하고 있었다. 그러나 곧 남경 시장을 장악한 것은 모조품이었다. 사치품에 대한 수요는 많고 공급은 따르지 않으니 상인들이 돈을 노리고 모조품을 만들어낸 것이었다. 금동이 휘가 같으나 전혀 다른 여인을 그렇게 비유한 것이었다.

"돌아가자!"

잠시 멍하게 있던 신이 금동에게 명했다. 신이 발길을 돌리려다 그제야 자신이 챙겨야 할 사람이 모언뿐만이 아니라는 데에 생각이 미쳤다. 모언도 모언이지만 곤일의 안위도 살펴야 했다. 그래서 금동에게 신속히 곤일을 안전한 곳으로 옮기라는 명을 내렸다. 금동은 빠르게 어둠 속으로 사라졌다. 영국공부로 향하는 신의 발걸음이 여러 가지 생각들로 무겁기만 했다. 갑자기 맑았던 밤하늘에 암운이 드리워지고 있었다.

삼경이 넘은 늦은 시각, 모언은 후원에 있었다. 갑자기 사라진 달빛에 사위가 깜깜했다. 그녀는 무슨 생각을 하는지 신의 기척에도 돌아보지 않았다.

"늦은 시간인데 무엇을 하고 있는 것이냐?"

신의 질문에 모언이 움찔했다. 생각에 잠겨 신이 곁에 온 것도 몰랐던 모양이었다. 거칠게 신에게 안기고 혼절했던 이후, 모언의 얼굴이 하루하루 창백해졌다. 가끔은 수줍게 신을 바라보던 그녀의 시선은 이제 신에게 닿지 않았다. 마음을 잃어버린 것처럼 매일 그렇게 말라가고 있었다.

어느 순간 백화선자처럼 선계로 돌아가 버릴 것만 같았다. 그래서 더욱 집요하게 그녀를 탐했다. 그녀의 안에 있을 때만이 그녀가 제 곁에 있는 것 같았다. 신은 제 자신을 저주하며 통제할 수 없는 자신의 욕망에 몸서리치고 있었다.

"그냥 잠시 옛일을 생각하고 있었습니다."

다행히 신의 질문에 그녀가 심상히 대답을 해주었다. 신이 조심스레 그녀의 곁에 섰다. 그녀가 하염없이 바라보던 매화나무를 함께 바라보았다.

"옛일 말고 요즘은 어떠한 것이냐?"

그녀가 자꾸만 옛날을 생각하는 것이 마음에 걸렸다. 그의 곁에 머무는 것이 그리 고통스러운 것인지 신은 그녀의 마음을 알고 싶었다. 괴롭히면서도 도무지 알 수 없는 그녀의 마음 때문에 답답하기만 했다.

"하루하루 외롭습니다."

모언의 대답에 신의 심장이 살얼음이 쪼개지는 것처럼 쩍 하고 갈라졌다.

"가족이 그리운 것이냐?"

신의 질문에 모언이 고개를 들어 그의 눈을 지그시 바라보았다. 그 깊이를 측량할 수 없는 심해처럼 깊은 모언의 눈빛에 신은 점점 빠져들고 있었다. 그녀의 눈동자에는 자신의 모습이 고스란히 담겨 있었다. 신은 그 바닥을 알 수 없는 모언이라는 늪에 빠져 있었다. 그러나 허우적거리고 있는 것은 오직 신뿐, 정작 자신을 가두어 버린 모언은 초연했다. 저리 담담하게 외롭다 말하는 그녀가 미웠다.

"어찌 그립지 않겠습니까?"

모언이 다시 고개를 돌려 먼 하늘을 바라보았다. 가족을 생각하는 듯 그녀의 눈에 부드러운 아지랑이가 피어올랐다. 그녀가 자신을 생각하면서도 저런 표정을 지어주었으면 싶었다.

"하지만 그분들은 모두 제 마음속에 살고 있습니다. 그래도 만날 수 없어 너무 외롭습니다."

모언의 대답이 처연했다. 그리고 그녀가 문득 고개를 돌려 신에게 되물었다.

"나리는 요즘 어떠십니까?"

예상치 못한 모언의 질문에 신은 움찔했다. 대답을 해줄 의무는 없었다. 하지만 그녀의 질문이 허공에 걸려, 신은 밧줄에 묶인 듯 어찌할 수가 없었다. 하루하루 그녀가 곁에 있어서 행복했다. 하지만 그녀가 자신을 바라보지 않아 함께 있어도 쓸쓸하기만 했다. 신이 저도 모르게 한숨처럼 중얼거렸다.

"나는 하루하루 쓸쓸하구나!"

순간 얼음 같은 침묵이 후원에 내려앉았다. 그녀의 마음속에 있는 얼음을 녹여내고 싶었다. 아무리 뜨겁게 그녀의 몸을 탐해도 그녀는 마음을 주지 않았다. 오히려 하루하루 지날수록 그 얼음의 두께가 점점 두터워지는 기분이었다. 언제 그 마음 안쪽까지 닿을 수 있을지, 신은 저도 모르게 한숨을 쉬고 말았다.

후두둑, 후두둑!

기어코 소나기가 갑작스레 내리기 시작했다.

그렇게 소나기가 떨어지고 나서 며칠 후, 모언이 진지하게 신에게 부탁을 했다. 마침 신은 오랜만에 일찍 퇴청하여 조용히 책을 읽고 있던 참이었다. 모언이 외롭다 말한 그날 이후 신은 그녀를 차마 안을 수가 없었다. 하지만 그녀의 곁에서 떠날 수도 없었다. 그렇게 살얼음 위를 걷는 것 같은 아슬아슬한 나날이었다.

"나리께 드릴 말씀이 있습니다."

모언의 조용한 목소리에 신이 고개를 들었다. 하지만 그의 얼굴에선 어떤 표정도 읽을 수가 없었다.

"고하라."

신의 말은 냉정했다. 간신히 끌어낸 용기가 그의 차가운 말에 사그라들었다. 하지만 빙탄간(氷炭間)처럼 서로를 상처 주면서 더 이상 이런 상태를 유지할 수는 없었다. 그가 놓을 수 없다면 그녀가 끝을 내야만 했다.

"저를 다른 곳으로 보내주시면 아니 되겠습니까?"

모언의 말에 서책을 넘기던 그의 손끝이 가늘게 떨렸다. 하지만 고개를 숙이고 있는 그녀는 그것을 보지 못했다.

"불허(不許)한다."

신의 목소리가 날카롭기만 했다.

"제게 곁에 있으면 나리께서는 계속 괴로우실 것입니다. 그러니 떠날 수 있게 해주십시오."

모언은 그의 곁에 있는 것이 하루하루 설레면서도 자신을 은애하지 않는 그 때문에 매일이 외롭기만 했다. 모언이 곁에 있어도 쓸쓸하기만 하다는 그의 곁에 그녀는 더 이상 머물 자신이 없었다.

"불허한다!"

신의 목소리가 화가 난 듯이 살짝 높아졌다. 하지만 보내지 않겠다고 고집하는 그를 모언이 슬픈 눈으로 바라보았다.

"그럼 계속 나리 곁에 머물러야 하는 것입니까?"

"그래. 너는 어디에도 갈 수 없다. 그리고 곤일의 안위가 궁금하지 않으냐?"

"그, 그게 무슨 말씀이십니까? 곤일의 행방에 대해서 알고 계신 것이 있으십니까?"

모언이 애원했다. 설마 시장에서 사복이 사라진 사유가 신이 손을 썼기 때문인 걸까?

"대체 곤일을 어떻게 하신 거예요?"

모언이 비명처럼 외쳤다.

"네가 내 곁에 있는 한 그 아이는 안전하다."

냉정한 신의 말에 모언의 마음이 금이 간 도자기처럼 갈라졌다. 진실을 알려주지 않은 그가 원망스럽기만 했다.

"설마, 그 아이를 볼모로 잡으신 것입니까? 어찌 제게 이렇게 잔인하십니까?"

모언이 충격으로 휘청거렸다. 갑자기 자리에서 벌떡 일어난 그가 거칠게 그녀를 벽으로 밀어붙였다. 그리고 찢어발기듯이 그녀의 옷을 벗겨내었다. 그리고 그녀의 두 손목을 한 손에 그러잡아 머리 위로 고정하였다. 마치 애처로운 짐승처럼 그녀는 꼼짝도 하지 못하고 그의 눈앞에 오롯이 나신을 드러내었다.

그것을 뜨거운 눈으로 바라보던 그가 그녀의 입을 벌하듯이 강하게 입술을 부딪혔다. 이가 맞부딪히면서 입안에서 찝찔한 놋쇠 맛이 느껴졌다. 그럼에도 신의 입술은 혀는 모언을 삼켜 버릴 듯이 탐하고 있었다. 모언은 숨이 턱턱 막혔다. 그의 비어 있는 다른 한 손이 그녀의 가슴을 거칠게 희롱하기 시작했다. 너무나 강한 손길에 모언은 고통으로 몸을 움찔했다. 하지만 그는 아랑곳하지 않고 그녀의 다리 사이로 그의 한쪽 다리를 넣어 그녀의 다리를 벌렸다.

"나리……!"

그녀가 애처롭게 외쳤다. 안타까웠다. 이렇게 자신을 벌하듯이 탐하는 그가 안타까웠다. 그래서 모언의 심장이 따끔거렸다. 그의 절박함이 그대로 그녀의 심장을 찌르고 있었다. 몇 번 모언의 비부를 성급하게 손으로 쓰다듬던 그가 제대로 준비도 되지 않은 모언의 봄속을 파고들었다. 그리고 강하게 그녀를 밀어붙였다. 그가 마치 소유인을 새기는 것처럼, 제 것이라는 표시를 하듯 그녀의 어깨를 강하게 물었다.

"이앗!"

모언이 비명을 질렀다. 그러나 신은 그녀의 비명에도 아랑곳하지 않고 그녀의 비부를 계속 공략했다. 이내 그녀의 동굴 안에서 질척이며 애액이 솟아났다. 마치 그를 기억하듯이 그녀의 몸은 이런 상황에서도 그의 움직임에 반응하고 있었다. 그의 몸짓에 속절없이 반응하는 제 몸이 한심했다.

"이런 몸으로 어디를 가려는 것이냐? 하루도 남자 없이는 살 수 없는 몸이 되어서는 다른 사내라도 찾겠다는 뜻이냐?"

그의 말이 가차 없었다. 그녀의 비부를 자극하는 뜨거운 분신과는 달리 그의 말은 얼음처럼 차가웠다. 감히 그의 곁을 떠나겠다는 그녀를 벌하듯이 그렇게 집요했다. 하지만 그녀의 온몸을 쓰다듬는 그의 손길이 아릿했다. 말로는 거칠게 그녀에게 폭언을 퍼부었지만 그녀의 온몸을 쓰다듬는 손길에는 가지 말라는 애처로운 간청 같은 것이 스며들어 있었다.

그녀가 슬픈 눈으로 그를 응시하였다. 그가 자신의 안으로 파고들 때마다 그녀의 등이 벽에 부딪혔다. 그의 몸짓에 그저 흔들리며 모언은 자신을 보내지 않겠다며 자신을 탐하는 그를 그저 안타깝고 애처로운 눈으로 바라보았다.

"너는 내 것이야! 이렇게 내가 원할 때 나에게 몸을 열어야 하는 내 것이라고, 누구에게도 줄 수 없어!"

짧고도 강렬한 움직임 이후 그가 급히 분신을 꺼내어 바깥에서 파정했다. 뜨거운 백탁액이 모언의 허벅지를 타고 아래로 흘러내렸다. 잠시 그렇게 그는 그녀를 안고 있었다. 그리고 지쳐 스르르 밑으로 쓰러져 내리는 그녀를 그가 두 팔로 지탱했다. 표정 없는 그녀의 얼굴에 그의 눈빛이 상처 입은 짐승처럼 쓸쓸해졌다. 그리고는 자신의 심의를 벗어 그녀의 벗은 몸을 가려주었다. 그리고는 죄 지은 듯 급히 방을 나섰다.

걸어나가는 그의 등을 모언의 시선이 따라갔다. 잔뜩 성이 난 듯 그의 어깨가 굳어 있었다. 그의 온몸에서 흘러나오는 불쾌한 감정이 모언에게도 그대로 느껴져 움찔하고 말았다. 그럼에도 모언은 나가는 그의 뒷모습을 하염없이 바라보았다.

방문을 나서는 신은 미칠 것만 같았다. 감히 저를 보내달라 사정하는 그녀에게 미치도록 화가 났다. 왜 그녀는 이리 주체할 수 없는 감정을 자신에게서 끌어내는 것인가? 그녀를 보고 있으면 화가 났다. 얄밉도록 아름다운 그녀가 미웠다. 하지만 자신의 곁에서 멀어지는 것은 더욱 참을 수가 없었다. 자신을 바라보지 않아서 밉다가도 그녀가 곁에 없다는 생각을 하면 조금도 냉정할 수가 없었다.

자신의 마음을 온통 가지고는 조그만 마음 한 자락 내어주지 않는 그녀가 미웠다. 그녀의 몸을 가졌어도 그녀는 신의 것이 아니었다. 어떻게 하면 저 마음을 제 것으로 할 수 있는지, 자신만을 바라보게 만들고 싶었다. 그녀의 까맣고 반짝거리는 눈동자에 오직 자신만을 담고 싶었다.

모언에 대한 애증으로 신은 미쳐 가고 있었다. 도저히 그녀를 보낼 수가 없었다. 성국공의 충고를 따라야 한다는 것을 머리로는 알면서도 어떻게 해서든 그녀를 곁에 둘 방법을 찾아내고만 싶었다. 그리고 곤일의 안위가 신의 손에 있는 한 결코 그녀는 자신을 떠날 수 없을 것이었다. 비겁하지만 그것이 지금은 신이 기댈 수 있는 유일한 무기였다. 그녀의 마음을 가질 수 없다면 그 몸이라도 가질 것이다. 그녀의 몸에 자신을 새겨놓을 것이었다. 철저하게 자신의 것으로 만들어 누구에게도 주지 않을 것이었다.

모언은 이제 '내 것' 이었다!

'내 것!'

훗 하고 웃음이 나왔다. 그랬다. 모언은 신에게 사람이 아닌 그저 소유물인 것이다. 소유물에게 어떤 감정을 기대하겠는가? 그녀는 그저 하찮은 존재였던 것이다. 알고 있었지만 그의 입으로 듣는 것은 가슴이 따끔따끔했다.

하지만…… 그녀는 사람이었다. 희로애락의 감정을 지닌 그에게 사랑받고 싶은, 이렇게 자신을 증오하는 그를 은애하는 못난 여인이었다.

이렇게 그의 곁에서 조금씩 마음에 금이 가면,
언젠가는 이 마음은 모두 깨어져 없어지지 않을까?
그렇게 되면 이 지극한 고통에서 벗어날 수 있을까?
깨어진 마음의 조각을 부여잡고 살 수 있지 않을까?
그를 떠나서도 숨을 쉴 수 있는 그런 날이 있을까?
그를 은애하지 않고 살 수 있는 날이 올 수 있을까?

그를 떠나서도 숨은 쉴 수 있을 것이다.
그가 곁에 없어도 삶은 사라질 것이었다.
하지만…….
텅 빈 가슴을 안고 사는 삶은 의미가 없었다.

척애(隻愛, 짝사랑)를 가슴에 부여잡고 하루하루 고통에 몸부림치며 그렇게 살아야만 했다.

떠날 수도 남을 수도 없는 모언은 조용히 눈물을 흘렸다. 그 눈물이 이 심장 안에 얼음처럼 박힌 고통을 녹여주기를, 그를 은애하는 마음을 없애주기를 그렇게 바라고 또 바랐다. 고통의 눈물이 파도가 되어 해일처럼 그녀를 휘감았다.

❖

"나리, 곤일 도련님, 사복과 추국 모두 안전한 곳으로 옮겼습니다."

며칠 후, 금동이 후원에서 생각에 빠져 있는 신에게, 운하에서 급히 처리하라 일렀던 명(命)의 완료를 고하였다.

"아무도 눈치챈 사람은 없겠지?"

신의 목소리가 낮았다.

"네, 은밀하게 처리하였습니다. 주변에도 단단히 입막음을 해두었습니다. 누구도 이 일에 나리가 연관되어 있다는 것을 알지 못할 것입니다."

믿음직한 금동의 말에 신이 만족스럽게 고개를 끄덕였다. 뒤로 물러서는 금동을 바라보던 신이 갑자기 긴장했다. 수상한 인기척을 느낀 무인의 직감이었다. 인기척은 신의 처소를 향하고 있었다. 신이 급히 금동과 함께 자신의 처소로 향했다.

모언의 옆구리에서 배어 나온 붉은 피가 바닥을 물들이고 있었다.

"네가 모언이냐?"

옆구리를 움켜쥔 모언이 눈앞에 서 있는 흑의의 자객을 멍하니 바라보았다. 자객의 날카로운 검이 이제는 자신의 심장을 노리고 있었다.

"대…… 체 누구십니까?"

모언의 대답을 들을 것이라는 기대는 없었지만 그에게 물었다. 죽을 때 죽더라도 사유는 알고 싶었다. 무슨 원한이 있어 이리 경비가 삼엄한 영국공부에까지 침입했는지 그 사유가 궁금했다.

"그것은 알 것 없다. 단지 네가 있으면 나리에게 누가 될 뿐이니 조용히 죽어줘야겠다."

그리고 모언을 향하여 자객의 검이 다시 허공을 갈랐다.

휘이익!

서늘한 밤공기를 가르는 검이 스산한 바람을 일으켰다. 창밖에서 들어오는 달빛을 받은 검날이 예리하게 반짝였다. 모언은 공포에 질린 듯 꼼짝도 하지 못하고 그 자리에 붙박인 듯 멈추어 섰다.

'지금 저 검을 피하지 못하면, 나는 죽는 것인가?'

그 찰나의 순간 모언의 머릿속에 떠오른 사람은 신이었다. 어쩌면 이것이 유일하게 그를 떠날 수 있는 방법일지도 몰랐다. 잔인하지만 그들의 전쟁 같은 관계를 생각하면 가장 적절한 결말 같았다. 그래서 그가 괴롭지 않을 수만 있다면, 더 이상 자신 때문에 상처 입지 않을 수 있다면…… 모언은 그만 눈을 감았다.

사삭!!

"나리!"

금동의 날카로운 외침이 허공을 갈랐다. 그리고 동시에 모언의 얼굴에 따듯한 물방울 같은 것이 뿌려졌다. 모언은 감았던 눈을 떴다. 자신을 가로막은 사내의 그림자! 신이었다. 그가 맨몸으로 검을 막은 것이었다.

사삭, 그리고 이내 금동의 검에 자객은 앞으로 쓰러졌다.

모언의 얼굴에 묻은 것은 신의 핏방울이었다. 순간 모언의 얼굴이 백짓장처럼 새하얗게 질려 버렸다. 갑자기 들이닥친 금의위 군사들의 손에 죽어가던 가솔들의 눈동자가 겹쳐졌다. 살려달라는 표정으로 애처롭게 자신을 바라보던 하인들의 피 묻은 얼굴이 겹쳐졌다. 아무것도 할 수 없었던 모언이었다. 그저 그렇게 죽어가는 이들을 바라볼 수밖에 없었다.

신의 오른쪽 팔에서 끊임없이 흘러나오는 피가 바닥을 적셨다. 그가 피를 흘리고 있었다. 자신을 대신해서 누군가가 또 다치고 피를 흘리고 있었다. 그의 팔에서 흘러내리는 피가 그의 고통 같았다. 그녀 때문에 신은 마음을 다치고 이제는 상처까지 입었다. 그녀가 곁에 있어서 그가 아픈 것이다. 싫었다. 무서웠다. 이 모든 것이 두려워 도망치고 싶었다.

"싫어, 싫어, 이제 그만!"

모언이 미친 듯이 비명을 지르며 그대로 쓰러졌나.

"모언, 모언! 정신 차리거라!"

의식을 잃고 앞으로 푹 거꾸러지는 모언을 받아들면서 신이 애타게 소리쳤다.

'두려워하지 마라, 쓰러지지도 마라, 아파하지도 마라!'

신은 속으로 중얼거렸다. 종이인형처럼 풀썩 앞으로 쓰러지는 그녀가 곧 사라질 것만 같아 두려웠다. 이대로 정신을 놓아버리고 그 아름다운 눈으로 자신을 바라보지 않을 것만 같아 겁이 났다. 그녀의 하얀 얼굴에 묻은 붉은 핏방울이 그녀가 흘리는 피눈물 같아서 신의 심장이 쓰라렸다. 그리고 그녀의 작은 몸에서 어찌 이렇게 많은 피가 흘러나오는 것인지 처음으로 신은 붉은 피가 두려워졌다.

"나리!"

주변의 사람들이 피투성이가 되어 모언을 끌어안은 신을 말렸다. 마치 정신이 나간 듯, 신의 시선은 모언에게 고정되어 있었다. 신의 팔에서 끊임없이 붉은 선혈이 흘러내리고 있었으나 신은 아랑곳하지 않았다.

"어서, 어서 의원을 부르라!"

비명처럼 신이 소리쳤다. 하지만 걱정이 되어 안달이 난 것은 호위무사 금동이었다. 아무리 뛰어난 신이라 해도 검을 맨몸으로 받아내었다. 전장에서 크고 작은 부상을 입은 신이었으나 아무래도 오늘의 검상(劍傷)은 상당히 위중한 상태일 것이다. 문자 그대로 지금 신의 주변은 피 웅덩이를 이루고 있었다.

자객의 검이 모언을 향하는 순간, 신은 거의 동물적으로 그녀를 보호하기 위해 움직였다. 신이 재빠르게 몸을 돌려 검의 방향을 피하지 않았더라면 팔이 절단될 수도 있었다. 그러나 신은 자신의 안위 따위는 안중에도 없는 것처럼 움직였던 것이다. 하지만 아무리 신이라 할지라도 지금은 한시라도 빨리 치료가 급했다. 그리고 모언의 자상도 치료가 시급했다.

"나리, 우선 치료를 받으십시오. 아가씨는 저희가 의원에게 보이겠습니다."

금동이 그리 고했으나 신은 계속 신음처럼 의원을 부르라는 말만 되풀이하였다. 그리고 금동은 모언을 바라보는 신의 애틋한 시선에 차마 그를 더 이상 방해할 수 없었다. 신은 자신의 상처보다 모언의 얼굴에 묻은 핏자국이 더욱 안타까운 듯 부드럽게 그녀의 뺨을 쓸어내리고 있었다. 행여 깨질까 행여 부러질까 노심초사하는 신의 심정이 그대로 느껴졌다.

그리고 자신의 상처보다 다친 신을 보고 혼절한 모언을 보니 그녀가 겪었을 공포가 어떠했을지 짐작이 된 금동의 가슴이 짠했다. 하지만 모언을 다정하게 끌어안은 신의 모습이 너무나 아름다워 금동의 눈가가 시큰했다.

은애하는 마음은 말하지 않아도 공기 중에 떠도는 법이었다. 모언을 바라보는 신의 시선이 항상 다정하면서도 매우 사랑스러운 존재를 바라보는 것처럼 애틋하였다. 모언을 바라보는 신의 시선에 봄날의 아지랑이 같은 따뜻한 기운이 항상 섞여 있었다. 하지만 모언을 바라보는 그 아지랑이는 열기를 함께 품고 있었다.

모언도 신에게 들키지 않게 조심스레 그를 관찰하고는 했다. 그 아름다운 응시에 섞여 있는 것은 분명히 애정이었다. 두 사람 사이에 일렁이는 부드러운 감정의 파도를 두 사람만 눈치채지 못하고 있었다.

하지만 오늘 금동은 확신했다. 저 두 사람은 결코 떨어질 수 없는 한 쌍이었다. 아무리 세상이 바뀌어도 두 사람은 서로를 위해서 태어난 반쪽이었다. 강하지만 다정한 신과 여리지만 그 속에 굳은 심지를 지닌 모언! 두 사람이 아무런 장애도 없이 그저 서로를 은애할 수 있기를, 무뚝뚝하고 검만을 의지해 온 무사인 금동조차 하늘에 기원하고 싶은 심정이었다.

❖

"폐하, 병부시랑이 들었습니다."

내관의 음성이 편전을 가득 채웠다. 영락제 앞을 향해 나아가는 신의 발걸음이 무겁기만 했다. 벌써 모언이 쓰러진 지 3일이 지났으나 아직 그녀는 깨어나지 못하고 있었다. 그래서 신의 생각은 계속 누워 있는 모언에게로 향하고 있었다.

"폐하, 신 병부시랑이옵니다."

신의 인사에 영락제가 읽고 있던 상소문을 내려놓으며 신을 맞이하였다. 옆에는 성국공 주윤이 자리 잡고 있었다.

"이리 가까이 들라."

영락제의 음성이 매우 친절했다. 하지만 신은 차가운 손이 자신의 심장을 움켜쥔 기분이었다. 설명할 수 없는 한기에 온몸에 소름이 돋아났다.

"하하, 병부시랑! 짐이 오늘 아주 좋은 소식이 있어 귀공을 불렀네!"

영락제의 말에 신이 고개를 갸웃했다.

"폐하, 성은이 망극하옵니다. 좋은 소식이라 하심은 어떤 말씀이시옵니까?"

"본래 이 일은 영국공을 불러 전해야 하는 것이 순리이나 지금 양주에 있으니, 짐이 성국공과 대신 논의를 하였다네."

점점 모를 소리를 하는 영락제를 바라보며 신은 어리둥절했다.

"하명하시옵소서."

신이 머리를 조아렸다.

"귀공을 위하여 내가 아주 좋은 혼처를 구했다네. 벌써 귀공의 나이가 스물여섯이 아닌가? 곧 있으면 가을인데 날이 좋을 때 혼사를 치러야 하지 않겠나?"

예상치 못한 영락제의 말에 신이 대경실색하고야 말았다. 황제가 군후의 혼사에까지 신경을 쓰다니 무엇인가가 이상했다. 하지만 절대 이유 없는 일을 벌이는 황제도 아니었다.

"폐하, 갑작스러운 말씀이라 미련한 제가 그 뜻을 다 이해하지 못하였습니다."

신의 말에 영락제가 껄껄 웃었다.

"하하, 그럴 만도 하지. 정국공 서달의 여식이 올해 열여섯이라 하더군. 아주 아름답고 현숙한 처자라고 소문이 자자하지. 영국공과 정국공 모두 짐이 제위에 오를 때 물심양면으로 보필했던 이들이 아닌가? 그래서 두 집안이 사돈의 연을 맺으면 이 어찌 기쁘지 않겠나? 그렇지 않소, 성국공?"

영락제의 하문에 성국공이 포권의 예로 답을 했다.

"폐하의 성은이 하해와 같습니다. 정말 경사입니다."

신의 이마에서 송골송골 땀이 솟아올랐다.

"폐하, 외람되오나 부친께서 부재하시니 혼인은 잠시 시간을 가지고 생각해 볼 수 있도록 윤허해 주십시오."

신이 간청했다.

"하하하, 이제 보니 병부시랑이 능력은 출중하지만 아직 정치는 잘 모르는 모양이군."

영락제의 표정은 웃고 있었지만 그 목소리는 냉기를 머금고 있었다.

"이것은 황명이다."

차가운 황제의 말에 신은 몸을 떨었다.

"받아들이면 귀공 집안의 국공의 지위를 보장하지. 하지만 거부할 시에는……."

영락제가 말을 멈추자 신이 긴장으로 침을 삼켰다.

"그대 집안에 있는 여인을 형장으로 내어놓아야겠네. 그리고 귀공의 가문은 공신가문에서 삭제될 것이네!"

신의 눈앞이 캄캄해졌다. 황제는 지금 신에게 선택을 강요하고 있는 것이었다. 충성을 보이든지 아니면 모언을 내어놓든지! 충성을 증명하라는 황제의 명령이었다.

"폐하!"

신의 목소리가 떨렸다.

"병부시랑, 어서 폐하의 황명을 받들지 않고 뭐 하는 것인가?"

성국공이 신을 채근하였다. 이것은 황제가 신에게 보여주는 최대한의 호의였다. 아무리 황제가 신을 아낀다 해도 류효윤의 여식을 살려둘 수는 없었다. 류효윤에게 내려진 족형이 아무리 가혹하였다 하더라도 그것은 황제의 정통성과 관련된 문제였다. 게다가 그 여인이 바로 영국공의 장자이자 향후 영락제의 통치를 보필한 신의 곁에 있는 것을 그대로 방치할 수가 없었다.

"며칠 전, 짐이 보낸 선물은 잘 받아보았는가?"

영락제의 평범한 말투가 신의 모골을 송연하게 만들었다. 자객을 보낸 것은 황제였던 것이다. 조용히 모언을 처리하게 하여 이 일이 공론화되지 않도록 하기 위한 황제의 선택이었다. 영락제 역시 류효윤의 기개를 높이 사고, 사적으로는 그 집안에 대한 안타까움이 있었기에 그리한 일이었다. 다시 모언의 일로 시끄러워지는 것을 원치 않았다. 그리고 일이 공론화되어 쓸데없는 정쟁으로 유능한 장수를 잃고 싶지도 않았다.

"처리하시게. 하지만 언제까지 내 호의가 지속될 거라 바라지는 말라!"

냉정한 영락제의 음성에 신이 고개를 숙였다.

"폐하!"

편전을 물러 나오는 신의 발걸음이 고통으로 삐걱거리고 있었다. 다친 팔에서 다시 피가 흐르고 있었다.

영국공부로 어떻게 돌아왔는지 신은 정신이 하나도 없었다. 단지 모언을, 그녀의 얼굴을 보고 싶었다. 아직도 모언은 혼절에서 깨어나지 못하고 있었다. 난향과 약요, 팽 유모까지 밤새 그녀를 간호하느라 애를 쓰고 있었다. 혼이 빠져 들어오는 신을 보고 급히 그녀들이 자리를 비웠다.

침상 옆 의자에 털썩 주저앉은 신이 모언의 얼굴을 물끄러미 바라보았다. 그녀를 처리하라는 황제의 지엄한 명이 신의 가슴을 뻐근하게 만들고 있었다. 그녀를 구할 방법은 없는 것일까? 신은 필사적으로 방법을 생각해 내려고 하였으나 암담하기만 할 뿐이었다. 그녀를 살리면 영국공부 전체가 위험했다. 하지만 모언을 죽게 할 수도 없었다. 어느새 그녀의 존재가 신에게 각인되어 있었다. 그녀를 죽도록 미워하면서도 그녀가 없이는 신은 견딜 수가 없었다.

"나리!"

바깥에서 들려온 목소리에 신이 고개를 들었다. 안으로 들어온 것은 금동이었다.

"나리, 취보문 근처 야다관(野茶館)에 아가씨가 나타났습니다."

금동의 얼굴이 긴장으로 굳어 있었다.

"훗, 대체 하는 일이 왜 이리 허술한가? 지금 여기 혼절해 쓰러진 모언이 야다관에 나타났다고?"

신이 씁쓸하게 중얼거렸다. 이젠 그녀에 대한 진실 따위 아무것도 중요치 않았다. 그녀가 향의 정인이었든, 여러 공자들을 농락하였든 그건 이제 아무래도 상관 없었다. 그저 그녀가 신의 곁에 머물 수 있는 방법을 찾을 수만 있다면 아무것도 바라지 않았다.

"이제 서신의 행방을 추적하는 일은 그만두어라."

신의 말에 기운이 없었다. 모언이 상중하탑방시장에서 장승의 모욕에 상처를 받고 혼절한 직후부터 신은 금동에게 예전 소문의 진상을 파악하도록 지시했었다. 자신의 눈앞에 있는 그녀와 예전 소문 속의 그녀가 너무나 달랐기 때문이었다.

그러나 잡힐 듯 말 듯 그 실체를 파악하는 것은 쉽지가 않았다. 농락당하였다는 공자들 모두 수치심에 입을 다물었고 여인의 행방이 묘연했기 때문이었다. 그리고 올해에는 워낙 여인이 주도면밀하게 움직여 꼬리를 잡기가 쉽지 않았던 것이다. 하지만 이제 그런 진실 따위 알고 싶지도 않았다.

"그것이, 아무래도 누군가 모언 아가씨의 휘를 빌려 위장하고 있는 것 같습니다."

금동이 조심스레 의견을 제시하였다.

"그래 휘를 빌려 위장했거나, 서체까지 모사했거나?"

신이 헛헛하게 웃었다. 그래 그렇게 생각하면 되었다. 모든 것은 누군가의 지독한 장난이었던 것이다. 향의 죽음도, 괴로운 자신도, 자신에게 상처 입은 모언까지…….

"나리, 그것이 사실입니다. 여인이 서체까지 모사한 것이 맞았습니다."

금동의 말에 신이 고개를 번쩍 들었다.

"그게 무슨 말이냐?"

신의 강렬한 눈빛이 금동의 얼굴을 태워 버릴 것만 같았다. 그 눈빛에 금동은 저도 모르게 몸을 움츠렸다. 하지만 금동은 진실을 전해야만 했다.

"야다관에서 가격을 흥정하던 여인과 공자 간에 실랑이가 벌어졌다고 합니다. 그러다가 화가 난 공자가 여인을 위협하니 여인이 근처 홍등가에 있는 자신의 숙소로 줄행랑을 쳤습니다. 그 공자가 사람을 동원해서 그녀의 숙소를 덮쳤는데 그곳에서 이 서신들이 나왔다고 합니다."

금동이 건네준 서신을 받아 드는 신의 손끝이 떨렸다. 분명 모언의 서체였다. 낯 뜨거운 내용이 가득한 그 서신의 필체는 바로 모언의 필체와 같았다.

"이것이 정말이냐?"

신의 음성이 떨렸다. 만약 그렇다면 그동안 신은 지독한 오해로 모언을 몰아붙였다는 것인가?

"어디 있느냐, 지금 그 여인은 어디에 있느냐?"

"화가 난 공자가 여인을 관아에 고발을 해서 조금 전 남경부 관아로 잡혀갔다고 합니다."

한 식경 후, 신은 옥사 앞에 서 있었다. 여인의 얼굴이 낯이 익었다. 운하에서 자신을 유혹하려던 그 여인이었다. 신은 충격으로 후들거리는 다리를 간신히 지탱하였다. 견고했던 신의 세상이 빙글빙글 돌았다. 가슴이 커다란 돌에 눌린 것처럼 제대로 숨을 쉴 수가 없었다. 그리고 지독한 오해와 그 엄청난 진실 앞에 신은 할 말을 잃었다. 척홍의 진실이 아프게 신의 눈앞에 펼쳐졌다.

# 14. 척홍(剔紅)의 진실

"남자의 마음을 쥐락펴락하는 데 선수라오. 나뿐만 아니라 그녀의 서신에 몸이 단 공자가 여럿이었소. 어쩌다 내가 그런 여인에게…… 이 서신은 내게는 필요가 없으니 가져가시오."

반년 전, 병부상서의 장자인 왕탁이 기분 나쁘다는 듯 서신을 신에게 건네주었다.

최근 남경의 환락가에 이상한 소문이 떠돌고 있었다. 멸문한 사대부의 여식이라며 사신을 첩으로 삼아달라 여러 공자들에게 서신이 전달된 것이었다. 조사에 따르면 서신은 유력한 귀족 가문의 자제들에게 전달되었고, 그들은 하나같이 과거에 서신의 주인공과 만났던 일이 있었다. 수많은 공자들이 여인이 있다는 곳을 찾아가면 짧은 밀회를 거치고 돈을 요구했다.

3년 전 건문 2년(1400년)에도 비슷한 일이 있었다. 다만 당시에는 여인은 돈을 바라지는 않았다. 하지만 이번에는 노골적으로 공자들에게 돈을 요구한 것이 달랐다. 당시에는 건문제와 현 영락제 간의 갈등이 극에 달했던 시점이라 이 문제는 크게 공론화되지 않고 유야무야 묻혔다. 일단 여인이 어느 시점 이후 더 이상 나타나지 않았기 때문이었다.

그런데 이번에는 공자들이 돈을 융통해 내느라 문제들을 일으키니 상황이 커졌다. 형조에 고발소고가 잇따랐다. 신도 그 소식을 들었다. 그리고 공교롭게도 그 서신이 출몰하기 시작한 것이 모언이 상중하탑방시장을 찾기 시작한 올 3월 시점과 일치했다.

신은 그래서 여인에게 다시 서신을 받았다는 왕탁을 별도로 만났던 것이다. 순간 신은 휘청했다. 믿을 수가 없었다. 아니, 믿고 싶지 않았다. 신은 들고 있던 서신을 바닥에 떨어뜨렸다. 모언의 서체였기 때문이었다. 그녀가, 자신의 품속에서 수줍게 피어난 모언이 이런 서신을 공자들에게 보내고 있었다니 기가 막혔다.

3년 전, 향이 갑자기 비명에 가고 신은 그의 방을 정리하다가 서신을 발견하였다. 애틋한 마음이 듬뿍 담긴 여인의 서신들과 향이 미처 보내지 못했던 수많은 연서가 함께 있었다. 신은 모언이 자신이 아닌 동생을 은애한다는 믿을 수 없는 현실에 몸부림쳤다. 그렇게 모언에 대한 배신감과 분노로 치를 떨었다.

그러나 모언을 은애하는 마음과 형에 대한 미안함으로 몸부림치던 향의 죽음에 신은 가까스로 마음을 정리했다. 죽도록 괴로웠지만 진정 향이 그녀를 은애하였다면 자신이 그녀를 포기하면 되었다. 간신히 마음을 억누르고 파혼서를 모언에게 보냈다. 하지만 그녀에게서는 답장조차 없었다.

그렇게 고통스러운 나날을 보내는 신에게 청천벽력 같은 소식이 들려왔다. 그녀가 향뿐만 아니라 수많은 공자들을 농락하였다는 것이었다. 그녀는 그저 신을 배신한 것이 아니었다. 그녀는 진실하게 정인을 그리워하는 향의 마음을 철저히 무시했다. 향은 그저 모언이 희롱하는 수많은 공자들 중의 하나였던 것이다.

향의 목숨을 건 애정을 그렇게 하찮게 여긴 그녀를, 자신을 배신한 그녀를 용서할 수가 없었다. 그래서 그녀를 괴롭혔다. 갈 곳 없는 분노를, 향을 지키지 못한 신의 절망과 분노가 그렇게 모언에게 향했던 것이다. 하지만 그녀를 곁에 두고 그녀와 지내면서 신은 모언을 믿고 싶었다.

술에 약한 그녀에게 억지로 누군가 술을 먹인 것이 아닐까? 혹은 그저 장난스럽게 가벼운 유희를 즐긴 것이 아닐까? 신은 매번 그녀를 위한 변명거리를 생각해 내고 있었다. 그녀의 맑은 눈에 떠오른 다정함이, 자신을 걱정하는 그 애틋한 눈빛이 차마 거짓이라고 믿을 수가 없었던 것이다.

그렇게 모언을 믿고 싶었다. 과거는 모두 잊고 그저 모언이 자신의 곁에 머문다면 그렇게 살고 싶었다. 하지만 또다시 시작된 그녀의 서신들은 신을 철저히 극단으로 몰아갔다. 그래도 차마 믿을 수가 없어 신은 병부상서의 아들 왕탁에게서 가져온 서신의 필체와 모언의 서체를 다시 비교해 보았다. 그리고 철저히 절망했다. 마음속으로는 아닐 거라고 그리 믿고 싶었다. 하지만 두 서신의 필체는 한 치의 다름이 없었다.

그래서 충격에 빠진 신은 한동안 모언을 피했다. 그리고 그녀의 행방을 은밀하게 쫓았다. 하지만 다른 이를 만나는 기색은 없었다. 그러다가 또 그녀가 야다관에 나타났다는 소식에 급히 야다관을 찾았지만 그녀는 없었다. 돌아온 그에게 모언은 간절하게 말했다.

"정인을 생각하는 제 감정은 절대 움직이지 않아요!"

미치도록 화가 났다. 달콤한 그 입술로 다른 이에게 사랑을 속삭이며 향의 연심을 철저히 배반한 그녀가 그렇게 말하는 것을 참을 수가 없었다. 그러나 신을 더욱 분노하게 만드는 것은 그럼에도 불구하고 여전히 그녀를 원하는 자신의 욕망이었다.

그녀는 오해라고 했다. 간절한 눈으로 그에게 사정하고 있었다. 그래서 견딜 수가 없었다. 자신에게 거짓을 고하는 그녀의 목소리를 차마 들을 수가 없었다. 그 말을 믿고 싶어지는 자신의 마음을, 마치 빨려들 듯 그녀의 말을 믿고 싶은 자신이 한심했다.

하지만 그런 그녀가 청다관에서 남자를 만났다는 소식에 신의 분노는 걷잡을 수가 없었다. 그리고 거기서 걸어나오는 그녀를 보는 순간, 간신히 억제하고 있었던 신의 이성은 철저히 무너졌다. 그래서 그녀를 그리 모질게 안았다. 괴로워하는 그녀를 아랑곳하지 않고 철저하게 그녀를 벌했다. 자신에게 마음을 주지 않는 그녀가, 자신의 마음을 온통 가져가고 마음 한 자락 내어주지 않는 그녀를 부숴 버리고 싶었다.

그 이후 하루하루 생기를 잃어가는 그녀를 철저하게 욕보였다. 자신의 손길에 달아오르면서도 진실을 말하지 않는 그녀가 미웠다. 자신을 바라보지 않는 그녀의 아름다운 눈이 증오스러웠다.

오직 그녀를 안을 때에만 그녀는 신의 것이었다. 하지만 신에게 지독한 대우를 받으면서도 그녀는 결코 꺾이지 않았다. 고결한 매화처럼 그녀의 깨끗한 눈은 항상 그대로였다.

거부하면서도 그의 손길에 반응하며 괴로워하는 모언을 보면 애처로우면서도 가여웠다. 하지만 그녀의 슬픈 얼굴도, 우는 얼굴도, 수줍어하는 얼굴도, 무엇보다 환희에 흐느끼는 그 얼굴을 누구에게도 보여주고 싶지 않았다.

그녀의 몸을 처음 연 사람도, 그녀에게 집요하게 쾌락을 가르친 것도 신이었다. 그래서 그것으로라도 그녀를 붙들어두고 싶었다. 견딜 수 없는 쾌락으로 그녀를 가두더라도 그녀가 단지 그것 때문에 머문다 한다면 그녀를 잡고 싶었다.

그리고 신은 생각했다. 그녀를 벌할 권리는 오직 그만이 가진 것이라고! 정혼자를 배신하고 향의 연심을 철저히 망가뜨린 그녀를 벌할 사람은 오직 자신뿐이라고 굳게 믿었던 것이다.

하지만…….

진실은 너무나 잔혹했다. 옥소라는 영양장공주마마의 시녀였던 그녀가 모언의 필체를 모사하여 그녀인 척 공자들을 희롱하였던 것이다. 종종 영양장공주가 황궁을 나왔다는 것을 알고 있었다. 그러던 장공주가 갑자기 행방불명되고, 정난의 변으로 뒤집힌 세상에서 옥소 역시 풍파에 휩쓸린 것이었다. 당시에는 그저 장난삼아 공자들을 희롱하던 옥소가 이제는 살아남기 위하여 벌인 어처구니없는 사건이었던 것이다.

척홍은 척홍이되 모조품이라 한탄하던 금동의 말이 맞았던 것이다.

대체 지금까지 신은 모언에게 어떤 짓을 저질렀던 것인가? 잔혹한 사실은 신은 가족을 잃고 세상에 홀로 던져진, 충격에 빠진 순수하고 아름다운 모언을 모욕했을 뿐이었다. 첫 경험의 고통에 굳어버린 그녀를 전혀 배려하지 못했다. 그저 몸이 굳어버린 그녀가 자신을 거부한다고 오해하며 더욱 집요하게 괴롭혔다. 이튿날, 파과의 고통으로 쓰러진 그녀에게 그런 방식으로 공자들을 농락했느냐며 폭언을 퍼부었다.

그가 모언에게 했던 모든 행동과 말이 지금 고스란히 신의 심장을 베고 있었다. 그녀가 겪었을 고통, 두려움, 공포! 그 모두가 검이 되어 신의 심장을 헤집고 있었다. 그것을 그녀는 어찌 견뎌낸 것인지, 신의 눈앞이 어둠에 갇힌 듯 깜깜하기만 했다.

영국공부로 돌아온 신은 힘없이 자신의 방으로 들어섰다. 모언을 간호하던 난향이 황급히 자리에서 일어났다. 조용히 인사를 하고 물러서는 그녀를 붙잡았다. 그리고 풀리지 않는 의문에 대한 답을 구했다.

"저 서신들은 누구에게 쓴 것이냐?"

"그것은 아가씨께서 나리를 생각하며 쓰신 것입니다. 나리를 그리워하는 마음을 서신에 담아 그렇게 쓰셨습니다."

난향의 대답에 신은 잠시 할 말을 잃었다. 심장에 모래 알갱이가 박힌 것처럼 그렇게 서걱거렸다.

"그럼 향에게 보냈던 서신은?"

"그, 그것은……."

난향이 대답을 망설였다. 하지만 신의 간절한 표정에 난향이 겨우 진상을 고했다.

"그것은 아가씨가 쓰신 것이 아닙니다. 피치 못할 사정으로 향 도련님을 만날 수 없었던 그분의 정인께서 아가씨에게 연락을 해 달라 부탁을 했습니다. 그것을 아가씨의 이름으로 제가 도련님께 전달해 드렸구요. 그때에는 아가씨도 저도 그분이 향 도련님이신 것을 까맣게 몰랐습니다."

난향은 조용히 물러났다. 신은 머리를 감싸 쥐었다. 그 서신은 모두 자신을 위해서였다. 애절하고 순수한 애정이 듬뿍 담긴 그 서신은 모두 자신에게 보내지 못한 모언의 연서였던 것이다. 그 소중하고 아름다운 마음을 신이 모두 망쳐 버린 것이다. 이제 모언이 신에게 느끼는 감정이라고는 공포와 혐오뿐일 것이었다.

그런데 그런 그녀에게 그가 해줄 수 있는 것이 아무것도 없었다. 이제는 그녀의 목숨조차 구해줄 수 없는 그런 처지가 된 것이었다. 차라리 그녀가 다른 곳으로 보내달라 했을 때 그 부탁을 들어주었다면 최소한 그녀의 목숨은 살릴 수 있었을 것이었다. 하지만 제 욕심에 그녀를 붙잡아두어 이제 그녀는 죽을 운명에 처해졌다. 감당할 수 없는 상황에 신은 고통으로 그렇게 몸부림쳤다.

모언을 지독하게 미워했던 것은 사랑 때문이었다. 너무나 사랑했기에 그만큼 증오했던 것이다. 자신을 향하지 않는 그녀의 마음을 가지고 싶어 심술을 부린 것이었다. 좋아하는 아이를 오히려 괴롭히는 남자아이 같은 못난 마음이었던 것이다.

그러면서도 신은 그녀를 원하는 것은 욕망이라며 자신을 기만했다. 하지만 그녀이기에 그는 원했던 것이다. 이제야 겨우 그 마음을 깨달았다. 미련하게도 모언을 사지로 몰아넣고서야 그 사실을 알아버렸다.

한 번도 그녀에게 다정한 말을 건네지 못했다. 그녀가 영국공부에 온 이후, 그가 뱉었던 것은 모진 독설뿐이었다. 그녀가 눈물 흘리는 것을 뻔히 알면서도 외면하고 상처를 주었다. 하지만 결국 모언의 상처에 아픈 것은 신이었다. 그녀가 아픈 것보다 제 맘이 더 아픈 것을 모르고 그렇게 그녀를 괴롭혔다. 이제 그가 해줄 수 있는 것은 단 한 가지였다.

**살려야 한다. 무슨 수를 쓰더라도 그녀를 살려야 했다.**

이튿날 아침 일찍, 신은 몸을 정결히 하고 최대한 단정하게 관복을 갖추어 입었다. 그리고 조용히 팽 유모를 불러 영국공에게 전할 서신을 건네었다. 신이 최악의 경우를 대비하여 미리 아버지에게 불효를 청한 것이었다. 그리고 황궁을 향해 영국공부를 나섰다. 마치 돌아올 수 없는 길을 떠나는 사람처럼 신의 발걸음이 결연했다.

한 시진 후, 편전 안을 가득 채운 냉기에 한창 더운 8월 말임에도 마치 겨울이 온 것처럼 공기가 서걱거렸다.

"그 입 다물라!!"

영락제의 음성이 노기로 가득했다. 그 앞에 꿇어앉은 신은 황제의 노성(怒聲)에도 꼼짝하지 않았다. 오직 한 가지를 위해 모든 것을 걸었다. 이제 그에게는 그 무엇도 두렵지 않았다.

"폐하, 통촉하여 주시옵소서!"

신의 음성이 간절했다.

"지금 감히 짐에게 그 여인의 목숨을 구해달라는 것이냐?"

영락제는 두 눈을 부릅뜨고 신을 질책하였다. 하지만 죽음도 두려워하지 않는 신이었다. 목숨을 건 사내의 태도는 고요하기만 했다.

"폐하, 불충한 저를 벌하소서. 저를 벌하시고 제발 그녀를 살려주시옵소서."

신은 황제에게 모언의 구명을 간청하였다. 그녀의 목숨만 살릴 수 있다면 어떤 벌이든 달게 받겠다 했다. 그저 눈에 띄지 않는 곳에서 그녀가 살 수 있도록 오직 그 한 가지를 간청하고 있었다.

"너는 죽음이 두렵지도 않더냐? 그녀의 목숨이 네 목숨보다 더욱 소중하단 말이냐?

영락제의 음성이 불길하게 낮아졌다. 형형한 눈빛과 얼음장같이 낮은 목소리, 누구라도 공포로 굳어질 상황이었지만 신의 음성은 흔들리지 않았다.

"그녀가 죽으면 신(臣)도…… 죽습니다."

신의 말에 영락제는 한숨을 쉬었다. 도대체 그녀는 어떤 여인이기에 냉정하기로 이름 높았던 신을 저렇게 뒤흔든 것인지, 궁금할 지경이었다. 북방에 머물며 북원의 침입을 격퇴할 때 누구보다 신뢰할 수 있었던 신이었다. 그의 용맹한 모습에 수많은 군사들이 힘을 내었다. 그래서 그를 아직은 잃을 수가 없었다. 하지만 류효윤의 여식을 살려달라니, 영락제의 머리가 지끈거렸다.

"하, 네가 죽는다?"

영락제의 비소에 신이 대답하였다.

"이미 심장을 잃었는데 어찌 살아갈 수 있겠습니까?"

영락제의 시선이 신에게 다시 멈추었다. 은애하는 마음은 죽음을 두려워하지 않을 만큼 강한 것인가? 자신의 목숨보다 더욱 소중한 것, 그래서 기꺼이 정인을 위해서 제 목숨을 내어놓을 수 있는 것!

“대신 제 목숨을 폐하께 맡기겠습니다.”

신의 대답에 영락제는 마음을 정했다. 괘씸하기는 했지만 한 번 곁에 두기로 한 사람은 놓칠 수가 없었다.

“알았다. 10월이 오기 전에 남경을 떠나게 하라!”

영락제의 허락에 신이 머리를 조아렸다. 그녀가, 그녀가 살 수 있는 것이다.

“단, 앞으로 절대 그녀는 이 남경 땅을 밟을 수 없다.”

신의 심장이 툭 하고 바닥으로 떨어졌다. 그것은 영원한 이별이었다.

“폐하, 성은이 망극하옵니다.”

하지만 그녀만 살 수 있다면 모진 이별은 받아들여야 했다.

“대신, 귀공의 목숨은 이제 짐의 것임을 명심하라!”

신은 고개를 조아리고 조용히 물러났다. 그녀의 목숨만 구할 수 있다면 그것으로 족했다. 그녀가 이 세상 어느 곳에서라도 숨을 쉴 수 있다면 되었다. 같은 하늘을 보고, 같은 공기를 마시며, 꽃이 피고 지는 것을 함께 느끼며 그렇게 살면 되는 것이었다.

고통으로 신의 심장이 서걱거렸다. 은애하는 여인을, 처음으로 온 마음을 담아 은애한 정인을 곁에 두고 지킬 수조차 없는 자신이 한심했다. 그저 미친 듯이 웃고 싶었다. 미칠 것 같은 신의 심사처럼 뜨거운 태양이 남경의 대지를 달구고 있었다. 하루하루 지날수록 신의 가슴에는 후회와 고통으로 깊은 자흔(疵痕)이 새겨졌다. 남경의 8월 하순이 그렇게 신의 심장을 태우며 아프게 지나갔다.

◈

자객의 습격 이후 모언이 깨어나지 못한 지가 벌써 근 7일이 지나가고 있었다. 다행히 모언의 옆구리 자상은 그리 심하지 않았다. 아마도 자상은 자객이 모언의 신분을 확실히 확인하기 위한 위협 목적이었던 것 같았다. 그래서 상처는 약간 베인 정도로 보름 정도면 치료가 가능하다 했다.

하지만 그동안의 심려와 고통을 모두 잊으려는 듯 모언은 죽음과도 같은 잠에서 깨어나지 못했다. 초조하고 불안한 하루하루가 흘러갔다. 더불어 신의 얼굴도 하루하루 상해갔다. 영국공부를 둘러싼 무거운 공기에 모두가 숨을 죽이고 있었다.

모언은 멍한 눈을 떴다. 얼마나 시간이 지나간 것인지 알 수가 없었다. 그저 꿈속에서 수많은 이들이 나타나 그녀를 밟고 다녔다. 모언은 저항도 하지 못하고 그저 그들의 얼굴을 바라보았을 뿐이었다. 그리운 얼굴도, 보고 싶지 않은 얼굴도 있었다. 그 얼굴들은 모두 모언의 기억의 한 편린이었을 것이다.

그 와중에도 중간중간 누군가 물을 먹이고 땀도 닦아주었던 것이 단편적으로 기억났다. 누군가 애타게 그녀의 곁에서 손을 잡고 있었다. 돌아오라는 듯, 그렇게 그 손길은 다정했다. 초점이 제대로 맞지 않은 시선으로 주변을 둘러보았다. 희미한 촛불에 그림자가 움직였다. 자신의 옆에 있는 신의 그림자였다.

"모언, 이제 좀 정신이 드시오?"

신의 음성이 다정했다. 곧 이마에 차가운 천의 감촉이 느껴졌다. 신이 조심스레 그녀의 이마에 배어난 땀을 부지런히 닦아주고 있었다. 수많은 기억들이 한꺼번에 떠올랐다. 지나간 시간의 기억들이 침니(沈泥, 강바닥에 쌓인 침적토)처럼 모언의 안에 쌓여 있었다.

두텁게 가득 쌓인 침니 사이로 숨겨진 보물 같은 좋은 기억도 있었다. 운조루에서 정혼을 알려주시던 아버지의 애틋한 모습, 신의 전공 소식을 들려주며 모언을 놀리던 오라버니의 얼굴 그리고 매화 가지를 꺾어주던 신의 모습! 그런 달콤한 기억들에서 깨어나고 싶지 않았다.

하지만 진흙 사이로 섞인 자갈돌처럼 중간중간 아픈 기억도 함께 떠올랐다. 아버지와 오라버니의 죽음, 금의위 군사들의 손에 죽어가던 가솔들의 얼굴, 그리고 자객의 검에 피를 흘리던 신!

그 모든 아름답고 슬픈 기억 속에는 항상 신이 있었다. 목소리가 들려오는 방향으로 간신히 고개를 돌렸다. 몰라보게 해쓱해진 신의 얼굴이 있었다. 마치 한동안 먹지도 자지도 않은 사람처럼 몰골이 초췌하기 이를 데 없었다. 여전히 한쪽 팔에는 상처를 감싼 천이 보였다.

"아…… 픈가요?"

모언이 힘겹게 손을 들어 올렸다. 그리고 그의 얼굴을 부드럽게 쓰다듬었다. 수많은 감정들이 그의 심해처럼 깊은 눈 속에서 일렁거리고 있었다. 그리고 마치 눈이 녹아 물이 되듯 신의 눈동자가 촉촉이 젖어들었다.

그가 우는 것일까? 모언은 그 와중에도 그런 생각을 했다. 그가 눈물을 흘려도 괜찮다고 생각했다. 그녀의 손바닥에 뺨을 대고 있는 그의 눈물을 지금은 닦아줄 수 있었기 때문이었다.

"아…… 프지 않소."

마치 솟아나는 감정을 억누르려는 듯 그의 목소리가 평소보다 훨씬 낮았다. 여전히 아름다운 목소리였다. 그녀의 귀에 각인된 강인하면서도 부드러운 그의 음성이었다. 그 음성을 듣자 모언은 자신의 속마음도 말해주고 싶었다. 그럼 그가 저 다정한 목소리로 위로를 해줄 것만 같았다.

"저는…… 심장이 아파요."

모언의 말에 신이 헉하고 숨을 들이켰다. 순간 신의 눈동자에 이루 말할 수 없는 감정들이 한꺼번에 격렬하게 소용돌이쳤다. 그를 놀라게 해서 미안했다. 하지만 모언의 심장이 정말 아팠다. 마치 찢긴 것처럼, 송곳이 계속 찌르는 것처럼, 검에 베인 것처럼 그렇게 아팠다. 그래서 한 번은 그에게 투정을 해보고 싶었다. 오늘이 아니면 영원히 할 수 없을 것이기에 그래서 한 번은 꼭 말해보고 싶었다.

"모언!"

그가 마치 하늘이 무너진 것 같은 표정을 지었다. 그는 어떤 말을 먼저 해야 할지 모르는 사람처럼 그저 입술을 달싹였다. 그 모습을 바라보던 모언은 갑자기 크게 웃어주고 싶었다. 그리고 그에게 모진 말을 해주고 싶었다. 그동안 괴로웠던 마음을 모두 그에게 쏟아붓고 싶었다.

그럼 그도 아플까? 그 말이 채찍처럼 살갗을 할퀴는 것처럼 그도 고통스러워할까? 그의 심장에도 덕지덕지 딱지가 앉아, 모언의 심장처럼 딱딱해질 수 있을까? 모언은 뾰족하게 생각했다.

"미안하오!"

처절한 그의 음성이 다시 모언의 심장을 찔렀다. 마치 피를 토하듯 고통스러워하는 그를 보는 것에 다시 심장이 아파왔다. 이제는 가슴이 죄여와 제대로 숨을 쉴 수조차 없었다.

역시!

모언은 자신이 한심했다. 그가 아파하는 것을 보는 것은 모언에게는 더욱 고통이었다. 차라리 제가 아픈 것이 나았다. 갑자기 모든 것이 너무나 피곤했다. 다시 수마가 그녀를 휘감았다.

그가 미안하다고 했으니까, 그냥 그것으로 되었다. 잠시 쉬고 싶었다. 다시 깨어나면 그때는…… 그에게 어떤 말을 해달라고 해볼까? 그런 즐거운 상상을 하며 모언은 다시 잠 속으로 빠져들었다.

혼절에서 깨어난 모언의 얼굴이 너무나 상해 있었다. 그전에도 생기를 잃고 하루하루 말라갔던 모언이었지만 이번에는 마치 반쪽이 되어버린 것 같았다. 안 그래도 가녀린 체구가 이제는 정말 바람이 불면 날아갈 것만 같았다.

"아가씨, 정말 다행이에요. 흑, 흑!"

마치 죽었던 사람이 살아 돌아오기라도 한 것처럼 난향이 눈물콧물을 쏟으며 흐느꼈다.

"아가씨 안정하시게 좀 진정하게."

팽 유모가 난향을 나무랐지만 그녀의 눈가도 촉촉하게 젖어 있었다. 옆에 있던 약요도 눈물을 찍어내고 있었다. 그들을 바라보는 모언의 얼굴이 부드러웠다. 자신을 이렇게 아껴주는 이들이 있다는 것이 그저 고맙기만 했다.

"저는 이제 괜찮아요. 난향, 너도 이제 그만해. 누가 보면 무슨 초상이라도 난 줄 알겠어."

애써 모언이 미소를 지었지만 난향은 여전히 흐느꼈다.

"에고, 그게 정말로 두 분 초상 치르는 줄 알았어요. 아가씨는 안 깨어나시지, 나리도 물 한 모금 제대로 못 드시고 그대로 자리를 지키시지. 정말 아가씨 안 깨어나셨으면 나리가 먼저 탈이 날 뻔했어요."

난향의 말에 모언이 살짝 얼굴을 찡그렸다. 분명 자객의 검에 심하게 상처 입은 사람은 자신보다는 신이었다. 그 상처를 제대로 치료도 하지 않고 있었던 것은 아닌지 걱정이 되었다. 그리고 중간에 꿈인지 생시인지 신을 보았던 기억이 났다. 마치 세상이 무너진 것 같은 표정을 지었던 그가 떠올랐다.

"나리는 어찌하고 계십니까?"

모인의 질문에 팽 유모의 얼굴이 어두워졌다.

"조금 전까지 여기에 계시다가 치료 때문에 잠시 자리를 옮기셨어요. 아마 곧 돌아오실 거예요."

그 말이 끝나기도 전에 신이 안으로 들어왔다. 멀쩡하게 눈을 뜨고 침상에 앉아 있는 모언을 보고 놀란 듯 그가 잠시 멈칫했다. 팽 유모가 얼른 난향과 약요에게 눈치를 주자 모두 재빠르게 사라졌다.

두 사람은 말없이 서로를 응시했다. 누구도 시선을 돌리지 않았다. 마치 처음 보는 사람들처럼 그렇게 서로를 오랫동안 응시하였다. 처음인 것 같았다. 이렇게 두 사람이 서로의 얼굴을 말없이 들여다본 것은!

그의 얼굴이 깨질 듯이 처연해 보였다. 항상 강하고 날카롭기만 했던 신이었다. 하지만 오늘 그의 얼굴에는 꽁꽁 숨겨두었던 부드럽고 다정한 상처 입기 쉬운 남자의 속내가 보였다. 모언에게 함부로 다가오지 못하고 망설이는 그가 갑자기 귀여워 보였다. 은애하는 여인에게 다가서고 싶지만 그러지 못하고 수줍어하는 소년 같았다.

그 모습을 바라보던 모언의 마음이 말랑해졌다. 그래서 아주 작은 미소가 모언의 입가에 피어올랐다. 마치 화살을 맞은 듯, 신이 움찔했다. 모언이 자신에게 미소를 지으리라 전혀 예상하지 못했던 것 같았다. 순간 당황한 그가 바깥으로 나가려는 듯 몸을 돌렸다.

"나리."

모언의 속삭임처럼 작은 목소리였다. 하지만 신은 마치 밧줄에 묶인 것처럼 그 자리에 얼음처럼 서 있었다. 등 돌린 그의 어깨가 시려 보였다. 이 세상의 고뇌를 모두 짊어진 것처럼, 힘들어하는 그의 심정이 고스란히 느껴졌다.

"얼굴 좀 보여주세요."

모언의 말에 신이 느릿하게 몸을 돌렸다. 그리고 조심스레 침상 곁으로 다가왔다. 그리고 어찌해야 할 바를 모르는 것처럼 앉지도 서지도 못하고 그 자리에 못 박힌 듯 멈추어 버렸다.

"나리께서 자리에 앉지 않으시면 얼굴을 계속 올려다봐야 하는데요. 목이 아파요."

모언이 짐짓 장난스럽게 말을 걸었다. 그러자 신이 말 잘 듣는 어린아이처럼 황급히 의자에 앉았다. 그리고 차마 그녀의 얼굴을 바라보기가 두려운 듯 모언의 작은 손에 시선을 고정하고 있었다. 그가 긴장하고 있는 것이 손에 잡힐 듯이 느껴졌다.

"나리, 저 좀 봐주세요."

모언의 말에 신이 간신히 고개를 들었다. 그의 눈망울에 자신의 모습이 맺혀 있었다.

"묻고 싶은 것이 있습니다."

모언의 말에 신이 고개를 끄덕였다.

"제게 자객을 보낸 이가 누구입니까?"

모언의 질문이 예상 밖이었는지 신이 움찔했다. 모언이 작은 손을 들어 그의 커다란 손을 감싸 안았다. 진정하라는 듯, 하지만 거짓은 용서하지 않겠다는 의미가 들어 있었다.

"그게, 그것이……."

신이 말을 더듬는 것을 처음 보았다. 당황한 신을 보는 것이 즐거워 계속 놀리고 싶을 지경이었다. 심각한 상황임에도 왠지 웃음이 나왔다.

"나리!"

조용하지만 단호한 모언의 음성에 신이 마치 피를 토해내듯이 대답했다.

"폐…… 하, 였소!"

그 한마디에 모언은 모든 것을 이해하였다. 이런 날이 드디어 오고 만 것이었다. 두 사람의 관계는 처음부터 파국을 피할 수 없었다. 황제가 자객을 보냈다 함은 문제를 일으키지 않도록 조용히 모언만 처리하겠다는 그런 뜻이었으리라. 그리고 신은 곁에 두겠다는 의미일 것이다. 그런데도 아직 자신이 살아 있다는 것은 무엇을 의미하는 것일까? 모언의 생각이 잠시 허공을 떠돌았다. 그러나 이내 곧 피할 수 없는 사실에 마음이 무거워졌다.

드디어…….

이제 모언의 마음속에서 신을 지워야 할 시간이 온 것이다. 그로 인해 아팠던 기억도, 그의 다정함에 설레었던 기억도, 그 모두를 저 짙은 망각의 숲에 묻어야 하는 것이다. 모언이 그의 곁에 머물면 자신은 그의 앞날에 방해만 될 뿐이었다. 아무리 영락제가 신을 아낀다 하더라도 류효윤의 여식인 자신을 그의 곁에 머물게 허락할 리 없었다. 그를 은애하기에 떠날 수밖에 없었다. 다신 우연히라도 만날 수 없도록, 그의 시선이 닿지 않는 먼 곳으로 떠나야만 했다.

그를 떠나서도 살아갈 수 있을까? 이 가슴을 가득 채운 그에 대한 그리움을 담고 혼자서도 살아갈 수 있을까? 지금까지 견딜 수 있었던 것은 모두 신 때문이었다. 하지만 모두가 결국 모언만의 척애였다. 척애는 이쯤에서 접어야만 했다. 아픔은 홀로 견디면 되었다. 지금껏 견디어왔듯이 그렇게 견딜 수 있을 것이었다.

그가 괴롭지 않게 결정은 모언이 해야 했다. 자신을 내치며 그가 상처받지 않도록 이것은 오로지 모언의 결정인 것이다. 그는 그저 그 결정을 받아들이면 되었다.

"나리, 부탁이 있습니다."

모언의 말에 신이 숨을 헉하고 들이켰다. 마치 모든 것을 이해한 것 같은 그녀의 표정에 신의 얼굴이 고통으로 일그러졌다. 한마디 한마디가 칼처럼 그의 입에서 새어 나왔다.

"원하는 것을 말하시오. 내가 할 수 있는 것이라면…… 최대한…… 들어주리다."

신의 음성이 지독히도 낮았다.

"떠나게…… 해주세요."

모언의 나직한 말에 신의 심장이 툭 떨어졌다. 예상했던 부탁이었음에도 불구하고 신의 심장이 고통으로 미친 듯이 날뛰기 시작했다. 마음 한구석에서는 속절없이 기대하고 있었다. 그녀의 마음 한 자락에 자신의 자리가 조금은 있었기를 간절하게 바라고 있었던 것이다.

매화 피던 밤 서로가 느꼈던 아련한 감정의 일렁임이 조금은 모언의 심장에 남아 있기를 바랐다. 술에 취해 자신을 사랑스럽게 바라보던 경쾌한 모언의 눈빛을 부여잡고 싶었다. 자신에게 달빛이 제 마음을 대신한다며 수줍게 미소 지었던 그 마음을 다시 끌어내고 싶었다.

곁에 머물러 주기를 간절하게 바랐다!

하지만 총명한 모언은 자객을 보낸 배후가 폐하라는 한마디에 모든 상황을 이해한 것이었다. 함께할 수 없다는 것을, 죽지 않고 살아남은 그녀는 반드시 떠나야 한다는 것을 그녀는 모두 받아들인 것이었다. 그렇지만 이렇게 빨리 상황을 정리하고 떠나겠다는 그녀의 말에 또다시 신의 심장이 서걱거렸다. 마치 기다렸다는 듯이 떠나게 해달라는 그녀가 야속했다.

하지만 냉정한 신의 이성은 알고 있었다. 모언의 마음속에 자리잡고 있던 소중한 연심을 깨뜨려 버린 것은 바로 자신이었다. 그녀를 믿지 못하고 그녀를 괴롭혔던 것은 바로 그 누구도 아닌 자신이었다.

매번 두려움에 떨며 자신에게 안겼을 모언이었다. 그녀를 가지고 싶어서 비겁하게 벌을 준다는 핑계로 억지로 곁에 두었다. 그녀에게 향하는 자신의 마음을 다잡으려 일부러 그녀를 모욕했다. 자신의 폭언에 경악하던 모언의 표정을 떠올릴 때마다 심장이 검으로 베인 듯 쓰라렸다.

그럼에도 불구하고 아주 조금은 모언이 자신을 아껴주지 않을까, 못난 사내의 마음은 그것을 희망하고 있었던 것이다. 자신의 품속에서 희열을 느꼈던 그녀의 모습을 보면서 기대했다. 저를 사랑하지 않더라도 자신의 몸이라도 좋아해 주기를, 그래서 집요할 정도로 그녀를 관능의 세계로 몰아넣었다. 쾌락에 빠져 모언이 자신에게서 떠날 수 없기를, 그렇게라도 묶어두고 싶었다.

그렇게 몸을 섞다 보면, 미워하던 마음도 무뎌지고 아주 조금은 자신을 다시 아껴주기를, 아니, 아끼지 않더라도 최소한 두려워하거나 싫어하지 않기를 바라고 또 바랐다. 결코 얻을 수 없는 모언의 애정을 갈구하며 발버둥 친 것은 오직 신뿐이었다.

중간중간 모언이 보여주었던 다정함이 애정의 한 조각이기를, 이렇게 못난 저를 용서하고 함께 살아주기를 기원했던 것이다. 어이없는 자신의 뻔뻔함에 실소가 흘러나왔다.

알고 있었다. 결코 용서받을 수 없다는 것을!

그리고 자신에게는 자격이 없었다. 그녀에게 애정을 갈구할 그런 자격 같은 것은 존재하지 않았다. 오직 신은 모언의 선택을 기다려야만 하는 힘없는 약자였다. 그녀가 제 심장을 가지고 떠나버리면 살 수 없는 신이었다. 그래서 애원하고 싶었다. 모언이 없으면 살 수 없는 저를 버리지 말라고…….

하지만……. 신은 할 수 없었다.

그녀가 원하는 대로 해주는 것이 그가 할 수 있는 최소한의 속죄였다. 그리고 그것만이 모언을 살릴 수 있는 유일한 방법이었다. 결국 마음속에서 들끓는 수많은 말을 삼키고 먹먹한 가슴으로 신은 간신히 평범한 목소리를 낼 수 있었다.

"알겠소. 상처가 완쾌되면 떠날 수 있도록 준비를 하라 팽 유모에게 이르지."

"며칠 내로 바로 떠나겠습니다. 아무것도 준비하시지 않아도 됩니다."

모언의 고요한 답변에 신의 간신히 통제되었던 이성이 무너졌다.

"그냥 떠나면 어찌 살려고 그러는 게요? 아직 상처도 다 아물지 않았는데, 그리고 아무것도 없이 이 험한 세상을 어찌 살려고?"

그렇게 싫은 것일까? 자신이 주는 것은 그 어떤 것도 받고 싶지 않을 만큼, 그녀에게 남은 것은 오직 깊은 혐오감뿐인 것인가?

"괜찮습니다. 언제 죽어도 이상하지 않았던 목숨입니다. 이렇게 튼튼한 두 팔과 두 다리가 있는데 무엇이 두렵겠습니까?"

모언의 침착한 말이 비수가 되어 신의 심장에 박혔다. 마치 죽으러 가는 사람처럼 이 세상에 남은 미련이라고는 조금도 없는 것 같은 모언의 모습이 두려웠다.

"아무리 내가 주는 것이 혐오스럽더라도 받으시오. 그리고 상처가 다 완쾌되기 전까지는 절대 떠날 수 없소!"

신은 강경하게 주장했다. 그냥 이대로 떠나 버리게 할 수는 없었다. 조금이라도 그녀가 머무는 시간을 연장하고 싶었다. 그리고 최소한 그녀가 어디에 사는지 알 수 있도록 그녀가 자리 잡은 것은 보고 싶었다. 그녀 몰래 혼자라도 찾아볼 수 있도록, 아직 놓지 못한 신의 못난 마음이었다.

모언이 고개를 들어 신의 얼굴을 물끄러미 바라보았다. 다 이해한다는 듯, 자애로운 표정의 모언이었다. 결국 제 마음이 편하자고 모언을 설득하고 있는 못난 신을 그녀는 다 이해한 것이었다. 그의 마음 빚마저 덜어주려는 모언이었다.

"알겠습니다. 그리하지요."

모언의 침착한 답변에 더 이상 견디지 못한 신이 서둘러 방을 나섰다. 계속 있다가는 모언의 치맛자락을 부여잡고 애원할 것만 같았다. 그렇게 되면 모언은 어쩌면 자신의 곁에 좀 더 머물지도 몰랐다. 하루하루 그녀의 마음을 죽여가며…… 그리고 종내는 연약한 그 목숨을 내려놓을 것만 같았다. 고통밖에 준 것이 없는 그의 곁에서 그녀가 어떤 행복을 누릴 수 있겠는가?

보내주어야 했다. 그것이 지금 신이 할 수 있는 최선이었다. 돌아서 걷는 한 걸음 한 걸음이 칼이 되어 신을 찌르고 있었다.

❖

"아가씨, 아직 몸도 성치 않은데 왜 이리 무리를 하십니까?"

팽 유모가 자수에 매진하고 있는 모언을 바라보며 안타깝게 외쳤다. 며칠 전 깨어나서 신과 이야기를 나눈 이후 모언은 자수에 열중하고 있었다. 그녀가 만들고 있는 것은 보자(補子)였다. 이미 정3품의 호랑이 문양은 완성하였고, 이제는 1, 2품 군후의 공복에 다는 사자 모양을 수놓고 있었다.

"시간이 그리 많지 않으니까요."

그를 위해 해줄 수 있는 것이 없었다. 그래서 그녀가 가진 재주로 할 수 있는 것을 선택한 것이었다. 그의 곁에 머물며 이렇게 그의 의복에 수를 놓아주고 싶었다. 그가 자신이 만든 보자를 단 공복을 입고 공무에 나서는 것을 배웅하는 것이 행복했었다. 이제 할 수 없으니 미리 나중을 위해서 사자 모양 보자까지 만들어주고 싶었다. 하지만 너무나 쏜살같이 흘러가는 시간이 아쉽기만 했다.

"아가씨!"

난향의 목소리에 모언과 팽 유모가 고개를 들었다. 점심을 먹고 시장에 심부름을 나갔던 난향이 돌아온 모양이었다. 마침 모언과 팽 유모도 정리하고 차를 마시던 시간이었다. 안으로 들어온 난향이 중요한 할 말이 있는 것처럼 머뭇거렸다.

"괜찮아, 무슨 일이야?"

모언의 부드러운 말에 난향이 망설이다가 무엇인가를 내밀었다. 작은 옥환(玉環, 옥으로 만든 둥근 원 모양의 장식품)이었다. 모언이 그것을 부드럽게 쓰다듬었다. 향과 영양장공주가 이제 무탈한 것이 분명했다. 다행이었다. 그들에게 도움이 되었다니 천만다행이었다.

옥환에 달린 술이 잘 익은 고추의 빛처럼 붉었다. 향은 아들이 태어나면 붉은빛의 술을 딸이 태어나면 검은빛을 달아 보내겠다 했었다. 그들의 아기도 무사히 태어난 것이 분명했다. 향과 영양 장공주의 아이라면 분명 사랑스러울 것이었다. 누구보다 부모에게 애정을 듬뿍 받고 자랄 것이니, 그것으로 되었다.

순간 모언은 자신과 신을 닮은 아이를 상상했다. 날카로운 신의 눈매와 고집스러운 자신의 입매를 닮은 활발하면서도 사랑스러운 남아(男兒)의 얼굴이 그려졌다. 그 아이가 영국공부의 후원을 뛰어다니는 것이 손에 잡힐 듯이 그려졌다. 분명 신과 향도 그렇게 어린 시절을 보냈을 것이었다. 이루어질 수 없는 행복한 상상에 모언의 눈빛이 슬퍼졌다.

분명 수 년 후 영국공부에는 신을 닮은 아이가 있을 것이었다. 그것을 바라보는 신의 얼굴과 그 옆에 서 있는 여인의 모습이 그려지자 모언의 심장이 따끔따끔했다. 그녀가 떠나면 분명 신도 어느 날, 혼인을 할 것임에 틀림없다.

그 곁에 서 있을 수 있는 사람이 자신이기를 간절히 바랐던 어린 자신의 모습이 떠올랐다. 그가 준 매화잠을 보며 가슴 설레었던 것이 아주 까마득한 옛날 같았다. 풍파에 시달려 여인이 되어버린 모언에게는 남은 것이 없었다. 푸른 멍처럼 그녀의 심장에 새겨진 신에 대한 애정뿐이었다.

결국 소녀의 소중한 바람은 결코 이룰 수 없는 꿈이었던 것이다. 소리 없는 눈물이 모언의 눈에서 흘러내렸다.

"에구머니, 아가씨!"

팽 유모와 난향이 놀라 소리쳤다. 안으로 들어서던 신이 그 모양을 보고 깜짝 놀라 허겁지겁 모언에게로 달려왔다. 팽 유모와 난향이 얼른 방 바깥으로 사라졌다. 신이 그녀를 끌어안았다. 모언이 혼절에서 깨어나고 매우 조심스럽게 그녀를 대하던 신이었다. 하지만 우는 그녀를 신은 아무런 말 없이 그의 넓은 가슴에 안아주었다.

"흑, 흑!"

눈물만 흘리던 모언이 흐느끼기 시작했다. 그가 부드럽게 자신의 등을 쓰다듬으며 부드럽게 위로하자 그동안 참아왔던 설움이 한꺼번에 터지고 말았다. 그냥 오늘만은 그에게서 위로를 받고 싶었다. 얼음이 녹은 것처럼 눈물과 흐느낌이 끊임없이 흘러나왔다.

"모언, 모언!"

신이 안타깝게 그녀의 휘를 불렀다. 그 모든 고초를 겪으면서도 울지 않았던 모언이었다. 항상 의연했던 그녀가 지금은 하염없이 울고 있었다.

섣불리 위로조차 할 수가 없었다. 그녀가 겪었을 그 모든 고초가 생각나 또 가장 그녀를 괴롭힌 자신이 염치가 없어서 한마디도 꺼낼 수가 없었다. 품에 안고 있는 그녀가 유난히 가냘프고 가련해 보였다.

이 작은 몸으로 어떻게 견디어냈을까? 얼마나 그 심장이 아팠을까? 그 모든 고통을 감내하면서, 상처 입으면서 그러면서도 꿋꿋하게 버티느라 얼마나 힘이 들었을까? 가슴에 맺힌 그 상처를 어찌 견디어냈을까? 대신 아플 수 있다면 그리하고 싶었다. 그녀의 영혼에 새겨진 그 생채기들을 하나하나 쓰다듬고 싶었다. 평생 그녀의 눈물을 닦아줄 수 있다면 영혼이라도 내어놓고 싶었다. 그녀 곁에 머물 수만 있다면, 그녀의 작은 어깨를 감싸 안아줄 수만 있다면 신은 아무것도 바라지 않았다.

그저 그녀가 자신을 곁에 있게만 해준다면, 그녀의 작은 마음 한 조각, 작은 미소 하나를 계속 보여만 준다면 그렇게 그녀 곁에서 살고 싶었다. 그녀의 눈물을 손으로 닦아주었다. 눈물이 진주처럼 하염없이 방울져 흘러내렸다.

닦아도 닦아도 솟아나는 눈물을 신의 입술이 부드럽게 쓸었다. 그리고 마치 다친 상처를 치유하는 것처럼 그의 혀가 부드럽게 그녀의 눈가를 핥았다. 파르르 떨리는 눈꺼풀에 부드럽게 입맞춤했다. 작고 오뚝한 콧날에도, 반듯하고 아름다운 이마에도 울지 말라고, 아프지 말라고, 말로 전할 수 없는 마음을 오롯이 전했다.

그렇게 한참을 흐느끼던 모언의 몸이 축 처졌다. 신이 그녀가 깨지 않도록 조심히 일어나 침상에 누이려 했다. 그러나 그녀의 작은 손이 신의 심의를 꼭 붙들고 놓아주지 않았다. 할 수 없이 신이 조심조심 그녀를 뉘이고 그 옆에 누었다. 그녀가 마치 강아지처럼 신의 가슴에 답삭 안겨왔다. 그녀의 정수리에 입술을 맞추며 신도 어느새 깊은 잠에 빠져들었다.

다음날, 신은 평소처럼 또 일찍 잠에서 깨어났다. 품 안에 있는 모언은 새근새근 아기처럼 잠들어 있었다. 그 맑은 얼굴을 보니 아직도 그녀는 순진하고 어린 소녀 같았다. 그 모진 풍파에도 그녀의 영혼은 물들지 않고 아름다운 것이라는 증거 같았다.

그렇게 그녀를 바라보던 신의 눈에 무엇인가가 반짝거렸다. 신이 조심스레 일어나 탁자로 다가갔다. 다가서는 신의 심장이 빠르게 고동쳤다. 익숙하면서도 아련한 느낌!

"헉, 이것은!"

신이 경악했다. 이것은 향이 늘 몸에 지니던 옥환이었다. 신이 향의 생일에 선물해 주었던 것, 한시도 향이 몸에서 떼어놓지 않았던 것이었다. 그것이 어찌 여기에? 설마 그 아이가 살아 있다는 것일까?

"알리고 싶지 않았는데……."

뒤에서 목이 쉰 모언의 목소리가 들려왔다. 신이 힘없이 돌아섰다.

"나리는 이제 백부(伯父)가 되셨습니다."

모언의 말을 이해할 수 없는 신의 표정이 멍해졌다.

"그게 대체, 대체 무슨 말이오?"

신의 음성이 절박했다.

"향 서방님은 죽은 게 아니에요. 자살로 위장하시고 정인과 함께 떠났던 것입니다."

"그것이??"

신이 도저히 믿을 수 없다는 듯 말을 잇지 못했다. 향이 살아 있다니 그게 대체 무슨 말인 것인지? 신은 너무나 엄청난 사실에 정신을 차릴 수가 없었다.

"향 서방님이 목숨을 걸고 은애하신 정인은 바로 영양장공주마마셨습니다. 당시 정혼자가 정해진 장공주마마를 위해서 향 서방님이 결단을 내리셨습니다. 그리고 지금 두 사람은 무사합니다. 아기도 무사히 태어났고요."

모언의 음성이 침착했다.

"그럼, 그동안 그 사실을 숨기느라 내게 진실을 말하지 못했던 것이오?"

신의 심장이 죄여왔다. 그녀는 두 사람을 위해서, 그리고 신을 위해서 그 모든 비밀을 혼자 감당하고 있었던 것이다. 그 사실이 알려지면 신에게 누가 될까 싶어 혼자서 그 모든 고통을 짊어지고 있었던 것이다. 대체 자신은 어디까지 그녀에게 죄를 지은 것일까? 생전 처음으로 신의 두 다리가 떨렸다. 제대로 서 있을 수가 없어서 의자에 털썩 주저앉았다.

"두 분을 찾지 않으셨으면 합니다. 그들에게는 속세의 권세도 영화도 다 필요가 없습니다. 오직 은애하는 이를 위해서 모든 것을 버린 사람들이니 그저 그렇게 놓아두십시오. 제 부탁입니다."

모언의 목소리가 담담했다. 그를 비난하지도 오해 때문에 모언을 괴롭힌 신을 규탄하지도 않았다. 어머니처럼 자애로운 눈빛으로 오히려 그들을 위해 부탁하고 있었다.

쿵!

갑자기 들려온 소리에 모언이 고개를 번쩍 들었다. 신이 그녀 앞에 무릎을 꿇은 것이었다.

"나리!"

누구보다 자존심이 세고 누구에게도 고개를 숙이지 않는 신이었다. 그런 그가 지금 자신의 앞에서 이 무슨 일인 것인지?

"일어나시어요!"

모언이 급하게 그를 자리에서 일으키려 했다. 그러나 그는 꼼짝도 하지 않았다.

"모언, 내가, 내가 잘못했소."

신의 음성이 피를 토하듯 처절했다.

"그대를 믿지 못하고 하잘것없는 세상의 소문을 더 믿었소. 내 눈앞에 있는 그대로의 당신을, 아무리 누가 뭐라 해도 나만은 믿었어야만 했소."

그 누가 알았겠는가? 이렇게 수많은 오해들이 두 사람 사이에 켜켜이 쌓여 있을 줄을? 차디찬 세파에 시달려 두 사람의 마음이 이렇게 어긋나게 될 것을 그 누가 예상이나 했었을까? 마치 진품처럼 나타나는 그 무수한 척홍의 진실을 뉘라서 제대로 분간할 수 있었겠는가? 모언이 아릿하게 웃었다.

"잘못했소. 염치가 없어 미안하다는 말조차 할 수가 없소. 내가 그대에게 준 그 무수한 상처들을 어찌 그 알량한 한마디로 대신할 수 있겠소? 하지만……."

신이 잠시 말을 멈추었다.

"정말, 미, 안, 하, 오!"

소리 없는 눈물이 그의 무릎에 그리고 꼭 쥔 그의 주먹에 후드득 떨어졌다. 그렇게 잠시 두 사람은 정적 속에 빠져들었다.

아팠다. 그 때문에 심장이 아렸다. 그리고 죽고 싶을 만큼 고통스러웠다. 하지만 그녀 안에 미움이나 증오는 없었다. 그가 미안하다고 말해주면 되었다. 하지만 그녀가 정말 듣고 싶은 말은 그게 아니었다.

그의 마음을 알고 싶었다. 모언에 대한 그의 진짜 마음을! 증오는 모두가 오해 때문이었음을 알았다. 최소한 그가 자신을 미워하지 않는 것만으로도 기뻤다. 하지만 자신을 탐하던 그의 손길에는 오직 욕망뿐이었을까? 어디로도 보내지 않겠다 고집하던 그의 마음은 그저 집착이었을까? 어젯밤 자신을 위로하던 다정한 손길의 정체는 무엇이었을까? 그저 그는 그녀에게 미안해서, 안쓰러워서 그러는 것일까?

알고 싶었다. 그의 마음을, 그 안에 자신에 대한 자그만 애정이 한 조각이라도 있는지. 그랬다면 그 수많은 밤들이 아름답게 의미를 가질 것이었다. 그저 서로의 몸을 섞은 것이 아니라 그것은 서로를 원하는 두 사람의 황홀한 결합이었을 것이다. 그러면 그를 떠나도 그것을 아름답게 추억하며 살아갈 수 있을 것이었다. 그리고 자신은 은애하는 이에게 오롯이 마음과 몸을 내어준 것이었다. 하찮게 여겨졌던 여인이 아니라 정인의 애정을 받았던 그런 여인이었던 것이다.

"하실 말씀은 그것뿐인가요?"

모언이 조심스레 물었다. 듣고 싶었다. 단 한 번이라도 그의 마음속에 애정이 한 조각 있었는지, 세심하게 매화잠을 보내주었던 그 마음속에도, 그저 정혼자가 아니라 정말 모언을 원하는 그 마음이 있었는지 알고 싶었다.

신이 고개를 들어 그녀와 눈을 맞추었다. 애틋한 표정으로 원하는 답을 주지 못해 미안해하는 남자의 얼굴이었다.

"난, 그대를……."

그는 더 이상 말을 잇지 못했다. 억지로라도 그녀를 은애한다는 거짓말을 할 수 없어 미안해하는 신의 얼굴에 모언의 심장이 산산이 부서졌다. 그만해야 했다. 더 이상 상처받기 전에. 그리고 그를 너무 괴롭히지 말아야 했다. 이미 오늘 알게 된 진실만으로도 벅

찰 신이었다.

"그, 그대를……."

모언이 손을 들어 그의 입술에 대었다. 괜찮았다. 이제 되었다. 잘못했다고 미안하다고 해준 것으로도 충분했다.

"괜찮아요. 더 이상 말하지 않아도 돼요. 그리고 고마워요, 미안하다고 말해줘서……."

모언이 조심스럽게 그의 눈물을 닦아주었다. 그리고 그의 시린 어깨를 안아주었다. 상처 입은 짐승을 위로하듯 그렇게 모언의 포옹은 자애롭기만 했다. 그 품에 안긴 신의 눈에서 뜨거운 남자의 굵은 눈물이 하염없이 떨어지고 있었다.

## 15. 매화잠(梅花簪)

"아가씨, 다 되었습니다."

팽 유모가 건네준 것은 하얀 비단으로 만든 옷 한 벌이었다. 치마와 저고리 그리고 착수배자, 모두 하얗고 귀한 비단으로 만들어진 것이었다.

"너무 늦어서 죄송해요. 이것은 제가 드리는 선물입니다."

팽 유모가 훌쩍거렸다. 벌써 언제인지도 모를 늦가을, 상중하탑방시장에서 산 그 비단이었다. 우울해하는 모언을 위해 팽 유모가 특별히 만들어주겠다 했던 그 옷이었다.

"고맙습니다. 팽 유모님!"

모언이 감사해하며 인사를 했다. 내일은 9월의 마지막 날, 모언이 남경을 떠나야 하는 날이 드디어 오고 말았다. 항상 가을이 오기를 기다리며 행복하게 보냈던 9월이 그래서 올해는 서글프기만 했다.

별로 가지고 갈 것은 없었다. 모언은 난향만 데리고 떠나기로 했다. 마음 같아서는 곤일도 함께 데리고 가고 싶었으나 그것은 너무 위험했다. 신의 도움으로 곤일과 사복, 추국 모두 안전하게 있다는 것이 모언에게는 가장 큰 위안이었다. 신이 자신이 모언에게 해줄 수 있는 것이 곤일을 보호하는 일밖에 없다며 모언에게 간곡히 허락을 구했다. 그래서 염치없지만 당분간은 곤일을 신에게 부탁을 할 수밖에 없었다. 그리고 어쩌면 아주 오랜 시간이 흐르면 아무런 제약 없이 그리운 이들을 볼 수도 있을 것이었다.

"이 옷 보면서 팽 유모님 생각할게요."

모언의 인사에 팽 유모는 뭐라 말도 하지 못하고 훌쩍거렸다. 떠나는 모언을 붙잡지 않는 나리가 이렇게 원망스러울 때가 없었다. 그렇게 서로를 마음에 담았으면서도 떠나려는 모언과 그것을 보고만 있는 신이 답답해 팽 유모는 한숨만 쉬었다.

하지만 두 사람은 오히려 담담했다. 떠나는 날짜가 하루하루 다가옴에도 불구하고 마치 아무 일도 없는 것처럼 평범하게 대하고 있었다. 오히려 지극히 슬픈 말은 길지가 않고, 견딜 수 없는 아픔은 마치 없는 것과 같았다.* 모언도 신도 말을 아끼고 있었다.

오히려 보는 사람들의 심정이 더욱 타들어가고 있었다. 지금도 모언은 내일 떠날 사람 같지 않게 계속 수를 놓고 있었다. 용맹하고 늠름한 사자가 거의 완성되어 가고 있었다.

"며칠만 더, 나리 생신까지만 머물 수 있었으면 깔끔하게 완성

* 정조대왕. 궁원의인(宮園儀引) 중 일부. 夫其言絕悲者不長(부기언절비자불장), 其情至痛者如無(기정지통자어무)

할 수 있었을 텐데…….”

아쉽다는 듯이 모언이 한숨을 쉬었다.

“아가씨, 이제 그만두세요.”

그 모습을 바라보던 팽 유모가 결국 울음을 터뜨렸다. 모언이 깜짝 놀라며 팽 유모를 끌어안았다.

“팽 유모님, 울지 마세요.”

“흑흑, 이렇게 착하고 고운 우리 모언 아가씨! 나리는 떠나보내시고 어찌 사시려고, 엉엉엉!!”

팽 유모가 꺼이꺼이 울었다. 오히려 모언이 팽 유모를 위로했다. 모언은 자신을 대신해서 울어주는 그녀가 고맙기만 했다.

떠나는 날이 정해지고 나서 모언은 억지로 웃었다. 신에게도 영국공부의 누구에게도 슬픈 얼굴로 기억되고 싶지 않았다. 그래서 일부러 씩씩하게 행동했다. 그도 모언에게 다정한 얼굴을 보여주었다. 평소처럼 모언은 신의 갱의를 돕고, 그와 함께 밥을 먹었다. 가끔은 신과 마치 부부처럼 마주 앉아 소소한 세상사를 나누기도 했다.

그것이 자연스러웠다. 자신을 증오하지 않는 신의 곁에 있는 것은 행복했다. 그가 다정하게 오늘은 어떤 일이 있었느냐고 물어봐주는 것이 좋았다. 그러면 모언도 그에게 하루 일이 어떠했는지 물었다. 가끔은 서로 소리 내어 웃기도 했다. 정말 부부가 된 것 같았다.

하지만 밤이 되면 신은 다른 곳으로 사라졌다. 며칠 전에는 떨어진 찻잔을 주우러 동시에 몸을 구부렸다가 두 사람의 손이 닿았다. 마치 불에 덴 것처럼 황급히 손을 떼는 신이었다. 그는 그녀가 마치 깨지는 물건이라도 되는 것처럼 조심스럽게 대했다. 아껴주는 것 같아 좋았지만 허전했다.

이제 그의 곁에 머물 수 있는 날은 오늘 밤뿐이었다. 그의 목소리, 그의 향기, 그의 눈빛, 그의 체온, 잃어버리지 않게 두고두고 살면서도 꺼내볼 수 있었으면 좋겠다고 모언은 생각했다.

덜커덕!

문소리와 함께 신이 안으로 들어왔다.

"나리, 오셨습니까?"

모언이 그를 맞이했다. 그가 조용히 다가와 자리에 앉았다. 모언이 평소처럼 그의 갱의를 도와주려 일어섰다.

"되었소, 모언!"

그의 목소리가 지독하게 낮았다. 마치 목구멍에서 올라오는 무엇을 억누르려는 듯 간신히 목소리를 쥐어짜 내고 있었다.

"오늘은 어떠셨습니까?"

모언이 부러 명랑하게 물었다. 그저 평소처럼 내일도 모레도 계속될 것처럼 그렇게 행동하고 싶었다.

"오늘은…… 평범했소."

신이 모언의 물음에 심상하게 대답해 주었나. 한참 동안 모언을 바라보는 그의 눈빛이 애틋했다. 오해할 것만 같았다. 저리 애틋한 눈빛으로 자신을 바라보는 그의 마음에 애정이 있다고 그렇게 믿어버리고 싶었다.

"모언!"

그의 간절한 목소리에 모언이 고개를 들었다. 그가 무슨 말을 하고 싶은 것처럼 입술을 떨었다. 그리고 그가 가슴 안쪽으로 손을 넣어 무엇인가를 꺼내려 했다. 그러나 그는 멈칫했다. 그리고는 힘없이 그의 손이 아래로 떨어졌다.

"내일…… 언제…… 떠나시오?"

신의 질문에 모언이 마치 유람이라도 가는 것처럼 경쾌하게 대답했다.

"날이 선선할 때가 좋을 것 같아 사시 초(오전 9시~10시)에 출발할까 합니다."

모언의 말에 신의 얼굴이 마치 울 것처럼 변했다. 그런 그의 얼굴이 낯설었다.

"어…… 어디로…… 갈 예정이오?"

"그냥 발길 닿는 대로 가볼까 합니다. 난향이랑 예전에 책에서만 보았던 곳도 가보고 모처럼 즐거울 것 같습니다."

신이 애타게 물었다.

"혹시, 내가 그대에게 해줄 수…… 있는 것이 없겠소?"

"추포(追捕, 뒤쫓아가서 잡음)의 공포에 시달리지 않게 된 것만으로도 감사합니다."

모언이 공손하게 인사를 했다.

"진정 내게 원하는 것이 아무것도 없소?"

신은 울고 있는 것 같았다. 그는 이미 모언에게 많은 것을 주었다. 다정한 미소와 눈빛, 그리고 무엇보다 신은 그녀에게 꺼지지 않는 소중한 사랑을 지니게 해주었다.

"그동안 감사했습니다. 내일은 혹여 인사드리지 못하고 가더라도 이해해 주십시오."

담담한 모언의 인사에 신이 더 이상 견딜 수 없다는 듯 자리에서 벌떡 일어났다. 그리고는 화급히 바깥으로 사라져 버렸다. 그가 떠난 자리 커다란 빈 공간이 생겨 버렸다. 사라지는 그의 뒷모습을 멍하니 바라보던 모언이 중얼거렸다.

"약속하신 분, 잘 가라는 인사 정도는 해주시지……."

그렇게 모언은 한동안 그 자리에 꼼짝하지 않고 서 있었다.

한밤이었다. 달도 없는 밤이라 사위는 깜깜하기만 했다. 계속 잠 못 들고 한참을 뒤척이던 모언이 침상에서 일어났다. 무엇인가 아무래도 신이 자신에게 못다 한 말이 있었던 것 같았다. 그것이 자꾸 마음에 걸렸다. 이제 이 밤이 지나면 그를 만날 수 없다.

그래서 이렇게 미진한 마음으로 그냥 떠날 수가 없었다. 평생 오늘을 생각하며 의문에 시달리고 싶지 않았다. 그리고 그를 마지막으로 한 번만 보고 싶었다. 잠이 들었다면 잠든 얼굴이라도 두 눈에 마지막으로 다시 한 번 담아두고 싶었다. 모언은 팽 유모가 만들어준 옷을 꺼내 입었다.

모언은 조심히 그가 머무는 방으로 향했다. 이 넓은 영국공부가 소리 하나 없이 조용하기만 했다. 이곳에서 지내온 지난 시간이 아릿했다. 그래도 이곳을 그리워하게 될 것 같았다. 신의 방 앞에서 모언은 망설였다. 갑자기 용기가 떨어졌다. 그리고 어쩌면 그는 그녀의 얼굴을 다시 보고 싶지 않을 수도 있었다.

"모언!"

힘없이 발걸음을 돌리던 모언이 멈춰 섰다. 작은 속삭임 같은 그의 목소리! 하지만 그 부름에는 애틋함과 슬픔이 섞여 있었다.

그것이 정말이라면 놓치고 싶지 않았다. 살며시 그의 방문을 열었다. 그가 머리를 두 손으로 감싸고 의자에 앉아 있었다. 방 안을 밝히는 희미한 촛불에 그의 그림자가 흔들렸다.

그리고 그의 손에 들려 있는 이질적인 물건! 매화 문양의 머리꽂이였다. 상중하탑방시장에서 그녀가 바라보고 있었던 바로 그것이었다. 그제야 모언은 모든 것을 이해할 수 있었다. 그의 마음을, 하지 못한 그의 말을 단숨에 이해했다. 그것은 이성이 아니라 심장이 그대로 느낀 것이었다.

그녀가 조용히 그에게 다가갔다. 흘러내린 그의 머리를 부드럽게 쓰다듬었다. 그가 움찔하며 고개를 들었다.

"모언!"

자신의 눈앞에 있는 그녀를 믿을 수 없다는 듯이 그가 그녀를 강하게 끌어안았다. 너무나 강해서 몸이 뻐근할 지경이었다. 하지만 그렇게 그대로 모언은 그의 머리를 제 가슴에 안았다. 흘러내린 그의 머리카락 사이에 손을 넣고 부드럽게 쓸어내렸다. 한참을 그렇게 있던 그녀가 그의 머리를 부드럽게 떼어냈다. 그리고 그의 눈을 바라보며 물었다.

"누구에게 주시려던 것입니까?"

신의 동공이 격하게 움직였다. 그리고 마치 목이 졸린 듯 그가 간신히 대답했다.

"내…… 정인에게 주려던 것이오!"

모언이 속삭였다.

"제게 대신 주시면 아니 되겠습니까? 저는 정인에게 선물을 받아본 일이 없습니다. 그래서 평생 그것이 소원이었습니다. 그러니 오늘 밤만 나리가 제 소원을 대신 들어주세요."

모언이 애써 눈물을 삼키며 아릿한 미소를 지었다. 신은 얼어붙은 듯이 꼼짝도 하지 않았다. 모언이 그의 손에 꽉 잡혀 있는 머리꽂이를 살며시 떼어내었다. 오랫동안 가지고 있었던 듯, 한쪽 매화 잎이 살짝 닳아 있었다. 그것을 모언이 자신의 머리에 꽂았다. 까맣게 윤이 나는 머리에 마치 정말 매화가 피어난 것 같았다. 하얀 옷을 입고 머리에 매화를 장식한 모언은 마치 그를 처음 만났던 날로 되돌아간 것 같았다.

"아름…… 답소. 마치 백화선자 같아!"

그가 꺼질 듯이 속삭였다.

"나리의 정인보다 더 아름다운가요?"

모언의 질문에 신이 고개를 끄덕였다. 얼이 빠진 듯 연신 고개를 끄덕이는 그가 사랑스러웠다. 그래서 모언이 살며시 그의 이마에 입을 맞추었다. 스칠 듯이 부드러운 짧은 입맞춤! 그리고 그의 강건한 목에 두 팔을 감고 그의 귓가에 속삭였다.

"그럼 오늘 밤만 저를 나리의 정인처럼 안아주세요!"

그가 검에 찔린 것처럼 움찔했다.

"어찌……."

그가 차마 말을 끝맺지 못했다.

"하루만, 단 하루만 오롯이 정인에게서 사랑받는 여인이고 싶습니다."

그가 모언을 으스러지게 끌어안았다.

모언의 꺼질 듯한 음성에 신의 심장이 미어졌다. 그녀의 마지막 부탁에 신의 심장이 피를 흘렸다. 한 번도 사랑스럽게 그녀를 안아주지 못했다. 그녀에게는 오직 고통과 수치심으로 기억될 밤들이었다. 그래서 그녀가 깨어나고 난 후 그녀에게 차마 손을 댈 수가 없었다. 그녀를 처절하게 능욕한 자신이 부끄러워 그리고 너무나 소중해 그녀를 안을 수가 없었다.

떠나는 그녀에게 용기 내어 은애한다고 말하지도 못했다. 이렇게 아무것도 해줄 수가 없는 자신이 그리 무책임하게 그녀에게 감히 은애한다고 말할 수가 없었다. 속죄조차 제대로 할 수 없는 자신이, 감히 그녀의 애정을 무시하고 파괴한 자신이 그럴 수가 없었다. 입 밖으로 내어버리면 그녀가 떠나지 않으면 죽는다는 것을 알면서도 애원할 것만 같았다. 자신 곁에 있어달라고, 떠나지 말아달라고 어린아이처럼 울면서 매달리고 말 것이었다.

그녀가 자신을 잊어버리기를, 자신처럼 못난 놈을 잊고 행복하게 살기를 기원하는 것이 옳았다. 그래서 꾸역꾸역 그 말을 억눌렀다. 하지만 지금 신은 그녀를 거부할 수 없었다. 전할 수 없는 마음, 그 마음을 꽁꽁 숨기고 마치 정인처럼 안아달라는 모언의 제안이 시렸다. 통곡처럼 흘러나올 것 같은 마음을 간신히 억눌렀다. 이 애타는 마음을 말로 할 수 없다면…… 이렇게라도 전하고 싶었다. 그녀에게 자신의 마음을 그렇게 전하고 싶었다.

신의 입술이 조심스럽게 그녀의 이마에 닿았다. 마치 그녀를 경배하듯이 부드러웠다. 다음에는 모언의 감은 눈꺼풀에, 그리고 그녀의 콧등에, 그녀의 뺨에도 그의 입술이 닿았다. 마치 그녀의 존재를 확인하듯이 그렇게 그의 입술이 부드러웠다. 그의 혀가 그녀 귀 뒤의 연한 부분을 부드럽게 핥자 모언이 그의 옷을 그러쥐었다.

귓불을 핥는 그의 혀와 입술이 타는 듯이 뜨거웠다. 모언은 정신없이 그의 굵은 목을 끌어안았다. 이내 그의 입술이 모언의 붉은 입술에 닿았다. 그가 처음인 여인에게 허락을 구하듯 그렇게 정중하게 입술을 핥았다. 그의 입술이 깃털처럼 부드러웠다.

모언이 그의 아랫입술을 살짝 물었다. 그리고 그의 벌어진 입술 사이로 자신의 작은 혀를 밀어 넣었다. 그의 혀가 마치 기다렸다는 듯이 그녀의 혀를 마중했다. 그녀가 열심히 그가 가르쳐 준 대로 자신의 혀를 그의 혀에 얽었다. 숨이 막힐 때까지 그의 혀를 탐했다. 미친 듯이 자신의 작은 혀를 그의 혀에 마찰했다. 그의 타액이 달콤했다. 세상에 이렇게 달콤한 것이 있을까 싶었다.

모언은 숨이 막혀 헐떡이면서도 입술을 떼지 않았다. 그의 향기, 그의 체온. 오늘 밤뿐이었다. 그래서 놓을 수가 없었다. 모언이 숨이 막혀하자 그가 자신의 숨을 나누어 주었다. 생명줄을 붙들 듯이 그렇게 그의 입안을 탐했다. 잠시 숨이 막혀 입술을 떼었던 그녀가 다시 급하게 그의 입술을 물었다. 자신의 작은 입에 다 삼켜지지 않는 잘생긴 그의 입술을 오늘만은 제 것처럼 탐했다.

성급한 그녀를 진정시키듯 그가 그녀에게 입맞춤했다. 그의 혀가 말하고 있었다. 오늘 밤은 오롯이 그는 모언의 것이라고 그녀도 오롯이 신의 것이라고, 그의 혀가 입술이 그렇게 말하고 있었다. 모언은 입맞춤만으로 정신이 몽롱해지는 기분이었다. 이미 유실이 딱딱하게 솟아올라 그의 가슴에 스칠 때마다 짜릿한 감각이 흘렀다.

그의 입술이 그녀의 턱을 부드럽게 스치고 그녀의 펄떡이는 목덜미를 타고 내려갔다. 그녀가 자연스레 그녀의 목을 뒤로 꺾었다. 그가 조금 더 다가올 수 있도록, 그가 입술이 더 잘 닿을 수 있도록……. 그의 혀가 점점 아래로 내려갔다. 가냘픈 모언의 쇄골을 부드럽게 쓸었다. 점점 벌어지는 저고리 사이로 그의 혀가 할짝거리며 그녀의 가슴을 탐했다.

자신의 등을 쓰다듬는 그의 커다란 손바닥과 자신의 허리를 끌어안은 그의 굳센 팔의 감촉이 미치도록 사랑스러웠다. 그가 잠시 고개를 들어 그녀에게 정중하게 구애했다.

"이제 그대의 옷을 벗겨도 되겠소?"

그의 구애에 모언이 수줍게 고개를 끄덕였다. 그의 손길이 점차 자신에게 다가오자 모언은 마치 처음인 것처럼 수줍어졌다. 그리고 어쩌면 정말 처음이었다. 서로가 서로를 진정으로 원하는 것은!

신이 그녀의 착수배자를 조심스레 벗겨내었다. 마치 깨지는 것을 다루듯 그의 손길이 조심스러웠다. 그리고 그의 손이 그녀의 살짝 드러난 쇄골에서 시작해서 부드럽게 아래로 내려갔다. 그리고 조심스럽게 그녀의 저고리의 옷고름을 풀었다.

그녀가 긴장으로 숨을 들이키자 신이 매우 경건하게 그녀의 저고리를 벗겨냈다. 예민한 그녀의 피부는 얇은 비단의 스침에도 반응하고 있었다. 모언의 몸에서 벗겨낸 저고리가 마치 매화 꽃잎처럼 바닥에 떨어졌다. 그리고 다시 신의 손길이 한 겹 한 겹 그녀의 몸에서 옷가지를 떼어내었다. 조금씩 그녀의 살갗이 드러날 때마다 신의 눈빛이 점점 열기로 찐득해졌다. 이제 몸에 남은 것은 오직 얇은 속치마 하나와 속곳 한 장뿐이었다. 그녀가 긴장으로 숨을 죽이자 그가 그녀의 허락을 다시 구했다.

"이제 남은 옷도 벗기겠소."

그녀가 여자다운 수줍음으로 몸을 움츠리자 그가 그녀를 번쩍 안아 들었다. 그리고 그녀를 침상에 매우 조심스럽게 내려두었다. 눈처럼 하얀 피부의 그녀가 붉은 비단을 배경으로 아름답게 드러났다. 그녀가 손을 들어 자신의 가슴을 가렸다. 그의 눈이 마치 타는 것처럼 그녀를 바라보니 마치 그의 앞에 처음 나신을 드러내는 것처럼 수줍었다.

그녀의 행동에 신의 눈빛이 더욱 뜨겁게 타올랐다. 그리고 그녀의 가슴을 가린 손을 부드럽게 떼어내어 그녀의 손가락 하나를 입에 넣었다.

"헉!"

그의 입술이 닿은 손끝에서 짜릿한 열기가 솟아올랐다. 그리고 그가 그녀의 손가락을 하나하나 정성스레 핥자 그녀의 동공이 격렬하게 움직였다. 그의 혀가 꼼꼼하게 그녀의 손가락을 핥았다. 손끝에서 피어난 저릿한 감각이 아찔했다. 그녀의 모든 것이 사랑스럽다고 그의 입술이 혀가 그렇게 말하고 있었다.

그리고 이내 그가 그녀의 손바닥에 강하게 입술을 찍었다. 그가 그녀의 허락을 구하듯 그렇게 애타게 입맞춤했다. 모언의 몸이 흠칫했다. 손바닥에서 이런 감각이 피어날 줄 몰랐다. 모언의 예쁜 두 눈에서 눈물이 솟아올랐다. 손끝에서 시작한 그의 입술이 손목을 스치고 그리고 꼼꼼하게 모언의 모든 부위를 찍었다. 그의 입술이 닿을 때마다 미칠 것만 같은 열기가 모언을 관통했다. 그가 자신을 도자기처럼 마치 그녀가 처음인 것처럼 대해주었다. 그는 괴로웠던 밀야(密夜)의 기억을 모두 지워 버리고 본래 그러했을 것 같은 그런 아름다운 밤을 선사하고 있었다.

그가 고개를 내려 이번에는 그녀의 발등에 입맞춤했다. 가장 성스러운 곳인 듯 발등에 닿은 그의 입술이 경건했다. 그의 입술이 혀가 그녀의 가느다란 발목을 스치고 종아리를 타고 올라왔다. 그의 입술이 그녀의 모든 피부를 확인하듯이 꼼꼼하게 조금씩 감질나게 위로 올라왔다.

모언은 미칠 것만 같았다. 그의 입술에 점점 그녀의 몸이 달아올랐다. 그가 닿은 모든 곳의 피부 아래에서 미묘한 소용돌이가 움직였다. 파닥거리는 그 소용돌이는 모언을 몽롱함 속으로 밀어 넣고 있었다. 그의 혀가 이제 허벅지를 타고 올라왔다. 모언이 터져 나오는 교성을 참을 수 없어 자신의 손을 물었다. 부드러운 허벅지를 희롱하던 그의 혀가 이미 음란하게 젖어 있는 그녀의 속옷 위를 핥았다.

번쩍!

마치 번개가 친 것처럼 모언의 눈앞이 번쩍거렸다. 그가 입으로 사랑스럽게 그녀의 비부를 탐했다. 그의 혀가 부드럽게 아래위로 그녀의 꽃잎을 쓸어 올리자 얇은 속옷 사이로 그녀의 꽃잎이 색정적으로 피어올랐다. 죽을 만큼 부끄러웠지만 또 죽을 만큼 자극적이었다. 동시에 그가 손을 뻗어 그녀의 가슴을 희롱하자 모언이 몸을 뒤틀었다.

"아읏……."

그의 손이 부드럽게 그녀의 몸에서 속곳을 떼어냈다. 허락을 구하듯 속곳을 벗겨내는 그의 손길이 한없이 정중했다. 그가 그녀의 다리 사이에 자리 잡고 무릎을 꿇었다. 그리고 그녀의 양 무릎 뒤에 손을 넣어 그녀를 들어 올렸다. 그녀의 비부가 신의 시선에 무방비하게 드러났다.

"아앗…… 응……."

그의 시선 아래 그녀의 꽃잎은 울컥울컥 달콤한 꿀을 토해내었다. 진한 여인의 향기가 방 안을 가득 채웠다. 미칠 듯이 부끄러웠지만 그의 시선에 모언은 흥분하고 있었다. 그의 혀가 그녀의 꽃잎을 부드럽게 핥기 시작했다. 마치 고양이가 할짝거리듯 처음은 그렇게 부드러웠다.

"아…… 앗!"

부끄러운 교성이 계속 모언의 입에서 흘러나왔다. 그의 혀가 그녀의 꽃잎을 벌리고 그 안에 숨어 있는 진주를 희롱하기 시작했다. 진주를 놀리듯이 혀로 톡톡 자극하던 그가 한꺼번에 그녀의 여성을 입에 머금었다.

츄릅, 츄릅, 츄릅!

부끄러워 귀를 막고 싶은 음란한 소리가 크게 들렸다. 그리고 그가 강하게 빨아들이자 모언의 몸이 불규칙하게 경련하기 시작했다.

"아앗……."

절정이었다. 그녀가 밀려오는 쾌감에 헐떡였다. 그의 혀가 이내 동굴 안쪽까지 파고들었다.

"제발…… 신!!"

그녀가 견딜 수 없는 쾌감에 비명을 질렀다.

"그냥 내게 몸을 맡기시오!"

그의 혀와 입술에 모언은 완벽하게 포박되었다. 하얀 빛 속으로 빨려 들어갔다. 그리고 잠시 몽롱하던 그녀가 천천히 지상으로 돌아왔다. 전혀 달랐다. 그동안의 밤이 하나도 기억나지 않을 만큼 그렇게 강렬하고도 황홀했다.

갑자기 슬퍼졌다. 그 수많은 밤들이, 마음은 없이 몸만 섞었던 그 밤들이 너무나 허무하게 느껴졌다. 그런 그녀의 감정을 눈치챈 듯 그가 그녀를 끌어안았다. 그리고 마지막 하나 남은 그녀의 속치마를 조심스럽게 벗겨냈다.

그리고 이내 그녀의 가슴에 그의 입술이 닿았다. 그리고 다른 가슴은 그의 다른 손이 애무하기 시작했다. 타액으로 축축하게 젖은 유실을 그가 힘 있게 빨아들였다. 그리고 드러난 다른 돌기는 그의 손가락 사이에서 이리저리 휩쓸렸다.

"하앙!"

저도 모르게 달콤하고도 요염한 콧소리가 모언의 입에서 새어 나왔다. 그의 손이 그녀의 옆구리와 배를 희롱했다. 그의 손길이 닿는 모든 곳이 열기로 달아올랐다. 그의 손길이 다시 그녀의 비부를 감쌌다. 그의 뜨거운 손길이 이미 흐물흐물해진 그녀의 꽃잎을 부드럽게 쓸었다. 그리고 갈라진 틈 사이를 자극하던 그의 굵은 손가락이 그녀의 동굴을 쑤욱 파고들었다.

"아앗……."

마치 처음인 것처럼 자극적이었다. 오늘 밤 그의 손길은 정중하면서도 모언의 관능을 마구 끌어 올리고 있었다. 그녀의 동굴 안에서 솟아나는 애액의 도움을 받아 그의 손가락이 세 개나 안으로 들어왔다. 그의 손가락이 갈고리처럼 굽어져 그녀의 배 위쪽 부분을 자극했다.

"헉……."

동시에 그의 굵은 엄지손가락이 잠시 쉬고 있던 그녀의 진주를 함께 자극하기 시작했다. 견딜 수 없는 감각에 그녀가 다시 몸을 긴장했다.

"쉬이, 그저 느끼면 되오!"

그의 목소리가 주술처럼 그녀를 휘감았다. 다시 절정이었다. 그의 입술에 닿은 가슴과 그의 손가락에 닿은 비부, 그녀의 온몸이 타오르는 숯에 닿은 얼음처럼 녹고 있었다. 그녀가 다시 절정에 올라 부르르 경련했다. 그런 그녀의 모습을 빠지지 않고 바라보던 그가 몸을 일으켰다. 그 모습을 멍하니 바라보던 모언이 몸을 일으켰다.

"제…… 가 벗기게 해주세요!"

대담한 모언의 말에 신이 깜짝 놀랐다. 하지만 그의 얼굴에 생전 보지 못했던 아찔한 미소가 피어올랐다. 모언이 주체적으로 신을 탐하는 것을 기뻐하는 것 같아 모언의 부끄러움이 살짝 사라졌다. 그리고 그는 마치 마음대로 하라는 듯 그녀에게 오롯이 자신을 내어주었다.

수줍지만 단호한 그녀의 손길이 그의 몸에서 정자의를 벗겨내었다. 그녀의 손아래 그의 힘찬 근육이 그대로 느껴졌다. 그녀가 따듯한 피부에 닿은 것이 기분이 좋은 듯 부드럽게 쓰다듬자 그의 근육이 긴장했다. 그것이 재미있어 모언이 그의 가슴을 계속 만졌다.

"장난은 그만하시오! 계속하려면 이 옷을 모두 벗기고 해주지 않겠소?"

억눌린 그의 음성에 모언의 얼굴이 붉어졌다. 벗기다 만 정자의가 그의 팔에 걸려 그가 마치 밧줄에 묶인 것 같았던 것이다. 그녀가 마저 옷을 벗겨내자 탄탄한 그의 상체가 드러났다. 군살이라고는 한 점도 없는 아름답고 매끈한 몸이었다. 부끄러워 보지 못했던 그의 몸을 모언이 샅샅이 훑어보았다. 그리고 손을 뻗어 부드럽게 쓰다듬었다. 그녀의 손길에 울끈불끈 긴장하는 그의 근육이었다. 그녀의 손길에 그가 반응하자 모언은 기뻐졌다.

그리고 조금 더 대담하게 그에게 다가갔다. 그가 그녀에게 하듯이 그의 이마에 그의 눈꺼풀에 잘생긴 콧날에 뺨에 무차별적으로 입맞춤했다. 그는 그녀 마음대로 하라는 듯 조용히 있었다. 이런 기분이었을까? 은애하는 정인을 제 마음껏 탐하는 기분은? 모언의 가슴이 설레었다.

그녀가 그의 아래턱을 살짝 핥자 그가 간지러운 듯이 움찔했다. 그녀는 그가 그러했듯이 자신의 입술로 그의 드러난 목덜미를 쓸었다. 입술로 쓸었다가 혀로 핥자 입안에 그의 맛이 고스란히 느껴졌다. 그리고 그녀가 그의 목덜미를 살짝 물었다. 생각지 못했던 야성이었다. 마치 그가 제 것이 된 것 같았다.

"이런!"

예상치 못한 그녀의 움직임에 신이 탄식했다. 그러나 그녀를 막지 않았다. 그것에 용기를 얻은 그녀가 그가 했듯이 그의 쇄골을 훑고 그의 가슴에 타는 입술을 계속 찍어댔다. 그리고 그가 그랬듯이 그의 작은 유실을 입안에 머금고 굴려보았다.

"헉!"

그가 숨을 들이켰다. 그것이 재미있어 그녀가 살짝 깨물었다.

그의 가슴이 크게 들썩였다. 그러나 순간 그가 그녀의 장난을 벌하듯이 그녀의 등을 쓸어내렸다. 그리고 그녀의 엉덩이를 쥐어짜듯이 움켜쥐었다. 그리고 젖어 있는 그녀의 동굴에 그의 손가락이 쑤욱 하고 파고들었다. 얕은 절정에 모언이 다시 부르르 몸을 떨었다.

"하아!"

그녀가 저도 모르게 가슴에서 입을 떼고 몸을 움찔했다. 그가 강하게 그녀의 엉덩이를 잡고 그녀를 자신 쪽으로 끌어당겼다. 그의 탄탄한 가슴에 그녀의 가슴이 밀착했다. 아플 정도로 부풀어 오른 그녀의 유실이 그의 가슴 근육에 마찰했다. 그 감각이 미칠 듯이 좋아서 그녀가 더욱 몸을 밀착시켰다.

그리고 믿을 수 없는 일이 일어났다. 모언이 그를 살짝 밀자 그가 침상 위로 쓰러졌다. 그녀가 그를 타고 앉은 묘한 자세가 되었다. 신의 눈이 휘둥그레하게 커졌다. 생전처음 겪는 일에 그도 당황한 것이 분명했다. 그리고 그의 얼굴에도 붉은 홍조가 살짝 피어올랐다. 처음으로 여자를 안는 소년처럼 쑥스럽고도 잔뜩 흥분한 표정이었다.

모언은 그의 가슴을 손으로 부드럽게 더듬었다. 오늘 밤 그녀는 그의 정인이었다. 그가 그녀를 만지고 핥을 수 있듯이 그녀도 그를 그렇게 탐할 수 있었다. 그녀가 자연스레 그녀의 허리를 마구 움직이고 있었다. 고를 찢어버릴 듯이 솟아올라 존재감을 드러내고 있는 그의 분신에 자신의 비부를 마찰했다. 진주가 옷감에 쓸려 기분이 좋았다.

"모언!"

그의 속삭임에 그녀가 그의 고와 속옷을 한번에 끌어 내렸다. 해방된 그의 분신이 장대하게 그녀의 눈앞에 있었다. 처음이었다. 그녀가 그의 분신을 이렇게 바라본 것은, 그녀의 몸 안에서 그녀에게 엄청난 쾌락을 선사하던 분신이 그녀의 눈앞에 있었다. 그녀가 살짝 그것을 두 손으로 움켜쥐었다. 매끈매끈하고 단단하면서도 무척 뜨거웠다.

"읏, 모언!!"

그의 목소리가 떨렸다. 그녀가 살며시 그것을 아래위로 훑어 내리자 그의 몸이 움찔했다. 그녀의 손길에 그도 흥분하고 있었던 것이다. 그것이 신기해서 모언이 계속 그것을 장난하듯이 만졌다. 그녀의 손길에 그의 분신이 점점 크기를 키웠다.

"모언, 자꾸 그러면……."

그가 헐떡였다. 그러나 그녀는 계속 그의 분신을 자극했다. 순간 그가 으르렁 소리를 내며 그녀를 바로 눕혔다. 다시 그의 아래에 꼼짝없이 깔린 그녀에게 신이 위협했다.

"오늘은 당신 손에서 절정에 이르고 싶지는 않소!"

그리고 그가 그녀의 다리를 무릎으로 벌리고 강하게 그녀의 안으로 진입했다.

"헉!"

"읏!"

동시에 두 사람은 신음했다. 잔뜩 흥분한 그녀의 동굴은 무리없이 그를 받아들였다. 항상 버겁고 처음에는 아프기만 했는데 오늘은 달랐다. 그가 마치 그녀 안에 있는 빈 공간을 꽉 메우는 것 같았다. 빈틈없이 딱 들어맞은 그와 그녀의 몸이 마치 하나같았다. 완벽한 일체감에 모언의 눈에서 기쁨의 눈물이 흘러내렸다.

그가 그녀의 눈물을 부드럽게 핥았다. 그리고 곧 그가 강하게 허리를 움직이기 시작했다. 그녀의 시야에 천장이 미친 듯이 요동쳤다. 자신의 동굴을 빈틈없이 매우고 미끌거리는 그의 분신에 그저 몸을 맡겼다. 오늘 그는 그녀의 정인이었다. 벌을 주는 것도 강제로 유린하는 것도 아니었다. 그가 그녀를 원하듯이 그녀도 강렬하게 그를 원했다.

그의 분신이 자신의 안을 쿡쿡 찔렀다. 그의 분신의 넓은 끝부분이 그녀의 복부 쪽 점막을 자극했다. 그녀가 온몸의 긴장을 풀고 그를 완벽하게 받아들이자 이전과는 다른 쾌락이 허리에서부터 머리끝까지 발끝까지 퍼져 나갔다.

그가 오롯이 그녀를 가졌듯이 그녀도 오롯이 그를 가졌다.

찌걱찌걱, 슥슥…….

살과 살이 마찰하는 소리가 그녀의 고막을 자극했다. 그 소리에 더욱 몸이 불타올랐다. 그녀의 내부가 마치 살아 있는 것처럼 꿈틀거리며 그의 분신을 자극했다. 그녀가 엄청난 쾌락에 입을 막으려 하자 그가 그녀의 두 손을 떼어내어 그녀의 머리 양옆에 고정하였다. 그리고 그가 그녀의 손에 강하게 깍지를 끼었다. 꽉 잡은 두 사람의 손, 그의 눈앞에 모언의 얼굴이 고스란히 드러났다.

쾌감으로 눈물을 흘리며 발갛게 달아오른 그녀의 얼굴이 미치도록 아름다웠다. 그의 눈 속에 비친 모언의 모습은 색정적이면서도 동시에 순진했다. 마치 처음인 것처럼 그렇게 그에게 유린당했던 날들이 무색하게 순진한 소녀처럼 곱기만 했다.

"핫, 신!"

그녀가 절정에 도달하려는 듯이 그의 휘를 불렀다. 정신이 없는 그녀였다. 그녀가 사랑스러워 신이 그녀의 입술을 한입에 머금었다. 그녀의 부드러운 머리카락을 손가락에 휘감으며 그녀의 입술을 한없이 탐했다. 동시에 그의 허리짓이 더욱 거세어졌다.

"아앗!"

그녀가 절정에 달하여 그의 분신을 강하게 조이자 그도 절정에 도달했다.

"읏……."

동시에 그녀와 그의 눈앞에 황홀한 별빛이 쏟아져 내렸다. 달도 뜨지 않은 밤, 햇살보다 환한 빛이 그들을 가득 채웠다. 완벽한 합일, 완벽한 쾌감, 완벽한 절정! 두 사람은 하나였다.

그가 강하게 파정했다. 그녀의 동굴이 마치 흡수하듯이 그것을 빨아들였다. 한동안 그의 파정이 지속되었다. 그동안에도 신은 그녀의 입술을 놓지 않았다. 아니, 놓을 수가 없었다. 오늘뿐이었다. 그래서 놓을 수가 없었다. 할 수 있다면 그녀를 모두 삼켜 버리고 싶었다.

그렇게 애절하게 그들은 서로를 탐했다. 절실함이 그들을 극단으로 몰아붙였다. 마치 서로의 영혼에 각인하듯이 그렇게 말하지 못하는 애정을 전하는 그들의 몸짓이 애틋했다. 하지만 모언은 그가 하지 못한 말을 그대로 느낄 수 있었다. 그도 그녀가 전하지 못한 말을 그대로 느꼈을 것이었다.

모진 이별은 이번 한 번으로 충분했다.

한 번은 보내어도 두 번은 결코 보낼 수 없는 정인들이었다.

입 밖으로 은애하는 그 감정을 토해내면 절대 헤어질 수 없는 두 사람이었다.

그래서 그들은 서로를 절실하게 안았다. 그렇게 그들의 슬프고도 아름다운 작별 의식이 지속되었다. 별빛도 그들을 방해하지 않으려 숨어버린 그런 밤이었다.

이튿날 아침, 떠나는 모습을 보이고 싶지 않아 서둘렀지만 결국 그가 배웅을 나왔다. 죽을 것같이 초췌한 그의 얼굴이 안쓰러웠다.

"떠나는 뒷모습을 보여주고 싶지 않았는데……."

모언은 손을 들어 신의 볼을 부드럽게 쓰다듬었다. 신이 고개를 돌려 모언의 손바닥에 애타게 입술을 맞추었다. 뜨거운 그의 숨결이 그대로 느껴졌다. 마치 꿈인 듯 그녀의 눈앞에 매화 꽃잎이 눈처럼 날렸다. 흩날리는 꽃잎처럼 모언의 마음이 그렇게 흩날렸다.

'헤어지기엔 너무 아름다운 날' 이라고 모언은 생각했다. 그를 떠나는 날이 이렇게 시리도록 아름다웠다. 꿈은 여기까지였다. 그의 곁에서 사랑 받으며 머물 수 있다고 생각했었던 소녀의 소망은 여기까지였다. 매화 꽃잎이 흩날린다. 모언의 마음처럼, 혹은 그 슬픔처럼…….

"우리의 인연은 여기까지입니다. 저를 잊고 행복하시어요!"

'그것만이 제게 남은 단 하나의 소망입니다. 저에 대한 기억은 모두 잊으세요. 아팠던 기억도, 모두…….'

모언의 말에 신이 고개를 들어 그녀를 물끄러미 바라보았다. 무수한 감정들이 그의 눈빛에서 명멸했다. 모언을 아프게 했던 미안함, 그녀를 지키지 못하는 사내의 서글픔, 그녀와 함께할 수 없는 안타까움, 보내야만 하는 사내의 비애, 그녀를 향한 애틋함.

그리고 심장을 그녀에게 주어버린 그의 절절한 애정까지…….

그 수많은 마음들이 말이 되지 못하고 신의 눈빛 속에서 일렁거렸다. 말이 없어도 모언은 그 마음을 모두 이해했다. 그는 그녀가 온 생을 걸고 은애한 단 한 사람의 소중한 정인이었다. 그가 어디에 있어도 모언은 그를 기억할 것이었다. 그가 자신을 잊더라도 그녀의 심장에 몸에 새겨진 그를 결코 잊을 수 없을 것이었다.

그가 주었던 좋았던 기억만 추억하며 그렇게 살아갈 것이었다. 그가 목숨을 무릅쓰면서까지 구해준 생명이니 최선을 다해서 살아갈 것이었다. 살아서 그가 더 이상 아파하지 않기를, 그가 행복해지기를 바라고 또 바랄 것이었다.

"날이 좋습니다. 길 떠나기엔 참 좋은 날이군요."

모언이 그렇게 발길을 돌렸다. 옆에서 난향이 모언 대신 눈물, 콧물을 쏟아가며 엉망이 되도록 울고 있었다. 그런 난향을 위로하며 모언은 앞으로 나아갔다. 잘 있으라는 말은 하지 않았다. 그도 그녀도 한동안 결코 잘 있지 못할 테니까, 그저 그 시간이 그리 길지 않기만을 바랐다.

그녀를 보내고 안으로 들어온 신은 텅 비어버린 공간을 보고 자신의 가슴을 움켜쥐었다. 그녀가 있었던 것이 마치 꿈이었던 것처럼 아무런 흔적도 남아 있지 않았다. 그렇게 헛헛한 마음으로 방 안을 둘러보던 그의 시야에 무엇인가가 잡혔다. 반듯하게 정리된 침상의 붉은 이불 위였다.

매화잠이었다.

그것은 신이 모언에게 보내주었던 혼인의 증표였다. 매화를 닮은 그녀를 자신의 부인으로 아끼고 은애하겠다는 신의 다짐이 담긴 매화잠이었다. 그것을 아직까지 모언은 간직하고 있었던 것인가? 신이 지독한 오해로 그녀를 그리 괴롭히는 동안에도 모언은 이 매화잠을 놓지 않았던 것이다. 처음의 그 마음을 계속 유지하고 있었던 것이다.

변해 버린 것은 신이었다. 그녀는 변한 것이 아무것도 없었다. 달빛 아래에서 달빛이 제 마음을 대신한다고 수줍게 고백하던 그 아리따운 소녀에서 아무것도 변한 것이 없었다. 그 모진 고통과 시련 속에서도 소중하게 끝까지 신의 손을 놓지 않았던 것이다.

매화잠은 이룰 수 없었던 두 사람의 혼인의 증표였다. 지킬 수 없는 약속의 증표이니 두고 갈 수밖에 없었던 것이다. 가지고 있으면 계속 미련을 가질 것이니 모언은 그 미련마저 내려두고 간 것이었다. 그것은 그에게도 잊으라는 의미였으리라.

그녀는 잊으라 했다. 자신에 대한 모든 것을 잊고 행복하게 살라고 그렇게 그녀를 괴롭혔던 신을 위해서 떠나갔던 것이다. 자신이 곁에 있으면 그에게 부담만 될 뿐이라며, 신의 안위만을 걱정하면서 그렇게 떠나간 것이다.

'나를 잊지 말아요!'

하지만 그래도 잊지 말아달라는 그녀의 작은 외침 소리가 함께 들렸다. 매화가 져도, 세월이 흘러도 그녀를 잊지 말아달라는 그녀의 간절한 소망이 신의 귀에, 아니, 그의 마음에 똑똑히 들렸다.

매화잠을 쓰다듬고 있던 신의 손에 굵은 눈물 한 방울이 떨어졌다. 그렇게 한참을 신은 소리 없이 통곡했다. 가슴 안에 가득 고인

갈 곳 없는 처절한 슬픔과 깊은 후회가 강물이 되어 흐르고 있었다.

모언! 잠시만 기다려 주시오.
기필코 내가 그대를 찾아가겠소!

세상 끝에 있더라도 그대에게 돌아가리다.
반드시 그 길을 찾아내겠소!

그땐 그대에게 내 마음을 꼭 전하리다.
그리고 절대 그대를 놓지 않겠소!

## 16. 그녀에게 돌아가는 길[回歸莫言]

화살이 까맣게 하늘을 가렸다. 그리고 마치 매우처럼 땅으로 쏟아져 내렸다. 사방에서 사정없이 쏟아지는 화살, 검이 부딪히는 소리 그리고 비명 소리! 아비규환과 같은 전장이었다. 영락 4년(1406년) 2월, 안남(安南, 현재의 베트남) 병합의 한복판이었다.

명이 건국하고도 안남지방에는 원나라의 잔존 세력이 남아 있었다. 이후 안남지방은 홍무 15년(1382년)에 홍무제의 명으로 토벌되었다. 그리고 이후 안남에는 진씨(陳氏) 왕조가 세워졌다. 하지만 영락 3년(1405년)에는 호씨(胡氏) 세력에 의해 진씨 왕조가 밀려나 있었다. 영락제는 당시 명나라에 망명해 있었던 진씨 왕조의 진천평을 왕으로 세우고자 하였다. 하지만 호씨 일족이 이들을 살해하자 영락제가 운남을 확실히 명에 병합하기 위하여 출병한 것이었다.

신도 이곳에 있었다. 모언이 그리 떠나고 신은 황제에게 혼인할 수 없는 대죄에 대한 벌을 청하며 모든 지위에서 물러났다. 대노한 영락제는 그의 신분을 평민으로 강등해 버렸다. 신은 죽지 않은 것만 해도 천만다행이었다. 영락제는 신에게 바닥부터 다시 시작해서 목숨을 걸고 은혜를 갚으라 명했다. 그래서 영락제가 친히 안남에 친정할 때 신도 군사로서 출정한 것이었다. 이제 신은 더 이상 1품 군후의 자식도 장군도 아니었다.

이것은 신의 바람이기도 했다. 그녀에게 돌아갈 방법이 이것밖에 없었다. 처음부터 다시 시작하는 것! 그녀를 고통스럽게 했던 만큼 그 고통의 시간을 신도 고스란히 겪어야 했다.

누구도 그것을 강요하지 않았다. 하지만 신 스스로가 자신을 용서할 수 없었다. 이것은 그가 선택한 참회의 방법이었다. 모든 것을 잃었던 모언이었다. 아무도 의지할 곳 없는 그녀를 지독한 오해로 괴롭힌 것은 바로 자신이었기에 신은 스스로를 모질게 고문하고 있었다.

그렇게 신의 새로운 삶이 시작되었다. 군사들과 함께 걷고 그들과 함께 거친 음식을 먹었다. 그렇게 지내다 보니 위에서 지휘를 할 때하고는 다른 경험이 쌓였다. 군사들의 고초가 무엇인지 장수의 잘못된 전략이 얼마나 위험한지 병법서에는 얻을 수 없었던 소중한 실전을 배울 수 있었다.

그리고 이내 신은 한 달 만에 10명을 지위하는 소기(小旗, 분대장급)에 임명되었다. 곧 50명을 지위하는 총기(總旗, 소대장급)로 승급되었고, 얼마 후 바로 백호(百戶, 정6품)에 임명되었다. 백호소는 총 112명으로 구성된 집단이었다. 이후 1년 만에 천호소(1천호소=10백호소)의 지위관인 정천호(正千戶, 정5품, 연대장급)로 승진하였다. 그리고 곧 지휘사(指揮使, 정3품, 일종의 사단장 비슷한 직위)에까지 올랐다.

이전에는 신의 빠른 승급을 1품 군후인 영국공의 배경 때문이라고 폄훼했던 이들조차 이제는 오롯이 신이 개인의 역량으로 이루어낸 성과에 아무도 감히 토를 달지 않았다. 게다가 몽골인을 상대로 한 막북 원정과는 달리 안남 병합에는 해전도 있었다. 바다에서 행하는 전투도 신은 능숙하게 지휘하였다. 소리 소문 없이 이번 운남 병합은 대대장인 성국공보다 신의 공이 뛰어나다는 말이 군사들 사이에 돌고 있었다.

그런데 신의 영광을 더욱 돋보이게 하는 일이 있었다. 전투 중에 부상을 입고 적진에 홀로 남게 된 영락제를 신이 구해낸 것이었다. 화살이 빗발치는 위험을 마다하지 않고 몰려오는 적들을 검으로 베며 용맹하게 황제를 구해내었다. 더불어 마지막 적들도 소탕하고 이제 운남은 다시 명에 병합되었다.

전투가 끝나고 영락제와 대대장으로 참전한 성국공 그리고 신이 한 자리에 모였다.

"나를 구한 그대의 공이 참으로 지대하다!"

영락제가 신의 공을 치하하였다.

"황공하옵니다. 폐하!"

신이 무릎을 꿇었다.

"그간 귀공이 전장에서 세운 전공도 잘 알고 있다. 귀공이 아니었다면 이 정벌을 성공적으로 마무리할 수 없었을 것이다. 영국공이 귀공을 자랑스러워할 만하다."

영락제가 신을 보며 그의 기개와 전공을 치하하였다.

"아니옵니다. 그것이 어찌 저만의 전공이겠습니까? 폐하를 따라 목숨을 걸고 이 고향 산천을 지켜내고자 한 모두의 노력이 있었기에 가능했던 것이죠. 그저 소신은 제자리에서 최선을 다했을 뿐입니다."

신이 겸손하게 고개를 숙였다.

"허허! 알았다. 모두의 노력이었지. 자, 귀공에게 내 상을 내리고자 한다. 특별히 원하는 것이 있는가?"

영락제의 표정이 밝았다.

"폐하!"

간절한 신의 음성에 영락제가 신을 주시했다. 신이 바닥에 무릎을 꿇었다.

"폐하, 제게 단 한 가지 소원이 있습니다."

"그래? 그것이 무엇인가?"

영락제는 지금 신의 부탁이라며 무엇이든지 들어줄 것 같았다.

"폐하, 소신에게 제가 은애하는 여인과 혼인할 수 있도록 허락해 주십시오!"

신의 음성이 간절했다. 그는 아무것도 바라지 않았다. 모언만제 곁에 둘 수 있다면 그는 아무것도 바라지 않았다. 오직 그녀에게 돌아가기 위해서 이렇게 노력해 온 것이었다. 그녀가 없으면 살 수 없었다. 자신의 심장을 가져간 그녀였기에 잃어버린 심장을 찾으려 이렇게 노력해 온 것이다.

"아직도 그 여인을 잊지 못하였다는 것인가?"

영락제의 음성이 냉정했다. 순간 신은 긴장하고야 말았다. 그때 모언의 목숨을 살려준 것만 해도 영락제로서는 큰 은혜를 베푼 일이었다. 류효윤의 절개를 높이 샀던 영락제였기에 특별히 모언과 곤일의 죄를 묻지 않고 놓아준 것이었다. 단, 그들은 절대 외부에 나서지 않고 류효윤의 자손이라는 것도 밝혀서는 안 되었다.

"폐하, 죽은 듯이 숨어 살겠습니다. 그저 그녀와 함께할 수 있게만 허락해 주십시오!"

그저 쫓기지 않고 그녀와 함께할 수 있다면 다른 것은 바라지 않았다. 영양장공주와 함께 떠난 향처럼 신도 그녀만 곁에 있다면 살아갈 수 있었다. 명예도 재물도 함께 누릴 사람이 없으면 소용이 없었다. 초근목피로 연명하더라도 은애하는 이와 함께 살고 싶었다.

"흠, 죽은 듯이 숨어 살겠다? 그건 아니 되겠네. 남경으로 복귀하면 내 병부에 일러 그대의 포상을 정하고 예부에 일러 적절한 국공 지위를 논하게 하겠다. 그리고 그대의 혼인도 짐의 뜻을 따르라!"

영락제의 말에 신이 간절하게 외쳤다.

"폐하!"

신의 오직 하나뿐인 소망은 결코 이루어질 수 없는 것일까? 이 모진 이별을 견디며 그녀를 그리워할 수밖에 없는 것일까? 신의 심장이 먹먹했다. 정녕 그녀에게 돌아갈 방법은 없는 것일까?

"짐이 명하노니 그대는 국공의 지위를 받들어 앞으로 계속 짐과 명을 위해서 봉사하라. 단, 그 여인의 신분은 어떤 방법을 쓰든지 드러나지 않게 하라."

그리 말한 영락제가 성국공을 돌아보면서 한마디 했다.

"성국공! 아무래도 자네 늦둥이 여식을 보아야겠구먼!"

뜬금없는 영락제의 말에 성국공이 순간 어안이 벙벙해졌다. 자신의 나이 이미 60에 가까운데 이 나이에 늦둥이 여식이라니, 갑작스런 이야기에 성국공은 뭐라 대답도 하지 못하고 우물거렸다.

"허허, 진짜로 여식을 보라는 뜻이 아니네. 양녀를 맞이하여야 여기 이(李)지휘사를 자네 사위로 맞이할 수 있을 것이 아닌가?"

그제야 영락제의 뜻을 이해한 성국공이 고개를 숙였다.

"폐하, 성은이 망극하옵니다. 기쁜 마음으로 제 여식을 신에게 시집보내도록 하겠습니다."

신은 영락제의 명에 어안이 벙벙했다. 얼어붙었던 신의 심장에 다시 피가 흐르기 시작했다. 그리고 곧 신은 너무나 격한 기쁨의 파도에 출렁거렸다. 이제 드디어 모언과 함께할 수 있는 것이다. 아프게만 했던 모언에게 속죄할 수 있는 기회가 마침내 생긴 것이다. 신은 모언에게 최선을 다해서 용서를 빌 것이었다. 그리고 모언이 허락한다면 남은 평생 그녀의 곁에서 살고 싶었다. 신의 눈이 촉촉하게 젖어들었다. 떨리는 목소리로 신이 영락제에게 감사를 표했다.

"폐하, 성은이 망극하옵니다. 소신 성심을 다하여 폐하와 대명(大明)을 위해서 이 한 몸 바치겠습니다."

"자, 이제 신에게 안사람도 찾아주었으니 짐은 좀 쉬겠네. 모두 물러가라!"

영락제의 명에 모두가 조용히 물러났다. 신의 심장이 두근거렸다. 이제 당당하게 모언을 찾을 수 있게 되었다. 그들을 갈라놓았던 정치적 장애는 이제 사라졌다. 오롯이 그녀에게 돌아가기 위해

쏟았던 지난 3년의 시간이 헛되지 않았음에 신은 감사했다.

❖

영락 4년(1406년) 3월, 강서성(江西省) 삼청산(三淸山) 근처, 매화 마을.

이름대로 매화가 흐드러지게 피어 있는 조그만 마을이었다. 고지가 높다 보니 이곳에는 지금 매화가 한창이었다. 흰색의 매화가 집집 마당에 피어 있어 고즈넉한 마을이 장관을 이루고 있었다.

"아이고, 도련님!"

난향의 높은 목소리가 공기를 갈랐다. 아장아장 걷는 두 돌이 조금 안 된 남아가 매화를 따려는지 담 밑에 집에서 쓰던 그릇을 옮겨두고 그 위에 올라가 있었던 것이다. 어찌나 활발하게 움직이는지 꼬맹이를 따라다니느라 난향이 진이 빠졌다. 난향의 목소리에 매화 가지를 따려던 꼬맹이가 뒤를 돌아보았다. 그리고는 배시시 귀엽게 미소 지으며 말했다.

"엄마, 주꼬야! 너도 주께!"

꼬맹이의 미소에 난향이 무장해제 되었다. 저리 배시시 웃으며 말을 하면 난향은 꼼짝할 수가 없었다. 까맣고 큰 두 눈이 흑요석처럼 반짝거렸다. 그리고 어린아이답게 두 볼이 빨갛게 달아오른 것이 사랑스럽기만 했다. 그리고 장난꾸러기이기는 하지만 또 어찌나 다정한지 난향에게도 꽃을 꺾어주겠다니 슬며시 미소를 지을 수밖에 없었다.

꼬맹이는 어머니라면 끔찍이 아꼈다. 특히 모언이 매화를 귀히 여기는 것을 알고 어머니가 돌아오시기 전에 매화 가지를 꺾겠다고 저리 수선을 피우는 것이었다. 오래전 매화 가지를 꺾겠다며 연못 주변의 돌을 밟고 오르던 모언 아가씨의 모습이 겹쳐 보여 난향의 얼굴에 미소가 피어났다.

벌써 여기에 자리 잡은 지 2년 반이 되었다. 모언이 매화가 피어난 이 마을에 마음을 빼앗겨 그대로 주저앉은 것이었다. 이후 모언은 솜씨를 발휘해서 수를 놓아주는 일을 했는데, 실력이 좋아서 일이 끊이지 않고 들어왔다.

다행히 영국공부를 떠나올 때 나리가 살펴주신 것으로 작은 집 한 채와 조그만 경작지를 살 수 있었다. 여인의 몸이라 직접 농사를 짓기 어려워 소작을 맡기었다. 그래서 그리 넉넉하지는 않아도 먹고사는 데에는 큰 지장은 없었다.

점심을 먹자마자 나갔던 모언이 늦어지고 있어 난향은 살짝 초조했다. 아직 해가 지려면 반 시진은 있어야 하지만 이리 늦은 적이 없어 걱정이 되었다. 매화가 필 때면 모언이 홀로 숨어서 자주 눈물을 흘린다는 것을 알고 있었던 탓이다. 몰래 매화 문양의 머리꽂이를 꺼내보며 울음을 꾹꾹 눌러 참고 있는 모언을 보면 난향의 속이 부글부글 끓었다.

아직도 나리를 잊지 못하고 있는 것이 분명했다. 영국공부를 떠나고 나서 아이를 임신한 것을 알고 모언은 매우 기뻐했다. 그러나 출산 시 얼마나 난산이었는지 하마터면 모언은 죽을 뻔했다. 다행히 그렇게 어렵게 태어난 아이는 총명하고 다정하였다. 점점 나리를 닮아갔다.

고운 모언에게 여기저기 중매를 서겠다는 제의도 많았다. 하지만 모언은 일언지하에 거절했다. 언제까지 저리 홀로 아이를 키우며 살 것인지 난향이 더욱 애가 달았다. 이제 겨우 스물둘, 아직 꽃다운 모언이 신만을 그리워하고 살 수는 없었기에 더욱 안타깝기만 했다. 그런 난향의 걱정을 아는지 모르는지 꼬맹이가 기어코 매화 가지를 꺾어서 들고 왔다.

"자, 가져!"

난향에게 매화를 건네는 꼬맹이의 자랑스러워하는 표정에 난향이 흐물흐물 녹아버렸다.

"에고고, 도련님! 제가 도련님 때문에 삽니다."

난향이 꼬맹이를 붙잡고 여기저기 볼이며 이마며 입을 맞추었다. 꼬맹이는 거부하지 않고 난향에게 폭 안기었다. 참으로 사랑스러운 아이였다. 이렇게 사랑스러운 아이가 태어난 것을 나리는 아시는지, 난향이 꼬맹이를 품에 안고 모언이 돌아올 길을 바라보았다.

매화 꽃잎이 바람에 흩날렸다. 꽃잎 사이로 단아하고 아름다운 여인이 옆에 일감을 조심스레 들고 집으로 돌아가고 있었다. 이제 해가 질 무렵이라 모두들 집으로 돌아가느라 수선스러웠다. 결국 옆에 걷던 조그만 여자아이 하나가 급히 제 어미를 따라가려다 넘어지고야 말았다. 하지만 멀리 있던 아이의 어미보다 여인이 몸을 돌려 아이를 일으켜 주었다.

"괜찮니, 다지지 않았어?"

모언이 자애로운 표정으로 넘어진 아이를 일으켜 주고는 부드럽게 옷에 묻은 먼지를 털어주었다. 아름다운 모언의 미소에 꼬맹이도 울음을 멈추고 멍하니 그녀를 바라보았다. 하나도 바뀐 것이 없었다. 다정하고 아름다운 모언은 그대로였다. 꼬맹이의 얼굴에 남아 있는 눈물 자욱을 모언이 부드럽게 닦아주자 꼬맹이가 환하게 웃었다. 그리고 옆에 있던 어미에게로 뛰어가는 모습을 모언이 부드러운 표정으로 바라보고 있었다.

"모언!"

신이 조심스레 아껴두었던 휘를 낮게 불렀다. 3년간 오매불망 그리던 모언이 눈앞에 있었다. 그러나 신은 차마 가까이 다가서지 못하고 멀리서 그녀를 바라만 보고 있었다. 마치 그녀의 모습을 눈에 새기듯 정말 눈앞에 있는 것이 모언인지 보고 또 바라보았다. 갑자기 신이 자신의 심장을 움켜쥐었다.

"나리, 괜찮으십니까?"

심장을 부여잡는 신을 보고 금동이 걱정스런 음성으로 물었다. 신이 이렇게 동요하는 모습을 처음 보았다.

"괜찮다."

신의 목소리가 낮았다. 금동은 그제야 신이 기쁨에 겨워 울컥한 것을 알았다. 얼마나 그리웠으면 이리 먼발치에서도 저리 심장을 부여잡고 있는 것인지 금동이 주군의 새로운 면모에 놀라고 있었다. 지금 그는 마치 처음으로 정인에게 고백하려는 소년처럼 극도로 흥분하고 있었던 것이다. 그러는 사이에 이미 모언의 모습이 점점 멀어지고 있었다.

"나리, 얼른 따라가지 않으시면 놓치시겠습니다."

금동의 말에 신이 정신을 차렸다. 그러나 바로 따라가지 못하고 망설이고 있었다. 영락제의 득을 받자마자 신은 나는 듯이 이곳으로 달려왔다. 그러나 모언의 마음이 자신과 같을 것인지 갑자기 자신이 없어졌다. 짧지 않은 시간, 그녀에게 새로운 정인이 생겼을 수도 있었다. 집으로 돌아가는 그녀의 얼굴이 매우 소중한 사람을 만나러 가는 듯 빛이 나고 있었기 때문이었다.

모언이 자신을 기다릴 사유는 전혀 없어 보였다. 모질게 괴롭히기만 했던 신이었다. 그리고 한 번도 그녀에게 은애한다는 제 마음을 전하지 못했다. 떠나기 전 그가 온몸으로 전했던 그 마음을 모언이 이해하였으리라 믿었다. 하지만 그렇다고 그녀가 지금까지 찾아올 기약이 없는 자신을 기다렸다고 장담할 수가 없었다.

이렇게 자신이 없었던 적이 없었다. 하지만 사랑 앞에 신은 그저 약자였다. 그녀의 삶에 다른 이가 있다는 가능성을 상상하는 것만으로 신의 심장이 딱딱하게 굳어버렸다. 그래서 이렇게 바보처럼 그녀를 따라가지도 물러나지도 못하고 망설이고 있었던 것이다.

"이봐요, 현이 어멈!!"

갑자기 헐레벌떡 뛰어나온 중년의 여인이 누군가를 불렀다. 급히 누군가를 따라가려는 듯 아낙의 걸음이 빨랐다.

"이봐요, 현이 어멈!!"

아낙의 목소리에 모언이 가던 길을 멈추었다. 그러자 아낙이 빠르게 다가가 뭐라 이야기하고는 옷감을 건네었다. 그것을 받아 드는 모언의 얼굴이 밝았다.

순간, 신이 휘청거렸다. 신의 온몸이 고통으로 떨려왔다. 그녀에게 아이가 있었던 것이다. 그동안 그녀에게 사랑하는 정인이 생졌던 것인가? 밤마다 고통으로 몸부림쳤던 것이 오히려 나았다. 지금 누군가를 사랑하는 모언을 바라보는 것이 이렇게 아플 줄 몰랐다. 신의 심장이 고통으로 저릿했다. 호흡을 내뱉을 때마다 그 고통은 날카로운 검처럼 신의 심장을 베었다.

"나리?"

휘청거리는 신을 보고 금동이 걱정스런 음성으로 물었다. 모언 아가씨를 발견하고 표정이 밝아졌던 그의 얼굴이 사색으로 변했다. 그리고 금동도 지금 들은 말에 놀라고 있었다. 분명 '현이 어멈' 이라고 했다. 그것은 모언에게 아이가 있다는 뜻이었다.

하지만 금동은 그것을 믿을 수 없었다. 곁에서 보아온 모언 아가씨는 나리를 온 마음으로 은애하였다. 오해로 나리에게 괴롭힘을 당할 때에도 모언 아가씨의 눈은 항상 나리를 향하고 있었다. 그녀가 나리의 곁을 떠난 사유도 모두 나리의 앞날을 위해서임을 알고 있었다. 그런 그녀가 그 사이에 다른 이를 은애하고 아이까지 낳았다니 금동은 믿을 수 없어 고개를 저었다.

"그만 돌아가자."

신의 목소리가 지독하게 낮았다. 그가 힘없이 돌아서는 것을 금동은 차마 막을 수가 없었다.

그 밤, 매화마을 근처 조그만 객잔의 객청에서 거의 두 시진 동안 신은 계속 술을 마셨다. 그녀에게 다른 이가 있다면, 자신을 떠나 더 행복하다면 그것으로 만족해야 했다. 그녀의 행복만을 빌어주겠다 다짐하지 않았던가? 그러나 한 번도 그녀가 다른 이를 은애하리라 생각하지 못했다.

'이 무슨 자만인가!'

신은 한탄했다. 그녀의 아름다운 애정을 이용하고 그것을 파괴한 것은 바로 자신이었다. 그럼에도 불구하고 마음 한구석에서 모언이 자신을 내려놓으리라고는 생각지 못했던 것이다. 서둘렀어야 했다. 그녀에게 돌아오는 길을 좀 더 서둘렀어야 했다.

그럼에도 불구하고 신은 여전히 그녀를 놓을 수가 없었다. 그녀를 다시 이 가슴에 안을 수만 있다면 신은 모든 것을 할 수 있었다. 이대로 돌아갈 수는 없었다. 제 눈으로 확인하고 그 충격에 심장이 갈가리 찢긴다 해도 확인하지 않고서는 절대로 돌아갈 수 없었다.

갑자기 신이 자리에서 일어나자 곁에 있던 금동도 함께 일어났다. 신은 도저히 두 시진을 계속 술을 마셨다는 것이 믿기지 않을 만큼 걸음걸이가 단정했다. 그리고 평소와 다름없이 훌쩍 아름답게 말에 올라탔다.

금동은 차마 말릴 수가 없었다. 그가 어디로 향하는지 알 수 있었다. 분명 그는 모언 아가씨에게 향하는 것이리라. 다른 이를 은애하는 모언 아가씨의 모습을 확인하지 않으면 도저히 그 마음을 접지 못하는 것이 분명했다.

다각, 다각, 다각…….

이른 봄의 청량한 공기를 가르며 신과 금동의 말이 바삐 움직였다. 이내 그들은 모언의 집 근처에 도착했다. 집 안에서는 조그만 등불이 켜져 있었고 누가 방문을 했는지 소곤거리는 말소리가 들렸다.

"아가씨! 아까 낮에 또 양윤 대감댁에서 보낸 사람이 다녀가셨어요. 도련님까지 모두 받아주겠다고요!"

익숙한 것은 난향의 목소리였다.

"그래? 또 쓸데없는 일들을 하셨구나."

"아가씨 제발요! 언제까지 혼자서 도련님만 보고 사시려구요?"

난향의 목소리가 높았다. 모언을 채근하는 목소리에는 자신의 주인을 아끼는 마음이 그대로 담겨 있었다.

"이 아이는 그분이 주신 아이야. 그분을 마음에 품고서 어찌 다른 사람에게 몸을 의탁할 수 있겠어? 나는 그분께 내 마음을 모두 드렸는걸!"

신의 심장이 질투로 두근거렸다. 모언은 아이의 아버지를 마음에 품고 있는 것이었다. 그 마음을 모두 가져간 그가 너무나 부러웠다. 부러우면서도 그녀를 저리 남겨둔 그가 원망스러웠다.

그러나 한편으로는 그가 없다는 것에 안심하고 있었다. 그녀의 마음에 다른 이가 있더라도 그녀의 곁에 있고 싶었다. 그리고 기다릴 것이었다. 그 마음에서 그를 몰아낼 수 없어도 그녀가 작은 마음 한 조각이라도 나눠 주기를, 평생이 걸린다 해도 기다릴 것이었다. 애원을 해서라도 그녀에게 자신을 받아달라고 부탁해 볼 것이었다. 신이 그리 결심하고 입을 열었다.

"모언!"

간절한 신이 애타게 모언을 불렀다. 굵은 사내의 목소리가 여인들과 아이만 있는 집에 마치 천둥처럼 울렸다. 순간 작은 초막이 기이한 정적으로 빠져들었다.

갑작스레 들려오는 굵은 남자의 목소리에 모언이 긴장했다. 모언이 본능적으로 잠이 든 현을 끌어안았다. 두려움과 달콤한 기대로 모언의 심장이 미친 듯이 뛰었다. 모언이 현의 옷자락을 부여잡았다. 온몸이 사시나무 떨리듯이 떨렸다.

"모언, 나요!"

간절한 남자의 음성이었다. 그 목소리가 너무나 낯이 익었다. 그럴 리가 없었다. 신이 이 시간에 이곳에 있을 리가 없었다. 하지만 저 목소리는 분명 꿈에도 잊지 못했던 그의 음성이었다.

"에구머니, 이 늦은 밤에 누가 찾아왔을까요?"

난향이 놀란 얼굴로 중얼거렸다. 난향이 문을 열었다. 달빛이 나린 작은 마당에 장신의 남자가 서 있었다. 달빛에 비친 남자의 콧날이 차갑게 벼린 검처럼 날카로웠다.

"모언!"

신의 간절한 음성에 모언의 어깨가 크게 들썩였다.

"나리!"

신을 알아보고 난향이 깜짝 놀라 부리나케 방에서 뛰어나와 인사를 했다. 그리고 옆으로 물러섰다. 신이 모언의 눈앞에서 무릎을 꿇었다. 은애하는 여인의 처분만을 기다리는 사내의 자세였다. 신이 방 안에서 현을 안고 있는 모언을 보며 간절하게 말했다.

"그대를 아프게 했던 나를 용서해 주시오. 아니, 용서해 달라는 말조차 염치없다는 것을 알고 있소. 하지만…… 아무리 미워도, 싫어도 그대에게 준 상처에 몸부림치는 내게, 그대가 그리워 미쳐 가는 내게, 힌 번만 내게 다시 기회를 줄 수는 없겠소? 한 번만 다시 내게 돌아와 줄 수는 없소? 그대의 아름다운 사랑을 망가뜨린 나에게, 염치없지만 제발 모언, 한 번만 나를 돌아봐 줄 수는 없겠소?"

절절한 신의 목소리가 모언을 감쌌다. 그의 목소리를 듣고 싶었다. 그를 떠나고 매일 밤 그가 자신을 찾아오는 꿈을 꾸었다. 제 스스로 떠나왔음에도 불구하고 그가 그리웠다. 아무리 지우려 해도 그를 몰아낼 수 없었다. 그를 은애하는 마음을 도저히 멈출 수가 없었다.

"왜 제가 필요하신 것입니까?"

모언은 듣고 싶었다. 은애한다는 그의 말을 듣고 싶었다. 그가 그녀를 사랑해 준다면 그녀는 그 무엇도 필요하지 않았다. 그만 있다면 그리고 현만 있다면 모언은 그것으로 충분했다.

"모언, 그대를 은애하오! 그대가 있어야만 나는 살 수 있소. 제발!"

간절한 신의 음성에 모언이 천천히 일어나 방 바깥으로 나왔다. 그런 그녀의 조심스런 움직임을 신이 뜨거운 눈으로 계속 바라보고 있었다. 툇마루로 내려서는 그녀가 갑자기 휘청거렸다. 모언이 휘청거리자 신이 신속하게 일어나 그녀를 안았다. 그의 가슴에 안긴 그녀에게서 향긋한 향이 풍겼다. 그제야 소중한 것을 찾은 것처럼 신의 심장이 포근해졌다. 절대 그녀를 놓을 수가 없었다.

"왜 그 말씀을 이제야 하시는 것입니까?"

모언의 목소리가 물기에 젖어 있었다.

"그 말씀을 기다렸습니다! 자그마치 3년을 제게 저를 은애한다는 말씀을 해주시기를 기다리고 또 기다렸습니다."

모언의 어깨가 흐느낌으로 떨렸다. 신이 그녀가 어디로 날아갈 것만 같아 더욱 강하게 자신의 품 안으로 끌어당겨 안았다.

"미안하오. 좀 더 빨리 이 마음을 밝히지 못해서…… 은애하오, 모언!"

"진심이십니까? 정말 저를 은애하시는 것입니까?"

모언이 눈물에 젖은 촉촉한 눈으로 신을 올려다보았다. 신의 뜨거운 입술이 모언의 입술을 삼킬 듯 다가와 입맞춤했다. 농밀한 그의 입맞춤에 모언은 어지러웠다. 맹렬하게 모언의 입안을 탐하던 그의 입술이 모언의 뺨을 부드럽게 스치고 그녀의 귓가에 닿았다.

"은애하오, 모언! 그대를 은애하오!"

"흑흑……!"

모언이 흐느꼈다. 그가 자신을 은애한다는 그 말에 울음이 멈추지 않았다. 그저 뜨거운 얼굴을 그의 가슴에 묻었다. 그리고 그의 허리를 강하게 끌어안았다. 뺨에 닿은 그의 옷자락이 서늘했다. 그가 부드럽게 자신의 등을 쓰다듬어 주자 모언이 그에게 어리광을 부렸다.

"왜 이제야 오셨어요? 우리 아이가 벌써 걷고 말을 하는데, 기다리고 또 기다렸는데, 왜 이리 늦게 오셨어요?"

그를 다시 만난 반가움, 혼자 아이를 키워온 힘겨움, 그가 자신을 은애한다는 고백에 벅찬 마음, 그 모든 것을 모언은 한꺼번에 토해내고 있었다.

"미안하오! 좀 더 빨리 그대에게 오지 못해서! 미안하오!"

그가 곁에 있었다. 신이 그녀를 안아주고 있었다. 그걸로 되었다.

"엄마?"

잠에서 깬 현(顯)이 어리둥절한 표정으로 방 안에서 모언을 불렀다. 제 어미가 덩치 큰 사내의 품에 안겨 있는 것이 낯설었는지 아이는 불안하게 둘을 바라보고 있었다. 모언이 급히 신의 품에서 빠져나왔다.

"현아, 이리 온!"

모언이 부드럽게 아이를 불렀다. 아이는 모언의 부름에 망설이지 않고 아장아장 걸어서 마당으로 내려왔다. 그리고는 마치 제 어미를 보호라도 하려는 듯이 모언 앞에 서서 신을 똑바로 바라보았다. 키가 큰 신을 바라보느라 고개가 한껏 뒤로 젖혀졌지만 현은 당당했다. 그 기개만큼은 어떤 장수에도 뒤지지 않아 보였다.

신이 조심스레 무릎을 꿇고 아이와 눈을 맞추었다. 아이의 까만 눈망울과 짙은 눈썹, 그리고 앙다문 고집스러운 입매가 자신과 모언을 그대로 닮아 있었다. 말할 수 없는 감동에 신의 입가가 바르르 떨렸다.

"누구에여?"

현이 당당하게 물었다. 아이의 눈이 호기심으로 반짝거렸다.

"나는……."

신이 감동으로 울컥해서 순간 말을 잇지 못했다. 그를 물끄러미 바라보던 아이가 먼저 외쳤다.

"혼인 앙대!"

아이의 당돌한 거부에 신이 움찔하고 말았다. 아무래도 현에게는 신도 모언에게 청혼을 하던 남자들 중의 하나로 보였던 모양이었다.

"하지만 난 너의 어머니와 꼭 혼인을 하고 싶단다. 허락해 주겠니?"

신의 말에 아이가 팔짱을 끼고 요모조모 신을 관찰했다. 마치 제 어미에게 적절한 짝인지 판단하는 듯이 아이의 표정이 더없이 진지했다.

"아저씨는 앙대. 엄마는 아빠만 조아해!"

아이가 의기양양하게 외쳤다. 신이 어떤 제안을 해도 모언이 절대 흔들리지 않을 것을 알고 오히려 신을 딱히 여기는 기색이었다. 당돌하면서도 깜찍한 아이였다. 아이의 말에 모언의 얼굴이 도홧빛으로 물들었다.

"네 어미가 그리 말하더냐?"

신의 목소리가 기쁨으로 떨렸다. 모언의 마음이 변하지 않았음을 다시 확인하자 마구 춤을 추고 싶을 지경이었다. 하지만 아이는 그런 신의 목소리를 겁먹은 것으로 오해하였는지 불쌍하게 신을 바라보았다. 그리고 뭔가 안타까운 듯 말했다.

"응, 아빠만 조아해!"

현의 중얼거림에 신의 얼굴에 미소가 떠올랐다.

"그럼 아저씨가 부탁을 하나 하자꾸나. 아저씨가 아주 귀한 선물을 가지고 왔는데 네 어미에게 보여주지 않으련? 혹시나 어머니가 좋아할 수도 있지 않겠느냐?"

신의 부탁에 현이 제 어미의 얼굴을 한 번 쓱 올려다보고는 고개를 끄덕였다. 그리고 신이 하는 양을 뚫어지게 바라보았다. 뭘 꺼내놓을지 자못 기대가 된다는 표정이었다. 신이 품속에서 무엇인가를 꺼내었다. 달빛에 그것이 빛을 받아 반짝거렸다.

"헉!"

그것을 보고 있던 모언이 크게 숨을 들이켰다. 그러자 아이가 시선을 제 어미에게 몸을 돌려 물었다.

"저거 조아?"

현의 질문에 모언이 눈물을 줄줄 흘리며 고개를 끄덕였다. 현이 신의 손에 들려 있던 것을 조심히 받아 모언에게 건넸다.

매화잠이었다.

이룰 수 없는 혼인의 증표로 눈물을 삼키며 두고 왔던 바로 그것! 시간을 돌고 돌아 매화가 세 번이나 피고 지고 나서야 다시 모언에게 돌아온 바로 그 매화잠이었다.

"흑흑……."

모언이 흐느꼈다. 신은 이것을 간직하고 있었던 것이다. 소중하게 간직해서 모언에게 다시 돌려주기 위해서 그렇게 달려왔던 것이다. 그 말할 수 없는 감동에 모언이 흐느꼈다.

"울지 마!"

아이가 부드럽게 모언의 얼굴에 있는 눈물을 닦아주며 위로했다. 모언이 현을 바싹 끌어안았다.

"저분이…… 너의 아버지란다!"

모언의 말에 아이가 깜짝 놀라 신을 바라보았다. 그러더니 장난꾸러기처럼 배시시 웃으며 또렷하게 단 한 마디를 했다.

"아빠!"

신이 무릎을 꿇고 모언과 현을 한 품에 끌어안았다. 이제야 모든 것이 제자리를 찾았다. 애타게 서로를 그리워하던 정인도 아버지를 그리워하던 아이도 빈 공간을 채울 수 있었다. 그 모습을 바라보는 난향과 금동의 눈에서도 눈물이 흘러내렸다. 매화 꽃잎이 그들을 축하하듯이 달빛을 받아 하늘하늘 마당으로 떨어져 내리고 있었다.

# 終

해마다 영국공부에는 그 어디보다 아름다운 매화가 피었다. 부인을 지극히 아끼는 영국공 신이 후원을 온통 매화로 채웠기 때문이었다. 초봄에 영국공부에 들어서면 청아한 매화의 청향 덕분에 방문객들은 이미 차를 대접받기도 전에 화차(花茶)라도 마신 것 같았다. 오직 백색의 매화가 후원을 가득 채운 것은 장관이었다. 봄바람에 매화가 낙엽처럼 떨어지면 방문객들은 마치 선계로 들어온 것 같은 착각에 빠져들곤 했다.

"까르륵!"

후원에서는 네다섯 살쯤 되어 보이는 꼬맹이가 열심히 뛰어놀고 있었다. 볼이 발갛게 달아오른 아이는 무엇이 그리 즐거운지 까만 눈을 반짝거리고 있었다. 그 뒤를 이제 걸음마를 배운 두 돌이 조금 안 되어 보이는 여아가 오라비를 잡으려는 듯 아장아장 따라 걷고 있었다.

"에구머니, 현 도련님! 그리 뛰시면 어떡해요?"

기운이 넘치는 다섯 살 현을 쫓다가 진이 빠진 난향이 우는 소리를 했다. 그리고 자리에 털썩 주저앉자 뒤뚱뒤뚱 걸어온 여아가 위로라도 하듯이 난향을 보며 혀 짧은 소리를 냈다.

"마니 힘드더?"

"역시, 우리 운한 아기씨뿐입니다."

난향이 운한을 답삭 끌어안으며 반색을 했다. 현은 신을 닮아 활달하기가 이를 데가 없었다. 둘째인 운한은 다정한 것이 모언 아씨를 닮았다. 두 분 아기씨가 얼마나 예쁜지 보고 있으면 시간 가는 줄을 몰랐지만 지금 난향은 살짝 부아가 치밀고 있었다.

분명 아기씨들을 데리고 후원을 산책하자 하신 분은 영국공 나리셨다. 그런데 후원에 나온 영국공 나리는 아기씨들에는 관심도 없는 듯 모두 난향에게 맡기고 모언 아씨를 돌보느라 여념이 없었던 것이다.

물론 부인을 잘 돌봐야 하는 것은 맞지만 어찌 저리 모언 아씨만을 바라보고 있단 말인가? 아무래도 시골에 계신 둘째 서방님이 내일 올라오시면 모조리 일러바쳐야 할 것 같았다. 그리 생각하던 난향은 이내 고개를 흔들었다.

"에효, 내가 말을 말지."

부인을 끔찍이 아끼는 것은 둘째 서방님도 다르지 않아 이야기를 하나마나였다. 오히려 부인을 지극이 아끼는 형님을 훌륭하다고 추켜올릴 것이 분명했다. 영양장공주마마와 혼인하게 된 것이 모두 형수님의 덕분이라며 향 서방님 역시 모언 아씨라면 끔찍하게 아꼈기 때문이었다.

지금도 향 서방님은 이름 없는 필부로 시골에 머물고 계셨다. 단지 아주 가끔 남경에 올라오실 적에 지나가는 손님처럼 잠시 들르곤 했다. 그래서 남경의 누구도 그가 향 서방님이라는 것을 알지 못했다. 가끔 곤일 도련님을 데리고 오시겠다는 연락이 있으면 며칠 전부터 모언 아씨는 애타게 그들을 기다렸다.

다행히 나리가 애를 쓰신 덕분에 곤일 도련님도 추포의 공포에 시달리지 않고 살게 되었다. 류씨 가문의 후손이라는 것을 밝힐 수 없는 곤일 도련님의 처지를 알게 되자 향 서방님께서 곤일을 돌보겠다고 제안하였다. 어쩌면 남경의 정치와는 전혀 상관 없는 그 시골이 가장 안전한 곳일 수도 있었다. 모언 아씨의 도움으로 태어난 향 서방님의 아들 온(瑥) 도련님과 곤일 도련님은 정말로 친형제 같았다. 부유하지는 않았지만 그들의 삶은 풍족했다. 그들만의 안온한 삶을 끝까지 지켜낸 것이었다.

사복과 추국은 생명의 위협을 겪었던 남경이 싫다면서 여기저기를 떠돌고 있었다. 나리께서 주신 밑천으로 큰 배를 사서 비단을 이리저리 팔고 있다고 들었다. 비단의 인기가 워낙 좋아서 멀리 조선, 왜(倭)까지 거래가 이루어진다고 했다. 이제 그들은 항주(杭州)에서 손에 꼽히는 거부가 되었다. 그래도 때가 되면 잊지 않고 항상 최상의 비단을 영국공부로 보내왔다.

'에고, 내 팔자야.'

속으로 부루퉁하게 중얼거린 난향이 두 분 아기씨를 끌어안으며 고했다.

"마님, 두 분 아기씨 모시고 들어가겠습니다."

모언과 신이 난향을 돌아보면서 고개를 끄덕였다. 난향은 안으로 들어서며 서로를 끔찍이 은애하는 이들이 자신의 뜻을 제대로 이해했기를 바랐다. 그것은 특별히 오랜만에 두 분이서 고즈넉하게 매화를 즐기시라는 난향의 아주 커다란 호의였기 때문이었다.

"올해에도 매화가 참으로 곱게 피었습니다."

모언이 활짝 핀 매화를 보며 미소 지었다. 그리고는 높은 가지에 달린 매화가 아름다워 보였는지 저도 모르게 까치발을 하고 고개를 들었다.

"이런 부인, 이제는 부인이 넘어지는 것을 받기에는 너무 무겁다오."

신의 농담에 모언의 얼굴이 붉어졌다. 내달이 산달이다 보니 몸이 무거운 모언이었다. 신이 모언을 처음 보던 날, 넘어질 뻔한 그녀를 받아준 것을 떠올리고는 놀린 것이다.

"그게 아니오라 조금 꺾어서 방에 장식하면 아름다울 듯해서요. 제가 설마 그때처럼 바위에라도 오르겠습니까?"

모언의 살짝 투정 섞인 음성에 신이 씨익 미소를 지었다. 그리고는 긴 팔을 훌쩍 뻗어 가장 아름다운 매화 가지를 꺾어 모언에게 내밀었다.

"부인이 원한다면 내 모든 가지를 꺾어주리다!"

매화를 받아 든 모언의 얼굴에 화사한 미소가 피어올랐다. 모언을 바라보는 신의 눈빛에 따듯한 기운이 일렁거렸다. 부인을 눈이 부신 듯 바라보던 신이 두 손으로 모언의 작은 얼굴을 감싸고 부드럽게 이마에 입맞춤하였다. 매화 꽃잎이 눈처럼 바람에 날렸다.

이내 신이 모언을 부축하며 안으로 들어갔다. 뒤돌아선 모언의 머리에 꽂힌 매화잠을 시샘하듯 매화 꽃잎이 모언의 머리에 수북이 내려앉았다.

[完]

# 작가 후기

수많은 오해에도 불구하고 사랑을 완성하는 두 사람! 실제에서는 쉽지 않은 일이지만 지독한 오해에도 서로를 놓을 수 없는 연인들의 이야기는 항상 재미가 있죠. 이번 이야기에서는 바로 지독한 신의 오해 때문에 모언 낭자가 정말 말로 못할 온갖 고초를 겪었네요.

오해물의 핵심은 남자주인공의 절절한 반성이 포인트죠. 그리고 이야기가 설득력을 가지려면 오해 사유가 상당히 그럴듯해야 하고요. 그래서 초반 시놉 작업을 할 때, 왜 신이 모인을 이렇게까지 오해할 수밖에 없었나 하는 데 공을 많이 들였습니다. 그랬더니 모언은 너무 아무것도 모르고 그저 당하기만 하는 캐릭터가 되었습니다.

"오해물의 숨통을 틔워주셔야 해요. 즉, 모언이 신이 자신을 오해하는 것을 알아도 피치 못하게 말을 못하는 사유를 하나 만들어주시면 어떨까요? 일례로, 모언이 신의 남동생도 도와준 것으로 하면 어떨까요? 그럼 나중에 신이 더욱 모언에게 미안하고 고맙고 그러지 않을까요?"

작품 방향에 대하여 이야기를 나눌 때 주신 편집장님의 코멘트입니다. 초반 설정에서는 그저 장공주의 시녀가 일으킨 사건 때문에 신이 모언을 오해하는 상황만 있었습니다. 향도 가짜 척홍 같은 시녀에게 그저 농락만 당하는 캐릭터였고요. 그런데 편집장님과 논의 이후 향과 영양장공주의 설정이 보완되었습니다. 그랬더니 신이 더 많이 모언에게 미안해하게 되었습니다!

그리고 무조건 다정한 남자주인공을 편애하는 저인데 이번에는 신이 모언을 너무 괴롭혔습니다. 그럼에도 신은 본바탕이 다정하다고, 모두 오해 때문이라고, 나중에는 행복해진다고, 그렇게 저를 위로하며 썼네요. 그런데 참으로 신은 감정 폭발을 자주하는 캐릭터였습니다. 모진 말들을 모언에게 쏟아낼 때 어찌나 속이 상하던지, 제가 만든 캐릭터지만 대체 나중에 모언한테 어떻게 용서를 구할지 살짝 걱정까지 했네요.

그래서 밀야 신은 정말 괴로웠습니다. 고민도 많이 했고요. 많이 힘든 설정이었는데 모언을 극단으로 몰아붙이고 이후 나올 19금 장면을 위해서 눈 딱 감고 썼습니다. 남주가 좀 밀어붙이더라도 반드시 여주가 허락을 해야 한다는 것이 저의 지론인데, 이번에는 정말 일방적이었습니다. 그래도 너무 신을 미워하지는 말아주세요!

그리고 작품을 쓰면서 주인공들의 감정선을 따라가다 보면 어느 순간 주인공들이 스스로 움직일 때가 있습니다. 예를 들어 모언이 신의 팔뚝을 물어뜯으면서 폭발하는 장면이라거나 자객 때문에 혼절하고 중간에 깨어나 '아프다' 고 말하는 장면이 그것입니다. 특히 모언이 '아프다' 말하는 장면 때문에 이후 장면들의 분위기가 많이 변경되었지요. 그래서 모언을 괴롭혔던 신을 마구마구 응징(?)해 주어야 하는데, 그러지 못했습니다! 저는 그러려고 했는데 우리 모언 낭자가 그것을 바라지 않았던 모양입니다. 뭐, 신은 모언 낭자의 정인이니 그 마음을 따라주어야죠!

마지막으로 제 부족한 작품을 읽어주신 독자님들께 감사드립니다. 다음에는 더욱 발전된 모습으로 찾아뵐 수 있게 노력하겠습니다. 그리고 읽는 동안 행복하세요. 저는 쓰는 동안 매우 행복했거든요!

2016년 6월 싱그러운 초여름에

이수현 드림.